악장집樂章集
역주

악장집 樂章集
역주

유영柳永 저
이태형·김민정 역주

學古房

역자서문

  유영柳永은 북송 때의 사인으로, 송사의 발전에 독특한 역할과 공헌
을 한 자다. 그는 일찍이 음률音律에 정통하여 직접 곡을 짓고 거기에
가사, 즉 사를 써서 시정市井의 기녀, 가수들에게 주어 부르게 하였다.
그의 사집인 《악장집樂章集》은 132개의 악곡에 가사를 넣은 사 216수
를 수록하고 있는데, 가사마다 생동적이고도 선명한 이미지들을 통속
적인 언어와 뛰어난 음률의 조화로 맛깔스럽게 노래하고 있어 어느
계층에서나 널리 사랑을 받았다. 그는 특히 편폭이 긴 가사에 애정,
타향살이, 그리움, 이별, 선비의 고뇌들을 진실되고 자연스러운 예술
적 형상으로 그려냄으로써 사의 형식과 언어표현에 커다란 변화를
일으켰던 것이다.
  당시에 구양수歐陽脩, 소식蘇軾 등 이른바 뛰어난 사인들사이에서
냉소와 비평을 받았어도, 유영의 이름과 그의 사에 대한 문인과 민중
의 사랑은 한결같았다고 한다. 유영의 명성은 고려高麗에도 알려져서
《고려高麗史·악지樂志》에 그의 사 6수가 실려 있으니 이규보李奎報,
이제현李齊賢 등 고려사인의 사창작에서도 그의 영향력을 찾을 수 있
을 것이다. 이처럼 유영 사의 의미는 그것이 송대 사회를 반영한 통속
문학이었으며, 또한 당시에 사라는 음악문학을 유행시키고 대중화시
켰다는 점에서 큰 의의가 있겠다.
  유영柳永의 사詞가 당시 이미 널리 불려지고, 음악에 맞춘 음악의
가사로서의 성격이 강했기 때문에 송대에 이미 그의 사집詞集이 남아

있다고 추측해 볼 수 있다. 하지만 유영이 생존해 있을 당시에 간행된 것인지 사후에 간행된 것인지는 자료가 충분치 않아 이에 대한 의견이 분분하다. 역대이래로 유영의 詞集인 《樂章集》의 판본은 매우 다양하다. 毛晋의 《宋六十名家词》(毛斧季校) 본, 吳重熹의 《山左人词》(缪荃孙本) 본, 朱祖谋의 《彊村丛书》본, 唐圭璋의 《全宋词》본이 있다.

이중에서 朱孝臧의 彊村叢書本으로 상, 중, 하 3권에 194수의 작품이 수록되어 있고, 다시 속첨곡자에 12수가 부록으로 붙어있어 모두 206수의 작품이 실려있다. 이는 모부계의 교정본을 근거로 하였으며, 가장 완전하다는 평을 받는다.[1] 특히 唐圭璋의 全宋詞本으로 유영사를 212수 수록하였는데, 주효장의 판본을 근거로 하였으며 의심나는 것은 다시 모부계의 교정본을 살펴 교정하였다고 한다. 또한 詞調名이 없는 失調名을 포함하여 <瓜茉莉(秋夜)>, <女冠子(夏景)>, <十二時(秋夜)>, <紅窗逈>, <西江月>, <鳳凰閣>의 逸詞 7수를 보충하였고, 다른 판본에서 유영사로 잘못 넣은 17수도 存目詞로 따로 실었다.

본 역주는 현재 전하는 유영사의 판본으로 가장 완정하다고 평을 받는 朱孝臧의 彊村叢書本을 근거로 해서 唐圭璋이 1970년에 교정을 가한 台灣中央興地出版社의 全宋詞本에 실린 《악장집樂章集》을 저본으로 삼고, 中華書局에서 나온 《樂章集校註》와 中國書店에서 나온 《柳永詞新釋輯評》을 참고하여 역주하였다.

그러나 국내에서는 아직 유영사전집을 완역한 책은 나오지 않은 실정이다. 다만 송용준 《유영 사선》(민음사, 2009년, 총32수 번역), 박홍준의 《유영 사선》(지식을 만드는 지식, 2009년, 총38수 번역) 2권이 나와 있을 뿐이다. 본서는 국내에서 최초로 유영사 213수 전체가 실려

---

1) 車柱環, 위의 책, pp11-13

있는 《악장집》을 정밀하게 역주했다는 점에서 학술적 가치가 있다. 매번 당송사唐宋詞 관련 연구를 하면서 가장 대중적인 사작가 유영을 좀 더 인간적으로 만나고 그의 고뇌와 작품세계를 좀 더 깊이 느끼고 싶었다. 그래서 본서를 번역하게 되었다. 미흡한 부분이 많음에도 소중한 내용들을 독자와 함께 나누고자 번역서로 출판하니 강호제현의 많은 채찍을 바란다.

2020년 10월
이태형 序

목차

【正宮】

1 〈黃鶯兒〉 咏鶯(꾀꼬리를 읊다)

園林晴畫春誰主。暖律潛催, 幽谷暄和, 黃鸝翩翩, 乍遷芳樹。觀露濕縷金衣,訴。無據。　乍出暖煙來, 又趁游蜂去。恣狂蹤跡, 兩兩相呼, 葉映如簧語。曉來枝上綿蠻, 似把芳心、深意低終朝霧吟風舞。當上苑柳農時, 別館花深處, 此際海燕偏饒, 都把韶光與。

숲 속 비 개인 낮에 찾아온 봄은 누가 주인인가, 따사로운 기운 재촉하고, 깊숙한 계곡에 햇빛이 온화하여, 꾀꼬리 훨훨 날아, 갑자기 꽃나무로 옮겨가네. 이슬 젖은 비단옷 입은 님 보고 있자니, 잎사귀에 반짝이는 생황 소리 같구려. 새벽 오자 가지 위에 앉아 지저귀니, 꽃봉오리 잡은 듯, 깊은 정을 낮은 목소리로 들려주네. 의지할 데 없어라,

갑자기 따뜻한 아지랑이 속에서 흘러나와, 또 나는 벌을 따라 가기도 하네. 제멋대로 돌아다니며, 짝지어 서로 부르면서, 온종일 안개와 바람 속에서 시 부르고 춤추네. 제왕의 화원에 버드나무 녹음 우거질 때, 행궁 별장에 꽃 만발할 곳, 여기에 바다제비 유독 살찌우니, 모두가 봄빛과 함께 하네.

| 주석 |

1) 咏鶯 : 꾀꼬리를 읊다.
2) 潛催 : 몰래 재촉한다는 뜻이다.
3) 暄和 : 따스한 봄을 말한다. 화창한 시절을 말한다.
4) 翩翩 : 펄펄 날다는 뜻이다.
5) 綿蠻 : 《시경詩經》 소아小雅의 편명으로, 새의 울음소리이다.
6) 韶光 : 춘광春光을 말한다.

7) 金衣 : 금빛으로 꾸민 화려한 비단옷을 말한다.

8) 簧語 : 생황 연주하는 소리. 거문고와 피리를 연주하는 소리를 말한다.

9) 綿蠻 : 꾀꼬리가 꾀꼴 꾀꼴 우는 소리이다. 《시경詩經》<소아小雅 면
만綿蠻>에 "꾀꼴 꾀꼴 꾀꼬리가, 무성한 산 숲에 그쳤다.(綿蠻黃鳥,
止于丘隅)"라고 되어 있다.

10) 無據 : 의자할 곳이 없다는 말이다.

11) 恣狂 : 제멋대로. 마음대로. 방종하다는 뜻이다.

12) 上苑 : 상원은 한 무제漢武帝 때 천자의 봄가을 사냥놀이를 제공하
기 위하여 각종 새와 짐승을 기르는 숲으로 상림원上林苑, 또는 금
림禁林이라고도 한다.

13) 海燕 : 바다제비를 말한다.

14) 偏饒 : 유독 끌리다(살찌다)는 뜻이다.

2 玉女搖仙佩 佳人(아름다운 사람)

飛瓊伴侶, 偶別珠宮, 未返神仙行綴。取次梳妝, 尋常言語, 有
得幾多妹麗。擬把名花比。恐旁人笑我, 談何容易。細思算, 奇
葩艷卉, 惟是深紅淺白而已。爭如這多情, 佔得人間, 千嬌百
媚。　　須信畫堂繡閣, 皓月清風, 忍把光陰輕棄。自古及今,
佳人才子, 少得當年雙美。且恁相偎倚。未消得, 憐我多才多
藝。願奶奶、蘭人蕙性, 枕前言下, 表余深意。爲盟誓。今生斷
不孤鴛被。

선녀 비경飛瓊의 반려자로, 우연히 선녀 궁을 떠나, 아직까지도 신선들
대열로 돌아가지 못하였네. 차근차근 단장하고, 일상을 얘기해, 얼마
나 아름다운 선녀를 만났던가. 아름다운 꽃에 견주려 하지만, 사람들
이 나를 비웃으며, 어찌 쉽게 얘기하냐 할까봐 두렵네. 곰곰이 생각해

보니, 기이하고 아름다운 화초들은, 오직 짙은 빨강과 옅은 흰색 뿐이라. 어쩌면 이렇게나 다정한 사람이, 세상의 온갖 아름다움을 차지하였는가.   확실히 화려하고 아름다운 누각에는, 휘영청 밝은 달과 맑은 바람이 있는데, 차마 가는 세월을 가벼이 저버리겠는가. 예로부터 지금까지, 미인과 다재다능한 사람이 있지만, 당시에 재색을 겸비한 이 적다오. 장차 마음대로 의지해도, 감당할 수 없다오. 나의 다재다능한 나를 아껴주오. 바라건대 여인이여, 아름답고 우아한 성품으로 베갯머리에서 고백하노니, 나의 깊은 뜻 밝혀주오. 맹세하오, 이번 생애에 결코 원앙금침 혼자 덮지 않으리라.

| 주석 |

1) 飛瓊 : 서왕모西王母의 시녀인 선녀 허비경許飛瓊을 말한다.
2) 珠宮 : 진주보석 장식을 사용한 궁전. 여기에서는 선녀궁仙宮을 말한다.
3) 行綴 : 행렬. 대열. '철綴'은 연결되는 것을 말한다.
4) 取次 : 되는 대로. 내키는 대로.
5) 幾多 : 얼마나.
6) 姝麗 : 아름답다.
7) 葩 : 꽃을 말한다.
8) 卉 : 풀의 총칭이다.
9) 爭 : 어찌.
10) 皓月 : 밝은 달을 말한다.
11) 忍 : 어찌 차마 ~ 하랴? 차마 ~하지 못하다.
12) 當年 : 성년盛年. 나이가 찬 장년을 말함.
13) 恁 : 이와 같이. 이렇게.
14) 未消得 : 감당 할 수 없다.
15) 嬭嬭 : 옛날 여주인에 대한 호칭이다.

16) 蘭心蕙性 : 여성의 조용하고 우아한 품격을 비유하였다.

17) 斷不 : 결코 ~ 하지 않다.

18) 孤 : 어기다. 저버리다는 뜻이다.

3 〈雪梅香〉 景蕭索(경치는 쓸쓸한데)

景蕭索, 危樓獨立面晴空。動悲秋情緒, 當時宋玉應同。漁市
孤煙裊寒碧, 水村殘葉舞愁紅。楚天闊, 浪浸斜陽, 千裡溶溶。
　　　　　臨風想佳麗, 別後愁顏, 鎭斂眉峰。可惜當年, 頓乖雨
跡雲蹤。雅態妍姿正歡洽, 落花流水忽西東。無慘恨, 相思意,
盡分付徵鴻。

경치가 쓸쓸한대, 높은 누대 홀로 서서 개인 하늘을 마주한다. 슬픔이
일렁이는 가을 정서여, 당시의 송옥과 같으리라. 어시장에 외로운 안
개 올라와 차가운 강물에 물오리 지나가고, 어촌 마을엔 낙엽이 춤추
며 근심으로 붉어진다. 남녘 하늘 광활하고, 물결은 석양 속으로 스며
들어, 끝없이 넘실거린다.　　　　바람 맞으며 아름다운 꽃 생각하니,
이별 후 슬픔에 젖은 표정이여, 진종일 눈썹을 찌푸리고 있겠지. 아쉽
구나 당시에, 갑자기 비바람 불어댄 자취여. 고운 자태가 참으로 즐거
웠는데, 꽃 떨군 냇물 흘러 갑자기 동서로 갈라졌구나! 번민어린 슬픔,
그리운 마음에, 모두 기러기가 소식 전해주길 당부할밖에.

| 주석 |

1) 當時宋玉應同 : 송옥宋玉은 전국 시대 초楚나라의 시인이자 대부로
자는 자연子淵이며, 굴원屈原의 제자로 알려져 있는데, 그가 지은
〈구변九辯〉에 "슬프도다! 가을 기후여. 소슬하구나! 초목이 떨어지
고 쇠락함이여.(悲哉! 秋之爲氣也. 蕭瑟兮! 草木搖落而變衰.)"라는

구절이 있는데 이를 원용한 것이다.

2) 孤煙 : 외로운 안개(연기)를 말한다.

3) 浪浸 : 흰 물결이 스며 들어온다는 말이다.

4) 斜陽 : 지는 해. 석양을 말한다.

5) 溶溶 : 물이 넘실거리며 흐르는 모양을 말한다.

6) 鎭 : 항상. 장구한.

7) 頓乖雨跡雲蹤 :

8) 雨跡雲蹤 : 남녀간의 애정을 말한다.

9) 落花流水 : 떨어진 꽃잎이 물 따라 흘러간다.

10) 無憀恨 : 번민에서 오는 한. 여기서는 이별의 슬픔과 한을 가리킨다.

11) 征鴻 : 멀리 날아가는 큰 기러기를 뜻한다. 고향의 소식이 두절되었다는 것이다.

4 〈尾犯〉 夜雨滴空階(저녁비는 빈 섬돌에 떨어져)

夜雨滴空階, 孤館夢回, 情緒蕭索。一片閒愁, 想丹靑難貌。秋漸老、蛩聲正苦、夜將闌, 燈花旋落。最無端處, 總把良宵, 祇恁孤眠却。　　　　佳人應怪我, 別後寡信輕諾。記得當初, 翦香雲爲約。甚時向、幽閨深處, 按新詞、流霞共酌。再同歡笑。肯把金玉珍珠博。

저녁비는 빈 섬돌에 떨어져, 외로운 객사에서 꿈 깨니, 마음이 쓸쓸하네. 한 조각의 수심에, 어여쁜 얼굴 그리워도 생각이 떠오르지 않네. 가을이 점점 깊어져, 귀뚜라미 소리에 참으로 마음 괴롭고, 밤 새려는데, 불똥 빙글돌며 떨어지네. 아무 기댈 곳 없어, 모두가 아름다운 밤인데, 다만 외로이 잠으로 보내네.　　　　미인은 나를 이상하게 보리라. 이별한 후로 언약을 지키지 않는다고. 기억하네 당초에, 향기어린 머

23

리카락 잘라 약속하였지. 어느 때나 고요한 규방 깊은 곳 향해, 새롭게 가사를 부르고 신선주 함께 마시나. 다시 같이 즐기고파. 그러면 금은 보화를 널리 얻은 듯 하리라.

| 주석 |

1) 尾犯 : 사패이름으로, 다른 명칭으로는 <碧芙蓉>라고 부른다. 곡조는 宋柳永의 《樂章集》권上에서 보인다. 《樂章集》에서는 正宮이라고 주석했다. 《夢窗詞集》에서는 黃鐘宮이라고 주석했다.

2) 丹靑 : 초상화이다. 한漢나라 선제宣帝 때 곽광霍光, 소무蘇武 등 공신功臣 11인의 초상화를 그려 기린각麒麟閣에 걸어 놓고 기렸던 고사가 있다. 《漢書 李廣蘇建傳》

3) 蛩 : 귀뚜라미.

4) 夜將闌 : 곧 밤이 다해가다. 밤중이 다가다. 밤을 샐 무렵이라는 뜻이다.

5) 蕭索 : 쓸쓸하다, 소색하다는 뜻이다.

6) 無端 : 무단히. 이유없이. 아무런 까닭없이.

7) 甚時向 : 어느 때나. 언제나.

8) 幽閨 : 조용하고 그윽한 규방. 아녀자가 기거하는 방을 말한다.

9) 流霞 : 신선이 마신다는 좋은 술을 가리킨다. 두보杜甫의 <종무생일宗武生日>시에 "유하를 조각조각 나누어서, 방울방울 천천히 기울이노라. (流霞分片片, 涓滴就徐傾.)"라고 되어 있다. 《杜少陵集·宗武生日》

5 〈早梅芳〉 海霞紅(바다 노을 붉어지고)

海霞紅, 山煙翠。故都風景繁華地。譙門畫戟, 下臨萬井, 金碧樓台相倚。芰荷浦漵, 楊柳汀洲, 映虹橋倒影, 蘭舟飛棹, 游人聚散, 一片湖光裡。 漢元侯, 自從破虜徵蠻, 峻陟樞庭貴。籌帷厭久, 盛年畫錦, 歸來吾鄉我裡。鈴齋少訟, 宴館多歡, 未周星, 便恐皇家, 圖任勛賢, 又作登庸計。

바다 노을 붉어지고, 산 안개는 푸르다. 옛 도성의 풍경 깃든 번화한 땅. 초문에 화극 걸어두고, 아래로 수많은 마을이 자리하니, 금벽누대가 서로 의지하네. 포구에 연잎 피어나고, 모래톱엔 버들 자라나니, 무지개다리를 비춰 그림자 스러지네. 난초배에 날듯이 노 젓고, 노니는 사람들은 모였다 흩어지는데, 한 조각 달 빛 호수 속으로 떠있네. 한나라 제후가 오랑캐를 격파한 이후로, 높은 조정에 올라가 귀하게 되었지. 궁궐에서 물리도록 살면서, 융성한 해에 금의환향하여, 내 고향 마을로 돌아왔다. 수령이 되어 송사는 적었고, 관사의 연회는 즐거움이 많다오. 아직 12년이 되기 전에, 곧장 조정에서, 공훈을 세우도록 맡겨서, 또 등용할 생각일까 두렵구려.

| 주석 |

1) 海霞 : 바다 노을을 말한다.

2) 譙門 : 문루門樓 아래 있는 문. 귀족과 고관의 저택을 가리킨다.

3) 畫戟 : 당나라 때 3품 이상 고위 관원의 저택 문 앞에 세워 두었던 채색彩色한 목창木槍이다.

4) 萬井 : 만정萬井은 고대에 지방 1리里를 1정井이라고 했던 데서, 즉 만 리 지방을 말하는데, 또는 천가 만호千家萬戶의 뜻으로도 쓰이며, 순일舜日과 요천堯天은 요순堯舜 시대의 천하란 뜻으로, 전하여 태평성대를 말한다.

5) 芰荷 : 자신의 깨끗한 절조만을 고집하며 타협하지 않는 것을 말한다. 《초사楚辭》 <이소離騷>에 "연꽃 잎 따다 옷 만들어 입는다.(製芰荷以爲衣兮)"라고 하였다.

25

6) 浦漵 : 바닷가 개펄을 가리킨다.

7) 虹橋 : 양끝은 처지고 가운데는 둥글고 높다랗게 솟은 무지개다리를 말한다. 강소성江蘇省에 있는 다리로 이 지역은 옛날 초楚 나라의 땅이었으므로 한 말이다

8) 蘭舟飛棹 : 춘추 시대 노반魯般이 목란木蘭 나무를 깎아 배를 만든 데서 유래하였다. 작고 아름다운 배의 미칭美稱으로 쓰인다. 전하여 멋스럽고 풍치 있는 뱃놀이를 뜻한다.

9) 峻陟 : 높은 곳(조정)에 오르다는 뜻이다.

10) 籌帷 : 악주幄籌는 좌주유악坐籌帷幄 또는 운주유악運籌帷幄의 준말로 군막軍幕에 앉아 계책으로 적을 이기는 것을 뜻한다.

11) 晝錦 : 대낮의 비단옷이란 뜻으로, 항우項羽가 일찍이 진秦나라의 함양咸陽을 도륙한 뒤에 혹자가 그에게 함양에 그대로 머무르기를 권유하자, 항우가 진나라의 궁실들이 모두 파괴되어 버린 것을 보고는 자기 고향인 강동江東으로 돌아가려 하면서 말하기를 "부귀하여 고향에 돌아가지 않는 것은 마치 비단옷을 입고 밤길을 걷는 것과 같다.(富貴不歸故鄕, 如衣錦夜行.)"라고 한 것으로, 인하여 뒤에 부귀하여 고향에 돌아가는 것을 "비단옷을 입고 낮길을 간다.(衣錦晝行)"는 말이 있게 되었다. 《漢書 · 項籍傳》

12) 鈴齋 : 주군州郡의 수령이 관할하는 지역을 말하는데, 동헌東軒, 관아官衙를 가리킨다.

13) 周星 : 주성周星 또는 세성歲星(목성) 이라고 한다. 주성의 순환 주기인 12년을 이르는 말이다.

14) 勛賢 : 공훈이 있는 현명한 신하.

15) 登庸 : 등용하다. 《시경書經》<요전堯典>에 요임금이 신하에게 "누가 때를 따라 등용할 만한가? (疇咨若時登庸)" 묻고, 또 "누가 나의 일을 잘 따르겠는가? (疇咨若予采)" 하고 자문을 구하는 구절이 있다.

6 〈斗百花〉 颯颯霜飄鴛瓦(쌀쌀한 서릿바람 암키와에 내리고)

颯颯霜飄鴛瓦, 翠幕輕寒微透, 長門深鎖悄悄, 滿庭秋色將晚,
眼看菊蕊, 重陽淚落如珠, 長是淹殘粉面。鸞輅音塵遠。

　無限幽恨, 寄情空㘽紈扇。應是帝王, 當初怪妾辭輦, 陡頓
今來, 宮中第一妖嬈, 卻道昭陽飛燕。

쌀쌀한 서릿바람 암키와에 내리고, 비취 장막 안으로 가벼운 한기가
살짝 스며드네. 장문궁 깊게 잠겨 고요하고, 정원 가득 가을빛이 저물
고 있네. 국화의 꽃술을 보고있자니, 중양절에 진주처럼 눈물 떨구고,
항상 흐르는 눈물이 화장을 지우네. 천자 수레의 소식은 멀기만 하다.

　　남모르는 한 끝없어, 떨어진 비단 부채에 정 부쳐보네. 분명
히 제왕은, 애초에 나를 이상하게 여겨 행차를 사양하였지만, 갑자기
지금 찾아오면, 궁중에서 제일 어여쁜 이는, 도리어 소양궁의 조비연
이라고 말하리라.

| 주석 |

1) 鴛瓦 : 짝을 이룬 기와로 암키와와 수키와를 이른다. 원앙새는 수컷
을 원鴛, 암컷을 앙鴦이라 하는데, 원와元瓦는 수키와인 원와鴛瓦이
고 앙와央瓦는 암기와인 앙와鴦瓦이다.

2) 長門 : '장문長門'은 한漢나라 궁궐 이름이다. 한 무제漢武帝의 진 황
후陳皇后가 처음에는 남달리 총애를 받다가 뒤에 투기로 인하여 장
문궁長門宮으로 쫓겨나 쓸쓸히 지내면서 시름과 슬픔으로 나날을
보냈다는 고사가 있는데, 전하여 총애를 잃은 여자가 거처하는 쓸
쓸한 궁원宮院을 비유한다. 참고로 당나라 이상은李商隱의 시 <상아
常娥>에 "상아는 응당 영약을 훔친 것을 후회했으리니, 바다 같은
푸른 하늘에 밤마다 애타는 마음이로다.(常娥應悔偷靈藥, 碧海靑

27

天夜夜心.)” 라고 하였다. 《淮南子·覽冥訓》

3) 鸞輅 : 천자나 왕후가 타는 수레를 말한다.

4) 紈扇 : ‘紈扇’은 깁부채를 말한다. 이 구절은 한나라 성제漢成帝의 후궁 중에 재색이 뛰어났던 반첩여班婕妤가 한때는 성제의 총애를 독차지했다가 뒤에 조비연趙飛燕으로 인해 총애를 잃고는 스스로 자신을 깁부채紈扇에 비유하여 <원가행怨歌行>을 지어 노래했던 데서 나온 말이다. 이 시에 “항상 맘속으로 가을철이 이르러, 서늘한 바람이 더위를 빼앗아 가면, 상자 속에 그대로 버려져서, 은정이 중도에 끊어질까 염려했었네.(常恐秋節至, 涼風奪炎熱, 棄捐篋笥中, 恩情中道絶.)”라고 되어 있다.

5) 輦 : 천자天子가 타는 수레를 가리킨다.

6) 陡頓 : 돌연, 갑자기, 별안간이라는 뜻이다.

7) 昭陽飛燕 : 한나라 성제成帝(재위 기원전 32년~기원전 7년)의 후비后妃인 조비연趙飛燕이 거주하던 궁전이다. 조비연은 성제의 총애를 받아 황후가 되었고, 애제哀帝(재위 기원전 6년~기원전 1년) 때에 황태후가 되었으나, 한나라 평제平帝(재위 1~5)가 즉위한 후에 황태후에서 폐위되어 효성황후孝成皇后가 되었고, 1개월 후에 서인으로 강등되어 자살하였다. 《漢書·外戚傳》

7 〈斗百花〉 煦色韶光明媚(따뜻한 봄빛 아름답게 비치고)

煦色韶光明媚。輕靄低籠芳樹。池塘淺蘸煙蕪, 廉幕閒垂風絮。春困厭厭, 抛擲斗草工夫, 冷落踏靑心緖。終日扃朱戶。

　　遠恨綿綿, 淑景遲遲難度。年少傅粉, 依前醉眠何處。深院無人, 黃昏乍析秋千, 空鎖滿庭花雨。

따뜻한 봄빛 아름답게 비치고, 가벼운 아지랑이 낮게 꽃나무를 감싸네. 연못은 짙은 안개에 잠기고, 주렴 장막에 한들한들 버들개지 날리네. 춘곤증 이기지 못해,'두초놀이도 그만두고, 차가워진 날씨에 답청하는 이 심사여. 종일 붉은 문 닫아 놓았네.   깊은 한은 끝이 없는데, 아름다운 청춘은 더디게 흘러가네. 어린 나이에 곱게 단장하고, 예전처럼 취하여 잠들 곳은 어디인가. 깊은 정원에는 인적 없고, 황혼녘 갑자기 그네가 끊어지니, 꽃비 가득한 정원을 공연히 잠가두네.

| 주석 |

1) 煦色韶光 : 소광韶光은 춘광春光. 봄날 아름다운 시절을 뜻한다.

2) 淺蕪煙蕪 : 풀이 나있는 땅에 상투머리처럼 한 층으로 들어올린 얇은 연무를 말한다. 즉 연무가 미혹되게 아득하게 보이는 풀이나 있는 땅을 가리킨다.

3) 斗草 : 두초는 고대에 많이 보급된 재능을 겨루던 민속이다. 문장은 두초유희斗草遊戱의 원류와 방법에서 비롯되었다. 민간에서 유명한 문장을 놓고 유려한 문체로 변환해서 문장력을 겨루는 것으로 보인다.

4) 답청踏靑 : 봄에 파랗게 난 풀을 밟고 거닌다는 뜻으로, 보통 청명절淸明節에 야외에 나가서 산책하며 노니는 것을 말한다.

5) 扃 : 경扃'은 문을 잠그는 나무이다. 문빗장을 말한다.

6) 淑景 : 맑은 햇빛을 가리킨다.

7) 傅粉 : 분을 바르다는 뜻이다.

8) 花雨 : 꽃비를 말한다. 청명절淸明節 무렵에 내리는 도화우桃花雨를 달리 이른 말이다. 《초계어은苕溪漁隱》을 지은 호자胡子는 "백거이白居易의 <장한가長恨歌>에 나오는 '배꽃 한 가지가 봄날에 비를 머금고 있다.(梨花一枝春帶雨)'라는 구절, '복사꽃이 어지러이 떨어지니 붉은 비가 오는 것 같다.(桃花亂落如紅雨)'라는 구절, '작은 정원 깊은 곳에 살구꽃이 비 오듯 한다.(小院深沈杏花雨)'라는 구

절, '황매의 시절이라 집집마다 비가 온다.(黃梅時節家家雨)'라는 구절은 모두 고금(古今)의 시사(詩詞) 가운데 사람들을 놀라게 한 구절이라고 했다.

8 〈斗百花〉滿搦宮腰纖細(한 웅큼 궁녀의 허리 가녀린데)

滿搦宮腰纖細。年紀方當笄歲。剛被風流沾惹, 與合垂楊雙髻。初學嚴妝, 如描似削身材, 怯雨羞雲情意。擧措多嬌媚。

爭奈心性, 未會先憐佳婿。長是夜深, 不肯便入鴛被, 與解羅裳, 盈盈背立銀釭, 卻道你先睡。

한 웅큼 궁녀의 허리 가녀린데, 나이는 이세 겨우 이팔청춘이라. 풍류가 이제 막 배어들기 시작하여, 수양버들 쌍 쪽머리가 어울리네. 처음 단정한 화장법 배우고, 그린듯 조각한 듯 고운 몸매하며, 남녀의 애정 부끄러워, 하는 행동마다 몹시 귀엽기만 하다.   어찌해야 하나 이 마음을. 아직 먼저 낭군의 사랑 받지 못하였네. 밤이 깊어져도, 원앙 금침에 다시 들어가지 않고 비단 치마 벗겨주자, 찰랑찰랑 채운 은등 잔 등지고 서서는. 도리어 "당신 먼저 주무세요" 하는구나.

| 주석 |

1) 滿搦 : 한 손으로 잡으면 꽉 차다. 한 손으로 움켜 쥘 수 있다.
2) 宮腰 : 여인의 가는 허리를 말한다.
3) 笄歲 : 여자가 성년이 되어 비녀를 꽂기 시작하는 나이라는 뜻으로, 열다섯 살을 가리킨다.
4) 垂楊雙髻 : 수양버들 모양의 쌍 쪽머리를 말한다.
5) 嚴妝 : 단정하게 화장하다.
6) 怯雨羞雲 : 남녀 간의 사랑에 겁을 내고 부끄러워하다. '雲雨'는 남

녀 간의 사랑 또는 밀회를 말한다.

7) 舉措 : 행동거지를 말한다.

8) 羅裳 : 화려한 무늬와 색감이 있는 비단으로 만든 치마를 가리킨다.

9 〈甘草子〉 秋暮(가을이 저무네)

秋暮。亂灑衰荷, 顆顆眞珠雨。雨過月華生, 冷徹鴛鴦浦。

池上憑闌愁無侶。奈此個情緒。卻傍金籠共鸚鵡。念粉郎言語。

가을 저물자, 시든 연잎에 어지럽게 뿌리던 빗방울, 방울방울 진주알 같네. 비가 그치자 달빛 떠올라, 원앙새 깃든 물가를 차갑게 비추네. 연못가 난간에 기대어도 슬픔을 함께 나눌 짝이 없으니, 이러한 고독한 심정을 어찌 하리오. 도리어 곁에 있는 새장의 앵무새 한 쌍과 함께하니, 아름다운 낭군과 했던 말 생각나네.

| 주석 |

1) 亂灑衰荷 : 가을비가 와서 처량하게 시든 연잎이 떨어지는 모습을 형용한 말이다.

2) 眞珠 : 진주를 말한다.

3) 鴛鴦浦 : 원앙새가 서식하며 쉬는 노는 물가를 뜻한다.

4) 池 : 여기서는 원앙새가 있는 연못을 가리킨다.

5) 奈此個 : 이것에 대하여 어찌할 방법이 없다는 뜻이다.

6) 憑闌 : 원앙새 깃던 물가 옆에 붙어있는 난간을 말한다.

7) 共 : 《汲古閣》本에는 "敎"으로 되어 있다. 다른 판본에는 "共"으로 되어 있다.

8) 粉郎 : 삼국시대 위魏나라 하안何晏이 자태가 아름답고 얼굴이 분칠

31

한 것처럼 하였는데 공주에게 장가들어 열후列侯에 봉해져, 이에 사람들이 분후粉侯 혹은 분랑粉郎이라고 한 데서 온 말로, 곧 뛰어난 미남자를 의미한다. 《三國志 魏志·何晏傳》

10 〈甘草子〉 秋盡(가을이 다가고)

秋盡。葉翦紅綃, 砌菊遺金粉。雁字一行來, 還有邊庭信。

　　飄散落華清風緊。動翠幕, 曉寒猶嫩, 中酒殘妝整頓。聚兩眉離恨。

가을이 다가고, 나뭇잎 떨어져 붉은 명주실 같네. 섬돌에 핀 국화꽃은 금가루 남겼네. 인人 자 모양으로 열을 지어 날아가는 기러기떼야, 아직 고향 소식 남아있더냐?　　회오리바람 불어 이슬 맺힌 화청지에 바람은 거세다. 비취색 장막은 나부끼고, 새벽의 한기는 오히려 부드러운데, 술기운 올라 흐트러진 화장 고쳐보네. 양쪽 미간 찌푸리며 이별의 한 서러워라.

| 주석 |

1) 紅綃 : 붉은 비단으로 만든 앞에 늘어뜨리는 휘장 또는 보자기를 말한다. 당나라 원진元稹의 <연창궁사連昌宮辭>시에 궁녀의 아리따운 모습을 형용해 "요염한 교태 눈에 가득한 채 붉은 비단 침구에 자다가, 구름 같은 머리털 단정히 빗고는 곧바로 단장하누나.(春嬌滿眼睡紅綃 掠削雲鬟旋粧束.)"라고 되어 있다.

2) 金粉 : 금가루를 말한다. 이백李白의 시 <은명좌가 오색구름 빛깔의 갖옷을 보내 준 데 대해 답하는 노래(酬殷明佐見贈五雲裘歌)>에 보면 "가볍기가 마치 송화에서 떨어진 금빛 꽃가루 같다.(輕如松花落金粉)"라고 구절이 있다.

3) 雁字一行來 : 안자는 곧 열列을 지어 날아가는 기러기 떼를 말한다.
   기러기 떼는 흔히 일一 자, 또는 인人 자 모양으로 열을 지어 날아
   가기 때문에 이른 말이다.
4) 落華 : 화청지에 꽃이 떨어진 것을 말한다.
5) 嫩 : 부드럽다. 예쁘다.
6) 中酒殘妝 : 술에 취해 구토한 이물질로 인해 화장이 더러워진 것을
   말한다.

11 〈送徵衣〉 過韶陽(봄 볕 지나가고)

過韶陽。璇樞電繞, 華渚虹流, 運應千載會昌。罄寰宇, 薦殊
祥。吾皇。誕彌月, 瑤圖纘慶, 玉葉騰芳。並景貺三靈眷佑, 挺
英哲、掩前王。遇年年、嘉節淸和, 頒率土稱觴。　　　無間要荒
華夏, 盡萬裡、走梯航。彤庭舜張大樂, 禹會群方。鵷行。望上
國, 山呼鰲抃, 遙爇爐香。竟就日、瞻雲獻壽, 指南山、等無疆。
願巍巍、寶歷鴻基, 齊天地遙長。

봄 볕 지나가고, 북두성은 번개를 에워싸고, 화려한 물가에 무지개 떠
다니는데, 천년 만에 만난 천운으로 번영을 맞이하네. 온누리 텅비어,
매우 특별한 상서로움을 바친다. 우리 황제여, 원손 탄생하시니, 황실
족보에 경사 이어, 아름다운 시문의 종이 향기가 사방으로 퍼지네. 모
든 이가 축복하여 천지인의 신령이 돌봐주리라. 영석함이 뛰어나, 앞
시대 왕을 앞지른다오. 해마다 아름답고 온화한 날 맞아, 온 영토에
축배를 들게 한다.　　　먼 황무지와 중화의 구별 없이, 만 리 밖에서,
사다리 타고 배 타고 달려온다. 황궁 뜰에선 순임금의 큰음악 연주하
고, 우가 방방곡곡 사람들과 회동하네. 큰 새처럼 날아올라, 상국을
바라보며, 만세 부르고 손뼉치고, 멀리서 향로에 향 피우네. 마침내

해에 나악 구름 올려보며 술잔 드리나니, 남산을 가리켜 그같이 만수무강하시오. 원컨대 높디 높은 보령과 위대한 사업, 천지와 나란히 영원하여라.

| 주석 |

1) 선추璇樞 : 선기옥형璿璣玉衡을 이르는데, 지도리가 있는 것은 북극성이 지도리처럼 회전축이기 때문이다.

2) 환우寰宇 : 천하를 가리킨다.

3) 탄미월誕彌月 : 산월産月이 찼다는 말로, 원손元孫의 탄생을 가리키는데, 《시경詩經》 대아大雅 생민生民에 "아기 낳으실 달이 모두 차자, 첫아기를 양처럼 쉽게 낳았다.(誕彌厥月 先生如達)"는 말이 나온다.

4) 瑤圖 : 국가의 산천 형세를 그린 지도, 제왕의 세계世系, 왕실의 족보를 뜻한다.

5) 玉葉騰芳 : 흔히 '옥엽玉葉'은 금지옥엽金枝玉葉의 준말로 왕가의 자손을 귀하게 부르는 말이다. 그러나 '옥엽玉葉'은 본래 종이를 가리킨다. 여기서는 시문류를 나타내는 좋은 종이를 뜻한다. '등방騰芳'은 향기가 사방으로 퍼진다는 뜻이다.

6) 景貺 : 상제가 나에 내리는 큰 하사를 뜻한다.

7) 三靈眷佑 : 三靈은 천신天神·지기地祇·인귀人鬼를 말한다. 육번陸璠의 <석궐명石闕銘>에 "우러러 삼령에 화합하고 아래로 억조창생을 따른다.(仰協三靈 俯從億兆)"라고 되어 있다.

8) 遇年年·嘉節淸和 : 매년 4월이 되면 송 인종 탄신일이라는 좋은 명절이 돌아온다는 뜻이다.

9) 率土 : 온 세상의 모든 사람들이라는 뜻이다. 《시경》의 <북산北山>에 "하늘 아래 모든 곳이 왕의 땅 아님이 없으며, 넓은 땅 끝까지 왕의 신하 아님이 없다.(普天之下, 莫非王土. 率土之濱, 莫非王

臣.)"라고 되어있다.

10) 要荒 : 요복要服과 황복荒服의 합친 말로, 서울에서 멀리 떨어진 변두리 지역을 가리킨다. 부연하면, 요황要荒은 천자 도읍지에서 먼 지방을 말하는 것이다. 즉 중국에서는 본토 밖 5백리 되는 곳을 번복藩服이라 하고 거기서 다시 5백리 밖을 유복綏服, 유복에서 5백리 밖을 요복要服, 요복에서 5백리 밖을 황복荒服이라 하였다는 것인데 여기에 말하는 요황은 중국에서 가장 먼 지방의 나라를 의미하는 말이다.

11) 華夏 : 중국의 고대 명칭이다. 중화中華와 같은 말이다.

12) 梯航 : 제항梯航'은 '제산항해梯山航海'의 약칭으로 험준한 산을 사다리를 타고 넘고 거친 바다를 배를 타고 건넌다는 뜻인데, 멀고 험난한 노정을 말한다.

13) 彤庭 : 동정彤庭'은 붉게 칠한 궁궐의 뜰로, 전하여 궁궐을 가리킨다.

14) 鵷行 : '원행鵷行'은 조정 백관百官들의 행렬을 가리키는 말로, 원반鵷班·원로鵷鷺 등으로 쓰기도 한다. 두보杜甫의 시 <지일견흥봉기북성구각노양원고인거성(至日遣興奉寄北省舊閣老兩院故人去聲)>에 "오경 삼점에 조정 반열에 들어간다.(五更三點入鵷行)"라는 구절이 있다. 《杜詩詳註》

15) 上國 : 여기서는 송나라 인종仁宗대를 가리킨다.

16) 鰲抃 : '오변鰲抃'은 몹시 기뻐 손뼉을 치고 춤을 추면서 하는 축하를 말한다. 《초사楚辭》의 <천문天門>편에서 "자라가 산을 이고 손뼉을 치니 어떻게 안정될 수 있겠는가.(鰲戴山抃, 何以安之.)" 라는 구절이 있다.

17) 竟就日 : 임금의 덕德을 칭찬하는 말이다. 요堯 임금의 인자함이 하늘과 같고 그 지혜가 신神과 같았으므로, 신하들이 태양을 향하듯 구름을 바라보듯(就之如日, 望之如雲) 숭앙했다는 고사가 나온 것이다. 《史記·五帝本紀》

18) 瞻雲獻壽: 천자를 향하여 장수를 비는 의식을 말한다.

19) 指南山、等無疆: 만수무강을 기원하는 송축을 말한다.《시경詩經》
의 <천보天保>편에 나오는 아홉 가지의 축복, 곧 여산如山 · 여부如阜
· 여강如岡 · 여릉如陵 · 여천방지如川方至 · 여월항如月恒 · 여일승如日
升 · 여남산수如南山壽 · 여송백무如松柏茂를 가리키는데, 그 시에 "하
늘이 그대를 보정하사, 흥성興盛하지 않은 것이 없는지라, 산과 같
고 언덕 같으며, 뫼와 같고 큰 언덕 같으며, 냇물이 막 이르는 것과
같아서, 더하지 않음이 없도다.……초승의 달과 같고, 떠오르는 태
양과 같으며, 장수하는 남산과 같아, 이지러지지 않고 무너지지 않
으며, 무성한 송백과 같아, 끝없이 흥성하지 않음이 없도다.(天保定
爾 以莫不興 如山如阜 如岡如陵 如川之方至 以莫不增……如月之
恒 如日之升 如南山之壽 不騫不崩 如松柏之茂 無不爾或承)"라고
되어 있다.《詩經 · 小雅 · 天保》

20) 巍巍: 높고 큰 모습을 뜻한다.《논어論語》의 <태백泰伯>편에 "위대
하시다, 요堯의 임금 노릇 하심이여! 높고 높아 오직 하늘이 위대하
시거늘 오직 요 임금만이 그와 같으셨다.(大哉! 堯之爲君也. 巍巍
乎唯天爲大, 唯堯則之.)"라고 되어있다.

21) 鴻基: 대업大業의 터전을 말한다.

12 〈晝夜樂〉洞房記得初相遇(깊숙한 내실에서 처음 만난
날 기억하고)

洞房記得初相遇, 便只合, 長相聚。何期小會幽歡, 變作離情別
緒, 況値闌珊春色暮。對滿目、亂花狂絮。直恐好風光, 盡隨伊
歸去。　　　一場寂寞憑誰訴。算前言, 總輕負。早知恁地難拚,
悔不當時留住。其奈風流端正外, 更別有、系人處, 一日不思

量, 也攢眉千度。

깊숙한 내실에서 처음 만난 날 기억하거니와, 만나자마자 오래 그대와 함께 있었네. 어찌 생각이나 했겠는가 잠깐 만나 남모를 기쁨이, 이별의 정서로 변해버릴 줄이야. 하물며 저물어가는 봄 날 저녁이 되어, 시야 가득히, 어지러이 날리는 꽃과 버들가지 보았네. 단지 두려운 것은 이 좋은 경치가, 그대를 따라 모조리 떠나가는 것이네.   한바탕 적막함을 누구에게 기대어 하소연하나. 생각해보니 이전의 말은, 모두 쉽게 저버렸구나. 일찍이 어떤 곳에서도 떨쳐버리기 어려운 줄 알았다면, 그 당시 그대를 잡아두지 못한 게 후회가 되네. 풍류가 단정한 것 외에는 어찌할 방법이 없네. 다시 이별함에 님 있는 곳에 매여, 하루라도 생각하지 않으면, 눈살을 천 번이나 찌푸리네.

| 주석 |

1) 只合 : 마땅하다. 당연하다.

2) 闌珊 : 쇠락하다는 뜻이다.

3) 直 : 특별히. 특별하다.

4) 總輕負 : 모두 쉽게 저버렸다는 말이다.

5) 恁地難拚 : 이와 같아서 버리기 어렵다. 어찌할 방법이 없다는 뜻이다.

6) 攢眉 : 눈썹을 찌푸리다는 뜻이다. 소식蘇軾의 <정월일일설중과회알객회작(正月一日雪中過淮謁客回作)>시중 제2수에 "무슨 한이 있어 눈썹을 찌푸리는가. 맑은 시구를 얻어서 좋아라.(攢眉有底恨, 得句不妨淸)" 라고 되어 있다.

13 〈晝夜樂〉 贈妓(기녀에게 주다)

秀香家住桃花徑。算神仙、才堪並。層波細翦明眸, 膩玉圓搓

素頸。愛把歌喉當筵逞。遏天邊, 亂雲愁凝。言語似嬌鶯, 一聲
聲堪聽。　　　洞房飲散簾帷靜。擁香衾, 歡心稱。金爐麝裊青
煙, 鳳帳燭搖紅影。無限狂心乘酒興。這歡娛, 漸入嘉景。猶自
怨鄰雞, 道秋宵不永。

향긋한 집에 사는 복사꽃밭으로 이어진 오솔길, 생각해보니 신선이
란, 재주와 능력을 겸비하였네. 잔물결 층층이 밀려 맑은 눈동자 잘
라, 흰 옥 둥글게 흰 목 갈아두네. 사랑스런 목소리로 자리에 편히
쉬네. 하늘 변두리에 노래소리 막혀, 어지러운 구름에 시름 엉기네.
말소리는 꾀꼬리 노래 같아, 한소리 한소리마다 듣기 좋구려.

　　깊숙한 방에 술자리 끝나자 휘장 안 고요하고, 향긋한 이불 덮으
니 기쁜 마음 어울린다. 금빛 향로에선 사향의 푸른 연기 피어오르고,
봉황 휘장엔 촛불의 붉은 그림자 흔들리네. 끝없는 즐거움에 술기운
나니, 이 즐거움은 점입가경이라. 오히려 이웃집 닭 소리 원망스러워,
가을밤이 길지 않다고 말하네.

| 주석 |

1) 贈妓 : 《汲古閣》本에 근거하여 《六一詞》에서 사제를 보충했다.

2) 秀香 : 세속의 떼가 묻은 한 여성을 나타내는 말이다.

3) 才堪並 : 재주와 능력을 서로 겸비한 것을 가리킨다.

4) 層波 : 미인의 눈을 비유하는 말이다.

5) 遏天邊 : 하늘가로 가던 구름이 음악을 들으려고 멈춘다는 뜻으로,
   풍악이 멋지게 울려 퍼지는 것을 말한다. 진秦나라의 명창 진청秦青
   이 노래를 부르자, 가던 구름도 그 소리를 듣고 멈춰 섰다는 '향알
   행운響遏行雲'의 이야기가 《열자列子》의 <탕문湯問>편에 전한다.

6) 金爐 : 쇠로 만든 향로이다.

7) 靑煙 : 푸른 연기를 말한다. 소식의 <한식미명지호상태수미래량현

령선재_{寒食未明至湖上太守未來兩縣令先在}>시에 "산 빛 어린 누런 모
자 이두방에 있고, 길옆의 푸른 연기 작미로에 있네.(映山黃帽螭頭
舫, 夾道靑煙鵲尾爐.)" 라고 되어 있다.

8) 鳳帳 : 용과 봉황의 형상을 그리거나 수놓은 휘장으로 두른 천 장막.

9) 嘉景 : 아름답고 오묘한 경지를 말한다.

14 〈柳腰輕〉 贈妓(기녀에게 주다)

英英妙舞腰肢軟。章台柳、昭陽燕。錦衣冠蓋, 綺堂筵會, 是處
千金爭選。顧香砌、絲管初調, 倚輕風、佩環微顫。　　乍入霓
裳促遍。逞盈盈、漸催檀板。慢垂霞袖, 急趨蓮步, 進退奇容千
變。算何止、傾國傾城, 暫回眸、萬人斷腸。

아리따운 무희는 허리가 나긋나긋해, 장대궁의 버들이고 소양전의 조
비연이라. 비단 옷 입은 고관대작이, 화려한 대청에서 연회를 베풀 적
에, 이곳에서 천금에 해당하는 미녀를 다투어 뽑는다. 향기로운 섬돌
돌아보니 관현악기가 비로서 어울리고, 가벼운 바람 의지해 옥노리개
가볍게 떨린다.　　　갑자기 <예상우의곡>의 빠른 곡조로 들어가자,
찰랑찰랑 느긋하다 점점 박자판도 빨라지네. 천천히 노을 소매 드리우
고, 연꽃 걸음 급하게 내달리며, 나아가고 물러남에 기묘한 모습으로
변한다. 생각건대 어찌 나라를 기울고 성을 기울게 하는 미인에 그치
겠는가, 잠깐 눈길 돌리니 수많은 사람들의 애간장을 끊어지게 하네.

| 주석 |

1) 贈妓 : 《汲古閣》本《六一詞》에 근거하여 소제를 보충했다.

2) 英英 : 단상에서 춤추던 한 명의 아름다운 기녀이다.

3) 章台柳 : 장대는 한漢나라 때 장안長安에 있던 궁전 이름인데, 그

궁전 아래에는 화류가花柳街가 형성되어 있으며, 버드나무가 많이 심겨 있었다고 한다. 당唐 나라 한굉이 장안長安에서 첩 유씨柳氏와 헤어진 뒤 안사安史의 난이 일어나자 유씨가 출가하여 비구니가 되었는데, 뒤에 한굉이 평로절도사平盧節度使 후희일侯希逸의 서기 書記가 되었을 때 사람을 시켜 유씨에게 "장대의 버들이여, 장대의 버들이여, 옛날의 푸르름을 지금도 지녔는지. 휘늘어진 긴 가지 옛날과 똑같다면, 다른 사람 손에 행여나 꺾일지도.(章臺柳, 章臺柳, 昔日靑靑今在否, 縱使長條似舊垂, 亦應攀折他人手.)"라는 시를 지어 보내었다.《全唐詩》

4) 昭陽燕 : 한대漢代의 소양 궁전에 있던 총애받던 미녀 조비연을 가리킨다. 이백李白의 <궁중행락사宮中行樂詞>시에 "궁중엔 그 누가 제일이던고, 조비연이 소양전에 있다네.……소양전에 복사꽃이 필 때면, 궁녀들이 서로 더불어 친하다네.(宮中誰第一, 飛燕在昭陽……昭陽桃李月, 羅綺自相親)"라고 한 데서 나왔다.《李太白集》

5) 綺堂 : 아름답고 화려한 대청을 가리킨다.

6) 絲管 : 관악기管樂器와 현악기絃樂器를 말한다. 보통 악기를 지칭한다.

7) 단판檀板 : 널빤지를 두드려서 박자를 맞추는 악기 이름이다.

8) 예의霓衣 : 신선의 의상을 가리킨다. 예상霓裳이라고도 한다. 당唐나라 현종玄宗이 방사方士 나공원羅公遠의 도움으로 월궁月宮에 올라가서 선녀들이 하얀 옷素練霓衣을 입고 뜰에서 추는 춤을 보고 무슨 곡이냐고 묻자, 예상우의霓裳羽衣라고 대답한 데서 온 말로, 선녀의 얇은 비단옷을 이른다.《太平廣記 · 羅公遠》

9) 盈盈 : 사뿐사뿐 춤추는 아름다운 무희의 모습을 가리킨다. 황정견黃庭堅의 시 <수선화水仙花>에 "물결 위를 가는 신선의 버선에 먼지가 이니, 물 위로 사뿐사뿐 달빛 아래 걷는 듯하네.(凌波仙子生塵襪, 水上盈盈步微月.)" 라고 되어 있다.

10) 傾國傾城 : 매우 아름다운 절세미인을 가리킨다.《한서漢書》<외척

전外戚傳 이부인李夫人>에 "북방에 미인이 있으니, 세상에 견줄 이 없게 홀로 뛰어나, 한번 돌아보면 남의 성을 망치고, 두 번 돌아보면 남의 나라를 망친다네. 성을 망치고 나라를 망치는 걸 어찌 모르겠냐마는, 미인은 다시 얻기가 어렵다네.(北方有佳人, 絶世而獨立. 一顧傾人城, 再顧傾人國. 寧不知傾城與傾國, 佳人難再得.)" 라고 한 데서 나온 말이다.

11) 暫回眸 : 갑자기 머리를 돌려서 잠깐 눈을 한 번 쳐다본다는 말이다.

15 〈西江月〉鳳額繡簾高卷(봉황 머리 수 놓은 주렴 높게 말아 올리고)

鳳額繡簾高卷, 獸環朱戶頻搖. 兩竿紅日上花棚. 春睡厭厭難覺。　　好夢狂隨飛絮, 閒愁濃, 勝香醪. 不成雨暮與雲朝. 又是韶光過了。

봉황 머리 수 놓은 주렴 높게 말아올리고, 붉은 대문에 달린 동물머리 문고리는 자주 흔들린다. 낚싯대 두어 길이 꽃 시렁 위로 해 치솟고, 봄에 실컷 자니 깨어나기 힘들구나.　　일장춘몽은 광풍에 날리는 버들개지 같아, 한가한 근심 짙어지고, 향긋한 탁주가 맛좋구나. 저녁 비와 아침 구름의 은밀히 사랑은 이루지 못했다. 또 이 좋은 봄날이 지나갔구나.

| 주석 |

1) 繡簾 : 수놓은 주렴을 가리킨다.
2) 獸環 : '獸環魚鑰'의 준말로, 짐승 머리 모양의 문고리와 물고기 모양의 자물쇠를 말한다.
3) 閒愁 : 한가한 시름(근심)을 말한다.

4) 雨暮與雲朝 : 전국시대 초楚나라 회왕懷王이 일찍이 고당高唐에서 낮잠을 자는데, 꿈에 한 여인이 나타나 말하기를, "첩은 무산의 여자로서 고당의 나그네가 되었습니다. 임금께서 고당을 유람하신다는 소문을 듣고 왔으니, 침석을 받들게 해주십시오.(巫山之女也, 爲高唐之客. 聞君遊高唐, 願薦枕席.)"라고 하였다. 이에 그와 같이 하룻밤을 잤더니, 이튿날 아침에 그 여인이 떠나면서 말하기를, "첩은 무산의 남쪽 높은 구릉의 험준한 곳에 사는데, 매일 아침이면 아침 구름이 되고 저녁이면 내리는 비가 되어 아침마다 저녁마다 양대 아래에 있습니다.(妾在巫山之陽, 高丘之岨, 旦爲朝雲, 暮爲行雨, 朝朝暮暮, 陽臺之下.)"라는 고사가 전한다. 후에 이를 '조운모우朝雲暮雨' 또는 '무산운우巫山雲雨'라고 하여 남녀 간의 정사情事를 의미한다. 《文選 · 高唐賦》

5) 香醪 : 향긋한 탁주를 말한다. 명대 문인 정호程顥의 <하백경령선기공주한낭중下白徑嶺先寄孔周翰郎中>시에 "감당의 옛 풍화를 물으려 했더니 주인이 길손을 맞아 향긋한 탁주에 취하였네.(欲問甘棠舊風化 主人邀客醉香醪.)" 라고 되어있다.

6) 韶光 : 춘광春光. 봄날의 좋은 시절을 의미한다.

16 〈傾杯樂〉 禁漏花深(금루에 꽃 흐드러지고)

禁漏花深, 繡工日永, 蕙風布暖。變韶景、都門十二, 元宵三五, 銀蟾光滿。連雲複道凌飛觀。聳皇居麗, 嘉氣瑞煙葱茜。翠華宵幸, 是處層城閬苑。　　龍鳳燭、交光星漢。對咫尺鰲山開羽扇。會樂府兩籍神仙, 梨園四部弦管。向曉色、都人未散。盈萬井、山呼鰲抃。願歲歲, 天仗裡, 常瞻鳳輦。

금루에 꽃 흐드러지고, 자수 놓느라 하루는 길어지는데, 화초향기 품은 바람에 따스함 퍼지네. 봄볕 변해 도성 12월, 정월 십오일 대보름날, 둥근 달빛 가득하네. 복도가 구름에 걸릴만큼 우뚝한 경관이라. 우뚝 솟은 웅장하고 아름다운 곳에 살며, 아름다운 경치에 짙푸른 상서로운 안개 뒤덮였네. 황제께서 야간에 왕림하셔, 선경같은 층층 성곽에 머무셨지.   용봉 촛불 눈부시게 은하수 비추네. 가까운 오산 대하여 깃부채 펼쳐드네. 악부에 보인 두 신선, 이원법부의 관현악단이 합주하네. 새벽빛 밝아지는데, 도시사람들 흩어지지 않네. 도회지 가득 매운 사람들 기뻐서 손뼉치며 만세를 부르네. 해마다 황도 안에서, 항상 황제 수레 보고자 하네.

| 주석 |

1) 禁漏 : 궁중에 있는 물시계를 말한다. 옥루에서 남는 물을 이용하여 의기軟器를 만들었다. 금루禁漏는 비어 있으면 기울고 적당히 차면 똑바로 되며 가득 차면 엎어지도록 만든 것이다.

2) 繡工 : 아름다운 자수를 놓는 여공女工을 말한다.

3) 薰風 : '惠風'과 같고 산들바람을 말한다.

4) 韶景 : 봄 경치를 가리킨다.

5) 都門十二 : 모든 도성을 가리킨다.

6) 元宵三五 : 음력 정월 15일 원소절을 말한다.

7) 連雲 : 구름이 지극히 높다는 것을 형용한 말이다.

8) 複道 : 건물과 건물 사이에 비나 눈을 맞지 아니하도록 지붕을 씌워 만든 통로이다.

9) 혜제惠帝가 궁전에 복도複道를 가설하려 하자 숙손통叔孫通이 "폐하께서 스스로 복도를 가설하시려 하는데, 고제高帝 침전의 의관을 매달 고제 사당에 가지고 가高帝寢衣冠月出遊高廟 배알하는 행사가 있으니 자손들이 어떻게 종묘로 통행하는 길 위를 다닐 수 있겠는가."라고 하니, 혜제가 가설한 복도를 허물었다.《漢書·叔孫通傳》

10) 聳皇居麗 : 황제가 기거하는 높이 우뚝솟고 아름다운 궁궐을 말한다.

11) 蔥茜 : 초목이 무성한 모양을 말한다. 기상이 왕성하고 성대하다는 말이다.

12) 翠華 : 물총새 깃으로 장식한 임금의 기旗. 즉 임금이 타는 수레를 말한다.

13) 龍鳳燭 : 용황무늬가 새겨진 큰 촛불을 말한다.

14) 鰲山 : 중국 송宋나라 원元나라 때의 풍습에, 원소절原宵節에는 채등 彩燈을 겹겹이 쌓아올려 산을 만드는데 그 모양이 전설에 나오는 거오巨鰲(바다에서 삼신산을 떠받치고 있는 큰 자라)와 비슷하므로 '오산鰲山'이라고 하였다. 송나라 주밀周密의 《건순세시기乾淳歲時記》 의 <원석元夕>에 "상원날 저녁 북소리가 두 번 울리면 임금이 작은 어가에 올라 선덕문宣德門으로 행행行幸하여 오산鰲山을 바라보는데 작어 어가를 메는 사람들이 모두 뒷걸음으로 가서 관람하기에 편하 게 한다.(元夕二鼓, 上乘小輦, 幸宣德門觀鰲山. 擎輦者皆倒行, 以便 觀賞.)" 라고 되어 있다.

15) 羽扇 : 촉한蜀漢의 제갈량이 진중陣中에서 윤건綸巾을 쓰고 삼군三軍 을 지휘할 때 사용하던 부채이다. 여기서는 춤추는 사람이 항상 사용하는 부채를 말한다.

16) 梨園 : 왕궁王宮의 교향악단을 말한다. 당나라 현종 때 악공樂工과 기생妓生 300명을 뽑아 음악과 노래를 가르치던 원園의 이름이다. 장안의 금원禁苑 안에 있었는데, 이들을 일러 이원제자梨園弟子라고 하였다. 《新唐書 · 禮樂志》

17) 鰲抃 : 몹시 기뻐 손뼉을 치고 춤을 추면서 하는 축하를 말한다. 《초사楚辭》의 <천문天門>편에 "자라가 산을 이고 손뼉을 치니 어떻 게 안정될 수 있겠는가.(鰲戴山抃, 何以安之)" 라고 되어 있다.

18) 天仗 : 천자의 의장儀仗을 말한다.

19) 鳳輦 : 천자가 타는 수레 지붕 꼭대기에 황금으로 봉황의 장식을

한 수레를 가리킨다.

17 〈笛家弄〉 花發西園(서쪽 정원에 꽃 만발하고)

花發西園, 草薰南陌, 韶光明媚, 乍晴輕暖淸明後。水嬉舟動,
禊飮筵開, 銀塘似染, 金堤如繡。是處王孫, 幾多游妓, 往往攜
纖手。遣離人, 對嘉景, 觸目傷懷, 盡成感舊。   別久。帝城當
日, 蘭堂夜燭, 百萬呼廬, 畫閣春風, 十千沽酒。未省, 宴處能忘
管弦, 醉裡不尋花柳。豈知秦樓, 玉簫聲斷, 前事難重偶。空遺
恨, 望仙鄉, 一餉消凝, 淚沾襟袖。

서쪽 정원에 꽃 만발하고, 남쪽 길에 풀은 무성하니, 봄볕은 밝고 어여
쁘다. 청명 후엔 언뜻 비 개이자 따사롭다. 물놀이 배 흔들리며, 계모임
에 술잔치를 열려, 은빛 연못은 물들인 듯, 금빛 둑은 수 놓은 듯 하구
려. 이곳에는 왕손들이 기생들과 얼마나 자주 노닐었나, 왕왕 섬섬옥
수 잡는다. 떠나는 사람은 아름다운 경치가 대하니 보이는 것 마다
가슴 아파, 모든 것이 옛날을 추억하게 한다.   고향을 떠난 지
오래되었다. 도성에서 한낮을 보내고, 밤엔 난향 가득한 대청에서 촛
불 밝히고, 백만냥으로 도박을 하고, 화려한 누각에 봄바람이 불어,
열 병이고 천 병이고 술을 사서 마셨다네. 아직 깨지 않았는데, 연회가
있었던 자리의 악기 연주 아랑곳하지 않고, 술기운 속에 기생도 필요
없다오. 진루에 옥퉁소 소리가 끊어질 줄 어찌 알겠는가, 옛일을 다시
만나기 어렵다오. 단지 한이 남으니, 신선 사는 곳 바라보며, 오랫동안
응시하자니, 눈물이 옷깃을 적신다.

45

1) 草薰 : 푸른 풀이 발육하면서 나오는 향기를 말한다.

2) 韶光 : 춘광春光 즉 봄볕을 말한다.

3) 水嬉舟動 : 배를 타고 물놀이하면서 즐겁게 노는 것을 말한다.

4) 禊飮 : 수계修禊와 같은 말이다. 음력 3월 상사일上巳日에 모여서 1년 동안 몸에 밴 부정을 냇물에 흘려보내는 풍속을 이른다. 《三國遺事·駕洛國記》

5) 遣離人 : 고향을 떠난 멀리 떨어져 있는 사람을 말한다.

6) 盡成感舊 : 모두 옛일에 대한 추억의 감정이 변했다는 뜻이다.

7) 帝城當日 : 당시 서울(경성)에서 지내던 나날을 말한다.

8) 蘭堂 : 당실堂室의 미칭으로, 흔히 아름다운 방 또는 여자가 쓰는 그윽한 방을 가리킨다.

9) 百萬呼廬 : 도박자금 백 만 냥을 구하기 위해 초가집을 부른다는 말이다.

10) 畫閣 : 그림같은 누각을 말한다.

11) 十千沽酒 : 많은 술을 사다 마시다는 뜻이다. 백거이白居易의 <늦봄에 술을 사다晚春沽酒>시에 "내가 타는 말을 팔고, 나의 옛 조복을 전당 잡혀, 몽땅 다 술을 사서 마시고, 곤드레 취해 돌아가네.(賣我所乘馬, 典我舊朝衣.盡將沽酒飮, 酩酊步行歸.)"라는 구절이 있다.

12) 未省 : 일찍이 알지 못했다는 뜻이다. 여태껏 이러한 일이 있어본 적이 없다는 말이다.

13) 花柳 : 화가유항花街柳巷의 준말로 흔히 기녀를 말한다. 즉 미색을 가리킨다.

14) 秦樓 : 진秦나라 목공穆公이 딸 농옥弄玉과 그의 남편 소사蕭史를 위해 지어 준 집이고, 초택楚澤은 초楚 나라 굴원屈原이 조정에서 쫓겨난 뒤 행음行吟한 택반澤畔을 가리킨다.

15) 重偶 : 다시 한번 우연히 만나다는 뜻이다.

16) 仙鄕 : 신선이 사는 선계仙界를 뜻하는데, 여기서는 자신의 집이 곧 신선이 사는 곳이라는 의미로 비유한 것이다.

17) 一餉 : 잠깐동안, 한식경이라는 뜻이다.

18) 消凝 : 상한 감정으로 인해 정신이 든다는 말이다.

【大石調】

18 〈傾杯樂〉 皓月初圓(하얀 달 갓 둥글어지고)

皓月初圓, 暮雲飄散, 分明夜色如晴畫。漸消盡、醺醺殘酒。危閣遠、涼生襟袖。追舊事、一餉憑闌久。如何媚容艶態, 抵死孤歡偶。朝思暮想, 自家空恁添淸瘦。 算到頭、誰與伸剖。向道我別來, 爲伊牽系, 度歲經年, 偸眼覰、也不忍花柳。可惜恁、好景良宵, 未曾略展雙眉開口。問甚時與你, 深憐痛惜還依舊。

하얀 달 갓 둥글어지고, 저녁 구름 회오리바람에 흩어지니, 밤색은 개인 낮처럼 분명하다네. 점점 다 사라지네, 남은 술에 취해버렸네. 높은 누각, 옷소매에 서늘한 바람 생겨난다. 옛일 추억하고, 한결같이 난간에 오래 기대었네. 아름다운 자태는 어떠한가? 죽을 때 외롭지만 만나면 즐거웠다오. 아침 저녁으로 그리워서, 집안이 공허하니 더욱 야위었다오.　　　　생각건대 처음부터, 누구와 이 회포를 맘껏 풀어보나. 내가 헤어진 이래로, 그대에게 매여, 몇 년이 경과했네. 우연히 화류계의 미인 얼핏보고 차마 다른 기녀를 보기 어려웠네. 좋은 경치 좋은 밤 애석한데, 일찍이 두 미간이 조금 펴지고 환히 웃어본 적이 없었다네. 묻노니 언제쯤이나 그대와 함께, 옛날처럼 돌아올지 매우 가엾고 애석하다네.

|주석|

1) 危閣 : 높은 누각을 말한다.

2) 一餉 : 잠깐동안. 한끼 밥먹는 정도의 짧은 시간이라는 뜻이다. 소식蘇軾의 <차운유공보숙질호가次韻劉貢父叔姪扈駕> 시에 "우리 함께 천자 속거의 먼지 뒤에 의탁하여, 균천을 잠깐 뵈온 게 꿈속 같은 영광이로세.(共託屬車塵土後, 鈞天一餉夢中榮)" 라는 구절이 있다.

3) 抵死 : 시종. 한결같이. 처음부터 끝까지.

4) 伸剖 : 쪼개서 가른다는 뜻으로, 분명히 분석한다는 말이다. 펴서 진술하다는 뜻이다.

5) 別來 : 이별한(헤어진) 이후를 말한다.

6) 花柳 : 화류가花柳街의 아리따운 기녀를 비유한 말이다. 한漢나라 때 장안長安에 있던 궁전 이름이다. 그 궁전 아래에 화류가가 형성되어 있었으며, 버드나무가 많이 심겨 있었다고 한다. 한나라 장안의 거리를 가리키기도 한다.

19 〈迎新春〉 嶰管變青律(해관 소리에 봄날로 변하고)

嶰管變青律, 帝裡和新布。晴景回輕煦。慶嘉節、當三五。列華燈、千門萬戶。遍九陌、羅綺香風微度。十裡然絳樹。鰲山聳、喧天簫鼓。　　漸天如水, 素月當午。香徑裡, 絕纓擲果無數。更闌燭影花陰下, 少年人、往往奇遇。太平時、朝野多歡民康阜。隨分良聚。堪對此景, 爭忍獨醒歸去。

해관 소리에 봄날로 변하고, 도성 안은 새봄의 따스한 기운이 퍼진다.

개인 경치에 살짝 따스함이 감돈다. 원소절 명절을 축하하기 위해, 천리 만호에 화려한 등불 늘어놓았네. 온 거리마다 비단 옷의 향기로운 바람 살랑 지나간다. 십리 길에 강수처럼 붉은빛 타오르네. 전설 속 자라산 솟아, 하늘에서는 퉁소와 북소리가 크게 울려 퍼지네.

점점 하늘은 물처럼 맑아지고, 하얀 달빛은 대낮처럼 밝다오. 향긋한 오솔길에, 갓끈 끊어 무수한 과일을 던지네. 깊은 밤 촛불 그림자와 꽃그늘 아래에, 젊은이들 때때로 우연히 만났다. 태평시절 조정과 백성에 기쁨이 넘치고, 분수에 맞게 즐거운 모임 갖네. 이러한 경치 대하자니, 어찌 차마 홀로 술 깨어 돌아갈까나!

| 주석 |

1) 解管 두 구: 겨울이 가고 봄이 오니 날씨가 점점 따뜻해져 경도京都에 따뜻한 기운이 가득함을 의미함. 또 다른 의미로는 퉁소나 피리 등과 같은 대나무로 만든 관악기를 가리키기도 한다.

2) 청률靑律: 봄의 악률樂律. 옛날엔 악률과 시령時令에서 청색은 봄의 색이었다.

3) 양화陽和: 봄의 따뜻한 기운을 말한다.

4) 晴景: 맑은 햇볕이 따뜻한 날씨를 가져오는 것을 말한다.

5) 경후輕煦: 살짝 따스함. 봄 초의 기온을 말한다.

6) 當三五: 바로 음력 정월 보름 원소절元宵節을 맞은 것을 말한다.

7) 九陌: 한나라 때, 장안長安성에는 여덟 갈래 길八街과 아홉 개의 두둑九陌이 있었다. 이후에는 도시의 큰길을 일컫는 말이 되었다.

8) 羅綺: 원래는 견직물인데, 여기에서는 남녀의 무리를 가리킴.

9) 미도微度: 은근히 기습해오다.

10) 然: '연燃'이 본래 글자이다.

11) 绛樹: 전설 속 선녀궁의 나무이름이다. 《淮南子 · 地形》에서는 "곤륜산에는 나무와 곡식이 있다. ......강수(绛樹)는 그 남쪽에 있고,

벽수碧樹와 요수瑤樹는 그 북쪽에 있다."라 하였다. 여기에서는 인공으로 장식된 나무로 위에는 채색 등을 걸어 붉은 빛이 반짝이는 것이 마치 강수絳樹에 불이 붙은 것과 같음을 말하였다.

12) 鰲山 : 송나라 때 원소절 밤에는 꽃등을 켜서 그 날을 축복하였다. 채색된 등을 쌓아올려 산 모양을 만들었는데, 그 모양이 마치 전설 속의 거대한 바다거북 모양 같다하여 '오산鰲山'이라 불렀다.

13) 素月 : 새 하얀(흰) 달빛을 말한다.

14) 當午 : 하늘에 걸려있다. 말하고 있는 시점은 이미 자정 전후의 시간을 말한다.

15) 香徑 : 만발한 꽃들 사이에 난 오솔길을 가리키거나 또는 떨어진 꽃잎으로 가득한 오솔길을 가리킨다. 보통 길거리를 미화시켜 일컫는 말로 자주 쓰인다. 당唐나라 대숙륜戴叔倫의 시 <유소림사遊少林寺>에 "사리탑은 푸른 이끼로 덮이고, 향긋한 길은 흰 구름이 깊어라.(石龕蒼蘚積, 香徑白雲深.)"라고 하였다. 《全唐詩·遊少林寺》

16) 絕纓 : 한나라 유향劉向의 《說苑·復恩》에 나오는 기록에 의하면 "전국시대 초나라 장왕莊王은 군신에게 연회를 열어주었다. 날이 저무니 술자리의 분위기가 무르익어 가는데, 갑자기 불이 꺼져버렸다. 이때 누군가 여인의 옷을 잡아당겼는데, 그 여인은 그 사람의 관영冠纓(갓끈)을 끊어뜨리게 되었다. 이에 그 사람은 장왕에게 관영을 망가뜨린 사람을 찾아 달라 요청했지만, 장왕은 도리어 자리에 있던 사람들에게 모두 관영을 끊어버리라고 하고, 잠시 후, 불이 켜지자 모두들 다시 흥이 다 할 때까지 연회를 즐긴 후, 돌아갔다." 라고 하였다.

17) 擲果 : 반악이 거리를 나설 때면 아낙네들이 그의 수레에 과일을 수북이 던져 넣었다는 고사에서 유래됨. 남녀 간에 서로 수작을 걸며 노는 것을 비유함.

18) 更闌 : 밤이 깊음을 말한다.

19) 奇遇 : '絕纓', '擲果'와 같은 만남을 말한다.

20) 朝野 : 조정과 민간을 말한다.

21) 康阜 : 안락하고 풍족하다는 뜻이다.

22) 隨分 : 마음대로.

23) 良聚 : 아름다운 만남을 말한다.

24) 堪 : ~할 수 있다. ~할 만하다.

25) 爭忍 : 어찌 차마~하겠는가.

20 〈曲玉管〉 隴首雲飛(변경의 산에 구름 떠가고)

隴首雲飛, 江邊日晚, 煙波滿目憑闌久。一望關河蕭索, 千裡清秋。忍凝眸。杳杳神京, 盈盈仙子, 別來錦字終難偶。斷雁無憑, 冉冉飛下汀洲。思悠悠。　　　暗想當初, 有多少、幽歡佳會, 豈知聚散難期, 翻成雨恨雲愁。阻追游。每登山臨水, 惹起平生心事, 一場消黯, 永日無言, 卻下層樓。

변경의 산에 구름 떠가고, 강가에 해 저무는데, 오래도록 난간에 기대어서 물안개만 바라본다. 서서 쓸쓸한 관하를 바라보니, 온 세상이 가을빛인데, 어찌 차마 볼 수 있으랴. 아득한 경성의 아름다운 아가씨여, 이별 후로 소식 한 자 끝내 받지 못하네. 외로운 기러기도 소식 전할 길 없이, 물가 모래톱에 살포시 내려와 앉으니, 그리움만 하염없다.　　　처음 만나던 때 가만히 생각해 보면, 아름답던 만남이 그 얼마였던가. 만나고 헤어짐이 기약하기 어려워, 이렇듯 비구름 같은 수심으로 대번에 바뀔 줄 어찌 알았으랴. 따라 노닐 길 막혔으니, 매번 산에 올라 물가에 임할 적이면, 평생의 근심을 불러일으켜, 한바탕 암울한 기분 가라앉히고, 종일토록 아무 말 없다가, 도리어 누대를 내려오네.

1) 隴首 : 섬서성陝西省의 농현隴縣 서북쪽에 있는 산으로, 서쪽 변경의 요해처이다. 농판隴坂 또는 농수隴首라고도 하며, 흔히 변경 산을 뜻하는 말로 쓰인다.

2) 一 : 《汲古閣》本과 《歷代詩餘》판본에는 '일一'자로 되어있고, 다른 판본에는 '립立'자로 되어 있다.

3) 關河 : 함곡관函谷關과 황하黃河를 가리킨다. 보통 고향이나 도성에서 멀리 떨어진 변방을 뜻하는 말로 자주 쓰인다. 송宋나라 진사도陳師道의 시 <송내送內>에 "머나먼 관하 만 리 길을, 그대 떠나가니 언제나 돌아올꼬.(關河萬里道, 子去何當歸?)"라고 되어있다. 《後山集·送內》

4) 凝眸 : 응시하다는 뜻이다.

5) 杳杳 : 아득하다는 뜻이다.

6) 神京 : 황제가 거처하는 수도(도성)을 말한다. 당唐나라 장대안張大安의 <봉화별월왕奉和別越王>에 "고운 해가 방전을 비추니, 아름다운 기운이 도성에 쌓이구나.(麗日開芳甸, 佳氣積神京.)"라는 구절이 있다.

7) 錦字 : 수를 놓아 글자를 쓴 것으로, 흔히 정인情人에게 보내는 편지를 가리키는 말로 쓰인다. 전진前秦 두도竇滔의 처 소혜蘇蕙가 유사流沙로 쫓겨난 남편을 그리워하며 비단 옷감 위에 회문시廻文詩를 지어 보낸 고사에서 유래한 것이다. 《晉書·竇滔妻蘇氏》

8) 斷雁 : 외로운 기러기를 말한다. 또한 서신이 끊어지다는 뜻도 있다.

9) 冉冉 : 천천히. 느릿느릿.

10) 期 : 예상하다. 헤아리다. 추측하다.

11) 雨恨雲愁 : 사랑하는 남녀간의 이별을 비유하는 말이다. 전국시대 초楚나라의 누대樓臺 이름으로, 운몽택雲夢澤에 있는데, 운우지정雲雨之情의 고사가 있던 곳이다. 초나라 양왕襄王이 송옥宋玉과 고당

에서 놀았는데, 송옥이 말하기를 "옛날에 선왕께서 고당에서 노시다가 낮잠이 들어 꿈속에서 무산巫山의 선녀仙女를 만나 놀았는데, 그 선녀가 이별하는 즈음에 말하기를, '첩은 무산의 남쪽 고구高丘의 산속에 사는데, 아침이면 떠가는 구름이 되고 저녁이면 내리는 비가 되어 매일 아침과 저녁마다 양대陽臺의 아래로 내려옵니다.' 하였습니다." 하였다. 《文選·高唐賦》

12) 阻追游 : 막혀서 서로 쫓아 다니며 노닐 수 없었다는 뜻이다.

13) 消黯 : 상실감으로 인해 혼이 나가 떨어지는 이별의 수심을 말한 것이다.

14) 永日 : 하루 종일. 아침부터 밤까지 하루를 길게 보낸다는 뜻이다. 《시경詩經》<당풍唐風 산유추山有樞>에 "기뻐하고 즐거워하며 또 날을 길게 보낸다.(且以喜樂, 且以永日.)"라는 구절이 보인다.

21 〈滿朝歡〉 花隔銅壺(구리 항아리 너머에 꽃 피고)

花隔銅壺, 露晞金掌, 都門十二淸曉。帝裡風光爛漫, 偏愛春杪。煙輕晝永, 引鶯囀上林, 魚游靈沼。巷陌乍晴, 香塵染惹, 垂楊芳草。　　　因念秦樓彩鳳, 楚觀朝雲, 往昔曾迷歌笑。別來歲久, 偶憶盟重到。人面桃花, 未知何處, 但掩朱扉悄悄。盡日佇立無言, 嬴得凄涼懷抱。

구리 항아리 너머에 꽃 피고, 금 손바닥에 이슬 번득이며, 도성의 12월 맑은 새벽이로다. 황성의 풍광 난만하나, 유독 늦봄을 사랑하네. 안개 가볍고 낮은 긴데, 꾀꼬리 들어와 상림원에서 지저귀고, 물고기는 영소에서 헤엄친다. 거리에 잠깐 비 개이자, 향기로운 먼지 배어드는, 수양버들과 향긋한 풀. 　　　인하어 생각나네, 진루의 채색 봉황과, 초관의 조운묘가, 지난날 노래와 웃음에 미혹되었지. 헤어진 지 여러

해 지났건만, 우연히 사랑의 맹세 다시 기억나네. 복사꽃 같던 얼굴, 어디에 있는지 알 수 없네. 다만 붉은 문 닫고 쓸쓸하게 있으리라. 종일토록 우두커니 말없이 서 있자니, 처량한 회포만 가득해지네.

|주석|

1) 銅壺 : 금호金壺는 동호銅壺의 미칭인데, 옛날의 물시계이다. 구리로 병을 만들어 물을 채운 다음 아래 구멍을 열어 놓으면 양쪽 병으로 물이 떨어지는데, 오른쪽 병은 밤에 해당하고 왼쪽 병은 낮에 해당한다. 《初學記 · 漏刻》에 규룡이 금호에서 떨어진 물의 양에 따라 화살을 뱉어 시각을 알린다는 뜻이다.

2) 金掌 : 한 무제漢武帝 때 선약仙藥을 만들 때 사용할 이슬을 받는 승로반承露盤을 받치는 금으로 만든 선인仙人의 손이고 옥루玉樓는 화려한 누각으로, 모두 궁궐을 뜻한다. 즉 궁궐에 태평의 기운이 서리었다는 것이다.

3) 都門 : 도성을 말한다.

4) 春杪 : 봄 끝을 가리킨다.

5) 上林 : 상림원은 천자天子의 동산으로, 곧 대궐을 말한다.

6) 靈沼 : 궁궐 안에 있는 동물원動物園과 못을 말한 것임. 《시경詩經》 <영대靈臺> 시에서 문왕文王의 덕을 찬양하며 "왕께서 영유靈囿에 계시니 사슴들이 그곳에 엎드려 있도다. 사슴들이 살찌고 윤택하며 흰 새는 깨끗하고 희도다. 왕께서 영소靈沼에 계시니, 아, 물고기가 가득히 뛰노는구나.(王在靈囿, 麀鹿攸伏. 麀鹿濯濯, 白鳥翯翯. 王在靈沼, 於牣魚躍.)"라고 되어 있다. 또한 《맹자孟子》<양혜왕 상梁惠王上>에서 이 시를 인용하여, 문왕이 백성들과 더불어 이런 즐거움을 누렸음을 예찬하였다.

7) 香塵 : 향기로운 티끌이라는 뜻이다.

8) 秦樓 : 춘추 시대 진秦 나라의 봉대鳳台를 지칭한다. 진 목공秦穆公

의 딸 농옥弄玉이 피리의 명인 소사蕭史에게 시집을 가서 열심히 배운 결과 봉명곡鳳鳴曲을 지어 부르게 되자, 목공이 그들을 위해 봉대鳳臺를 지어 주고 거하게 하였는데, 뒤에 부부가 신선이 되어 하늘로 올라갔다는 고사가 전해 온다. 《後漢書·矯愼傳》

9) 楚觀朝雲 : 초 회왕楚懷王이 고당高唐이라는 곳으로 유람갔다가 피곤하여 낮잠을 잤는데, 꿈에 한 여인을 만났다. 그 여인이 "나는 무산에 사는 여인으로 왕이 유람왔다는 말을 듣고 왔는데, 침석枕席을 받들고 싶습니다." 하므로 인하여 운우雲雨의 정을 나누었는데, 여인이 돌아갈 적에 "나는 아침엔 구름이 되고 저녁엔 비가 되어 늘 양대陽臺 아래 있습니다." 하였다. 깨어보니 과연 그 여인의 말과 같았으므로 조운朝雲이라는 묘당廟堂을 세웠다 한다. 《宋玉·高唐賦》

10) 人面桃花, 未知何處 : 당나라 때 박릉博陵 사람인 최호崔護의 고사이다. 최호가 청명淸明에 성남城南으로 혼자 놀러 갔다가 목이 말라 어느 촌가를 찾아가 문을 두드리고 물을 청하였는데, 한 아름다운 여인이 문을 열고 물을 갖다 주었다. 다음 해 청명에 다시 찾았는데, 집은 그대로 있으나 문이 잠겨 있었다. 그래서 "지난해 오늘 이 문 안에는, 사람 얼굴과 복숭아꽃이 서로 비춰 붉었네. 사람은 어디 갔는지 알 수 없고, 복숭아꽃만 예전처럼 동풍에 웃고 있네. (去年今日此門中, 人面桃花相映紅. 人面不知何處去, 桃花依舊笑東風.)" 라는 시를 써서 대문에 붙였다. 이후로 남녀가 정을 나누고 헤어진 뒤 옛일을 추념하는 뜻의 '인면도화人面桃花'란 단어가 생겼다. 《類說·桃花依舊嘆春風》

11) 盡日 : 종일. 해가 다하도록.

12) 贏得 : 실컷~하다. 한껏~하다.

22 〈夢還京〉 夜來匆匆飲散(밤에 와서 급하게 술 마시고 헤어지니)

夜來匆匆飲散, 欹枕背燈睡。酒力全輕, 醉魂易醒, 風揭簾櫳,
夢斷披衣重起。悄無寐。　　　　追悔當初, 繡閣話別太容易。
日許時、猶阻歸計。甚況味。旅館虛度殘歲。想嬌媚。那裡獨守
鴛幃靜。永漏迢迢, 也應暗同此意。

밤에 와서 급하게 술 마시고 헤어지니, 베개에 머리 묻고 등불 등지고
잠들었네. 술기운 때문에 온전히 몸이 가벼웠고, 취한 정신은 깨기도
쉽네. 바람 불어 시렁에 주렴 걸고, 꿈이 끊어져 옷을 걸치고 다시 일
어났다. 심심해서 잠도 오지 않네.　　　당초에 행동 후회되네. 수놓은
규방에서 이별 얘기를 너무 쉽게 해버렸네. 아주 많은 시간 지나도,
아직도 돌아갈 계획 막혔다네. 무슨 상황인가. 여관에서 헛되이 한해
가 저물었네. 아름다운 정인을 생각한다. 어디에서 고요한 신혼방 홀
로 지키고 있으려나. 긴 밤은 아득하니, 또한 이러한 내 마음과 남모르
게 통하겠지.

| 주석 |

1) 醉魂易醒 : 술을 실컷 마시고 취해서 자고난 후에도 쉽게 정신이
   깨어나지 않음을 말한다.

2) 悄無寐 : 무료해서 조금도 잠을 잘 수 없었다는 말이다.

3) 日許時 : 아주 많은 시간이 지나다. 여러 날이 되었다는 뜻이다.

4) 猶阻歸計 : 아직도 돌아올 계획이 없다는 뜻이다.

5) 甚況味 : 이것은 무슨 상황인가라는 말이다.

6) 殘歲 : 한 해가 저문다. 1년의 세월이 지나가다는 뜻이다.

7) 嬌媚 : 아름답고 고운 자태를 말한다.

8) 永漏 : 밤이 길다는 뜻이다.

9) 迢迢 : 아득하다. 아스라이 멀다는 뜻이다. 양梁나라 소통蕭統의《소
  명태자집昭明太子集》<음마장성굴행飮馬長城窟行>에 "우뚝 솟은 산
  위의 측백나무요, 아스라이 멀리 떠나온 나그네로다. 떠나온 나그
  네 갈 길이 아득하니, 고향이 날로 멀어지는구나. 멀고 멀어 볼 수
  가 없으니, 멀리 바라보며 눈물 줄줄 흘리누나.(亭亭山上栢, 悠悠遠
  行客. 行客行路遙, 故鄕日迢迢. 迢迢不可見, 長望涕如霰.)"라고 되
  어있다.

23 〈鳳銜杯〉 有美瑤卿能染翰(아름다운 요경은 글 솜씨가 뛰어났는데)

有美瑤卿能染翰。千裡寄、小詩長簡。想初裂苔箋, 旋揮翠管
紅窗畔。漸玉箸、銀鉤滿。　　錦囊收, 犀軸卷。常珍重、小齋吟
玩。更寶若珠璣, 置之懷袖時時看。似頻見、千嬌面。

아름다운 요경은 글 솜씨가 뛰어났는데, 천리 밖에서 짧은 시와 긴
편지를 부쳐네왔. 상상해보면 처음에 편지지 잘라서, 바로 붉은 창틀
에서 푸른 붓 휘둘러 편지 썼겠지. 점점 옥 젓가락 은갈고리 같은 수려
한 문장으로 가득 찼겠지.　　비단 주머니에다 아름다운 시축권
집어넣었다. 항상 진중한 보물 작은 서재에서 읊조려보네. 진주 구슬
보다 더욱 값어치 있어, 몸에다 지니다가 때때로 보아야지. 마치 아름
다운 미인 자주 들여다보듯이 말일세.

| 주석 |

1) 染翰 : 후한後漢 때 초성草聖으로 일컬어졌던 장지張芝가 일찍이 글씨
  를 익힐 적에 자기 집안에 있는 모든 의백衣帛에다 반드시 글씨를
  쓴 다음에 다시 빨곤 했으므로, "못가에서 글씨를 연습하여 못물이

다 검어졌다.(臨池學書, 池水盡黑.)"라는 말이 생겼다.

2) 小詩長簡 : 짧은 시와 긴 편지를 말한다.

3) 苔箋 : 종이의 일종. 해태海苔를 넣어서 만든 종이. 태전苔牋이라고
도 한다.《太平廣記·器玩》

4) 翠管 : 취관은 취색翠色으로 장식한 상아통象牙筒을 말한다. 옛날에
납일臘日이면 천자가 취관에는 입술 트는 데 바르는 연고를 담았
다. 두보杜甫의 <납일>시에 "구지와 면약이 천자의 은택을 따라서,
취관 은앵에 담겨 하늘에서 내려왔네.(口脂面藥隨恩澤, 翠管銀罌
下九霄.)"라는 구절이 있다.《杜少陵詩集》

5) 玉箸 : 소전체小篆體의 하나이다. 글자의 형태가 대칭성이 강하며,
양쪽으로 내리는 필획을 길게 하기 때문에 마치 나란히 놓인 젓가
락 같다고 하여 붙여진 이름이다.

6) 銀鉤 : 아름다운 필체의 글씨를 뜻하는 말이다. 진晉나라 색정索靖
이 서법書法을 논하면서 "멋지게 휘어진 것이 흡사 은갈고리와 같
다."라고 한 말에서 유래하였다.《晉書·索靖列傳》

7) 錦囊 : 시를 넣는 주머니라는 뜻이다. 당나라 시인 이하李賀가 출타
할 때 그의 종奚奴의 등에 자신이 지은 시를 넣을 비단 주머니를
지고 다니게 했던 데서 유래한 말로 '해낭奚囊'이라고도 한다.《新
唐書·李賀》

8) 小齋 : 아담한 서재를 말한다.

24 〈鳳銜杯〉 追悔當初孤深願(외로움에 깊히 바라던 당초가
후회되네)

追悔當初孤深願。經年價、兩成幽怨。任越水吳山, 似屛如障
堪游玩。奈獨自、慵抬眼。　　　賞煙花, 聽弦管。圖歡笑、轉加腸

斷。更時展丹靑, 强拈書信頻頻看。又爭似、親相見。

외로움에 깊히 바라던 당초가 후회되네. 한해가 지나고 두해가 되니 그윽한 원망이 되었네. 월나라 강과 오나라 산을 마음대로 누비고, 병풍처럼 막히니 노닐며 완상하기 좋구려. 나 홀로 대충 눈으로 보더라도 어찌할 방법이 없다네.　　　안개꽃 감상하고, 악기 연주하는 소리를 들었네. 함께 기뻐 웃을 생각에 더욱더 애간장이 끊어지네. 훗날 아름다운 그림 펼치고, 억지로 편지 꺼내어 자주 들여다보네. 또 친히 만나보는 것과 얼마나 같은지.

| 주석 |

1) 經年 : 해가 지나가다는 뜻이다.

2) 慵抬眼 : 대충 눈으로 보다는 뜻이다.

3) 煙花 : 아름다운 봄 경치를 의미한다. 당대 이백李의 <황학루송맹호연지광릉黃鶴樓送孟浩然之廣陵>에 "벗은 서쪽으로 황학루를 작별하고 삼월의 연화 속에 양주로 내려가네.(故人西辭黃鶴樓, 煙花三月下揚州.)"라고 한 데서 온 말이다. 여기서는 봄 풍광이 아름다움을 말한 것이다.

4) 轉加 : 더해가다. 더욱 늘어나다는 뜻이다.

5) 腸斷 : 애간장이 끊어진다는 말이다. 참고로 송宋나라 구준寇準의 시 <강남춘江南春>에 "강남에 봄 다하도록 이별의 간장이 끊어지는데, 마름이 물가에 가득한데도 사람은 돌아오지 않는구나.(江南春盡離腸斷, 蘋滿汀洲人未歸.)"라고 하였다.

6) 更 : 더욱

7) 爭 : 어찌. 얼마나.

25 〈鶴沖天〉 閒窗漏永(적막한 창가에 그치지 않는 물시계
　　　　　　　　　　　소리)

閒窗漏永, 月冷霜華墮。悄悄下廉幕, 殘燈火。再三追往事, 離
魂亂, 愁腸鎖。無語沈吟坐。好天好景, 未省展眉則個。

　　　從前早是多成破。何況經歲月, 相抛彈。假使重相見, 還得
似、舊時麼。悔恨無計那。迢迢良夜, 自家只恁摧挫。

적막한 창가에 그치지 않는 물시계 소리, 달빛 차갑고 꽃에 서리는
떨어진다. 주렴 내린 장막 안 근심스러워, 등잔불은 껌뻑이네. 재삼
지난일 추억하고, 이별한 영혼은 어지러워, 근심스런 애간장 녹아내리
네. 말없이 앉아서 읊조린다. 좋은날 좋은 경치에, 나도 모르게 찡그리
던 미간 풀어지는구나.　　　　　종전에 일찍 만남과 이별이 많았건만,
어떻게 세월이 보낼까? 서로 술잔 던져버렸다. 가령 다시 만나더라도,
다시 옛날과 어떻게 같을쏘냐. 아무런 계획이 없는 것이 회한이 되네!
그윽하고 좋은 밤, 단지 자신을 스스로 좌절하기만 하겠지.

| 주석 |

1) 閒窗 : 쓸쓸한 창가, 적막한 창가를 말한다.

2) 漏永 : 물시계 소리를 말한다.

3) 下廉幕 : 주렴 내린 장막을 가리킨다.

4) 離魂亂 : 떠나는 혼이 어지럽다는 뜻이다. 이백李白의 <下途歸石門
　　舊居> 시에 "그대와 헤어져 돛 달고 떠나려 하니, 떠나는 혼이 아
　　직 남아 연교의 나무숲 맴도네.(將欲辭君挂帆去, 離魂不散煙郊
　　樹。)"라는 구절이 있다. 《李太白集》

5) 沈吟 : 조용히 읊조리다.

6) 未省展眉則個 : 일찍이 나도 모르게 찡그리던 미간이 풀어진다는
　　뜻이다. '칙개則個'는 어조사로 완곡하거나 상의하는 것을 표시하

는 어기이다.

7) 無是多成破 : 종전에 좋은 날도 많았고 일찍 만남과 이별이 많았다는 뜻이다.

8) 相抛弹 : 내가 술잔을 던져 버렸다는 말이다. 왜냐하면 이별한 여자에 대한 그리움 때문이었다. '相'은 '서로'라는 뜻이 아니고, 한 사람인 '나'를 가리킨다.

9) 那 : 아! 감탄을 나타내는 말이다.

10) 迢迢 : 길다. 아득하다는 뜻이다.

11) 摧挫 : 기나 기세가 꺾이다는 뜻이다.

26 〈受恩深〉 雅致裝庭宇(우아한 운치로 집안을 꾸미고)

雅致裝庭宇。黃花開淡濘。細香明艷盡天與。助秀色堪餐, 向曉自有眞珠露。剛被金錢妒。擬買斷秋天, 容易獨步。

粉蝶無情蜂已去。要上金尊, 惟有詩人鴛鴦浦。待宴賞重陽, 恁時盡把芳心吐。陶令輕回顧。免憔悴東籬, 冷煙寒雨。

우아한 운치로 집안을 꾸미고, 노란 국화 담박하게 진창 피어있다. 보드라운 향기에 맑고 어여쁘니 온통 하늘이 준 것이라. 뛰어난 빛 감돌아 즐거운 식사 돕느라, 새벽 가까워지자 자연스레 진주 같은 이슬 생기네. 단단한 돈으로 만든 꽃에게 질투 받겠지. 사들여 가을하늘 독차지하려는, 쉽사리 독보적인 존재라.　　　나비 무정하고 벌은 가벼렸다. 귀한 술동이에 오르니, 오직 시인만이 원앙 어울린 포구에 서 있네. 중양절 잔치 열어 감상하려고, 언제든지 꽃다운 마음 있는대로 토해낸다. 도연명은 가벼운 마음으로 되돌아보네. 동쪽 울타리에 초췌할지라도 차가운 안개와 비 속에 있지 않네.

1) 雅致裝庭宇 : 고아한 정취의 신선한 꽃장식이 된 규방을 말한다.

2) 黃花 : 국화꽃을 가리킨다.

3) 淡濘 : 담박하게 진창 피어있다. '담담淡淡'은 정도가 깊지 않다는 뜻이고, '담淡'은 진창泥濘하다. 질퍽하다는 뜻이다.

4) 天與 : 하늘이 주다는 말이다.

5) 助秀色堪餐 : 뛰어난 빛이 감돌아서 즐거운 식사를 돕는다는 뜻이다.

6) 眞珠露 : 진주로 만든 이슬 구슬을 망한다.

7) 剛 : 강성하다. 단단하다.

9) 金錢 : 돈(금전)으로 만든 꽃을 말한다. '금전화金錢花'의 줄인말이다.

10) 買斷秋天 : 가을 날씨(하늘)를 사다는 뜻이다.

11) 獨步 : 아무도 없이 홀로 걷는다는 뜻이다.

12) 金尊 : 금으로 된 술동이로 술동이의 미칭이다. 이백의 <제금릉왕처사수정題金陵王處士水亭>에 "청옥 대자리를 소제하고, 나를 위해 금준을 놓아두라.(掃拭靑玉簟, 爲余置金尊)"라는 구절이 있다.

13) 鴛鴦浦 : 원앙이 어울린 포구를 말한다.

14) 賞重陽 : 중양절을 즐기다는 뜻이다.

15) 芳心 : 꽃다운 마음(고운 마음)을 뜻한다.

16) 陶令 : 도령陶令은 팽택 영彭澤令을 지낸 진晉나라 도연명陶淵明의 별칭이다.

17) 東籬 : '동쪽 울타리'라는 뜻으로, 은거하는 곳을 이른다. 도연명陶淵明의 <음주飮酒>시 5수에 "인가 속에 오두막 지었건만, 시끄러운 거마 소리 없다오. 어떻게 그럴 수 있느냐 묻는다면, 마음이 멀면 땅은 절로 궁벽해진다오. 동쪽 울 밑에서 국화를 따니, 아득히 남산이 보이네.(結廬在人境, 而無車馬喧. 問君何能爾? 心遠地自偏. 採菊東籬下, 悠然見南山.)" 라는 구절이 보인다.

27 〈看花回〉 屈指勞生百歲期(손꼽을 만큼 힘겨운 인생도
　　　　　 백 세가 기한인데)

屈指勞生百歲期。榮瘁相隨。利牽名惹逡巡過, 奈兩輪、玉走
金飛。紅顏成白髮, 極品何爲。　　　　塵事常多雅會稀。忍不開
眉。畫堂歌管深深處, 難忘酒盞花枝。醉鄕風景好, 攜手同歸。

손꼽을 만큼 힘겨운 인생도 백 세가 기한인데, 영욕이 뒤따른다. 명리
에 이끌리다 어물쩍 세월 흐르고, 해와 달이 달려가도 어쩔 도리가
없구나. 붉은 얼굴이 백발이 되었으니, 고관이 된들 무슨 소용 있으랴.
　　　　세상일은 항상 많고 아름다운 만남은 드물다. 어찌 찌푸렸던
미간 펴지지 않겠는가. 아름답고 당실 깊고 깊은 곳에서 노래하고 연
주하니, 술잔과 꽃가지 잊기 어렵다. 취해서 풍경 좋은 곳 향하니, 서로
손잡고 돌아가자.

| 주석 |

1) 屈指 : 손가락을 꼽아가며 계산하다.
2) 榮瘁 : 영욕. 정치상의 득지와 실의를 말한다.
3) 利牽名惹 : 명리에 이끌리다. 명리에 얽매이다.
4) 逡巡 : 경각. 지극히 짧은 시간을 말한다.
5) 兩輪 : 두 개의 바퀴. 여기서는 해와 달을 가리킨다.
6) 玉走金飛 : 달이 달리고 옥이 날다. 흔히 옥玉은 달을, 금金은 해를
　　 지칭한다. 여기서는 해와 달의 운행 속도가 빠르다는 것을 말한다.
7) 極品 : 최고의 관위를 말한다.
8) 忍不 : 어찌 차마~하지 않을 수 있으랴.
9) 畫堂 : 단청하여 아름답게 꾸민 집을 이른다.
10) 酒盞花枝 : 술잔과 꽃가지. 즉 술과 아름다운 여인을 가리킨다.

28 〈看花回〉玉墄金階舞舜干(옥이야 금이야 귀한 계단에서
　　　　　　 순임금의 간척무를 추었고)

玉墄碱金階舞舜干。朝野多歡。九衢三市風光麗, 正萬家、急
管繁弦。鳳樓臨綺陌, 嘉氣非煙。　　　雅俗熙熙物態妍。忍負芳
年。笑筵歌連席連昏畫, 任旗亭、斗酒十千。賞心何處好, 惟有
尊前。

옥이야 금이야 귀한 계단에서 순임금의 간척무를 추었고, 아침 저녁으
로 즐거움 많았지. 번화한 도시의 저자거리 풍광은 아름답고, 참으로
집집마다 관현악기 연주 울려 퍼지네. 봉황 누각에 올라 번화한 길을
내려다보면, 안개도 아닌 것이 상서로운 기운 서렸네. 　　　단아한
풍속 화락하고 만물 아름답구나. 어찌 아름다운 세월 저버릴 수 있으
랴. 즐거운 연회에서 연달아 밤낮없이 노래 부르니, 주막에 한 말 술이
만 냥이라. 감상하는 마음 어느 곳이 좋을 수 있으랴! 오직 술잔 앞에
있고 싶구나.

| 주석 |

1) 玉墄 : 옥돌로 만든 주춧돌 계단을 말한다.

2) 舞舜干 : 순 임금때의 간척무干戚舞를 춘다는 뜻이다. 간척무는 절
조와 위엄이 있는 중국 고대 악무의 한 종류로, 고대 병기의 일종
인 방패와 도끼를 손에 들고 추는 무무武舞이다. 순舜 임금 당시에
유묘有苗가 복종하지 않았는데, 순 임금이 덕정德政을 닦는 한편
간척을 들고 춤을 추자 3년 만에 유묘가 와서 복종하였다고 한다.
《韓非子・五蠹》

3) 九衢三市 : 대로가 있는 번화한 도시를 가리킨다.

4) 急管繁弦 : 오락하는 장소에서 관악기와 현악기가 연주되어 흥이
일어난다는 뜻이다.

5) 鳳樓 : 궁궐 안의 누각을 말한다. 남조南朝 송나라 포조鮑照(414?~
   466)의 시에 "봉루는 열두 겹인데, 네 개의 문과 여덟 개의 깁을
   바른 창이네.(鳳樓十二重, 四戶八綺窓.)" 라고 되어 있다. 《鮑明遠
   集·代陳思王京洛篇》

6) 非煙 : 상서로운 운기雲氣를 말한다. 《사기史記》 천관서天官書에,
   "연기 같으나 연기가 아니요, 구름 같으나 구름도 아닌 것이 성대
   하고 번다하고 쓸쓸하고 높고 크고 하나니, 이것을 경운이라 하는
   데, 경운이란 바로 기쁜 기운이다.(若煙非煙, 若雲非雲. 郁郁紛紛.
   蕭索輪困, 是謂卿雲, 卿雲喜氣也)"라고 되어 있다.

7) 熙熙 : 화락和樂하고 자득自得한 모양인데 바로 태평성대를 의미한
   다. 《노자老子》제21장에 "세속의 중인들은 마치 푸짐한 잔칫상을
   받은 듯, 봄날 누대에 오른 듯 희희하다.(衆人熙熙, 如享太牢, 如登
   春臺.)"라고 되어있다.

8) 旗亭 : 주막(술집)을 이르는 말로, 술집에 깃발을 걸어두기 때문에
   이렇게 부르는 것이다. 주루酒樓의 별칭이다.

9) 賞心 : 마음이 유쾌하다. 기쁜 마음이라는 뜻이다. 남조南朝 사영운謝
   靈運의 <의위태자업중집시서擬魏太子鄴中集詩序>에 "천하에 좋은 날,
   아름다운 경치, 기쁜 마음, 즐거운 일 이 네 가지는 아울러 갖기가
   어렵다.(天下良辰美景賞心樂事四者難并)"라고 되어있다. 《文選註》

10) 尊前 : '樽'과 같고, 술잔이라는 뜻이다.

29 〈柳初新〉 東郊向曉星杓亞(동쪽 교외 새벽녘 되어가자
           국자모양인 북두칠성이 이같이 처졌다)

東郊向曉星杓亞。報帝裡、春來也。柳抬煙眼, 花勾露臉, 漸覘
綠嬌紅。妝點層台芳榭。運神功、丹青無價。   別有堯階試

罷。新郎君, 成行如畫。杏園風細, 桃花浪暖, 競喜羽遷鱗化。
遍九陌、相將游冶。驟香塵、寶鞍驕馬。

동쪽 교외 새벽녘 되어가자 국자모양인 북두칠성이 이같이 처졌다.
도성에 있는 사람들에게 봄이 왔음을 알리네. 연무 낀 대롱에 버들눈
은 처들고, 꽃에 이슬내린 얼굴 다듬어, 푸르던 버들잎 점점 교태로운
붉은 얼굴이 되어간다. 높은 누대와 꽃다운 정자를 단장하자, 신묘한
솜씨를 써서 단청은 가격을 매길 수 없다네.   별도로 요임금의
높은 누대에서 시험이 끝나니, 새 낭군들 그림같이 줄 이루었네. 살구
꽃 동산 바람 보드랍고, 복사꽃 물결 따뜻한데, 다투듯 기쁜 새들에서
물고기로 옮겨간다. 모든 길에서 서로 이끌고 즐겁게 논다. 향긋한 먼
지 날리며 귀한 안장 얹어 말 우쭐거리네.

| 주석 |

1) 星杓 : 국자모양인 북두칠성을 말한다.

2) 亞 : 다음. 버금. 이처럼.

3) 報帝裡 : 도성(서울)에 있는 사람들에게 알린다는 뜻이다.

4) 柳抬煙眼 : 연무 대롱(주머니)에 가느다란 버들잎이 막 돋아나기
   시작한다는 말이다. 참고로 버들잎을 가리켜 '유안柳眼'이라 하는
   데, 이는 잠에서 막 깨어나 떨어지기 시작하는 사람의 눈과 같다고
   하여 붙여진 이름이다. 송나라 이청조李淸照의 <접련화蝶戀花>사에
   "따스한 햇살 맑은 바람이 처음으로 추위를 깨뜨리니, 버들 눈과
   매화 뺨, 벌써 춘심이 움직이구나.(暖日晴風初破凍, 柳眼梅腮, 已覺
   春心動.)"라고 되어있다.

5) 花勻露臉 : 꽃에 이슬이 내린 것 같은 아름다운 여인의 얼굴을 가
   리킨다. '勻臉'은 여자의 얼굴에 화장품을 바르는 것을 가리킨다.

6) 層台 : 높은 누대를 말한다.

7) 神功 : 신령의 공력이라는 뜻이다. 여기서는 조물주 대자연이 아름

다운 봄을 만드는 데 많은 공력을 들였다는 의미이다. 남조南朝 송
나라의 시인인 사령운謝靈運이 꿈속에서 사촌 조카 사혜련謝惠連을
보고 '지당에 봄풀이 돋아났네.(池塘生春草)'라는 명구를 얻은 뒤
에 "이 시구는 신령이 도운 것이지 내 말이 아니다.(此語有神功,
非吾語也.)"라고 한 고사에서 따왔다.

8) 丹靑 : 채색하여 그린 그림을 말한다. 아울러 옛날부터 제왕帝王이
   공훈과 덕행德行이 있는 신하를 포장襃奬하고 높여서 형상을 채색
   으로 그리는 초상화를 의미하기도 한다.

9) 堯階試 : 황궁안에 있는 계단에서 거행하는 시험을 말한다. '階'은
   계단, 층계를 말한다.

10) 新郎君 : 당송시기 신방 진사新榜進士를 부르는 일종의 칭호이었다.

11) 成行如畫 : 신방 진사新榜進士 시험을 거행할 때 줄을 쓴 모습이 마
    치 그림과 같았다는 뜻이다.

12) 杏園 : 동산 이름으로, 당나라 때 막 진사에 급제한 사람에게 잔치
    를 내리던 곳이다.

13) 羽遷鱗化 : 순탄하게 높은 벼슬에 올랐다는 말이다. '청운靑雲'은 고
    관대작 또는 벼슬길을 비유한다. 참고로 순탄하게 높은 벼슬에 오
    르는 것을 '평보청운平步靑雲' 또는 '평지청운平地靑雲'이라 한다.
    '鱗化'는 '용문'은 황하黃河에 있는 물살이 매우 센 폭포로 잉어가
    이 폭포를 뛰어 오르면 용이 된다는 전설이 있다. 이로 인해 등용
    문登龍門은 과거 급제, 혹은 높은 벼슬에 오르는 것을 뜻한다.《後
    漢書》

14) 九陌 : 한漢나라 장안長安의 거리로, 도성의 번화로운 길거리를 뜻
    한다. 당나라 두보杜甫의 시 <건도12운建都十二韻>에 "바라건대 장
    안의 해를 굽혀, 광휘를 북원에 비춰주소서.(願枉長安日, 光輝照北
    原.)"라고 하였다.《全唐詩》

15) 相將游冶 : 서로 짝이 되어 한바탕 즐겁게 놀다는 뜻이다.

16) 驟香塵, 寶鞍驕馬 : 종횡으로 말을 빨리 몰고 달리자 길가에 먼지가
    날아서 일어났다는 말이다. 이 구절의 '香', '寶', '驕'자는 모두 갓
    과거시험에 합격하여 진사가 된 사람들을 가리키는 미사여구이다.

30 〈兩同心〉 嫩臉修蛾(예쁜 얼굴에 단장한 눈썹)

嫩臉修蛾, 淡勻輕掃。 最愛學宮體梳妝, 偏能做文人談笑。 綺
筵前舞燕歌雲, 別有輕妙。　　　　飲散玉爐煙裊。 洞房悄悄。
錦帳裡低語偏濃, 銀燭下細看俱好。 那人人, 昨夜分明, 許伊偕
老。

예쁜 얼굴에 단장한 눈썹, 담박하고 가볍게 소제했다. 학문을 가장 좋
아하는 궁녀처럼 머리를 빗고, 문인들과 담소 나누기를 가장 잘했지.
아름다운 연회장 앞에서 제비처럼 춤 추고 노래소리에 구름도 멈추니,
특별히 경쾌하고 오묘하다네. 　　　　 잔치 끝나자 옥향로에 연기는
하늘거리네. 여인의 안방은 조용하디 조용하네. 비단 휘장 속 속삭이
는 말소리는 자못 짙고, 은촛대 아래 모든 이가 행복한 모습 자세히
보이네. 그들은 어제밤 분명히, 백년해로를 약속했다네.

| 주석 |

1) 修蛾 : 누에나방의 모양처럼 아름다운 미인의 눈썹으로, 가늘고 길
   게 굽어진 눈썹을 이른다. 즉 미인의 눈썹을 뜻한다. 또한 상용되는
   비유의 표현인 '蛾眉'는 진晉나라 때 부호富豪 석숭石崇이 금곡金谷
   에 별장을 짓고 기첩妓妾 녹주綠珠를 데리고 살았는데, 조왕趙王 윤
   倫이 반역하여 정권을 잡자 사람을 보내 녹주를 달라고 청하였으
   나, 석숭이 거절하자 석숭을 잡아갔는데 이를 본 녹주가 누대에서
   뛰어내려 죽었다는 고사에서 온 말이다.

2) 綺筵 : 화려하고 풍성한 주연 자리, 잔치 자리를 말한다.

3) 舞燕歌斷行雲 : 춤추는 모습이 마치 조비연과 같이 가볍고 사뿐하
고, 오묘한 노래 소리는 가던 구름도 멈추게 했다는 뜻이다. 진秦나
라의 명창 진청秦靑이 노래를 부르자, 가던 구름도 그 소리를 듣고
멈춰 섰다는 '향알행운響遏行雲'의 이야기가 《열자列子》의 <탕문湯
問>편에 전한다.

4) 俱好 : 어느 방면으로도 모두 아름답고 좋다는 뜻이다.

5) 偕老 : 부인과 늙도록 해로偕老한다는 뜻이다.《시경》의 <용풍鄘風>
<군자해로君子偕老>에 "어쩌면 그토록 하늘 같으신고, 어쩌면 그토
록 상제 같으신고.(胡然而天也, 胡然而帝也)"라고 되어 있다.

31 〈兩同心〉 佇立東風(동풍 맞으며 우두커니 서서)

佇立東風, 斷魂南國。花光媚, 春醉瓊樓, 蟾彩迥, 夜游香陌。憶
當時、酒戀花迷, 役損詞客。　　　別有眼長腰搦。痛憐深惜。
鴛會阻、夕雨淒飛, 錦書斷、暮雲凝碧。想別來, 好景良時, 也應
相憶。

동풍 맞으며 우두커니 서서, 남방에서 혼이 끊겼네. 꽃 빛 아름다워
봄에 선궁의 누대에서 취하고, 달빛 멀어 야밤에 향긋한 길가를 누볐
지. 당시를 생각해보면 술과 꽃에 푹 빠져서, 문객으로서 할 일을 망쳤
었지.　　　유달리 눈동자가 크고 허리가 가느다란 미인이 있네.
가슴 아프고 매우 가엾구나. 원앙이 만날 길 가로막혀 저녁비에 처량
하게 날아가고, 비단에 쓴 편지 끊겨 해질 무렵 구름은 푸른 기운 엉기
었네. 헤어지고 나서 생각해보니, 좋은 경치에 좋은 날에 또한 서로
그리워하겠지.

1) 花光媚 : 꽃봉우리의 광채가 매우 예쁘고 아름다운 것을 말한다.
   이것은 남국의 꽃을 가리킨다.

2) 瓊樓 : 선경仙境에 있다는 구슬로 장식한 누대樓臺를 이르는데, 전
   하여 대궐大闕을 가리킨다. 소식이 송 신종宋神宗 희령熙寧 9년
   (1076)에 황주黃州로 귀양 가서 지은 <병진중추작겸회자유丙辰中秋
   作兼懷子由>시에 "내가 바람 타고 돌아가고 싶나니, 경루옥우 높은
   곳이 추위를 이기지 못할까 또 걱정일세.(我欲乘風歸去, 又恐瓊樓
   玉宇, 高處不勝寒)" 라고 되어 있다.

3) 蟾彩 : 달빛을 가리킨다. '섬蟾'은 두꺼비가 살고 있다는 달을 의미
   한다.

4) 香陌 : 향기로운 꽃과 버드나무가 있는 술집 거리를 말한다.

5) 役損 : 사 짓는 일에 지쳐서 심신에 해를 끼쳤다는 뜻이다.

6) 詞客 : 유영은 사로써 세상이 명성이 났다. 여기서는 유영 자신을
   가리킨다.

7) 鴛會 : 사랑하는 사람情人이 서로 만나는 것을 말한다.

8) 錦書 : 비단에 쓴 편지로, 흔히 부인이나 사랑하는 사람의 서신을
   가리킨다.

9) 別來 : 헤어진 후라는 뜻이다.

32 〈女冠子〉 斷雲殘雨(구름 흩어지고 비는 그쳤네)

斷雲殘雨。灑微涼、生軒戶。動清籟、蕭蕭庭樹。銀河濃淡, 華
星明滅, 輕雲時度。莎階寂靜無睹。幽蛩切切秋吟苦。疏篁一
徑, 流螢幾點, 飛來又去。　　　　對月臨風, 空恁無眠耿耿, 暗想
舊日牽情處。綺羅叢裡, 有人人、那回飲散, 略曾諧鴛侶。因循

忍便睽阻。相思不得長相聚。好天良夜, 無端惹起, 千愁萬緒。
구름 흩어지고 비는 그쳤네. 처마 창문에 서늘함 일어나네. 맑은 소리 울려 퍼져 정원의 나무 쓸쓸하네. 은하수는 때때로 짙다가도 옅어지는데, 휘황찬란한 별은 깜빡이네. 가벼운 구름은 때때로 흘러가네. 잔디 깔린 섬돌은 적막해서 머무는 사람이 없네. 그윽한 곳에서 귀뚜라미는 찌르찌르 처량히 울고 슬픈 가을을 알리네. 성긴 대숲 사이에 난 한 오솔길에, 반딧불 몇 마리가 반짝거리며 이리저리 오고가네.

 달 보고 바람 맞으니, 공연히 근심으로 잠 못 이루고, 지난날 정에 이끌렸던 곳 암암리에 생각나네. 아름다운 비단 속에서, 사람들 있는데, 몇 번이나 술 마시고 헤어졌던가, 일찍이 원앙의 짝처럼 대략 뜻이 맞았지. 습관처럼 차마 떨어지다 보니, 서로 그리워도 오랫동안 만나지 못하네. 좋은 날 좋은 밤 까닭없이, 온갖 근심과 생각 불러일으키네.

| 주석 |

1) 灑微涼、生軒戶 : 비가 쏟아지고 그치자, 처마 창문에 서늘함 일어난다는 뜻이다.
2) 淸籟 : 가을 소리를 말한다.
3) 蕭蕭 : 소슬하다. 쌀쌀하다. 쓸쓸하다. 전국시대 연나라의 자객刺客 형가荊軻가 진나라로 떠나며 부른 <역수가易水歌>의 "바람은 소슬하고 역수는 차가운데, 장사는 한번 떠나면 다시 돌아오지 못하리. (風蕭蕭兮易水寒, 壯士一去兮不復還.)"라고 되어있다.
4) 銀河濃淡 : 은하수가 때대로 밝고 때때로 어둡다는 뜻이다.
5) 華星 : 찬란하게 빛나는 별을 말한다.
6) 輕雲時度 : 가벼운 구름이 때때로 지나간다는 말이다.
7) 莎階寂靜無睹 : 장기간 잔디 깔린 섬돌은 적막하고 서늘하여 머무려고 하는 사람이 없었다는 뜻이다.
8) 幽蛩切切秋吟苦 : 그윽한 곳에서 귀뚜라미는 찌르찌르 구구절절

71

울면서 처량하고 비통한 가을을 알린다는 말이다. 이 구절에 있는 '공음蛩吟'은 귀뚜라미 울음으로, 귀뚜라미는 그 울음소리가 가을 밤에 길쌈을 재촉하는 듯하다 하여 촉직促織이라는 별칭이 있기도 하다. 곧 그 소리가 처량하고 쓸쓸하기에 나그네의 회한이 거기에서 생긴다는 말한다.

9) 疏篁 : 성긴 대나무 숲을 말한다.

10) 一徑 : 드물게 심어진 대나무 숲에 나있는 조그마한 오솔길을 말한다.

11) 空恁無眠 : 부질없이 근심스럽고 초조하여 잠을 이루지 못하는 모습을 말한다.

12) 耿耿 : 마음이 편안하지 않은 모양이다. 마음이 무겁고 불안하다. 초초하다는 뜻이다. 《시경》<백주柏舟>에 "두둥실 떠 있는 저 잣나무 배여, 또한 흐르는 물에 떠 있도다. 말똥말똥 잠을 이루지 못하여 애통하고 근심함이 있는 듯하노라.(汎彼柏舟, 亦汎其流. 耿耿不寐, 如有隱憂.)"라고 되어있다.

13) 綺羅 : 비단옷을 입은 사람을 가리키는 말로, 대체로 귀부인이나 미녀를 비유한다. 청나라 후방역侯方域이 쓴 <남성시책삼南省試策三>에 "임금이 음악과 여색을 좋아하니 연나라와 조나라의 화장한 미인과 오나라와 월나라의 비단옷 입은 미인은 묻지도 않고 태자의 앞으로 나아갔다.(人主好聲色, 則燕趙之粉黛, 吳越之綺羅, 不問而進太子之前矣.)"라는 구절이 보인다.

14) 人人 : 친하고 사랑하는 사람. 즉 매우 가까운 사람을 뜻한다.

15) 鴛侶 : 동료 혹은 부부를 가리킨다. 당나라 이단李端의 <동묘발자은사피서시同苗發慈恩寺避暑詩>에 "동료들과 함께 풀밭에 누웠다가 못에 임하니 호계虎溪같구나.(臥草同鴛侶, 臨池似虎溪.)"라고 하였다.

16) 因循 : 옛것을 그대로 답습하고 전혀 변화나 개혁이 없다는 말이다.

17) 暌阻 : 오랫동안 못 만나서 격조하다. 소식이 끊기다. 어그러지다는 뜻이다.

33 〈玉樓春〉 昭華夜醮連淸曙(피리 불며 밤에서 맑은 새벽까지 제사지내고)

昭華夜醮連淸曙。金殿霓旌籠瑞霧。九枝擎燭燦繁星, 百和焚
香抽翠縷。　　　香羅薦地延眞馭。萬乘凝旒聽秘語。卜年無用
考靈龜, 從此乾坤齊歷數。

피리 불며 밤에서 맑은 새벽까지 제사지내고, 황제의 궁전에는 무지개
깃발에 상서로운 안개 모았네. 아홉 개 촛대는 별빛처럼 반짝이고, 백
화향을 사른 봄날 푸른 명주실 뽑았다.　　　향기로운 비단에 땅에
펼쳐 신선 수레를 영접하고, 천자께서 딴청 피우며 비밀스런 말을 듣
네. 해마다 영험한 거북이 껍질로 치는 점 쓸모없고, 이로부터 천지는
황제의 역수와 가지런하네.

| 주석 |

1) 昭華 : 피리 연주를 가리킨다. 소화는 피리의 별칭이다. 한 고조漢高
祖 유방劉邦이 처음 진秦나라 함양咸陽의 궁중에 들어가서 부고府庫
를 검열하다가 신기한 마술 피리를 보고는 감탄한 나머지 소화지
관昭華之琯이라고 이름을 붙였다는 이야기가 전한다. 《서경잡기西
京雜記》

2) 霓旌 : 무지개 깃발이란 뜻으로, 신선의 기치旗幟를 가리킨다. 모두
선인仙人의 행차를 형용하는 말이다.

3) 九枝 : 옛 등燈의 이름으로, 등잔대 하나에 여러 개의 등불을 매단
등을 말한다.

4) 百和焚香 : 백화향은 각종의 향료香料를 섞어서 제조한 향을 말하

고, 반혼향은 한 무제漢武帝가 이미 죽은 이 부인李夫人을 몹시 그리

워한 나머지, 방사方士로 하여금 반혼향을 만들게 하여 이 부인의

넋을 다시 만나보았다는 고사에서 온 말로, 모두 뛰어난 향기를

의미한다.

5) 抽翠縷 : 푸른 명주실을 뽑다는 말이다. '취(翠)'는 푸른 안개(연무)

를 가리킨다.

6) 眞馭 : 천자의 신선 수레를 맞이한다는 말이다.

7) 萬乘 : 주나라의 제도에 천자는 땅이 사방 천 리이고, 병거兵車는

만승萬乘을 낼 수 있었다고 한다. 이에 '만승'은 천자를 가리키는

말로 쓰인다. 《맹자孟子》<양혜왕 상梁惠王上>에 "만승의 나라에 그

임금을 시해하는 자는 반드시 천승의 공경의 집안이다.(萬乘之國,

弑其君者, 必千乘之家.)"라는 구절이 보인다.

8) 凝旒 : 천자의 행동거지가 매우 엄숙하고 진지하다는 뜻이다.

9) 靈龜 : 네 종류 거북 중의 하나로, 신령스러운 거북이라는 뜻이다.

《주역周易》 이괘頤卦 초구初九에 "너의 신령스러운 거북을 버리고

나를 보고서 턱을 늘어뜨리니, 흉하다.(舍爾靈龜 觀我朶頤凶.)"라

고 하였다.

10) 歷數 : 제왕이 계승하는 순서이다. 옛날에는 제왕의 계승이 천상天

象이 운행하는 차서와 서로 호응한다고 여겼다. 《논어論語》<요왈堯

曰>에, "요堯임금이 말하기를, '아! 너 순舜아! 하늘의 역수가 너의

몸에 이르렀느니라.'"라고 되어있다.

34 〈玉樓春〉 鳳樓鬱鬱呈嘉瑞(봉황 누각에 가득한 상서로운

기운 바치고)

鳳樓鬱鬱呈嘉瑞。降聖覃恩延四裔。醮台清夜洞天嚴, 公宴凌

晨簫鼓沸。　　　保生酒勸椒香膩。延壽帶垂金縷細。幾行鵷鷺
望堯雲, 齊共南山呼萬歲。

봉황 누각에 가득한 상서로운 기운 바치고, 성왕께서 강림하여 큰 은
택이 사방 모퉁이까지 퍼졌다. 제단위의 맑은 밤 엄한 하늘에 꿰뚫으
니, 조정의 연회는 새벽 넘어서 퉁소와 북소리 퍼져나가네.

 맵고 기름진 향기로 생명 지키는 약주 권하고, 가는 금실로 만든 연
수대에 드리우네. 몇 줄 원추리와 해오라기는 요임금 승천한 구름 바
라보고, 일제히 종남산에서 만세를 부르네.

| 주석 |

1) 鳳樓 : 진 목공秦穆公이 그의 딸 농옥弄玉과 사위 소사蕭史를 위해
   지어 준 누대 이름으로 봉대鳳臺라고도 하는데, 일반적으로 공주가
   거처하는 집을 가리킨다. 진 목공 때 소사가 퉁소를 잘 불어 공작
   과 백학을 불러들이곤 하였는데, 목공의 딸 농옥이 그를 좋아하자
   목공은 농옥을 그에게 시집보냈다. 소사가 날마다 농옥에게 퉁소
   를 가르쳐 봉새가 우는 소리를 낼 수 있게 하였는데, 몇 해 뒤에는
   농옥의 퉁소 소리를 듣고 봉황이 집으로 날아와 모여들었다. 이에
   목공은 이들 부부를 위해 봉대를 지어 주어 거처하게 하였다. 그러
   자 두 사람은 몇 해가 되도록 봉대에서 내려오지 않다가 어느 날
   아침 함께 봉황을 타고 하늘로 날아갔다는 전설이 있는데, 여기에
   서 온 말이다. 《列仙傳 · 簫史》

2) 降聖覃恩延四裔 : 천자께서 강림하여 큰 은택이 하늘끝 사방 모퉁
   이까지 널리 퍼졌다는 말이다.

3) 醮臺 : 사람이 원하는 바를 천제에게 기도하는 청정하고 엄숙한 도
   장道場 안에 있는 제단을 말한다.

4) 洞天 : 도가道家에서 신선이 사는 곳을 뜻하는 말이다. 인간 세상에
   36개의 동천이 있다고 한다. 《述異記 · 卷下》

5) 公宴 : 공식적으로 조정에서 연회나 주연자리를 여는 것을 말한다.

6) 保生酒 : 한 종류의 술이름으로, '保生壽酒'라고 부른다.

7) 延壽帶垂金縷細 : 가는 금실로 만든 연수대에 드리웠다는 뜻이다. 연수대延壽帶는 일종의 옥으로 만든 허리띠를 말한다.

8) 鵷鷺 : 원추새와 해오라기로, 그 의용儀容이 조용하고 우아한 데서 백관百官이 조정에 질서 있게 늘어서 있는 모양이 연상되어, 전용하여 벼슬살이를 의미하는 말로 쓰인다.

9) 堯雲 : 천자. 임금을 가리킨다.

10) 南山 : 중국 섬서성陝西省 장안長安의 남쪽에 있는 산이다. 중국 시문에서는 남산을 종남산이라 한다. 보통 장수를 비유하는 말로 자주 쓰인다.

35 〈玉樓春〉 皇都今夕知何夕(황도의 오늘 밤이 어떤 밤인지 아는가)

皇都今夕知何夕。特地風光盈綺陌。金絲玉管咽春空, 蠟炬蘭燈燒曉色。　　　鳳樓十二神仙宅。珠履三千鵷鷺客。金吾不禁六街游, 狂殺雲蹤並雨跡。

황도의 오늘 밤이 어떤 밤인지 아는가? 특별히 좋은 풍광이 아름다운 길거리에 가득차네. 관현악기 연주하는 소리가 초봄의 야밤 허공에 퍼지고, 납향 햇불과 난초 등불로 새벽 색을 불사른다.　　　봉황 누각은 십이신의 집이고, 구슬 신발을 신은 수많은 조정 관리의 행차가 있다네. 치안을 담당하는 관리는 육거리에서 노니는 것을 금하지 않았고, 죽도록 방탕했던 흔적은 또한 비의 흔적 같네.

1) 今夕知何夕 : 오늘 밤이 어떤 밤인지 아는가라는 말이다.

2) 特地 : 특별히.

3) 金絲玉管 : 정밀하고 좋은 관현악기를 만든다는 뜻이다.

4) 咽 : 관현악기를 연주하는 소리를 가리킨다.

5) 燒曉色 : 《급고각》 등 다른 판본에는 "曉夜色"으로 되어있다.

6) 鳳樓 : 진 목공秦穆公이 딸 농옥弄玉과 피리의 명인 소사蕭史를 위해
   지어준 누대로, 부마의 집을 뜻한다. 농옥은 소사에게 시집가서
   <봉명곡鳳鳴曲>을 지어 피리로 불었다. 《列仙傳·蕭史》

7) 珠履三千 : 구슬로 꾸민 호사스런 신발을 말하는데, 흔히 권문세가
   權門勢家의 문객門客을 뜻한다. 전국 시대 초楚 나라 재상 춘 신군군春
   申君의 문객이 3천여 명이나 되었는데, 그 중에 상객上客들은 모두
   구슬로 장식한 신을 신었다는 데서 온 말이다. 《史記·春申君傳》

8) 鵷鷺 : 원추새와 백로를 가리키는데, 이 두 새의 의용儀容이 한아閑
   雅하고 질서가 있다 하여 조정에 질서 정연하게 늘어선 백관百官
   반열班列에 비유한다.

9) 金吾不禁 : '금오金吾'는 서울(경성)을 야밤에 순찰하고 치안을 담
   당하는 관리를 일컫는다. 정월대보름 밤에는 의금부에서 야간 통
   금을 해제하는데, 이것을 방야放夜라고 한다. 이날 도성의 사람들
   이 밤새 다리밟기 놀이를 하느라 온 도성의 다리들이 북적거렸다
   는 것이다. 소미도蘇味道(648~705)의 <원석元夕>시에 "금오에서 야
   금을 하지 않으니, 옥루를 재촉할 것 없어라.(金吾不禁夜, 玉漏莫
   相催.)"라고 되어있다.

10) 殺 : '煞'과 같고, 동사 뒤에 붙는 정도의 깊이를 표시할 때 쓰는
    말이다.

11) 雲蹤並雨跡 : 화류계에서 제멋대로 방탕하게 놀았던 행적이 마치
    비의 흔적 같다는 것을 말한다.

36 〈玉樓春〉 星闈上笏金章貴(조정에선 흘과 금장을 소중히
                            여기는데)

**星闈上笏金章貴。重委外臺疏近侍。百常天閣舊通班, 九歲國
儲新上計。　　太倉日富中邦最。宣室夜思前席對。歸心怡悅
酒腸寬, 不泛千鍾應不醉。**

조정에선 흘과 금장을 소중히 여기는데, 지방관을 중임하고 측근의
신하들을 멀리하신다. 드높은 궁정에 노대신들은 늘어서 있는데, 아홉
살 황태자가 새로 계책을 올리신다.　　황실의 곡창 날로 풍부해져
서울에서 최고이고, 대궐에선 밤에도 자리를 앞으로 끌며 담론할 것을
생각하신다. 심복하며 기쁜 마음에 흠뻑 술을 마시니, 천 잔을 가득
채우지 않으면 취하지 않으리.

| 주석 |

1) 星闈 : 황궁, 조정을 가리킨다.
2) 上笏 : 흘을 최상으로 치다. '흘'은 대신들이 황제를 알현할 때 손에
   들었던 좁고 긴 판으로, 옥이나 상아 또는 죽편으로 만들었다.
3) 金章 : 금빛 관인으로 여기서는 고관을 가리킨다.
4) 外臺 : 후한 때 주와 군의 장인 자사를 일컫던 관명으로 흔히 지방
   관을 말한다.
5) 百常 : 1600자. 常은 길이를 재는 단위로 16자에 해당한다.
6) 通班 : 높고 중요한 관직으로, 여기서는 대신을 가리킨다.
7) 國儲 : 황태자. 여기서는 인종을 가리킨다.
8) 太倉 : 옛날 수도에 설치했던 큰 창고를 말한다. 여기서는 황실의
   큰 창고를 가리킨다.
9) 中邦 : 수도, 서울이라는 뜻이다.
10) 宣室 : 한대 미앙궁의 정실. 여기서는 송 진종의 대궐을 가리킨다.

11) 前席 : 상대방에게 가까이 다가가기 위해 자리를 앞으로 끌다는 말이다.

12) 酒腸寬 : 술 창자가 넓어지다. 술을 곤드래만드래 많이 마신 것을 뜻한다.

37 〈玉樓春〉 閬風歧路連銀闕(낭풍산 갈림길은 달나라 궁전으로 이어져)

閬風歧路連銀闕。曾許金桃容易竊。烏龍未睡定驚猜, 鸚鵡能言防漏泄。　　　勿勿縱得憐香雪。窗隔殘煙簾映月。別來也擬不思量, 爭奈余香猶未歇。

낭풍산 갈림길은 달나라 궁전으로 이어져, 일찍이 황금 복숭아 쉽게 훔칠 수 있겠네. 개는 잠 이루지 못해 놀란 마음 진정시키고, 앵무새는 말 잘 따라하지만 누설될까봐 입을 막네.　　　갑자기 마음대로 향긋하고 순결한 여인을 사랑했고, 창 밖으로 안개 사라져가고 주렴에 달빛 비치네. 헤어지고 나서 또한 그리워하지 않으려 했건만, 남은 향기 아직 다하지 않았으니 어이할까.

| 주석 |

1) 閬風 : 신선이 산다는 곤륜산崑崙山에 있는 전설상의 지명으로 낭풍산閬風山을 가리킨다 곤륜산崑崙山 꼭대기에 있는 봉우리를 '낭풍전閬風巓' 또는 '낭풍대閬風臺'라고 한다. 신선이 사는 비경을 상징하는 전고로 사용되었다. 굴원屈原의 <이소경離騷經>에 "아침에는 백수白水를 건너 낭풍에 올라 말을 매어 놓겠다.(朝吾將濟於白水兮, 登閬風而緤馬.)"라고 하였다.

2) 銀闕 : 도가道家의 말로, 천상에 있다는 백옥경白玉京이다. 신선 또

는 천제天帝가 사는 곳으로, 여기서는 달을 가리킨다.

3) 金桃: 중국 전설에 나오는 서왕모西王母의 요지연瑤池宴에 쓰는 천
도天桃, 금복숭아를 말한다. 여기서는 정이나 마음을 훔쳐서 떠날
수 없다는 것을 비유한 말이다.

4) 烏龍: 개 이름이다.《本草》구狗 조에 의하면, 세속에서 개라는 말
을 '휘'하고 '용'이라고 불렀다 한다.

5) 憐香雪: 향기나고 백설같은 피부를 가진 여인을 사랑하다는 말이
다. '향설香雪'은 사랑하는 여인을 비유한 말이다.

6) 擬: ~할 계획이다. ~할 작정이다.

38 〈金蕉葉〉 厭厭夜飲平陽第(심심한 밤에 평양 집에서 술
을 마셨네)

厭厭夜飲平陽第。添銀燭、旋呼佳麗。巧笑難禁, 艶歌無閒聲
相繼。準擬幕天席地。　　　金蕉葉泛金波齊, 未更闌、已盡狂
醉。就中有個風流, 暗向燈光底。惱遍兩行珠翠。

심심한 밤에 평양 집에서 술을 마셨네. 은촛대 더하자 곧장 아름답다
고 외쳤네. 교태로운 미소 막기 어렵고, 고운 노래 소리는 끝도 없이
계속 이어지니, 하늘을 천막으로 땅을 자리로 삼았던 고사 따르리다.
　　　금색 파초잎 띄우니 금물결 나란히 흐르고, 아직 술자리 파하지
않아 이미 곤드레만드레 취했다네. 이 중에 풍류 있는 사람 있으니,
어두워 등불 심지를 향하고, 두 줄 푸른 옥구슬로 치장한 여인 두루
괴로웠다오.

| 주석 |

1) 厭厭: 안정되다. 고요하다. 편안한 모습을 말한다.

2) 平陽第 : 평양부平陽府를 말한다.

3) 巧笑 : 아리따운 웃음을 말한다. 남조南朝 시대 양梁나라 심약沈約의
   <상미인傷美人> 시에 "일찍이 아리따운 웃음을 펴지도 못했건만
   홀연 몸이 야대에 빠지고 말았네.(曾未伸其巧笑, 忽淪軀於夜臺.)"
   라고 보인다.

4) 艷歌 : 아름다운 노래 혹은 비파琵琶의 곡조 이름이다.

5) 準擬 : 법도를 헤아린다는 뜻이다. 여기서는 외롭고 쓸쓸한 밤에는
   함께 술 마시며 나뭇잎에 떨어지는 빗방울 소리를 듣고자 한 작가
   의 바람을 표현한 것이다.

6) 幕天席地 : 유령은 진晉나라 사람으로 죽림칠현竹林七賢의 한 사람
   인데, 그의 <주덕송酒德頌>에 "하늘을 장막으로 삼고 땅을 자리로
   삼아 마음이 가는 대로 행한다.(幕天席地, 縱意所如)" 라는 말이
   나온다.

7) 金蕉葉 : 금으로 파초잎 모양으로 만든 술잔을 말한다. 소식蘇軾이
   파초의 잎으로 만든 술잔을 다음과 같이 말한 적이 있다. "우리
   형 자명은 술을 마심에 초엽배로 석 잔만 마셨다. 나는 젊어서 술
   잔을 바라만 봐도 취하였는데, 지금은 초엽배 석 잔은 마실 수 있
   다.(吾兄子明, 飮酒三蕉葉. 吾少時, 望見酒盞而醉, 今亦能三蕉葉
   矣.)" 《古今事文類聚 · 續集》

8) 金波 : 달빛 또는 달빛이 수면에 비쳐 금물결을 이루는 것을 말한다.

8) 就中 : 주연자리에 함께 있는 사람을 말한다. 이 와중, 그 때라는
   뜻도 된다.

9) 珠翠 : 구슬과 비취翡翠로 여인의 장신구를 지칭하는데, 여기서는
   아름답게 치장한 여인 혹은 기녀를 가리킨다. 한유韓愈의 <단등경
   가短燈檠歌>에 "하루 아침에 부귀를 얻으면 도리어 방자해져서, 긴
   등잔대 높이 걸어 미인의 머리를 비추게 하네. 아 세상일이 그렇지
   않은 것이 없나니, 담장 모퉁이에 버려진 짧은 등잔대를 그대여

보지 않았는가.(一朝富貴還自恣, 長檠高張照珠翠. 吁嗟世事無不然, 牆角君看短檠棄.)" 라는 말이 나온다.

39 〈惜春郎〉 玉肌瓊艷新妝飾(백옥같은 피부는 빛나고 고와 새로 단장하고)

玉肌瓊艷新妝飾。 好壯觀歌席。 潘妃寶釧, 阿嬌金屋, 應也消得。　　　屬和新詞多俊格。 敢共我劾敵。 恨少年、枉費疏狂, 不早與伊相識。

백옥 피부는 빛나고 고와 새로 단장하고, 노래하는 자리는 아주 장관이구나. 반비의 보배 팔찌, 아교를 위한 황금 집, 응당 또한 사라져 버리리라.　　　새로운 사를 엮어서 뛰어난 격조가 많았고, 감히 나와 함께 강적을 상대해보네. 젊은 시절은 한스럽고, 구속받지 않고 방탕하게 살면서 시간을 낭비하니, 당신과 알고 지낸지가 짧지 않았네.

| 주석 |

1) 玉肌 : 능금의 새하얀 과육果肉을 비유한 말이다.
2) 潘妃 : 육조六朝 시대에 제 동혼후齊東昏侯가 황금으로 연꽃을 만들어 땅바닥에 붙여 놓고 반비潘妃를 시켜 그 위를 걷게 하자, 발걸음마다 연꽃이 피어나는 듯 하였다고 한다.
3) 金屋 : 한나라 무제의 고모가 자신의 딸 아교阿嬌에게 장가들면 어떻게 하겠느냐고 물으니 무제가 말하기를 "황금 집을 지어서 두겠다." 하였다.
4) 阿嬌金屋 : '금옥金屋'은 금으로 장식한 화려한 집을 의미한다. 한무제漢武帝가 태자 시절에, 장공주長公主가 자신의 딸과 무제를 혼

인시키고 싶어 딸을 가리키며 무제에게 묻기를 "아교阿嬌를 얻으면 좋겠느냐?" 하자, 무제가 "만일 아교를 부인으로 삼게 된다면 금으로 된 집金屋에 살게 하겠습니다." 하였다. 아교는 후에 무제의 비妃가 된 진황후陳皇后의 소자小字이다. 《藝文類聚·太子妃》

5) 消得 : 응당 사라져 버린다는 뜻이다.

6) 俊格 : 훌륭한 격조. 뛰어난 격조를 말한다.

7) 勍敵 : 강적을 대적하다. 강적을 상대하다.

8) 枉費 : 부질없이 허비하다는 뜻이다.

9) 疏狂 : 방탕하고 구속받지 않는 것을 말한다.

40 〈傳花枝〉 平生自負(평생을 자신하며)

平生自負, 風流才調。口兒裡、道知張陳趙。唱新詞, 改難令, 總知顚倒。解刷扮, 能吐嗽、表裡都峭。每遇著、飲席歌筵, 人人盡道。可惜許老了。　　　閻羅大伯曾敎來, 道人生、但不須煩惱。遇良辰, 當美景, 追歡買笑。剩活取百十年, 只恁廝好。若限滿、鬼使來追, 待倩個、掩通著到。

평생을 자신하며, 풍류를 즐겼지만, 재능은 있도다. 입으로는 문자 유희에 능숙하고, 새로운 사詞를 부르고, 어려운 곡으로도 바꾸며, 운韻이나 자구를 잘 바꾼다. 잘 꾸미고, 노래 부를 때의 소리를 잘 내니 그야말로 겉으로 드러나는 것이든 안으로 품고 있는 것이든 모두 능하다네. 매번 술을 마시고 노래하는 자리에서 만날 때마다, 사람들은 깨닫게 된다네. 아쉽게도 늙어버렸다는 것을. 　　염라대왕이 일찍이 알려주었지, 인생을 살며 번뇌할 필요는 없다고. 좋은 시기에 아름다운 풍경을 맞이하여, 즐거움을 추구하며 웃음을 사니, 단지 이렇게 사랑하는 사람과 잘 살 수 있다면, 백년 십년은 더 살 수 있을 것이라네.

만약, 삶의 기한이 다 되어, 저승사자가 부르면 순순히 따라 가리라.
다만, 간청을 하나 하자면, 소식을 알리는 이가 있으면 내가 왔음을
염라대왕에게 보고해주소서.

| 주석 |

1) 才調 : 문학적인 재능이 있다는 말이다.
2) 張陳趙 : 장차 어떠한 한 글자를 조개서 한 구절을 만드는 일종의
   문자 유희를 말한다. '張陳趙'은 어떠한 한 글자를 빌리다는 뜻이다.
3) 改難令 : 가사를 어지럽게 전사하여 입으로 노래를 부르기 어려운
   사조를 말한다.
4) 表裡都峭 : 안과 밖이 모두 아름답다는 말이다.
5) 恁 : 이렇게.
6) 厮好 : 서로 좋아하다는 뜻이다.
7) 限滿 : '기한이 다하다'라는 의미로, 곧 죽을 때가 된 것을 말한다.
8) 倩 : 간청하다.
9) 掩通 : 소식을 알리는 사람을 말한다.
10) 著到 : 도착하였음을 보고하다. 알리다.

41 〈雨霖鈴〉 寒蟬淒切(늦가을 매미 소리 처량하게 울고)

寒蟬淒切, 對長亭晚, 驟雨初歇。都門帳飲無緒, 留戀處、蘭舟
催發。執手相看淚眼, 竟無語凝噎。念去去、千里煙波, 暮靄沉
沉楚天闊。　　　多情自古傷離別, 更那堪、冷落淸秋節！今宵酒
醒何處？楊柳岸、曉風殘月。此去經年, 應是良辰、好景虛設。
便縱有千種風情, 更與何人說？
늦가을 매미 소리 처량하게 울고, 장정長亭에 날은 저무는데, 내리던

소낙비도 어느새 멎었다. 도문에 장막치고 술 마시니 마음이 산란하구나, 이별이 아쉬워 머뭇거리던 차에, 목란木蘭 배는 떠나기를 재촉한다. 손잡고 마주 보는 이슬 맺힌 눈길. 끝내 말 한마디 못한 채 목이메이네. 가도 가도 끝없을 안개 서린 천 리 물결. 저녁 안개 자욱한남녘 하늘 아득하구나.   다정한 사람은 예로부터 이별을 아파하기마련인데, 더욱이 쓸쓸한 이 가을을 어이 견디리오! 오늘 밤 마신 술은어디에서 깰까? 버들 늘어선 물가, 새벽바람 불고 조각달 걸린 곳이겠지. 이렇게 떠나가 세월이 흐르면, 좋은 시절 좋은 경치 무슨 소용이며,설령 온갖 정취가 있다한들, 또 그 누구에게 이 마음 토로하리?

| 주석 |

1) 寒蟬 : 가을 매미를 일컫는다. 《禮記》의 <月令>에서는 "초가을이되어 서늘한 바람이 불고 백로가 내리면 한선이 운다."라고 하였다.
2) 長亭 : 옛날 행인들이 쉬어갈 수 있도록 길옆에 세워 놓은 정자.정자와 정자의 간격이 일정하지 않아서 '장정長亭', '단정短亭' 등으로 구별해 부르기도 하였다.
3) 都門帳飲 : 경성京城(여기서는 汴京)의 성문 밖에 천막을 치고 송별연을 베풀다.
4) 無緒 : 두서가 없다. 정신이 없다.
5) 蘭舟 : 채색을 한 배에 대해 아름답게 일컫는 말이다.
6) 凝噎 : 목메어 흐느끼다.
7) 楚天 : 남녘 하늘. 전국시대 때 초나라가 중국의 남쪽에 있었으므로남녘 하늘을 '초천楚天'이라고 부르는 경우가 많았다.
8) 淸秋節 : 맑은 가을철이나 중양절重陽節(음력 9월9일)을 가리킨다.
9) 經年 : 한 해 또는 그 이상의 세월이 경과하다.
10) 虛設 : 헛되이 차려 놓다. 즉 호시절 좋은 경치가 내 앞에 차려 놓는다고 해도 아무 소용이 없다는 말이다.

11) 風情 : 풍류를 즐기는 마음. 그윽한 정취를 말한다.

42 〈定風波〉 佇立長堤(제방에 오랫동안 서니)

佇立長堤, 淡蕩晚風起。驟雨歇、極目蕭疏, 塞柳萬株, 掩映箭
波千裡。走舟車向此, 人人奔名競利。念蕩子、終日驅驅, 覺鄉
關轉迢遞。　　　　何意。繡閣輕拋, 錦字難逢, 等閑度歲。奈泛泛
旅跡, 厭厭病緒, 邇來諳盡, 宦游滋味。此情懷縱寫香箋, 憑誰
與寄。算孟光、爭得知我, 繼日添憔悴。

제방에 오랫동안 서니, 저녁 바람 살랑살랑 분다. 소나기가 멈추고 먼
데까지 바라보니 쓸쓸하다. 변방 요새의 많은 버드나무는 천리를 화살
처럼 날아가는 파도처럼 어울려 비추고 있다. 지나가는 배와 수레는
이곳으로 향하고, 사람들의 명리를 따라 쫓는다. 탕자를 떠올리면 종
일 여기저기 다니며, 생각하기에 돌아다닐수록 고향은 더 먼 것 같다.
　　　　　　무슨 의미가 있는가. 사랑하는 사람을 가벼이 버려두고, 편
지도 받는 것도 어렵고, 등한히 세월을 흘려보내고, 어찌 나그네가 범
범하게 이리저리 떠돌아다닌 종적이겠는가. 쇠약해진 병자의 감정, 근
래에는 이런 마음들에 익숙해지고, 관직 생활의 맛이겠지. 이런 마음
을 설사 향기로운 편지지에도 쓸지라도, 누구에게 보낼 수 있을까?
맹광孟光이라도 어찌 나의 마음을 알겠는가. 계속 날이 더할수록 초췌
해진다.

| 주석 |

1) 淡蕩 : 맑게 퍼지다.

2) 蕭疏 : 쓸쓸하다.

3) 塞柳 : 변새의 버드나무를 말한다. 변새에서 오랜 세월을 보냈다는

의미이다.

4) 箭波 : 화살처럼 빠른 파도를 말한다.

5) 蕩子 : 장기간 밖에서 일정한 근거지가 없이 이리저리 떠돌아다니
   는 사람을 말한다.

6) 驅驅 : 재빠르게 달리다는 말이다.

7) 迢遞 : 아득히 멀다는 말이다.

8) 錦字 : 비단에 수놓은 글자로, 남편을 그리워하는 아내의 마음을
   뜻한다. 전진前秦 때 두도竇滔가 진주 자사秦州刺史가 되어 멀리 유
   사流沙 지방으로 가게 되자, 그의 아내 소씨蘇氏가 그리운 마음을
   담아 전후좌우 어디로 읽어도 문장이 되는 회문선도시回文旋圖詩를
   지어 비단에 수놓아 보냈다는 고사에서 유래하였다. 《晉書·竇滔
   妻蘇氏列傳》

9) 泛泛旅跡 : 나그네가 정처없이 이리저리 떠돌아다니는 것을 말한
   다. 《시경詩經》<청청자아菁菁者莪>에 "둥둥 떠 있는 버드나무로 만
   든 배가, 가라앉았다 떴다 하도다.(汎汎楊舟, 載沈載浮.)"라고 되어
   있다. 본디 자신을 알아주는 사람을 만나지 못해 마음이 안정되지
   않은 것을 표현한 것이라고 하는데, 여기서는 부침이 심한 세상을
   뜻하는 말로 쓰인 듯하다.

10) 厭厭病緒 : 병으로 몸이 쇠약해져서 남은 정신을 올바로 펼 수가
    없다는 뜻이다.

11) 諳盡 : 잘 알다. 익숙하다는 뜻이다.

12) 孟光 : 맹광孟光은 후한後漢 양홍梁鴻의 아내로, 학문을 좋아하고 벼
    슬에 뜻이 없는 남편을 따라 넉넉한 집안 출신임에도 검소하게 지
    내며 농사와 베 짜기로 생업을 꾸리고, 뒤에 남편이 출사하자 밥상
    을 낼 때면 언제나 눈썹 높이까지 받들어 공경을 표했다고 한다.
    《後漢書·梁鴻》

13) 繼日 : 밤으로 낮을 잇는다는 뜻이다. 《맹자孟子》<이루하離婁下>에

서 주공을 설명하면서 "주공은 세 왕(우왕·탕왕·문왕)의 덕을 겸비하여 그분들이 행한 이 네 가지 일을 시행할 것을 생각하시되, 부합하지 않는 것이 있으면 하늘을 우러러 생각하기를 밤낮없이 하셨고, 다행히 터득하시면 그대로 앉아 날이 새기를 기다리셨다. (周公思兼三王, 以施四事, 其有不合者, 仰而思之, 夜以繼日, 幸而得之, 坐以待旦.)"라고 한 말이 있다.

43 〈尉遲杯〉 寵佳麗(아름다운 여인을 총애하였네)

寵佳麗。算九衢紅粉皆難比。天然嫩臉修蛾, 不假施朱描翠。盈盈秋水。恣雅態、欲語先嬌媚。每相逢、月夕花朝, 自有憐才深意。   綢繆鳳枕鴛被。深深處、瓊枝玉樹相倚。困極歡餘, 芙蓉帳暖, 別是惱人情味。風流事、難逢雙美。況已斷、香雲爲盟誓。且相將、共樂平生, 未肯輕分連理。

아름다운 여인을 총애하였네. 저잣거리의 여인들은 모두 비교가 되지 않을 정도이지. 선천적으로 고운 얼굴, 아름다운 눈썹에는 색채 화장의 힘을 빌리지 않았다네. 반짝반짝 빛나는 눈망울. 아름다운 자태가 뿜어져 나오고, 말하려고 하면 먼저 아양부터 나오지. 달 밝은 밤이나 꽃피는 아침, 이렇게 아름다운 때에 서로 만나니, 절로 서로의 재능을 아끼게 되어 정이 깊어지는구나.   쌍쌍이 어우러진 봉황 베개와 원앙이불. 깊고 깊은 곳에서 서로의 몸을 맡기네. 어려움이 극에 달하면, 즐거움이 남고, 연꽃 장막이 따뜻해지니, 사람을 놀리는 또 다른 맛이로구나. 풍류를 알고, 재능 있는 사람과 아름다운 사람이 만나기는 어려운법. 생이 다해지더라도 맹세하리. 서로 즐거움을 나누며 평생을 함께하고 연리지처럼 떨어지지 않을 것을.

1) 佳麗 : 아름다운 여인을 말한다.

2) 九衢 : 사방으로 연결되는 길. 여기서는 '변경汴京'의 시내를 가리킨다.

3) 紅粉 : 여인이 바르는 분으로 여자를 가리키는 말이다.

4) 盈盈 : 물이 맑고 얕은 모양. 여자의 눈을 비유한다.

5) 秋水 : 여인의 눈물 머금은 듯 빛나는 눈길을 말한다.

6) 綢繆 : 정에 사로잡히다. 여기서는 정이 깊고 두터움을 말한다.

7) 瓊枝玉樹 : 귀하고 아름다운 몸을 말한다.

44 〈慢卷袖〉 閒窗燭暗(한적한 창가 촛불은 희미하고)

閒窗燭暗, 孤幃夜永, 欹枕難成寐。細屈指尋思, 舊事前歡, 都來未盡, 平生深意。到得如今, 萬般追悔。空只添憔悴。對好景良辰, 皺著眉兒, 成甚滋味。 紅茵翠被。當時事、一一堪垂淚。怎生得依前, 似恁偎香倚暖, 抱著日高猶睡。算得伊家, 也應隨分, 煩惱心兒裡。又爭似從前, 淡淡相看, 免恁牽系。

한적한 창가 촛불은 희미하고, 외로운 휘장에 밤은 길어 베개에 비스듬히 기대고 있으니 잠은 오지 않네. 하나 하나 손가락을 꼽아 헤아려 본다. 지나간 일 비록 아름다웠지만 헤아려보니 내 평생의 깊은 정을 아직 다 하지 못하였다네. 지금에 이르러 온갖 후회를 하게 되고 부질 없이 초췌해지기만 하다네. 좋은 풍경 좋은 시간을 대하고도 눈살을 찌푸리게 되니, 무슨 맛이 되리오. 빨간 요에 청록 이불에서, 그 때 일들을 하나하나 떠올리니 눈물만 흐르는구나. 어찌 과거에만 기대리오. 당신이 아름다운 의자에 포근히 기대어, 해가 높이 떴는데도 잠자고 있는 것과 같네. 당신이라도 분명 나처럼 번뇌 속에 있겠지. 또 어찌 예전과 같을 수 있겠는가, 담담히 서로 바라보며, 이렇게 걱정하고 있는 것을 모면한다네.

| 주석 |

1) 閒窓燭暗 : 한적한 창가에 촛불은 어둡고 희미하다는 말이다.

2) 都來 : 추측해 보다. 헤아려보다.

3) 紅茵翠被 : 빨간 요에 청록 이불을 말한다.

4) 怎生 : 어떻게.

5) 似恁偎香倚暖 : 사랑하는 사람과 함께 아름다운 의자에 포근히 기대어 있는 모습을 말한 것이다.

6) 伊家 : '당신'을 말한다.

7) 隨分 : 여전히.

8) 爭似 : 어찌~같을 수 있으리.

9) 淡淡 : 담담하다. 엷디 엷다.

10) 恁 : 이와 같다.

45 〈征部樂〉 雅歡幽會(기쁜 만남 나누던)

雅歡幽會, 良辰可惜虛抛擲。每追念、狂蹤舊跡。長只恁、愁悶朝夕。憑誰去、花衢覓。細說此中端的。道向我、轉覺厭厭, 役夢勞魂苦相憶。　　　須知最有, 風前月下, 心事始終難得。但願我、蟲蟲心下, 把人看待, 長以初相識。況漸逢春色。便是有、擧場消息。待這回、好好憐伊, 更不輕離析。

기쁜 만남 나누던, 좋은 시절 애석하게도 헛되이 흘러 보냈으니, 매번 방탕했던 지난날을 떠올릴 때면, 항상 이처럼 하루 종일 수심에 잠긴다. 누군가에게 부탁해, 화류가에 있을 그녀를 찾아가, 지금 이 내 심중을 단적으로 자세히 말해주게 할 수 있다면, 나에게 오는 길이, 너무도 아득함을 알고서 그녀도, 꿈속에서나마 괴롭게 내 생각을 해주려나.
애초에 알았어야 했어, 남녀간의 사랑하는 마음은, 언제고 얻기 어려운 것을, 하지만 이제 바라는 것은, 열기가 가득한 마음속에서, 이 사람을 대할 때, 처음 알게 됐을 때처럼 대해주었으며 하는 것이지. 하물며 봄빛은 점점 더 짙어져가고 있으니, 설사 과거시험장에 소식이 있다 해도, 이번에는 그대와 사랑을 나눌 테야. 다시는 가벼이 떠나지 않으리.

| 주석 |

1) 雅歡幽會 : 술을 마시고 음악을 연주하며 남녀가 서로 모여서 노는 모임을 말한다. '유회幽會'는 사랑하는 사람끼리 만나기를 약속하다는 말이다.

2) 狂蹤舊跡 : 과거 방탕했던 시절의 인생 경력을 말한다.

3) 長只恁 : 오랫동안 다만 이와 같았다는 말이다.

4) 花衢覓 : 화류계에서 있는 어떤 기생에게 찾아가 의탁할까라는 뜻이다. '화구花衢'는 기녀들이 모여사는 기관妓館의 사통팔달 큰 길을 말한다.

5) 端的 : 단적으로. 연유.

6) 轉覺厭厭 : 더욱 감정이 극에 달해 정신이 진정되기 어려웠다는 말이다.

7) 相 : 한사람(일방)이 다른 한사람(일방)에게 하는 행위를 가리킨다.

8) 心事 : 심사를 말한다.

9) 蟲蟲 : 열기가 가득 쌓이고 성대한 것을 말한다. 《시경詩經》<대아大雅 운한雲漢>에 "가뭄이 너무도 심하여, 열기가 가득 쌓이고 성하기에, 제사를 그치지 아니하여, 교제에서 종묘까지, 상하에 제사하며 여물을 올리고 묻으며, 신을 높이지 않음이 없도다.(旱旣大甚, 蘊隆蟲蟲. 不殄禋祀, 自郊徂宮. 上下奠瘞, 靡神不宗.)"라고 한 데서

온 말이다.

10) 把人看待, 長以初相識 : 막 알게 된 사람을 대할 때, 처음부터 알고 지냈던 사람처럼 환대해 주었다는 뜻이다.

11) 況漸逢春色 : 汲古閣本과 《歷代詩餘》등에는 "況漸春色"로 되어있고, 다른 판본에는 "況漸逢春色"으로 되어있다.

12) 擧場 : 인재를 뽑을 때 시험을 치던 장소로, 당시의 과거시험장을 말한다.

46 〈佳人醉〉 暮景蕭蕭雨霽(해질녘 경치는 서늘하면서 비 개이니)

暮景蕭蕭雨霽。雲淡天高風細。正月華如水。金波銀漢, 瀲灩無際。冷浸書帷夢斷, 欲披衣重起。臨軒砌。　　素光遙指。因念翠蛾, 香隔音塵何處, 相望同千裡。盡凝睇。厭厭無寐。漸曉雕闌獨倚。

해질녘 경치는 서늘하면서 비 개이니, 구름은 옅고 하늘은 높아 바람은 한들거리네. 정월은 물처럼 반짝이고, 은하수는 금물결 일어, 출렁거리며 끝이 없네. 차가움이 쓰며든 서재에서 꿈에서 깨고, 옷을 걸치고 다시 일어나려고, 전당殿堂 앞 계단에 이르렀네. 　　흰 달빛을 멀리 가리키며, 미인의 비취색 눈썹으로 생각나서, 향기 막힌 소음과 먼지 가득한 여기는 어떤 곳인가? 서로 함께 천리를 바라보니, 모두 눈물 맺히네. 무료해 잠 들지 못하고, 점점 새벽이 되어 조각한 난간에 홀로 기대어 있네.

| 주석 |

1) 蕭蕭 : 쌀쌀하다. 서늘하다. 쏴 쏴 바람 부는 소리를 말하기도 한다.

2) 金波 : 달빛 또는 달빛이 수면에 비쳐 금물결을 이루는 것을 말한다.

3) 銀漢 : 은하수를 말한다.

4) 瀲灧 : 넘실넘실댄다. 소식蘇軾의 <음호상초청후우飲湖上初晴後雨> 시에 "물빛은 넘실넘실 갠 날에 한창 좋더니, 산 빛은 어둑어둑 비 오는 것도 기관일세. 서호를 가져다가 서시에 비교할진댄, 엷은 화장 짙은 색칠이 둘 다 서로 어울리리.(水光瀲灧晴方好, 山色空濛 雨亦奇. 欲把西湖比西子, 淡粧濃抹總相宜)"라고 하였다. 《蘇東坡 詩集》

5) 書帷 : 동중서董仲舒가 일찍이 "휘장을 내리고 글을 강독했다.(下帷 講誦)"라고 한 데서 나온 말로, 전하여 깊이 들어앉아 독서에 전념 하는 것을 가리킨다. 《漢書·董仲舒傳》

6) 欲 : 급고각본에는 '却'으로 되어 있다.

7) 軒砌 : 마루 섬돌을 말한다.

8) 素光 : 흰 달빛을 말한다.

9) 遙指 : 멀리 가리키다.

10) 翠蛾 : 여자의 가늘고 긴 눈썹을 뜻하는 말이며, 홍옥紅玉은 불그레 한 보옥寶玉인데 옛날에 미인의 피부를 비유하는 말로 쓰였다. 보 통 미녀를 가리킨다.

11) 厭厭無寐 : 밤낮으로 맘껏 잠을 자지 못하다.

12) 雕闌 : 아로 새긴 난간을 말한다.

47 〈迷仙引〉 纔過笄年(겨우 열다섯살이 지나)

纔過笄年, 初綰雲鬟, 便學歌舞。席上尊前, 王孫隨分相許。算 等閒、酬一笑, 便千金慵。常只恐、容易蕣華偸換, 光陰虛度。
　　　已受君恩顧。好與花爲主。萬裡丹霄, 何妨攜手同歸去。

永棄卻、煙花伴侶。免敎人見妾，朝雲暮雨。

겨우 열다섯살이 지나, 처음 머리를 풍성하게 말아 올리니, 춤과 노래
를 배우게 된다네. 연회 자리 높으신 분들 앞에서, 왕족 자제들과 서로
호응을 맞추고, 한 번의 웃음으로 화답하며, 천금도 대수롭지 않게 본
다. 다만 아름다움이 쉽게 시들어지고 세월이 빨리 가버리는 것이 두
려울 뿐이라네.　　　　이미 그대의 관심을 받았으니, 꽃에게 주인이
되어주오. 저 만 리나 되는 붉은 하늘 끝까지 손잡고 함께 돌아간들
어찌 꺼리랴만, 기루의 동료들도 영원히 버려두어, 연화를 짝하였네.
남들에게 내가 여인이 되어 사랑노름 한 것을 알아보지 못하기를.

| 주석 |

1) 笄年 : 15세. 옛날 여인들은 어느 정도의 나이에 이르면 비녀를 꽂
   는데, 이것으로 성년이라는 것을 나타낸다.
2) 绾 : 둥글게 감아올리다는 뜻이다.
3) 雲鬟 : 여인이 성인이 된 후, 머리를 위로 높게 감아올리는데 그
   모양이 마치 구름과 같다하여 이르는 말임.
4) 王孫 : 고대 귀족의 자제들을 일컫는 통칭으로 사용되었다.
5) 酬一笑 : 웃음으로 화답하다.
6) 慵覷 : 게으르게 보다. 처覷는 곁눈질해 보다는 뜻이다.
7) 蕣華偸換 : 외모가 금방 늙어지고, 세월이 금방 가버리는 것을 말한
   다. '순화蕣華'는 무궁화를 가리키는 말로 여름과 가을에 꽃을 피운
   다. 그러나 아침에 폈다가 저녁이 되면 금방 시들어진다.
8) 朝雲暮雨 : 여기에서는 가기歌妓가 아침저녁 손님 접대로 바쁜 것
   을 말한다.

48 〈御街行〉 聖壽(성스러운 수명)

燔柴煙斷星河曙。寶輦回天步。端門羽衛簇雕闌, 六樂舜韶先舉。鶴書飛下, 雞竿高聳, 恩霈均寰寓。　　赤霜袍爛飄香霧。喜色成春煦。九儀三事仰天顏, 八彩旋生眉宇。椿齡無盡, 蘿圖有慶, 常作乾坤主。

섭나무 연기 끊어지고 은하수 밝아오자, 보배로운 수레의 천자는 걸음 돌리고, 단문(端)門에는 화살촉을 멘 위병들이 조각난 난간에 가득 모이고, 육악 중에서 순임금의 대소를 먼저 연주한다. 학의 편지 날아내리고, 닭 장대가 높이 오르니, 천자의 은혜 온누리에 고루 퍼진다.

　　　적상포赤霜袍 찬란하게 향기로운 안개 날리고, 희색은 봄볕 따스함 이룬다. 구의 삼사에 천자의 용안 우러러 보니, 여덟가지 채색이 양 눈썹 사이에 생겨난다. 참죽나무같은 수명은 다함이 없고, 강토에 경사로움이 있어, 언제나 건곤의 주인노릇 한다네.

| 주석 |

1) 柴煙 : 옛날 나라에서 하늘에 제사지낼 때 대축大祝이 옥벽玉璧 등 예물을 갖추고 시단柴壇에 올라 섶나무를 피우던 연기를 말한다.

2) 星河 : 은하수를 말한다.

3) 寶輦 : 천자(임금)가 타는 보배로운 수레를 말한다.

4) 端門 : 북경 황성皇城의 정문인 천안문과 자금성의 정문인 오문午門 사이에 있는 문이다. 북경의 내성에서부터 자금성에 이르기까지 정양문正陽門, 대청문大淸門, 천안문天安門, 단문端門, 오문午門 등 다섯 개의 성문이 일직선 위에 놓여 있었는데, 현재는 대청문을 제외한 네 개의 성문이 남아 있다.

5) 六樂舜韶 : 중국 주대周代에 있었다는 황제黃帝 이하 여섯 왕조의 음악을 말한다. 황제의 음악인 운문雲門, 요 임금의 음악인 함지咸

池, 순 임금의 음악인 대소大韶, 우 임금의 음악인 대하大夏, 탕 임금의 음악인 대호大濩, 무왕의 음악인 대무大武를 말한다. 곧 천자의 음악이라는 뜻이다.

6) 鶴書 : 초빙하는 소명召命를 말한다.

7) 雞竿 : 황금닭 달린 장대를 말한다.

8) 赤霜袍 : 전설상 신선들이 입는다는 긴 도포를 말한다.

9) 春煦 : 봄빛이 만물을 비추다는 뜻이다.

10) 九儀 : 공公·후侯·백伯·자子·남男·고孤·경卿·대부大夫·사士. 9가지 예복을 입은 신하가 각기 모여 천자에 조회한다.

11) 三事 : 신하 하늘을 섬기고, 땅을 섬기고, 사람을 다스리는 일을 하는 신하를 말한다.

12) 八彩 : '팔채미八彩眉'의 준말로 원래 임금의 눈썹을 가리킨다. 옛날 요堯 임금의 눈썹에 여덟 가지 색채가 있었다는 데서 나온 말이다. 후대에는 임금의 얼굴, 혹은 훌륭한 군주를 가리키는 말로 사용되었다.

13) 椿齡 : 춘椿은 상상의 나무로 8천 년을 산다 한다. 보통 장수를 가리키는 뜻으로 쓰인다. 《장자莊子》<소요유逍遙遊>편에 "상고에 큰 춘나무가 있었는데, 8천 년을 봄으로 하고 8천 년을 가을로 한다." 하였으므로 부모나 노인의 장수를 빌 때에 춘수椿壽·춘령椿齡이란 말을 쓴다.

14) 蘿圖 : 도서圖書를 죽 벌여 놓아 자리席를 만든 것이라고도 하고, 수레 위에 까는 자리라고도 하며, 강토라는 뜻도 가지고 있다. 여기서는 강토를 가리킨다.

49 〈御街行〉 前時小飮春庭院(이전에 봄 정원에서 잠깐 술
마시고)

前時小飮春庭院。悔放笙歌散。歸來中夜酒醺醺, 惹起舊愁無
限。雖看墜樓換馬, 爭奈不是鴛鴦伴。　　　朦朧暗想如花面。
欲夢還驚斷。和衣擁被不成眠, 一枕萬回千轉。惟有畫梁, 新
來雙燕, 徹曙聞長嘆。

이전에 봄 정원에서 잠깐 술 마시고, 생황 버리고 제멋대로 노래한
것 후회되네. 돌아와 한밤중 술에 취하였고, 끝없는 옛 근심 불러일으
키는구나. 비록 누대에서 내려 말을 바꿔타는 것을 보더라도, 원앙의
반려가 아닌 이상 어쩌겠는가?　　　몽롱하게 몰래 꽃같은 얼굴
그리워, 꿈속에서 만나려 하지만 오히려 놀라서 깼네. 옷 입고 이불을
안고도 잠 이루지 못하고, 한 베개머리에서 천 번이고 만 번이고 뒤척
였네. 오직 화려한 대들보만 남고, 한 쌍의 제비가 새로 날아왔네.
날이 밝아 훤하니 긴 탄식만 들리네.

| 주석 |

1) 墜樓 : 누대에서 내려오다.
2) 醺醺 : 취하여 기분이 좋다는 뜻이다.
3) 換馬 : 말을 갈아탄다는 뜻이다.
4) 鴦 : 원앙 암컷을 말한다.
5) 驚斷 : 마음을 놀라 깨다는 뜻이다.
6) 徹曙 : 새벽까지. 밤을 지새다는 뜻이다.

50 〈歸朝歡〉 別岸扁舟三兩只(헤어진 강언덕에 작은 배 두
서너 척)

別岸扁舟三兩只。葭葦蕭蕭風淅淅。沙汀宿雁破煙飛, 溪橋殘
月和霜白。漸漸分曙色。路遙川遠多行役。往來人, 只輪雙槳,
盡是利名客。　　　一望鄉關煙水隔。轉覺歸心生羽翼。愁雲恨
雨兩牽縈, 新春殘臘相催逼。歲華都瞬息。浪萍風梗誠何益。
歸去來, 玉樓深處, 有個人相憶。

헤어진 강언덕에 작은 배 두서너 척, 갈대숲 우수수 바람 쇄쇄, 모래벌
에서 잠자던 기러기 안개 헤치며 날고, 시내 다리 새벽달은 서리와
함께 흰데, 점점 동이 터온다. 길 아득하고 산은 먼데 여행하는 사람이
많다네. 오가는 사람 외바퀴 수레 쌍노의 배, 모조리 명리를 찾는 사나
이라. 　　　한바탕 고향땅을 바라보니 안개와 물이 막혀있어, 더욱
돌아갈 마음은 날개 돋치는 것 같네. 시름겨운 구름과 한스러운 비,
두 가지 끌어당기며 얽혀서, 새 봄과 남은 섣달 서로 성화를 부린다.
세월은 도시 순식간에 지나가 버리는데, 물결에 떠도는 부평초나 바람
에 날려다니는 풀대궁같이 사는 것 정말 무슨 소용있나. 돌아가는거라,
옥루의 깊은 곳에, 한 사람이 생각해 주고 있으니.

| 주석 |

1) 葭葦 : 갈대숲을 말한다.
2) 蕭蕭 : 바람소리를 형용하는 말이다. 우수수. 쏴쏴. 쌀쌀하다. 쓸쓸
하다.
3) 扁舟 : 일엽편주를 말한다.
4) 雙槳 : 두 자루의 노를 가리킨다.
5) 牽縈 : 서로 이끌다(엉기다)는 뜻이다.
6) 歲華 : 좋은 시절을 말한다.

7) 浪萍 : 파도에 맞겨진 부평초를 말한다.

8) 風梗 : 바람에 날려 다니는 풀대궁 나무를 말한다.

9) 玉樓 : 전설상의 천제天帝나 신선이 거처한다는 누대이다. 일설에
   곤륜산崑崙山 정상에 신선이 사는데, 그곳에 현포玄圃, 다섯 금대金
   臺, 열두 옥루玉樓가 있으며 기이한 꽃과 바위가 많다고 한다.《十
   洲記·崑崙》

51 〈采蓮令〉 月華收(달빛은 사라지고)

月華收, 雲淡霜天曙。四徵客、此時情苦。翠娥執手送臨歧, 軋
軋開朱戶。千嬌面、盈盈佇立, 無言有淚, 斷腸爭忍回顧。

　　一葉蘭舟, 便恁急槳凌波去。貪行色、豈知離緒。萬般方
寸, 但飲恨, 脈脈同誰語。更回首、重城不見, 寒江天外, 隱隱兩
三煙樹。

달빛은 사라지고, 차가운 하늘에는 엷은 구름 하늘에 먼동이 트니, 서쪽
으로 떠나는 나그네 마음이 괴롭다. 아리따운 아가씨 손 붙잡고 전송하
느라. 붉은 대문 살며시 연다. 예쁜 얼굴에 눈에는 이슬이 맺힌 채 한없
이 서서, 말없이 눈물만 흘리니, 가슴이 아려 차마 뒤돌아볼 수 없다네.
　　　　한 조각 목란 배는 급한 노 저어 물결 헤치며 멀 리 가네.
갈 길을 서두르니 어찌 가득한 이별의 쓰라림을 알리오 수많은 말들이
가슴 속에 쌓여, 홀로 한을 품고, 끝없이 이어지는 정 누구에게 이야기
하랴. 다시 고개 돌려 바라보니, 높다란 성은 보이지 않고 차디찬 강
하늘가 끝에, 가물가물 두세 그루의 나무가 연무 속에 은은히 보이네.

| 주석 |

1) 翠娥 : 본래는 미인을 말한다.

2) 臨歧 : 갈림길에 이르다. 옛사람들은 송별할 때 갈림길에서 이르러 헤어졌으므로 이별이라는 뜻으로 통용된다.

3) 軋軋 : 대문이 살며시 열리는 소리를 가리킨다.

4) 盈盈 : 눈에 눈물이 맺혀 있는 모양을 말한다.

5) 凌波 : 파도, 물결을 말한다. 본래 수선화를 신선에 비유하여 의인화한 말인데, 흔히 아리따운 여인을 가리키기도 한다. 조식曹植의 <낙신부洛神賦>에 "물결을 넘는 작은 걸음에 비단버선에서 먼지 날리네.(凌波微步, 羅襪生塵)"라고 되어있다.

6) 脈脈 : 마음속의 감정을 감추고 묵묵히 눈으로 감정을 표현하는 모양.

7) 重城 : 고대의 성은 외성에다가 다시 내성을 쌓았으므로 '중성'이라고 하였다.

8) 煙樹 : 안개낀 나무를 말한다.

52 〈秋夜月〉 當初聚散(당초 만났다 헤어졌고)

當初聚散。便喚作、無由再逢伊面。近日來、不期而會重歡宴。向尊前、閒暇裡, 斂著眉兒長嘆。惹起舊愁無限。　　盈盈淚眼。漫向我耳邊, 作萬般幽怨。奈你自家心下, 有事難見。待信眞個, 恁別無縈絆。不免收心, 共伊長遠。

당초 만났다 헤어졌고, 곧 불러 일어나 까닭없이 그대 얼굴 다시 만났네. 근래에 와서 기약없이 다시 즐거운 연회에서 모였네. 술잔 앞에서, 한가한 틈에,그리던 미간이 긴 탄식 쏟아내네. 끝없는 옛 근심 불러 일으키네.　　눈에 가득한 눈물, 내 귓가에 넘쳐 흘러, 다 똑같은 그윽한 원망 만드네. 그대는 스스로 마음 내려놓았지만, 일이 있어 만날 수 없으니 어찌할까. 진실된 마음으로 대하고, 당신과 헤어져도 얽어매진 않을테요. 어쩔 수 없이 마음 추스르고 이 하늘과 땅과 함께 오래오래 하리라.

|주석|

1) 聚散 : 만났다가 헤어지다는 뜻이다.

2) 喚作 : 불러서 일어나다는 뜻이다.

3) 尊前 : 술잔 앞. 술동이 앞. 소식蘇軾이 일찍이 서주徐州에 있을 때, 전당錢塘에서 승 삼요參寥가 찾아왔으므로 소식이 한 기녀로 하여 금 장난삼아 삼요에게 시를 요구하도록 하자, 삼요가 절구 한 수를 불렀는데 그 시에, "술동이 앞의 낭자가 많이 고맙기는 하지만, 그 윽한 꿈 좋이 가져다 양왕이나 꾈지어다. 스님 마음은 이미 진흙에 붙은 버들개지가 되어, 동풍을 쫓아 위아래로 미쳐 날지 않는다오. (多謝尊前窈窕娘, 好將幽夢惱襄王. 禪心已作霑泥絮, 不逐東風上下 狂.)"라고 되어있다.

4) 幽怨 : 마음속 깊은 원망을 말한다.

5) 待信眞個 : 진심으로 마음을 대하다는 뜻이다.

6) 不免收心 : 어쩔 수 없이 마음을 추스린다는 뜻이다.

53 〈巫山一段雲〉 六六眞游洞(신선이 사는 서른여섯개의 동굴)

六六眞游洞, 三三物外天。 九班麟穩破非煙。 何處按雲軒。
　　昨夜麻姑陪宴。 又話蓬萊淸淺。 幾回山脚弄雲濤。 彷佛見
金鰲。

신선이 사는 서른여섯개의 동굴, 세속 밖 신선이 사는 구천 하늘. 여러 산에 신선이 기린을 타고 상스러운 구름을 달린다. 어느 곳에 수레를 멈출까.　　　어제 밤에 선녀 마고를 잔치에 모시고, 또 봉래산은

맑고도 얕다고 말하네. 몇 번이니 산의 다리를 돌아 구름 물결을 희롱
했나, 마치 금색의 큰자라 같이 보인다네.

| 주석 |

1) 六六眞游洞 : 신선이 사는 36동굴을 말한다. 육륙궁六六洞은 《주역
周易》에서 말하는 육십사괘六十四卦 전체를 말하는 것으로 곧 천지
를 뜻한다. 《擊壤集 卷16》

2) 三三物 : 옥황상제가 있는 하늘의 가장 높은 곳인 구천(九天)을 가
리킨다. 즉 신선의 세계를 뜻한다.

3) 外天 : 먼지와 티끌같은 세속을 말한다. 즉 홍진 세상을 일컫는다.

4) 九班麟穩 : 아홉 명의 신선九仙을 말한다. "上仙, 高仙, 大仙, 玄仙,
天仙, 眞仙, 神仙, 靈仙, 至仙"을 가리킨다.

5) 破非煙 : 상서러운 구름을 타다는 말이다.

6) 按雲軒 : 천자(신선)의 수레를 타고 멈추었다는 말이다.

7) 麻姑 : 마고는 선녀仙女의 이름이다. 《신선전神仙傳》에 의하면, 후한
환제桓帝 때 선인仙人 왕방평王方平의 부름을 받고 마고가 채경蔡經
의 집에 내려왔는데, 18, 9세쯤 되어 보이는 아리따운 여인으로 손
톱이 마치 새 발톱처럼 길므로, 채경이 그것을 보고는 속으로 '등이
대단히 가려울 때에 이 손톱으로 등을 긁으면 딱 좋겠다.(背大癢時,
得此爪以爬背, 當佳.)'라고 생각했더니, 왕방평이 채경의 속마음을
알아차리고는 말하기를 "마고는 신인인데, 네가 어찌 그 손톱으로
등을 긁을 수 있다고 생각하느냐.(麻姑, 神人也, 汝何思謂爪可以爬
背耶?)"라고 했다는 고사에서 온 말이다.

8) 蓬萊 : 전설에 봉산은 동해에 있는 봉래산蓬萊山으로 신선이 산다고
한다. 여기서는 작가가 마음에 담아 둔 여인이 너무나 멀리 떨어져
있다고 비유한 것이다.

9) 淸淺 : 얕고도 맑은 물을 말한다.

10) 金鰲 : 봉래산蓬萊山을 등에 지고 있다는 전설 속의 큰 자라를 가리
킨다. 《열자列子》〈탕문湯問〉에 "발해의 동쪽 바다에 큰 자라 15마
리가 천제天帝의 명에 따라 5개의 신산神山을 머리에 이고 있었는
데, 용백국龍伯國의 거인이 그중 6마리를 낚아다가 구워 먹었다."라
는 고사가 있다.

54 〈巫山一段雲〉 琪樹羅三殿(옥나무로 둘러싼 삼면의 신선 궁전)

琪樹羅三殿, 金龍抱九關。上淸眞籍總群仙。朝拜五雲間。
　　昨夜紫微詔下。急喚天書使者。令賫瑤檢降彤霞。重到漢皇家。

옥나무로 둘러싼 삼면의 신선 궁전, 금색 용이 구중 천문을 안고 있네.
삼청경三淸經 중 상청上淸에 진인眞人의 유명한 책과 신선무리들이, 아
침에 오색의 상서로운 구름에 절하네. 　　어제밤 제왕의 궁전에
작게 고하여 내려갔다. 급히 천서天書의 사자를 불러서, 옥상자에 있는
천서를 가져와 붉은 노을을 내리라고 했네. 다시 한나라 황제의 궁궐
에 이르렀다.

| 주석 |

1) 琪樹羅三殿 : 옥같이 아름다운 나무가 삼면으로 둘러싼 신선이 사
는 궁전을 말한다.
2) 九關 : 하늘의 아홉 겹으로 된 관문이다. 《초사楚辭》〈초혼招魂〉에
"범과 표범이 구관을 지키며 올라오려는 사람들을 물어서 해친다.
(虎豹九關, 啄害下人些.)"라고 하였으니, 이는 하늘의 관문을 삼엄
하게 지킴을 뜻한다.

3) 上淸 : 도가에서 신선이 사는 곳을 말한다. 흔히 도교에서 말하는 최고의 선경仙境으로는, 옥청玉淸·상청上淸·태청太淸이 있다. 이 가운데 하나인 상청을 가리킨다.

4) 眞籍 : 도가 진인眞人의 유명한 서적을 말한다.

5) 五雲 : 오색의 상서로운 구름으로, 대체로 길상吉祥의 징조로 쓰인다. 본래 신선이 머무는 곳을 의미하는데, 여기서는 제왕의 처소를 비유하는 말로 쓰였다.

6) 瑤檢 : 옥으로 만든 서적의 봉투라는 말로, 보통 진귀한 서적을 뜻하나, 여기서는 조서詔書를 비유하는 말로 쓰였다.

7) 彤霞 : 붉은 노을을 가리킨다.

55 〈巫山一段雲〉 淸旦朝金母(맑은 아침 서왕모를 조회하고)

淸旦朝金母, 斜陽醉玉龜。 天風搖曳六銖衣。 鶴背覺孤危。

貪看海蟾狂戲。 不道九關齊閉。 相將何處寄良宵。 還去訪三茅。

맑은 아침에 서왕모를 조회하고, 석양 무렵 옥구산에서 취했다네. 하늘 바람에 흔들려 가볍고 얇은 육수의를 끌리고, 학 등에 타니 외롭고 위태함을 느끼네.　　　바다와 달빛이 심한 장난짓 마음껏 구경하고, 말하지 않아도 아홉 관문이 일제히 닫히네. 서로 어느 곳에서 좋은 밤을 보낼까? 다시 도가의 세 신선을 방문하러 떠나네.

| 주석 |

1) 金母 : 곤륜산崑崙山에 산다는 신선神仙인 서왕모西王母를 말한다.

2) 玉龜 : 신선이 사는 옥구산玉龜山을 가리킨다.

3) 六銖衣 : 불교의 도리천忉利天에서 입는다는 매우 가벼운 옷으로,

보통 선인仙人의 옷을 가리킨다. 줄여서 수의銖衣라고도 한다. 수銖
는 극소極小의 중량 단위로, 24수가 1냥兩이다.

4) 鶴背 : 신선이 학에 타다(오르다)는 뜻이다.

5) 海蟾 : 바다와 달빛을 가리킨다.

6) 九關 : 아홉 개의 대문이 있는 대궐을 가리킨다. 《초사楚辭》<초혼招
魂>에 이르기를 "호표虎豹가 구중의 천문天門을 지켜 하계下界에서
오는 자를 저지한다.(虎豹九關, 啄害下人些.)"라고 하였다.

7) 三茅 : 도가道家의 전설에 나오는 세 신선으로, 즉 모영茅盈, 모고茅
固, 모충茅衷 3형제를 가리킨다. 전설에 의하면 그들은 한 경제漢景
帝 때 사람으로, 형제가 서로 전후하여 구곡산句曲山에 들어가 은거
하다가 득도하여 신선이 되었다.

56 〈巫山一段雲〉 閬苑年華永(낭원은 해마다 화려하고 영원해)

閬苑年華永, 嬉游別是情。人間三度見河淸。一番碧桃成。

金母忍將輕摘。留宴鰲峰眞客。紅狵閒臥吠斜陽。方朔敢
偸嘗。

낭원은 해마다 화려하고 영원해, 즐겁게 노닐다 이 정인과 이별하네.
인간세상에서 세 번 황하가 맑아지는 것을 보고, 한 번 푸른 복숭아를
익었네.　　　　 서왕모는 차마 경솔하게 과실을 따서, 오산의 봉우리의
참 손님에게 연회를 열어 머물게 하였네. 붉은 털의 삽살개는 한가하
게 누워서 석양을 바라보고 짖어대는데, 동방삭이 감히 선도복숭아
훔쳐 먹었구나.

1) 閬苑 : 곤륜산崑崙山 꼭대기에 있는 낭풍산閬風山으로, 모두 전설 속의 신선이 사는 곳이다.

2) 人間三度見河淸 : 인간세상에 황하가 세 번 맑아지는 것을 본다는 뜻으로, 천하를 다스리는 태평시대라는 말이다. 원문의 '하청河淸'은 중국 삼국시대 위魏나라 이강李康의 <운명론(運命論)>에 "황하가 맑아지면 성인이 나온다.(黃河淸而聖人生.)"라고 하였는데, 그 주석에 "황하는 천 년 만에 한 번 맑아지는데, 황하가 맑아지면 성인이 그때에 나온다.(黃河千年一淸, 淸則聖人生於時也.)"라고 한 데서 온 말로, 전하여 하수가 맑아지는 것은 곧 성왕聖王이 세상을 다스리는 태평시대를 의미한다. 《文選 · 運命論》

3) 碧桃 : 신선이 먹는 푸른 복숭아로 일명 천도天桃라 하는데, 선녀인 서왕모西王母가 한 무제漢武帝에게 주었다 하며 천 년에 한 번 열매가 익는다고 한다. 곧 대궐을 선계仙界에 비겨 표현한 것이다.

4) 眞客 : 신선 객을 말한다.

5) 紅獟 : 붉은 털을 가진 삽삽개를 말한다.

6) 方朔敢偸嘗 : 한漢나라 동방삭東方朔이 서왕모西王母의 복숭아를 훔쳐 먹고서 장수하였다고 고사를 말하고 있다.

57 〈巫山一段雲〉 蕭氏賢夫婦(소사와 농옥 부부는 현명하고)

蕭氏賢夫婦, 茅家好弟兄。羽輪飆駕赴層城。高會盡仙卿。

一曲雲謠爲壽。倒盡金壺碧酒。醺酣爭撼白楡花。踏碎九光霞。

소사와 농옥 부부는 현명하고, 모가 형제도 우애가 좋았네. 신선 수레 올라 바람 타고 높다란 성 치달아 올라가, 고아한 모임에 신선의 벼슬아치들이 다모였네.　　　<白雲謠> 노래를 한 곡 불러 서왕모의 장수를 기원하고, 금 술병 속 녹주를 모두 따랐네. 취하고 연회가 한창 무르익자 흰느릅나무 꽃을 흔들고, 아홉 가지 빛의 구름 노을을 밟아서 부서졌네.

| 주석 |

1) 蕭氏賢夫婦 : 소사蕭史에 진 목공秦穆公의 딸인 농옥弄玉이 피리를 불면 진나라 서울인 함양咸陽에 단봉丹鳳이 내려왔다는 전설이 있고, 《사기史記》 봉선서封禪書에 한 무제漢武帝가 세운 봉궐鳳闕 위에 구리로 만든 봉황이 있었다는 고사가 있다.

2) 茅家好弟兄 : 도가道家에 전하는 전설 중의 세 신선인 삼모군三茅君, 즉 모영茅盈과 그의 아우 모고茅固, 모충茅衷을 말한다. 한 경제漢景帝 때에 구곡산句曲山에 들어가서 도를 닦아 신선이 되었다고 하는데, 도교 청미파淸微派에서 이들을 존숭하여 교조敎祖로 삼고 있다. 구곡산은 강소江蘇 구용현句容縣에 있는데, 삼모산三茅山 혹은 줄여서 모산茅山이라고 한다.

3) 飇駕 : 바람 수레를 타다는 말한다.

4) 高會 : 멋진(고아한) 모임을 가리킨다.

5) 雲謠 : 백운요白雲謠의 준말로, 서왕모西王母가 목천자穆天子와 만나 요지瑤池에서 주연을 베풀고 헤어질 때 지어 주었다는 이별시를 말하는데, 그 첫 구절이 "백운재천白雲在天"으로 시작되기 때문에 <백운요白雲謠> 혹은 <백운편白雲篇>으로 부르게 되었다고 한다. 《穆天子傳 卷3》

6) 白楡 : 흰 느릅나무를 가리킨다. 별이 밝게 보이는 것을 뜻하기도 한다. 《악부시집樂府詩集》권37 <농서행隴西行>에 "하늘 위엔 무엇이 있는가, 가지런히 백유가 심어져 있네.(天上何所有, 歷歷種白楡.)"라고 하였다.

107

7) 九光 : 도가道家의 말로, 아홉 색채의 빛을 말한다.

58 〈婆羅門令〉 昨宵裡(어젯밤에)

昨宵裡、恁和衣睡。今宵裡、又恁和衣睡。小飲歸來, 初更過、醺
醺醉。中夜後、何事還驚起。霜天冷, 風細細。觸疏窻、閃閃燈
搖曳。　　　空床展轉重追想, 雲雨夢、任欹枕難繼。寸心萬緒,
咫尺千裡。好景良天, 彼此空有相憐意。未有相憐計。

어젯밤에 이렇게 옷을 입고 자는데, 오늘밤에도 또 이렇게 옷을 입은
채로 자는구나. 조금 마시고 돌아오니, 초경이 지났는데, 훈훈히 취기
가 돈다. 한 밤이 지났건만 무슨 일로 다시 놀라 깨는가. 서리 내린
하늘은 차갑고, 바람 가늘게 불어 성긴 창문에 닿으니, 등불이 깜빡이
며 흔들린다.　　　빈 침상에 뒤척이며 다시 생각 더듬어보니, 남녀간
의 정은 베개머리에 기대도 계속 잇기 어렵네. 작은 마음 속 수많은
생각에, 지척이라도 천리나 떨어진 것 같아라. 좋은 경치 즐거운 시절
엔, 피차에 공연히 사랑하는 마음 있었네. 서로 사랑할 계획도 없으면
서.

|주석|

1) 昨宵 : 어제밤. 간밤을 말한다.

2) 醺醺 : 취하여 기분이 좋다는 뜻이다.

3) 雲雨夢 : 부부가 만나지 못해 정情을 나눌 수 없음을 뜻한다. 전국
   시대 초楚나라의 문인인 송옥宋玉의 <고당부서高唐賦序>에 이와 관
   련된 이야기가 나온다. 전국 시대 초나라 왕이 고당에서 낮잠을
   자는데, 꿈에 한 여인이 와서 말하기를, "저는 무산巫山의 여자로서
   고당의 나그네가 되었는데, 임금님이 여기에 계신다는 소문을 들

고 왔으니, 원컨대 침석枕席을 같이해 주소서."라고 하므로, 과연 그와 같이 하룻밤을 잤더니, 그 이튿날 아침에 그 여인이 떠나면서 말하기를 "저는 무산의 양지쪽 높은 언덕에 사는데, 매일 아침이면 아침 구름이 되고 저녁이면 내리는 비가 됩니다.(旦爲朝雲, 暮爲行雨.)"라고 하였다. 《文選·高唐賦》

4) 欹枕 : 베개머리에 기대다는 뜻이다.

5) 寸心 : 마음을 방촌方寸 또는 촌심寸心이라고 한다.

59 〈法曲獻仙音〉 追想秦樓心事(진루에서의 심사를 회상하고)

追想秦樓心事, 當年便約, 於飛比翼。每恨臨歧處, 正攜手、翻成雲雨離析。念倚玉偎香, 前事頓輕擲。　　慣憐惜。饒心性, 鎭厭厭多病, 柳腰花態嬌無力。早是乍淸減, 別後忍敎愁寂。記取盟言, 少孜煎、剩好將息。遇佳景、臨風對月, 事須時恁相憶。

진루에서 심사를 회상하고, 당시에 문득 평생토록 반려가 되기를 약속했네. 매번 갈림길에 임해야 하는 신세 한하며, 바로 잡은 두 손, 비구름 되어 뚝 떨어졌네. 어렴풋한 향기가 생각나고, 지난일 갑자기 가볍게 던져버렸다네.　　가엾게 여기는데 익숙하다네. 성정은 풍부하고, 오랫동안 진저리나도록 병치레 잦고, 버들가지같은 호리호리한 꽃의 자태는 예쁘나 힘이 없다네. 일찍 갑자기 맑은 기운 사라지고, 헤어진 후 근심과 적막함을 참을 수 없다네. 맹세의 말 기억하니, 마음 졸임 적어지고, 더욱더 잘 보양하시오. 아름다운 경치 만나, 바람 맞으며 달 마주 대하니, 옛일은 제때에 추억하는 법이오.

1) 秦樓 : 진 목공秦穆公이 딸 농옥弄玉을 위해 만들어 준 누각으로, 봉루鳳樓라고도 한다. 농옥이 음악을 좋아했는데, 소사蕭史가 퉁소를 잘 불어서 봉새가 우는 것 같은 소리를 냈다. 이에 목공이 농옥을 그에게 시집보내고 누각을 지어 주었는데, 두 사람이 퉁소를 불면 봉황이 날아와서 모였다고 한다. 《列仙傳》

2) 比翼 : 자웅雌雄이 각각 눈 하나와 날개 하나만 있는 새여서 두 마리가 서로 나란히 합쳐야 두 날개를 이루어 날 수 있는 새이다. 《爾雅 釋地》 백거이白居易의 <장한가長恨歌>에 "칠월 칠석 장생전에서, 한밤중 아무도 없이 둘이서만 속삭거릴 때, 하늘에선 비익조 되고, 땅에선 연리지 되자고 했지. 장구한 천지도 끝이 있지만, 저의 한은 끝없어 끊어질 기약 없다네.(七月七日長生殿, 夜半無人私語時, 在天願作比翼鳥, 在地願爲連理枝. 天長地久有時盡, 此恨綿綿無絶期.)"라고 하였다.

3) 臨歧 : 갈림길에 임하다는 뜻이다.

4) 倚玉 : 옥수玉樹는 훌륭한 자제子弟나 훌륭한 인물을 가리키는 말이다. 중국 삼국시대 위魏나라 명제明帝가 왕후의 아우인 모증毛曾을 황문시랑黃門侍郎 하후현夏侯玄과 함께 앉게 하자, 당시 사람들이 "갈대가 옥수에 의지한 것과 같다.(蒹葭倚玉樹)"라고 하였다.

5) 柳腰 : 버드나무처럼 날씬한 여자의 허리를 가리킨다.

6) 乍淸減 : 갑자기 맑은 기운이 사라진다는 뜻이다.

7) 少孜煎 : 마음 졸임이 적어지다는 뜻이다.

60 〈西平樂〉 盡日憑高目(온 종일 높이 바라보니)

盡日憑高目, 脈脈春情緒。嘉景淸明漸近, 時節輕寒乍暖, 天氣才晴又雨。煙光淡蕩, 妝點平蕪遠樹。黯凝佇。台榭好、鶯燕語。　　　正是和風麗日, 幾許繁紅嫩綠, 雅稱嬉游去。奈阻隔、尋芳伴侶。秦樓鳳吹, 楚館雲約, 空帳望、在何處。寂寞韶華暗度。可堪向晚, 村落聲聲杜宇。

온 종일 높이 바라보니, 봄 마음이 이어지네. 아름다운 경치 청명절이 점점 가까워지고, 시절은 살짝 차갑다가 어느새 따뜻해진다. 날씨는 막 개었다가도 비가 내리네. 엷은 운무가 맑아지며 사라지고, 단장한 먼 나무는 평평하면서 무성하네. 남몰래 우두커니 서있다 보니, 좋은 정자에서, 꾀꼬리와 제비가 밀어를 나누네.　　　바로 바람 따스하고 아름다운 날이라, 번화한 붉은 꽃과 푸른 싹이 몇 개던가. 평소 즐겁게 노닐며 간다고 말하니, 향기나는 짝 찾는 길 막히니 어찌하나. 진루의 봉황 울고, 초관에서 사랑을 언약했거늘, 텅빈 휘장 바라보고, 어디 곳에 있는가? 적막한 봄빛 몰래 지나가네. 해질 무렵 언저리에, 촌마을에서 두견새의 구슬픈 소리 어찌 견딜까!

| 주석 |

1) 高目 : 높이 바라본다는 뜻이다.

2) 脈脈 : 쭉 이어진다는 뜻이다.

3) 煙光 : 안개 빛을 말한다.

4) 平蕪 : 거친 평원을 말한다.

5) 黯凝佇 : 남몰래 우두커니 서있다는 뜻이다.

6) 鶯燕 : 봄날에 날아다니는 꾀꼬리와 제비를 말한다.

7) 秦樓鳳吹 : 태평시대의 상서로운 조짐을 의미한다. 《시경詩經》<권아卷阿>에, "저 높은 산봉우리에서 봉황이 울고, 오동나무는 저 조양 땅에서 자라네.(鳳凰鳴矣, 于彼高岡. 梧桐生兮, 于彼朝陽.)" 라고 하였다.

8) 韶華 : 아름다운 계절의 경치를 뜻하는 말로, 보통 춘광春光을 가리

111

킨다.

9) 聲聲杜宇 : 촉제蜀帝 두우杜宇가 신하에게 쫓겨나 타향에서 원통하게 죽어서 그의 원혼이 두견새로 변화했다는 전설에서 유래한 것이다. 두견새는 특히 봄철이면 밤낮으로 피눈물이 흐를 때까지 슬피 울며, '불여귀不如歸'라는 소리로 운다고 한다.

61 〈鳳棲梧〉 簾下淸歌簾外宴(주렴 아래 맑은 노래소리 주렴밖에는 잔치 열리네)

簾下淸歌簾外宴。 雖愛新聲, 不見如花面。 牙板數敲珠一串, 梁塵暗落琉璃盞。　　桐樹花深孤鳳怨。漸遏遙天, 不放行雲散。 坐上少年聽不慣。 玉山未倒腸先斷。

주렴 아래 맑은 노래소리 주렴밖에는 잔치 열리네. 비록 새로운 소리를 좋아하더라도, 꽃 같은 얼굴 못 보았다네. 상아 박판 자주 두드려 구슬 한 꾸러미를 꿰었고, 들보 먼지가 몰래 유리잔에 떨어졌다.　　　오동나무 꽃 깊고, 홀로 된 외로운 봉황이 원망하며 울어댄다. 점점 먼 하늘을 막고, 흘러가는 구름 놓아주지 않아도 흩어지네. 자리 위에 젊은이 대화 들어도 익숙하지 않고, 옥산은 가지 않아도 애간장이 먼저 끊어졌다네.

| 주석 |

1) 鳳棲梧 : 사패 이름이다. <일라금一籮金>·<강여련江如練>·<서소음西笑吟>·<권주렴卷珠簾>·<명월생남포明月生南浦>·<도원행桃源行>·<동화봉桐花鳳>·<망장안望長安>·<세우취지소細雨吹池沼>·<어수동환魚水同歡>·<황금루黃金縷>·<봉서오鳳棲梧>·<전조접련화轉調蝶戀花>·<작답지鵲踏枝> 등 별칭이 많다. 쌍조 60자 전·후단 각 5구 4측운으로 되어 있다.

2) 珠一串 : 구슬 한 꾸러미로 꿰다. 여기서는 음악 연주하는 소리가

매우 아름답다는 것을 가리킨다.

3) 梁塵 : 들보 위의 티끌이다. 옛날에 노래를 잘했던 노魯나라의 우공
虞公이란 사람은 노랫소리가 매우 맑고 처량하여 노래를 마치면
들보의 먼지가 움직였다는 고사가 있는데, 흔히 가곡歌曲이 매우
절묘絶妙함을 비유하는 뜻으로 쓰인다. 진晉나라 육기陸機의 <의동
성일하고擬東城一何高>에 "한 번 노래를 부르면 사람들 모두가 탄
식을 하고, 두 번 노래를 부르면 들보 위의 먼지도 진동하며 날렸
다.(一唱萬夫嘆, 再唱梁塵飛.)"라고 하였다. 《文選 卷30》

4) 孤鳳怨 : 짝 잃은 봉황으로, 배우자를 잃은 사람을 뜻한다. '난고봉
과鸞孤鳳寡'와 같은 말이다. 이 구절은 짝 잃은 봉황이 슬퍼고 처량
하고 울어댄다는 뜻이다.

5) 遙天 : 멀고 먼 하늘가를 말한다.

6) 不 : 《汲古閣本》에는 '未'자로 되어 있고, 다른 판본에는 '不'자로
되어 있다.

7) 玉山未倒 : '玉山'은 중국 강서성江西省 신주信州에 있는 산 이름이
다. 서왕모西王母가 살았다는 전설상의 선산仙山으로, 산의 풍광을
선경仙境으로 비유하는 말로 쓰인다. '玉山倒'는 옥산玉山이 무너진
다는 뜻으로 《세설신어世說新語》에, 혜강嵇康의 사람됨은 마치 우뚝
하게 빼어난 낙락장송 같아서, 그가 취했을 때는 또한 마치 옥산이
곧 무너지려는 것과 같았다고 한 데서 온 말로, 술에 취하여 곧
넘어지려는 모습을 말한다.

62 〈鳳棲梧〉 佇倚危樓風細細(높다란 누각에 오래도록 서
있는데 바람은 살랑살랑)

佇倚危樓風細細。望極春愁, 黯黯生天際。草色煙光殘照裡。

無言誰會憑闌意。　　　擬把疏狂圖一醉。對酒當歌, 强樂還無

味。衣帶漸寬終不悔。爲伊消得人憔悴。

높다란 누각에 오래도록 서 있는데 바람은 살랑살랑, 아득히 바라보니

봄날 시름이, 하늘끝에서 슬그머니 피어난다. 저녁 노을 속 초록빛이

그윽한데, 아무 말도 없이, 누가 내 마음을 알리오. 　　　어디 한번

미친 척, 술 마시고 노래하며 맘껏 즐기려해도 아무런 재미도 없고,

허리띠 헐거워져도 후회하지 않으리. 그녀 위해 초췌해진들 어떠하리.

| 주석 |

1) 佇倚危樓風細細 : 부드럽고 가벼운 바람 속에 작가가 홀로 서서 높

은 누대에 기대어 있는 모습을 말한다.

2) 黯黯 : 암담하다. 암울하다.

3) 擬把 : ~하고자 하다.

4) 疏狂 : 마음 내키는 대로 하다. 구속받지 않고 호탕하고 자유롭게

행동하다는 말이다.

5) 對酒當歌 : 술 마시고 마음대로 노래 부른다는 뜻이다. 조조의 <단

가행短歌行>에 이르기를 "술을 마주하여서는 노래 불러야만 하니,

우리 인생 그 얼마나 살 수 있으랴.(對酒當歌, 人生幾何.)" 하였는

데, 이는 제때에 놀아야 함을 말한 것이다.

6) 衣帶漸寬 : 의대가 점차 헐렁해지다. 사람이 점차 야위어짐을 나타

낸다.

7) 消得 : ~할 가치가 있다. ~할 만하다.

63 〈鳳棲梧〉 蜀錦地衣絲步障(촉지방은 비단으로 만든 땅
양탄자와 비단 병풍 옷)

蜀錦地衣絲步障。屈曲回廊, 靜夜閒尋訪。玉砌雕闌新月上。
朱扉半掩人相望。　　　旋暖燻爐溫斗帳。玉樹瓊枝, 迤邐相偎
傍。酒力漸濃春思蕩。鴛鴦繡被翻紅浪。

촉지방은 비단으로 만든 땅 양탄자와 비단 병풍 옷, 굽고 굽은 긴 회랑
을 우회하고, 조용한 밤 한가하게 방문할 곳을 찾네. 화려한 옥섬돌과
조각한 난간에 갓 달이 떴다. 붉은 문은 반쯤 가려있고 사람은 서로
바라보네.　　　향로의 연기가 돌아서 훈기가 나니 한 말 휘장이
따뜻하네. 옥나무와 옥가지, 서로 옆에 어렴풋하게 비스듬히 이어졌다.
술의 힘이 점점 짙어져서 봄날의 그리움을 쓸어버리네. 원앙 수놓아진
이불에 젊고 아름다운 여인을 뒤집어 눕혔다네.

| 주석 |

1) 蜀錦地衣絲 : 촉지방 비단으로 양탄자를 만들고, 실을 짜서 병풍을
만들었다는 말이다.

2) 步障 : 옛날에 신분이 귀하고 높은 사람이 외출할 때에 바람과 먼지
를 가리기 위하여 길 좌우에 치던 휘장이다. 진晉나라의 대부호大富
豪인 석숭石崇은 사치를 매우 좋아하여 50리 길이의 금보장을 만들
어 길가에 펼쳤다고 한다.

3) 回廊 : 회랑을 말한다. 《회남자》 <본경훈本經訓>에 "말세의 제왕으
로 걸桀과 주紂가 있는데, 이들은 구슬로 침실을 꾸미고, 누대를
고운 옥으로 꾸미고, 상아로 회랑回廊을 꾸미고, 옥으로 침상을 꾸
몄다."라고 하였다.

4) 玉砌雕闌 : 화려하고 사치스러운 옥섬돌과 아름답게 조각한 난간
을 말한다.

5) 燻爐 : 훈증 연기나는 향로를 말한다.

6) 斗帳 : 작은 장막으로 모양이 말斗을 엎어 놓은 것과 같다 하여 붙인 이름이다.

7) 迤邐 : 꾸불꾸불 이어져 있는 모양을 말한다.

8) 春思 : 남녀간의 정사를 말한다.

64 〈法曲第二〉 靑翼傳情(청익조가 정을 전달하고)

靑翼傳情, 香徑偸期, 自覺當初草草。未省同衾枕, 便輕許相將, 平生歡笑。怎生向、人間好事到頭少。漫悔懊。　　細追思, 恨從前容易, 致得恩愛成煩惱。心下事千種, 盡憑音耗。以此縈牽, 等伊來、自家向道。泊相見, 喜歡存問, 又還忘了。

신화속의 청익조가 정을 전달하고, 향기로운 지름길에서 정을 훔쳤다. 당초 신중하지 못했음을 자각했다, 함께 동침한 것을 아직 반성하지 않고, 편하고 가볍게 서로 함께하고, 평생 기뻐 웃었다. 어찌 인생에서 좋은 일이 처음부터 적을까? 부질없이 후회하네.　　곰곰이 그리움을 추억해보니, 종전의 모습이 한스럽다네. 예쁨과 사랑을 얻으니 근심이 되었다. 마음속의 일, 천 가지를 심었고, 소식에 온통 기대었다. 이렇게 얽키어 끌려다니고, 그대가 오기를 기다렸다. 집에서 길을 향해, 함께 서로 만났고, 즐겁고 기쁘게 안부를 묻고, 또 다시 잊어버렸다네.

| 주석 |

1) 靑翼 : 신화중에 나오는 선녀仙女 서왕모西王母의 사자使者인 푸른 새를 말한다. <한무고사漢武故事>에 "7월 7일에 갑자기 파랑새가 궁전 앞으로 날아와 앉자, 동방삭東方朔이 말하기를 '서왕모가 오려고 한다.' 했다. 잠시 후에 과연 서왕모가 오자, 두 파랑새가 서왕모

를 양쪽 곁에서 모셨다."라고 하였다.

2) 香徑 : 만발한 꽃들 사이에 난 오솔길을 가리키거나 또는 떨어진 꽃잎으로 가득한 오솔길을 가리킨다. 당唐나라 대숙륜戴叔倫의 시 <유소림사遊少林寺>에 "사리탑은 푸른 이끼로 덮이고, 향긋한 길은 흰 구름이 깊어라.(石龕蒼蘚積, 香徑白雲深.)"라고 하였다.《全唐詩·遊少林寺》

3) 偸期 : 정을 훔치다는 뜻이다.

4) 草草 : 대강, 대충, 신중하지 않는 모양을 말한다.

5) 相將 : 서로 함께라는 뜻이다.

6) 怎生向 : 어떻게 할까? 어찌할 방법이 없다.

7) 漫 : 헛되이. 부질없이.

8) 音耗 : 소식을 말한다.

9) 洎 : '與'와 같다. 함께. 더불어.

10) 存問 : 안부를 묻다. 문안하다는 뜻이다.

65 〈秋蕊香引〉 留不得(붙잡아 둘 수 없구나)

留不得。光陰催促, 奈芳蘭歇, 好花謝, 惟頃刻。彩雲易散琉璃脆, 驗前事端的。　　　風月夜, 幾處前蹤舊跡。忍思憶。這回望斷, 永作終天隔。向仙島, 歸冥路, 兩無消息。

붙잡아 둘 수 없구나. 세월이 재촉하니, 어쩔 수 없이 향기로운 난초가 시들어 지고, 아름다운 꽃이 떨어지는 것이, 다만, 삽시간의 일이로구나. 여러 빛깔로 아롱진 고운 구름이 쉽사리 흩어져버리고 채색 유리도 쉽게 부서져버린다는 말이 사실이라는 듯 증명해주네.　　　바람 부는 달 밝은 밤, 옛 종적들이 남아 있는 곳. 차마 추억을 떠올리지 못하겠구나. 이번에 멀리 사라져버리니 영원히 만날 수 없는 하늘 끝으로 떨어져 버렸다네. 신선의 섬으로 향하였을까, 어두운 황천의 길로 돌아간 것일까, 둘 다 소식을 알 수 없구나.

| 주석 |

1) 留不得 : 가는 세월을 붙잡아 둘 수 없다는 뜻이다.

2) 光陰催促 : 세월을 재촉한다는 말이다. 이백李白의 <춘야연도리원서春夜宴桃李園序>에 "천지는 만물의 여관이요, 광음은 백대의 과객이다.(夫天地者, 萬物之逆旅. 光陰者, 百代之過客.)"라고 하였다.《古文眞寶後集》

3) 芳蘭 : 지란옥수芝蘭玉樹에서 나온 말로, 흔히 남의 집안의 우수한 자제子弟를 일컫는 말이다.《세설신어世說新語》<언어言語>에, 진晉나라 사안謝安이 여러 자제들에게 어떤 자제가 되고 싶냐고 묻자, 그의 조카인 사현謝玄이 대답하기를 "비유하자면 지란옥수가 뜰 안에 자라게 하고 싶습니다.(譬如芝蘭玉樹, 欲使其生於階庭耳.)"라고 하였다.

4) 頃刻 : 삽시간. 짧은 시간.

5) 事端 : 일이 일어나는 실마리를 말한다.

6) 忍思憶 : 차마 추억을 떠올리지 못한다는 뜻이다.

7) 望斷 : 시야가 끊어지다는 뜻이다.

8) 終天 : 죽을 때까지 품게 되는 슬픔이라는 말로, 부모님이 돌아가신 슬픔을 가리킨다.

66 〈一寸金〉 井絡天開(촉 땅 하늘이 열리고)

井絡天開, 劍嶺雲橫控西夏。地勝異、錦裡風流, 蠶市繁華, 簇簇歌台舞榭。雅俗多游賞, 輕裘俊、靚妝艷冶。當春晝, 摸石江邊, 浣花溪畔景如畫。　　　夢應三刀, 橋名萬裡, 中和政多暇。仗漢節、攬轡澄淸, 高掩武侯勳業, 文翁風化。台鼎須賢久, 方鎭靜、又思命駕。空遺愛, 兩蜀三川, 異日成嘉話。

촉 땅 하늘이 열리고, 검산의 봉우리에 구름 비껴 서하를 당긴다. 지리적으로 훌륭하고 독특한 곳, 비단 풍류에, 잠사 시장 번화하고, 노래하고 춤추는 무대가 곳곳에 세워있네. 아속 모두 노닐고 감상한 것이 많고, 가벼운 갓옷 입는 화장한 여인은 아름답게 단장하네. 봄낮 대낮에 강바닥 돌맹이 만지니, 완화 계곡 경치 그림같네.　　　수령이 되는 꿈 이루어지고, 다리 이름은 만 리에 이름났으니, 정치는 평화로워 여가가 많았다네. 한나라 부절을 손에 쥐고 고삐를 잡고 정국으로 이끌고, 성취는 높아 제갈량의 공업을 뛰어넘어, 사천의 태수 문옹은 풍속을 감화시켰다. 조정에서 인재를 기다린지 오래, 이제 진정되었고, 또 즉시 부임하라는 명을 생각하네. 부질없이 사랑을 남겨, 두 파촉과 삼천 지방은, 훗날 아름다운 말을 이루었네.

| 주석 |

1) 井絡 : 일반적으로 장안長安에서 서쪽에 위치하고 있는 촉蜀 땅을 가리키는 말이다.

2) 劍嶺 : 사천성과 섬서성 사이에 있는 명산으로 높고 뾰족하게 솟아 있다. 검령劍嶺은 서하를 지키는 요새였다.

3) 西夏 : 중국의 소수민족 탕구트족이 세운 대하大夏(1038~1227)를 지칭하는데, 송나라의 서북쪽에 자리하고 있어 주로 '서하西夏'라고 칭하였다. 일찍이 송나라와 대립하였다.

4) 地勝異 : 지리적으로 훌륭하고 독특한 지방을 말한다.

5) 錦裡 : 성도成都 또는 금관성錦官城을 말한다.

6) 蠶市 : 성도成都를 말한다. 성도성城都城 가운데 한 곳에서는 화과花果·잠기蠶器를 파는데 이를 잠시蠶市라고 한다.

7) 簇簇 : 곳곳에 많이 세워졌다는 말이다.

8) 輕裘 : 가벼운 갑옷을 말한다. 공자孔子가 이르기를 "공서적은 제나라에 갈 적에 살찐 말을 타고 가벼운 갖옷을 입었다(赤之適齊也, 乘肥馬衣輕裘.)"라고 한 데서 온 말로, 전하여 호화로운 생활이나 부자의 자제 등을 의미한다. 《論語·雍也》

9) 靚妝靚妝 : 예쁘게 화장한 여자가 요염하게 꾸미다는 말이다.

10) 夢應三刀 : 지방 관원의 승진을 비유할 때 쓰는 표현이다. 진晉나라 왕준王濬이 대들보 위에 칼 세 개가 걸리고 얼마 뒤에 다시 칼 하나가 더 걸리는 꿈을 꾸고 나서 매우 불쾌하게 여기자, 주부主簿 이의李毅가 축하하며 말하기를, "칼 세 개는 주州를 뜻하고 거기에 칼 하나가 덧붙여졌으니, 익주자사益州刺史로 승진해서 나갈 것이 분명하다." 하였는데, 과연 그 뒤에 그 말대로 되었다는 고사가 전한다. 《晉書·王濬列傳》

11) 中和政多暇 : 정치가 잘 다스려지고 평화로워서 일반 백성들이 여가가 많았다는 말이다.

12) 仗漢節 : '장절仗節'은 절부월節斧鉞을 잡았다는 뜻으로, 군대의 통수권을 의미한다. 수령守令이 부임하게 되면 천자가 대나무에다가 표를 하고 쪼개서 한쪽은 나라에 두고 한쪽은 수령에게 주어서 증거로 삼았다.

13) 攬轡澄淸 : 관찰사로서 지방의 분위기를 일신시켜 백성들을 잘 다스릴 것이라는 말이다. 후한後漢 환제桓帝와 영제靈帝 때의 범방范滂이 일찍이 청조사請詔使가 되어 기주冀州를 안찰按察하러 떠날 때, 수레에 올라 고삐를 잡고서는 개연히 천하를 깨끗하게 정화시킬 뜻을 품었는, 범방이 기주에 이르자 탐관오리들이 지레 겁을 먹고는 인끈을 자진해서 풀어놓고 달아났다는 고사가 전한다. 후에 이를 '남비징청攬轡澄淸' 또는 '남비등거攬轡登車'라 하여 어지러운 세상을 깨끗하게 다스려 백성을 안정시키겠다는 의지를 뜻하게 되었는데, 이를

원용하여 한 말이다. 《後漢書 · 范滂傳》

14) 武侯 : 제갈량의 봉호를 가리킨다. 삼국시대 촉한의 승상으로 무향후武鄕侯에 봉해진 제갈량諸葛亮을 말한다. 그는 일찍이 후한 말기의 난세를 피하여 남양南陽의 초려에 은거하고 있었는데, 그의 친구인 서서徐庶의 천거로 인해 한실漢室의 정통正統인 유비劉備의 삼고초려三顧草廬의 정성에 감동하여 나가서 마침내 촉한을 건국하게 하고 인하여 한실의 회복에 충성을 다했으며, 선주가 죽은 뒤에는 다시 후주後主 선선禪을 도와서 국궁진췌鞠躬盡瘁하다가 끝내 진중陣中에서 전사하였다. 《三國志 · 諸葛亮傳》

15) 文翁 : 한 경제漢景帝 때에 문옹이 촉군 태수蜀郡太守로 나가서 저잣거리에 학교를 세우고 부역을 면제시키는가 하면 성적이 우수한 자를 관리로 임용하는 등, 획기적인 문교 정책을 실시하여 문풍文風을 크게 진작시킨 결과 제齊 · 노魯처럼 변화시켰다는 인물이다. 《漢書 · 循吏傳》

16) 台鼎 : 삼공三公. 3정승을 말한다. 3명의 재상宰相을 태정台鼎으로 삼은 것을 말한다.

17) 方鎭靜 : 비로소 안정되었다. 비로소 진정되었다.

18) 命駕 : 천리명가千里命駕를 가리킨다. 삼국 시대 위魏나라 여안呂安과 혜강嵇康이 "상대방이 그리워질 때마다 천 리 길을 멀다 하지 않고 수레를 대령하여 상대방을 방문했다.(每一相思, 輒千里命駕.)"라는 고사가 있다. 《世說新語 · 簡傲》

【歇指調】

67 〈永遇樂〉 薰風解慍(향기로운 동남풍이 화를 풀어주고)

薰風解慍, 晝景淸和, 新霽時候。火德流光, 蘿圖薦祉, 累慶金
枝秀。璇樞繞電, 華渚流虹, 日挺生元後。纘唐虞垂拱, 千載應
期, 萬靈敷佑。　　　殊方異域, 爭貢琛贐, 架轍航波奔湊。三殿
稱觴, 九儀就列, 韶濩鏘金奏。藩侯瞻望彤庭, 親攜僚吏, 競歌
元首。祝堯齡、北極齊尊, 南山共久。

향기로운 동남풍이 화를 풀어주고 그림같은 정경은 맑고 조화롭다.
막 개었을 즈음, 화덕에 빛이 흘러, 나도에서 복을 빈다. 금가지 빼어나
경사 겹치겠네. 북두성에 번개 에워싸고, 아름다운 물가에 무지개 흘
러가네. 원자 태어날 길일 선택한 이후에. 당우의 요순시절을 이어서
두손 맞잡아 다스리네. 천년을 기약하노니, 많은 신령들이 은혜를 베
풀어 도왔다네.　　　다른 지방 이역에, 서로 다투며 공물을 바치네.
육로와 수로로 사방의 사람들 모두 모였네. 세 궁전에서 연회 열어,
모든 백관들이 나란히 줄을 서서, 순임금 음악 연주소리 울리네. 번진
과 제후들이 황궁을 우러러 바라보고, 친히 벼슬아치들을 이끌고, 다
투어 황제의 공덕을 가송하네. 요금임과 같이 장수하며 북극성 같이
존귀하며, 종남산처럼 함께 오래 하기를 송축하네.

| 주석 |

  1) 薰風 : 남풍은 여름철의 동남풍을 가리킨다. 훈훈한 남쪽 바람이라
     는 뜻으로, 보통 성군聖君의 덕정德政을 비유하는 말로 많이 쓰인
     다. 순舜 임금이 오현금五絃琴을 만들어 〈남풍가南風歌〉를 지어 부
     르면서 "훈훈한 남쪽 바람이여, 우리 백성의 수심을 풀어 주기를.
     제때에 부는 남풍이여, 우리 백성의 재산을 늘려 주기를.(南風之薰

兮, 可以解吾民之慍兮. 南風之時兮, 可以阜吾民之財兮.)"이라고 했
다는 고사를 인용한 것이다. 《禮記·樂記》

2) 해온解慍: 백성의 걱정을 풀어 주는 여름철의 훈훈한 바람이라는
뜻이다. 舜순 임금의 <남풍가南風歌> 중에 "훈훈한 남쪽 바람이여,
우리 백성의 걱정을 풀어 주기를.(南風之薰兮 可以解吾民之慍兮)"
이라는 말에서 나온 것이다. 《禮記·樂記》

3) 火德: 화덕火德을 맡은 여름의 신神이다. 어떤 때는 해를 가리키기
도 한다. 불을 맡은 신령으로 축융祝融이라고도 한다. 중국 상고
시대 전욱顓頊의 손자 중려重黎가 고신씨高辛氏의 화정火正이 되어
축융이라고 호칭하였는데, 그가 죽어서 화신火神이 되었다 한다. 《禮
記·月令》

4) 流光: 태양 빛이 사방으로 비추는 것을 말한다.

5) 蘿圖: 도서圖書를 죽 벌여 놓아 자리席를 만든 것이라고도 하고
수레 위에 까는 자리라고도 한다. 강토를 가리키기도 하는데, 여기
서는 어느 것을 지칭하는지 분명하지 않다.

6) 薦祉: 복을 내리다는 뜻이다.

7) 金枝: 금지옥엽金枝玉葉의 준말로 임금의 자손을 귀하게 부르는 표
현이다.

8) 秀: 나타나다. 출현하다는 뜻이다.

9) 璇樞: 선기옥형璿璣玉衡을 이르는 말이다.

10) 繞電: 임금의 생일을 가리킨다. 황제黃帝의 모친인 부보附寶가 기祁
들판에 있을 적에, 번개가 크게 치며 북두칠성의 첫째 별을 휘감는
것을 보고는 감응하여 잉태한 뒤 24개월이 지나서 황제를 낳았다
는 고사에서 유래한 것이다. 《史記·五帝本紀》

11) 華渚流虹: 제왕帝王의 탄생을 비유하는 말이다. 황제黃帝의 비妃 여
절女節이 일찍이 무지개처럼 생긴 별이 내려와서 화저華渚로 흐르
는 것을 보았는데, 이윽고 그 무지개와 교감交感하는 꿈을 꾸고 임

123

신이 되어 아들 소호씨少昊氏를 낳았다는 고사에서 온 말이다. 화저
華渚는 지명이다. 《宋書 · 符瑞志》 또 소식蘇軾의 <집영전연치어集
英殿宴致語>에 "무지개 흘러내려 성명의 시대 열었나니, 인력으로
이룰 수 있는 상서가 아니로다.(流虹啓聖, 非人力所致之符)" 라는
구절이 있다.

12) 元後 : 천자, 황제를 말한다.

13) 唐虞 : 당요唐堯와 우순虞舜 시대로, 곧 요순堯舜 시대를 가리킨다.
흔히 태평성대와 많이 아울러 이르는 말이다.

14) 垂拱 : 옷을 늘어뜨리고 두 손을 마주 잡는 것으로, 인위적으로 어
떤 일도 하지 않으면서도 세상이 잘 다스려지게 하는 무위지치無爲
之治를 뜻한다. 《서경》<무성武成>에 "옷을 늘어뜨리고 팔짱을 낀
채 가만히 있어도 세상이 잘 다스려진다.(垂拱而天下治)"라고 하
였다.

15) 應期 : 순응해서 기약한다(기다린다)는 뜻이다.

16) 萬靈敷佑 : 많은 신령들이 은덕을 베풀어 보우하다는 뜻이다.

17) 琛贐 : 공물貢物로 보내는 진귀한 보배(물건)라는 뜻이다.

18) 架巘航波奔湊 : 육로와 수로로 사방팔방의 사람들이 모두 모여서
왔다는 뜻이다. '架巘'은 산과 산 사이에 있는 가교(다리)를 말한다.

19) 三殿 : 당대 대명궁大明宮의 인덕전麟德殿을 말한다.

20) 稱觴 : 연회에서 술잔을 들고 흥에 실컷 취해서 즐거워하는 모습을
나타낸 말이다.

21) 九儀 : 천자의 조정에 늘어선 아홉 가지 예복禮服을 입은 손님으로,
즉 공公, 후侯, 백伯, 자子, 남男, 고孤, 경卿, 대부大夫, 사士를 말한다.
《周禮 · 九儀》

22) 韶濩 : 소는 순舜의 음악이요, 호은 황제黃帝의 음악인데, 중국 주대
周代에 있었다는 황제黃帝 이하 여섯 왕조의 음악을 말한다. 황제의
음악인 운문雲門, 요 임금의 음악인 함지咸池, 순 임금의 음악인 대

소大韶, 우 임금의 음악인 대하大夏, 탕 임금의 음악인 대호大濩, 무왕의 음악인 대무大武를 말한다. 즉 궁정음악이나 아름다운 음악, 천자의 음악을 가리킨다.

23) 鏞金奏 : 금속 동으로 만든 악기 쟁쟁으로 연주하다는 뜻이다.

24) 藩侯 : 번진과 제후를 가리킨다.

25) 동정彤庭 : 한나라 때 궁궐에 붉은 칠漆을 하여 장식하였으므로 궁궐, 황궁을 의미하게 되었다. 반고班固의 <서도부西都賦>에 "검게 칠한 바닥에 금옥金玉으로 꾸민 섬돌, 옥돌로 만든 계단에 붉게 빛나는 궁궐이라.(於是玄墀釦砌, 玉階彤庭.)"라고 하였다.

26) 元首 : 원수. 황제. 임금을 말한다.

27) 祝堯齡 : 황제가 요임금처럼 장수하기를 바란다는 뜻이다. 《장자莊子》<천지天地>편에 "요임금이 화라는 고장을 돌아보는데 화 땅의 국경을 지키는 사람이 아! 성인이시어 성인을 축원하고 싶습니다. 성인께서 장수하소서.(堯觀乎華, 華封人曰嘻聖人. 請祝聖人, 使聖人壽.)"라고 하였다. 고대 제왕의 수탄壽誕을 축하하는 가곡인 '축요령祝堯齡'은 여기에서 나온 말로, 태평성세에 임금을 축원하는 백성이 되고 싶다는 뜻을 표현한 것이다.

28) 北極齊尊 : 북극성 같이 존귀하고 숭고하는 뜻이다.

68 〈永遇樂〉 天閣英游(조정에 영웅은 드나들고)

天閣英游, 內朝密侍, 當世榮遇。漢守分麾, 堯庭請瑞, 方面憑心膂。風馳千騎, 雲擁雙旌, 向曉洞開嚴署。擁朱轓、喜色歡聲, 處處競歌來暮。　　　　吳王舊國, 今古江山秀異, 人煙繁富。甘雨車行, 仁風扇動, 雅稱安黎庶。棠郊成政, 槐府登賢, 非久定須歸去。且乘閒、孫閣長開, 融尊盛擧。

조정에 영웅은 드나들고, 내조에서 근신이 사무를 보고, 당세에 태평을 누렸네. 한나라의 수관은 깃발을 나누어, 요임금의 조정에 상서로움을 청했고, 한 지방의 장관에게 모든 것을 믿고 맡겼다네. 바람에 천 필의 말 내달려, 구름은 쌍깃발을 안아 올려, 새벽을 향해 위엄있는 관아 열리었다. 붉은 깃발을 잡고, 즐거운 표정으로 환호하는 소리, 곳곳마다 다투어 노래 부르다 저녁 찾아오네.   오나라 왕이 다스리던 옛나라, 고금의 강산은 수려하고, 인파는 번화하고 부유했다네. 단비는 마치 수레로 물을 가져온 듯, 인자한 풍속을 선동하여, 평소 백성들은 황제가 편안하게 살 게 해준 것을 칭송했다. 팥배나무 성밖에 지방관의 선정을 칭송하고, 학사원에서 현명한 인재 등용하니, 오래지 않아 반드시 태평성대로 돌아가리라. 또 한가한 틈에, 손각이 오래 열리면 술잔을 들고 성대한 주연을 거행하겠지.

| 주석 |

1) 天閣 : 조정을 가리킨다.

2) 英游 : 재능가 지혜가 걸출한 인물을 말한다.

3) 內朝密侍 : 황제 측근 신하를 말한다.

4) 榮遇 : 영예롭다, 영화를 누렸다는 뜻이다.

5) 漢守分麾 : 황제의 명을 받아 한 주를 지키는 지방관이 되어 나가는 것을 의미한다. '分麾'는 관리로 부임하여 깃발(휘하)을 나누었다는 말이다. '麾'는 소꼬리로 만든 장식 깃발로, 고대 장수가 출정할 때에는 모두 이러한 깃발이 있었다.

6) 堯庭 : 요임금의 뜰(마당)로, 당시 조정을 비유한 말이다.

7) 請瑞 : 성명聖明한 조정에서 청하여 관리가 되는 징표인 부신符信의 옥玉을 얻는 것을 말한다.

8) 方面 : 고대 한 지방의 군정을 맡은 장관을 말한다.

9) 雙旌 : 쌍정雙旌은 지방관이 되어 부임하는 것을 말한다. 당唐나라

때에 절도사나 관찰사에게는 조정을 하직하는 날 쌍정과 쌍절雙節을 하사하였다. 《新唐書·百官志》

10) 向曉 : 곧 새벽이 밝아오다. 곧 동이 트다.

嚴署 : 위엄있는 관아를 말한다.

11) 朱輪 : 지방관의 수레를 붉은 휘장으로 장식하였던 데서 나온 말로 지방관을 가리킨다. 수레 양쪽에 진흙이 튀지 않도록 붉은색의 장니障泥를 설치한 수레로, 연봉 2천 석 이상의 고관이 타는 수레이다. 반조班條는 조교條敎를 만들어 부로父老, 사수師帥, 오장伍長 등이 있는 곳에 두어 민간에 시행하게 하는 것을 말한다. 한나라 때의 순리循吏인 황패黃霸가 영천 태수潁川太守로 있으면서 황제가 백성들을 잘 살게 하려는 뜻을 받들어 반조하였다. 《漢書 卷89 循吏傳 黃霸》

12) 來暮 : 선정善政을 찬미하는 백성의 노래이다. 내모來暮는 '왜 이렇게 늦게 왔느냐'는 뜻의 '내하모來何暮'의 준말이다. 동한東漢의 염범廉范이 촉군 태수蜀郡太守로 부임하여, 금화禁火와 야간 통행금지 등의 옛 법규를 개혁하며 선정을 펼치자, 백성들이 "우리 염숙도여, 왜 이리 늦게 오셨는가. 불을 금하지 않으시어 백성이 편하게 되었나니, 평생토록 저고리 하나 없다가 지금은 바지가 다섯 벌이라네.(廉叔度, 來何暮? 不禁火, 民安作, 平生無襦, 今五袴.)"라는 찬가를 지어 불렀다고 한다. 《後漢書·廉范列傳》

13) 吳王舊國 : 옛날의 오나라. 보통 강서 일대를 가리킨다.

14) 甘雨車行 : 단비가 마치 수레로 물을 가져온 듯하다는 말이다. 즉 제 때 비가 내렸다는 뜻이다.

15) 仁風扇動 : 일반적으로 제왕帝王이나 지방 수령의 덕정德政을 비유하기도 하고 부채를 일컫는 말로도 쓰인다. 여기서는 중의적으로 지방 수령의 어진 덕정을 의미한다.

16) 雅稱安黎庶 : 평소 백성들은 황제가 편안하게 살 게 해준 것을 칭

송했다는 뜻이다. 지방 장관이 선정을 베푸는 것을 비유하는 말이다. '黎庶'는 백성을 말한다. 진晉나라 원굉袁宏이 동양군수東陽郡守로 부임할 적에 사안謝安이 부채 하나를 선물로 주자, 원굉이 "인애의 바람을 불러일으켜, 저 백성들을 위로하겠다.(當奉揚仁風, 慰彼黎庶.)"라고 대답한 고사가 전한다.《世說新語·言語》

17) 棠郊成政 : 팥배나무 성밖에 지방관의 선정을 칭송한다는 말이다. '감당甘棠'은 팥배나무로, 지방관의 선정을 비유하는 말이다. 주周나라 때 소공召公이 남국南國을 순행巡行하면서 선정을 베풀었는데, 소공이 떠난 뒤 남국의 백성들이 소공의 덕을 그리워하여 소공이 머물고 쉬었던 감당나무를 소중히 여겨서 "무성한 감당나무를 자르지도 말고 베지도 말라. 소백이 초막으로 삼으셨던 곳이니라.(蔽芾甘棠, 勿翦勿伐! 召伯所茇.)"라고 노래한 데서 온 말이다.《詩經·召南·甘棠》

18) 槐府 : 송조 학사원學士院 중에 '괴부槐府'가 있었다. 때문에 학사원을 괴부槐府라고 불렀다. 삼공三公이 있는 조정을 가리킨다.

19) 孫閣長開 : 이것은 '東閣待賢'의 전고로 사용되었다. 동쪽 누각에서 겸손한 마음으로 현자를 기다리는 것을 뜻한다.《후한서後漢書》권1 <장제기章帝紀>에 "짐은 곧은 선비를 기다리느라 옆으로 앉아 소식을 듣고 있소.(朕思遲直士, 側席異聞.)"라는 말이 나오는데, 이현李賢은 주注에서, "옆으로 앉는 것은, 똑바로 앉지 않는 것을 말하며 현량한 인재를 기다림을 뜻한다.(側席 謂不正坐, 所以待賢良也.)"라고 설명하였다.

20) 融尊 : 주연 자리에 술 마시면서 함께하여 기분이 좋아졌다는 말이다.

69 〈卜算子〉 江楓漸老(강가의 단풍나무는 점점 낙엽으로 변하고)

江楓漸老, 汀蕙半凋, 滿目敗紅衰翠。楚客登臨, 正是暮秋天氣。引疏砧、斷續殘陽裡。對晚景、傷懷念遠, 新愁舊恨相繼。

脈脈人千裡。念兩處風情, 萬重煙水。雨歇天高, 望斷翠峰十二。盡無言、誰會憑高意。縱寫得、離腸萬種, 奈歸雲誰寄。

강의 단풍나무는 점점 낙엽으로 변하고, 물가의 혜초는 곧 시들어 떨어지려 한다. 온통 보이는 것 모두가 시들어 떨어진 꽃과 쇠잔해진 풀이다. 초나라 객은 높은 곳을 찾아다니고, 이것은 늦가을의 날씨이다. 다듬이 방망이질하는 드문드문한 소리는, 석양 속에 끊어졌다 이어졌다 한다. 밤경치를 대하며, 마음은 아프고 먼 곳은 그리워, 새로운 근심과 옛날의 한이 서로 잇달아 있다.   나를 사랑하는 사람은 멀리 있네. 그리워하는 두 곳의 사랑은 만 겹 물안개에 쌓여있다. 비가 그쳐 하늘은 높고, 푸른색 열두 봉우리는 아득히 멀어져 보이지 않는다. 단지 말이 없을 뿐, 누가 내가 높은 곳에 오른 뜻을 알겠는가. 단지 써서 전해야 하는데, 이별의 단장의 고통은 수많은데, 어찌 돌아가는 구름이 나대신 편지를 부칠 수 있을까.

| 주석 |

1) 汀蕙 : 물가 모래톱에 난 향기나는 풀을 말한다.

2) 楚客 : 본디 남에게 비방을 받아 유배되어 타향에서 떠돌았던 초楚나라의 굴원屈原을 가리키는데, 전하여 범범하게 객지에서 나그네로 전전하는 사람을 지칭한다.

3) 引疏砧 : 다듬이 방망이질 소리를 말한다.

4) 翠峰十二 : 중국 사천성四川省 동쪽에 있는 무산巫山 12봉우리를 말

한다. 장강長江이 그 사이를 꿰뚫고 흐르며 삼협三峽을 형성한 명승
지로, 예부터 시인·묵객들이 많이 찾은 곳이다.

5) 誰會憑高意 : 높은 곳에 기대어 멀리 바라보며 누가 나를 이해해
줄 것인지에 대한 마음속 정회를 표현한 구절이다.

6) 歸雲 : 떠나간(헤어진) 사람을 말한다.

70 〈鵲橋仙〉 屆徵途(다시 여정에 올라)

屆徵途, 攜書劍, 迢迢匹馬東去。慘離懷, 嗟少年易分難聚。佳人
方恁繾綣, 便忍分鴛侶。當媚景, 算密意幽歡, 盡成輕負。

此際寸腸萬緒。慘愁顏、斷魂無語。和淚眼、片時幾番回顧。
傷心脈脈誰訴。但黯然凝佇。暮煙寒雨。望秦樓何處。

다시 여정에 올라 책과 검을 가지고, 멀리 멀리 말을 타고 동쪽으로
간다. 헤어지려 하니 마음이 아프고, 젊을 때는 헤어지기 쉽고, 만나기
는 어려웠다. 가인은 방금 이렇게 정이 깊어 헤어지기 어려운데, 그러
나 어쩔 수 없이 사랑하는 사람과 떨어져야 했다. 아름다운 경치를
마주했는데 아마도 밀어와 환락이 모두 가볍게 져버리는 것이 되었다.

이 때에는 수많은 생각이 마음 속에 있었다. 초췌한 얼굴,
정신은 끊어지고 말을 잃었다. 눈물이 눈에 맺혀 짧은 시간동안 몇
번씩이나 고개를 돌려 바라보았다. 상심한 마을 누구에게 말할 수 있
을까. 단지 담담하게 바라볼 뿐, 저녁 안개 차가운 빗속에 있다. 진루는
어디에 있는지 바라 볼 뿐.

| 주석 |

1) 屆徵途 : 먼 길에 오른다는 뜻이다.

2) 匹馬 : 단신으로 홀로 말을 타고 간다는 말이다.

3) 慘離懷 : 이별의 정회로 담하다는 뜻이다.

4) 繾綣 : '견권지정繾綣之情'으로 마음속에 굳게 맺혀 잊히지 않는 정을 말한다. 당나라 백거이白居易의 <원구에게 부치다寄元九>라는 시에 "입고 먹는 것을 어이 탐하리오, 그대 마음 곡진함에 느꺼웁누나.(豈是貪衣食, 感君心繾綣.)"라는 구절이 보인다.

5) 輕負 : 가볍고 쉽게 배신하여 버리다는 뜻이다.

6) 和淚眼 : 눈에 눈물이 맺혀 있다는 말이다.

7) 凝佇 : 오랫동안 우두커니 서서 멀리 바라보다는 말이다.

8) 秦樓 : 진 목공秦穆公이 딸 농옥弄玉을 위해 만들어 준 누각으로, 봉루鳳樓라고도 한다. 농옥이 음악을 좋아했는데, 소사蕭史가 통소를 잘 불어서 봉새가 우는 것 같은 소리를 냈다. 이에 목공이 농옥을 그에게 시집보내고 누각을 지어 주었는데, 두 사람이 통소를 불면 봉황이 날아와서 모였다고 한다. 《列仙傳》

71 〈浪淘沙慢〉 夢覺(꿈에서 깨어나니)

夢覺、透窓風一線, 寒燈吹息。那堪酒醒, 又聞空階, 夜雨頻滴。嗟因循、久作天涯客。負佳人, 幾許盟言, 便忍把, 從前歡會, 陡頓翻成憂戚。 愁極。再三追思, 洞庭深處, 幾度飲散歌闌, 香暖鴛鴦被, 豈暫時疏散, 費伊心力。殢雲尤雨, 有萬般千種, 相憐相惜。恰到如今, 天長漏永, 無端自家疏隔。知何時、卻擁秦雲態, 願低幃昵枕, 輕輕細說與, 江鄉夜夜, 數寒更思憶。

꿈에서 깨어나니 한 줄기 바람이 창틈으로 들어와, 차가운 등불을 꺼버리네. 이렇게 술이 깨어 버리면, 섬돌에 떨어지는 밤비 소리를 어떻게 또 참아낼 수 있을까? 아아 내가 변변치 못하여, 아직도 나그네 신세를 면치 못하고, 가인과의 굳은 맹세도 몇 번이나 저버렸던가!

달콤했던 만남이 슬픔으로 변했으니, 어떻게 참아낼 수 있으리!

가득한 슬픔을 안고, 다시금 추억을 더듬어 보면, 동방洞房 깊은 곳에서, 몇 번이나 음주와 가무를 즐긴 뒤, 원앙금침을 함께 했으니, 어찌 잠시라도 이별하여, 그녀의 마음고생을 시켰으랴. 구름과 비처럼 어우러져 서로 아끼고 사랑했다네. 바로 지금에 이르러서는 거리상으로 멀리 떨어져 있고 시간은 더디기만 하다. 공연히 서로 떨어져 있으니, 언제쯤, 꽃구름같이 아름다운 그녀를 안아볼 수 있을까? 바라건대 휘장을 낮게 드리우고 친숙한 베갯머리에서 부드러운 소리로 그녀에게 말해 줄 수 있었으면, 강가의 마을에서 밤이면 밤마다, 빗소리 들으며 그리움에 빠져 있음을 말해줄 수 있으면 좋으련만!

| 주석 |

1) 那堪 : 어찌 견딜까? 어떻게 참아내나?

2) 因循 : 예전처럼 행하며 고칠 줄 모른다. 여기서는 변변치 못하다는 뜻으로 사용됨.

3) 洞房 : 외부와 단절되어 있는 내실. 규방閨房을 가리킨다.

4) 飮散歌闌 : 술자리가 끝나고 노래가 그치다. '闌'은 '盡'과 같다.

5) 殢雲尤雨 : 구름과 비처럼 어우러지다.

6) 漏永 : 이유없이, 까닭없이, 공연히.

7) 疏隔 : 이별하다.

8) 秦雲態 : 진대秦臺에서 초 회왕과 무산신녀가 밀회를 즐길 때의 다정하고 아름다운 모습을 가리키는 말이다.

72 〈夏雲峰〉 宴堂深(연회하는 당실은 깊어가고)

宴堂深。軒楹雨, 輕壓增廣低沉。花洞彩舟泛覃, 坐繞清潯。楚臺風快, 湘簟冷、永日披襟。坐久覺、疏弦脆管, 時換新音。

　越娥蘭態蕙心。逞妖艷、昵歡邀寵難禁。筵上笑歌間發, 鳥履交侵。醉鄉歸處, 須盡興、滿酌高吟。向此免、名韁利鎖, 虛費光陰。

연회하는 당실은 깊어가고, 처마 기둥엔 비 내려, 가볍게 눌리다 더욱 넓어져 낮게 가라앉았다. 꽃밭엔 채색배에 술잔 띄우고, 맑은 물가에 둘러 앉았다. 초나라 누대에 바람 시원하고, 상수의 대자리 차가워 오랫동안 옷깃을 열어젖힌다. 오래동안 앉아서 성긴 피리 연주소리 듣고, 철에 맞게 새로운 음악으로 바뀌는지 깨닫네.　　　월나라 여인의 난초같은 몸매와 혜초같은 마음을 지녔다네. 굳세고 요염하고 아름다워, 정인의 총애를 독차지해도 금하기 어렵다. 잔치자리에서 웃으며 간간히 노래 부르는데, 서로 신발이 바꿔신었다네. 취하여 고향으로 돌아갈 곳은, 흥이 다해야 하는데, 술을 가득 따르고 큰 소리로 읊조려 본다. 앞으로 명리에 굳게 얽매여, 부질없이 시간을 허비하지는 않겠네.

| 주석 |

1) 軒楹雨 : 기둥 처마 밑으로 비가 내린다는 말이다.
2) 輕壓增廣低沉 : 여름의 무더운 기운이 점차 가볍게 누르러진다는 뜻이다.
3) 花洞 : 꽃무리가 빽빽하게 있는 곳을 말한다.
4) 彩舟 : 채색배. 아름다운 배를 말한다.
5) 泛斝 : 고대 술을 마실 때 사용하는 나무로 만든 술잔인데 가벼워서 물에 뜬다. 술잔 모양은 입은 원형이고, 다리는 세 개가 있다.
6) 溽 : 물가를 말한다.
7) 楚臺 : 초나라 무산巫山의 양대陽臺를 말한다. 초 회왕楚懷王이 고당高唐에 낮잠을 자는데, 꿈에 한 여인이 와서 말하기를, "저는 무산

133

의 여자로 고당의 나그네가 되었는데, 임금님이 여기에 계시다는 소문을 듣고 왔으니, 원컨대 침석枕席을 같이 하소서." 하므로, 회왕이 하룻밤을 같이 잤다. 이튿날 아침 여인이 떠나면서, "저는 아침이면 구름이 되고 저녁에는 비가 되는데, 아침마다 양대陽臺 아래에 있습니다."라고 하였다. 《文選·高唐賦》

8) 湘簟 : 호남성 상수에서 나는 대자리를 말한다.

9) 永日 : 새벽부터 밤까지. 온종일이라는 뜻이다. 《시경詩經》<당풍唐風 산유추山有樞>에 "기뻐하고 즐거워하며 또 날을 길게 보낸다.(且以喜樂, 且以永日.)" 라는 구절이 보인다.

10) 脆管 : 맑고 가벼운 소리가 나는 피리를 말한다.

11) 蕙心 : 난초같은 향기로운 마음을 말한다. 남조南朝 송나라 포조鮑照의 <무성부蕪城賦>에 "동도의 아름다운 여인이요 남국의 고운 사람이라. 난초 같은 마음이요 비단 같은 바탕이며 옥 같은 용모요 붉은 입술인데, 모두 유석에 넋이 묻히고 궁진에 뼈가 버려지지 않음이 없다.(東都妙姬, 南國麗人. 蕙心紈質, 玉貌絳脣. 莫不埋魂幽石委骨窮塵.)"라고 되어있다.

12) 昵歡 : 정인. 사랑하는 사람을 말한다.

13) 舄履交侵 : 서로 신발을 바꿔 신었다는 뜻이다. '舄履'은 신발을 말한다.

14) 歸 : 《歷代詩餘》판본에는 '深'으로 되어 있다. 다른 판본에는 '歸'로 되어 있다.

15) 名韁利鎖 : 명리名利의 굴레를 쓰고 이록利祿의 쇠사슬에 묶였다는 말이다.

73 〈浪淘沙令〉 有個人人(사랑한 한 사람이 있어)

有個人人。飛燕精神。急鏘環佩上華裀。促拍盡隨紅袖擧, 風
柳腰身。　　籤籤輕裙。妙盡尖新。由終獨立斂香塵。應是西
施嬌困也, 眉黛雙顰。

사랑한 한 사람이 있어, 조비연의 정신이다. 급하게 화려한 자리 위에
서 옥패소리 울리고, 급박하던 박자가 끝남에 따라 붉은 소매 울린다.
급박하던 박자가 끝남에 따라 붉은 소매 거두는데, 바람에 흔들리는
버드나무 가지 같은 허리이다.　　나풀거리는 가벼운 치마, 새로운
스타일 아주 아름답고 참신하다네. 곡이 끝나 홀로 서게 되자 화장한
얼굴이 주름지는데, 응당 서시의 아름다운 피곤함으로, 양미간을 찌푸
리네.

| 주석 |

1) 人人 : 사랑하는 사람을 말한다.
2) 飛燕 : 조비연을 말한다. 한漢나라 성양후成陽侯 조림趙臨의 딸이다.
   처음에 가무를 배워 몸이 가볍기가 나는 제비 같았으므로 비연이
   라고 하였다. 성제成帝의 총애를 받아 동생과 함께 궁에 들어가 자
   신은 첩여婕妤가 되고 동생은 소의昭儀가 되었는데, 허 황후許皇后
   를 참소하여 폐위시키고 황후가 되었다. 애제哀帝 때 황태후皇太后
   가 되었다. 애제가 죽자 왕망王莽이 태후에게 건의하여 황태후에서
   효성황후孝成皇后로 격하시켰고, 한 달여 뒤에 폐서인廢庶人이 되자
   자살하였다. 《漢書·外戚傳》
3) 急鏘 : 딸랑 딸랑하던 아름다운 옥소리의 박자가 빠르다는 뜻이다.
4) 環佩 : 여성들이 차는 둥근 패옥 장식을 말하기도 하고 아름다운
   여인을 가리키기도 한다. 《예기》 <경해經解>편에 "걸어갈 때에는
   패옥 소리가 박자에 맞게 하고, 수레를 타고 갈 때에는 방울 소리

가 절주에 맞게 한다.(行步則有環佩之聲, 升車則有鸞和之音.)"라는 말이 나온다.

5) 華裀 : 화려한 양탄자를 말하다.

6) 促拍 : 박자. 리듬. 절주를 가리킨다.

7) 簌簌 : 의성어로 물건의 소리를 나타내는 말이다. 여기서는 나풀나풀 휘날리는 치마 소리를 가리킨다.

8) 尖新 : 뾰족뾰족 돌출된 새로운 스타일의 옷이 매우 신선하고 오묘하다는 뜻이다.

9) 香塵 : 미인의 아름다운 걸음걸이를 말한다.

10) 西施 : 춘추 시대 월越나라의 절세미인이다. 《장자莊子》<천운天運>에 "서시西施가 가슴이 아파서 얼굴을 찡그리자, 그 마을에 사는 추한 사람이 보고 아름답게 여겨 역시 가슴을 움켜쥐고 얼굴을 찡그리니, 그 마을에 사는 부자는 문을 닫고 밖으로 나오지 않았고, 가난한 자는 처자를 거느리고 달아나 버렸다."라고 하였다.

11) 眉黛雙顰 : 양미간(이마)을 찌푸린다는 뜻으로, 다른 사람을 맹목적으로 모방하는 것을 비유하는 말이다. 춘추 시대 월越나라의 미인 서시西施가 가슴이 아파서 이마를 찌푸리는 모습이 더 아름답다고 느낀 추녀醜女가 자기도 이를 흉내 내어 얼굴을 찡그리며 다니자 사람들이 모두 도망쳤다는 이야기가 《장자莊子》<천운天運>에 나온다.

74 〈荔枝香〉 甚處尋芳賞翠(어디에서 향기로움 찾고 푸르름을 감상했나)

甚處尋芳賞翠, 歸去晚。緩步羅襪生塵, 來繞瓊筵看。金縷霞衣輕褪, 似覺春游倦。遙認, 衆裡盈盈好身段。　　　　擬回首,又佇立、簾幃畔。素臉紅眉, 時揭蓋頭微見。笑整金翹, 一點芳心在嬌眼。王孫空恁腸斷。

어디에서 향기로움 찾고 푸르름을 감상했나. 저녁되어 돌아가는데 느린 걸음 비단 버선 먼지 일으키며 와서는 화려한 자리 빙빙 둘러보네. 노을 빛 금색실 옷 가볍게 벗으니, 봄 나들이에 피곤한 듯하다. 멀리서도 알아보겠네. 무리 중에서 아름답고 뛰어난 자태를.　　돌아보려고 또 주렴 휘장 부근에 오래 서있네. 하얀 얼굴 아름다운 눈썹, 때때로 장막 걷혀 살짝 보이는데, 웃는 얼굴에 금장식의 머리 장신구는 정리되어있네. 한 떨기 여인의 마음은 예쁜 눈에 있어, 공연히 왕손들 이토록 애간장 끊는구나.

| 주석 |

1) 甚處尋芳賞翠 : 어디에서 경물을 보고 유람할지 모르겠다는 말이다. '甚'은 무엇이라는 뜻이다.

2) 羅襪生塵 : 조식曹植이 지은 <낙신부洛神賦>에 "그 형체가 경쾌함은 마치 놀란 기러기 같고, 유순함은 마치 헤엄치는 용 같고, 빛나는 광채는 가을 국화 같고, 무성함은 봄 소나무 같은데, 어렴풋함은 마치 가벼운 구름이 달빛을 가린 듯도 하고, 흩날림은 마치 실바람에 눈발이 돌아 날리는 듯도 하네. 멀리서 바라보면 깨끗함이 마치 아침놀 속의 태양 같고, 가까이서 자세히 보면 곱기가 마치 맑은 물결 위에 나온 연꽃 같도다.……물결 헤치며 사뿐사뿐 거닐면 비단 버선에 안개 먼지가 일도다.(其形也 翩若驚鴻 婉若游龍 榮耀秋菊 華茂春松 仿佛兮若輕雲之蔽月 飄搖兮若流風之回雪 遠而望之 皎若太陽升朝霞 迫而察之 灼若芙蕖出淥波……凌波微步 羅襪生塵)"라고 한 데서 나온 말로, 전하여 여기서는 연꽃의 자태를 신녀神女의 사뿐한 몸매와 고운 자태에 비유한 것이다.

3) 金縷霞衣 : 금사金絲로 직조한 고급 의복을 말한다. 당나라 이기李

137

錡의 악부 〈금루의金縷衣〉에 "그대여 금루의를 아끼지 말고, 그대여 젊은 날을 아낄지어다.(勸君莫惜金縷衣, 勸君惜取少年時.)"라고 하였는데, 이것은 고급 옷을 아까워할 것이 아니라, 신선은 노을로 옷을 삼는다고 하여 이를 하의霞衣라고 한다.

4) 遙認 : 매우 먼 곳에서는 분별할 수 있다는 말이다.

5) 金翹 : 여자들이 사용하는 일종의 쇠로 된 머리 장식을 말한다. 새 꼬리에 있는 긴 꽁지털과 비슷한 모양이다. 또한 벼슬아치의 머리 장식을 말하기도 한다.

6) 王孫 : 왕손을 말한다. 흔히 귀족 자제를 가리킨다. 《초사장구楚辭章 句》 권12 〈초은사招隱士〉에 "왕손王孫이 떠나가 돌아오지 않는데, 봄풀은 자라서 무성하네.(王孫遊兮不歸, 春草生兮萋萋.)"라고 되어 있다.

75 〈占傾杯〉 凍水消痕(얼어붙은 강은 녹아 흔적은 풀리고)

凍水消痕, 曉風生暖, 春滿東郊道。遲遲淑景, 煙和露潤, 偏繞長堤芳草。斷鴻隱隱歸飛, 江天杳杳。遙山變色, 妝眉淡掃。目極千裡, 閒倚危檣迥眺。　　動幾許、傷春懷抱。念何處、韶陽偏早。想帝裡看看, 名園芳樹, 爛漫鶯花好。追思往昔年少。繼日恁、把酒聽歌, 量金買笑。別後暗負, 光陰多少。

얼어붙은 강은 녹아 흔적은 풀리고 아침의 바람은 따듯해지는데, 동쪽 교외의 길에 봄이 만연하다. 봄날의 아름다운 경치, 안개는 부드럽고 이슬은 윤기 흘러, 유달리 제방 위 풀에 머물러 있다. 무리에서 떨어진 기러기는 흐릿하게 돌아가는 것 같고, 강과 하늘은 아득하다. 먼 산의 색의 바뀜은 눈썹을 옅게 단장한 듯하다. 시선은 천리 밖을 향하고, 돛 높은 곳에 한가로이 기대어 멀리 바라본다. 　　얼마나 움직이게

했던가. 상춘으로 인한 회포를. 아름다운 봄볕이 먼저 이른 곳이, 변경
에서 볼 것을 생각하니, 유명한 정원의 향기로운 나무, 산뜻하고 아름
다운 꾀꼬리와 꽃은 좋구나. 옛날 젊었던 시절을 회상한다. 하루 하루
술잔 잡고 노래를 들었고, 금을 주고 미인의 웃음을 샀다. 이별한 이후
에, 얼마나 많은 시간을 흘려보냈는가.

| 주석 |

1) 凍水消痕 : 얼어붙은 강은 녹아 흔적은 풀린다.

2) 遲遲 : 완만하고 느릿느릿한 모양이다. 더디다. 지체되다는 뜻이다.

3) 淑景 : 맑은 햇빛이고, 궁음窮陰은 음陰이 꽉 찬 상태인 한겨울 음력
   10월을 뜻한다. 음력 10월은 순음純陰인 곤괘坤卦에 해당하고, 동지
   가 되면 양효陽爻 하나가 아래에서 다시 생겨나, 11월에 해당하는
   복괘復卦가 된다. 동짓날 자정을 기점으로, 겨울에서 봄으로 절후
   가 바뀌므로 이렇게 말한 것이다.

4) 危檻逈眺 : 높은 난간에 올라 멀리 바라보다는 뜻이다.

5) 傷春懷抱 : 봄날로 인해 느껴지는 우울한 감정과 근심을 말한 것이다.

6) 韶陽 : 밝고 아름다운 봄햇빛을 말한다.

7) 繼日 : 밤으로 낮을 잇는다는 뜻으로 밤까지 노고하는 모습을 말한
   것이다.

8) 恁 : 이렇게.

9) 量金買笑 : 돈으로 미인의 웃음을 산다는 말이다. 즉 기생들과 어울
   려 노는 것을 의미한다.

76 〈傾杯〉 離宴殷勤(이별의 연회 은근하고)

離宴殷勤, 蘭舟凝滯, 看看送行南浦。情知道世上, 難使皓月長圓, 彩雲鎭聚。算人生、悲莫悲於輕別, 最苦正歡娛, 便分鴛侶。
淚流瓊臉, 梨花一枝春帶雨。　　　慘黛蛾, 盈盈無緒。共黯然悄
魂, 重攜纖手, 話別臨行, 猶自再三、問道君須去。頻耳畔低語。
知多少、他日深盟, 平生丹素。從今盡把憑鱗羽。

이별의 연회 은근하고 목란배는 막혀있어 가지 못하고, 남포에서 떠나
가는 행렬을 보네. 정은 세상을 안다지만 흰 달은 항상 둥글고 채색
구름은 항상 모이게 하기는 어렵다. 생각해보면 인생에 있어서 슬퍼도
이별보다 더한 슬픔은 없고, 가장 괴로운 것은 즐거운 연회 뒤에 살랑
하는 연인과 헤어지는 것이니, 옥같이 아름다운 얼굴에 눈물이 흐르
니, 배꽃가지에 봄비가 맺혀 있는 듯하다. 　　　슬픔에 먹으로 그린
눈썹은 아름다워도 정신이 없다. 함께 쓸쓸히 넋이 나갔는데, 하얀 손
을 마주잡고 이별을 말을 하고 길을 떠남에 계속해서 그대가 가야만
하느냐고 물으며 자주 귓가에 대고 나지막하게 말하네. 얼마나 아는
가? 그이와의 지난날 했던 맹세를, 평생의 정성 가득한 편지를 이제부
터 애써 물고기와 기러기에게 의지하네.

| 주석 |

1) 離宴殷勤 : 전별하는 연회에서 윗사람에게 은근하게(간절하게) 말
   을 건넨다는 뜻이다. 소식蘇軾의 <왕백이소장조창화王伯敭所藏趙昌
   花> 시에 "은근하게 말 건네는 작은 매화여, 오희의 얼굴을 보는
   것만 같구나.(殷勤小梅花 髣髴吳姬面.)"라는 표현이 보인다.《蘇東
   坡詩集》

2) 凝滯 : 막히거나 얽매이지 않는다는 뜻이다.

3) 南浦 : 남쪽의 포구라는 말로, 흔히 이별하는 장소를 뜻하는 말로
   쓰이는데, 중국 전국 시대 초楚나라 굴원屈原의 <구가九歌·동군東
   君>에 "그대와 손을 마주 잡음이여, 동쪽으로 가는도다. 아름다운
   사람을 전송함이여, 남쪽의 물가에서 하는도다.(子交手兮東行, 送

美人兮南浦.)"라고 한 데서 온 말이다.《楚辭集註‧九歌‧東君》

4) 情知: 깊이 알다. 분명히 알다는 뜻이다.

5) 鎭聚: 오랫동안 서로 모이다는 뜻이다.

6) 瓊臉: 구슬 뺨을 말한다. 즉 백옥같이 윤기있고 깨끗한 얼굴을 가리킨다.

7) 梨花一枝春帶雨: 눈물을 흘리는 양귀비楊貴妃의 모습이 마치 봄비를 맞고 있는 배꽃과 같다는 시구를 연상하고 이렇게 지은 것이다. 당 현종唐玄宗과 양 귀비의 사랑을 주제로 백거이白居易가 지은 <장한가長恨歌>라는 장시長詩에, 양귀비의 우는 모습을 "옥 같은 용모 적막해라 눈물을 줄줄, 배꽃 한 가지가 봄비를 머금은 듯.(玉容寂寞淚闌干, 梨花一枝春帶雨.)"이라고 표현한 구절이 나온다.《白樂天詩集》

8) 黛蛾: 눈썹먹으로 그린 눈썹이란 뜻으로 보통 미인(여인)을 뜻한다.

9) 無緖: 마음이 좋지 않다는 말이다.

10) 丹素: 한 조각의 붉고 순결한 마음이다. 즉 '일편단심一片丹心'을 뜻한다.

11) 鱗羽: 물고기와 새로, 잉어와 기러기를 가리키는데, 편지를 전해 주는 매개물의 의미로 널리 사용된다.

77 〈破陣樂〉 露花倒影(이슬 맺힌 꽃이 물에 비치고)

露花倒影, 煙蕪蘸碧, 靈沼波暖。金柳搖風樹樹, 系彩舫龍舟遙岸。千步虹橋, 參差雁齒, 直趨水殿。繞金堤、曼衍魚龍戲, 簇嬌春羅綺, 喧天絲管。霽色榮光, 望中似睹, 蓬萊清淺。

　時見。鳳輦宸游, 鸞觴禊飲, 臨翠水、開鎬宴。兩兩輕舠飛畫楫, 競奪錦標霞爛。罄歡娛, 歌魚藻, 徘徊宛轉。別有盈盈游女,

141

各委明珠, 爭收翠羽, 相將歸遠。漸覺雲海沉沉, 洞天日晚。

이슬 맺힌 꽃이 물에 비치고, 안개 낀 숲 풀에 초록빛이 어려 있다. 영소(靈沼)의 물결 따사롭구나. 나무마다 여린 버들 줄기 하늘거리고, 물가엔 채색 아름다운 용의 배가 메여 있다. 천 걸음이나 되는 무지개 다리, 들쑥날쑥 기러기 대열처럼 늘어선 기둥은, 물위의 궁전까지 닿아 있네. 금빛 제방을 둘러싸고 수중 극을 하니, 비단 적삼의 아리따운 여인네들 모여들고, 관악기와 현악기 소리가 하늘에 울려 퍼지네. 깨끗이 씻은 듯한 파란 하늘엔 오색 빛이 감도는 구나. 멀리 내다보니 맑은 물위에 떠있는 전설의 봉래산이 어렴풋 보이는 듯 같구나.   마침 바라보니, 황제의 수레 행차하시어, 수계의 술을 드시고, 푸른 비취색 물가에서 주연을 베풀어주시는구나. 쌍쌍이 짝지은 배들 채색 노를 저어 내달리고, 우승기를 다투는 모습이 노을처럼 찬란하구나. 즐거움을 다하고, 황제를 찬양하는 노래를 부르며, 이리저리 배회한다. 따로 놀러나 온 아름다운 여인들이 제각기 빛나는 구슬을 던지거나, 비취색 깃털을 다투어 집어 들고는, 멀리 돌아간다네. 점차 운해가 자욱해지며, 아름다운 호수에 해가 기우는구나.

| 주석 |

1) 露花倒影 : 이슬 먹은 꽃이 물에 비치다.

2) 煙蕪蘸碧 : 안개 낀 우거진 풀에 초록빛이 어려 있다.

3) 蘸 : 물들다는 뜻이다.

4) 靈沼 : 주나라 때의 연못을 말한다. 《詩 · 大雅 · 靈臺》에서는 "왕은 영소靈沼에 있는데, 유유자적 흐르는 물에 잠겨있는 물고기들이 뛰어 올랐다"라 하였다. 여기에서는 변경 서문西門 밖에 있는 금명지金明池 : 궁궐 안에 있는 연못를 가리킨다.

5) 金柳搖風樹樹 : 나무마다 여린 버들 줄기가 하늘거리다. '금유金柳'는 여린 버들개지를 말한다. '요풍搖風'은 바람에 흔들리다는 뜻이다.

6) 繫彩舫龍舟遙岸 : 저 멀리 강기슭에 채색된 용 모양 배를 가리킨다. '방舫'은 선실이 있는 배이고, '용주龍舟'는 용 모양의 배를 말한다. '요안遙岸'은 멀리 있는 강기슭을 말한다.

7) 千步虹橋 : 금명지金明池에 있는 선교仙橋를 말한다.

8) 參差 : 가지런하지 못하다는 뜻이다.

9) 雁齒 : 기러기의 행렬. 여기에서는 선교에 있는 기러기 기둥을 말한다.

10) 水殿 : 물에 접해 있는 궁전. 금명지의 선교와 서로 통한다.

11) 曼衍魚龍戲 : '만연'과 '어룡'은 모두 고대 백희百戲의 일종이다. 커다란 짐승이나 어룡 모양을 만들어서 왕래하며 즐기는 놀이를 말한다.

12) 簇 : 모여들다는 뜻이다.

13) 春羅綺 : 비단으로 만든 봄 적삼으로 여기에서는 여인을 말한다.

14) 喧天絲管 : 현악기와 관악기의 소리가 하늘에 울려 퍼지다는 뜻이다.

15) 霽色 : 깨끗이 씻은 듯 한 파란 하늘을 가리킨다.

16) 榮光 : 오색의 구름 기운을 말한다. 옛날 사람들은 길조라 생각하였다.

17) 蓬萊 : 봉래산蓬萊山으로, 고대 전설에서 신선이 산다고 알려져 있다. 여기에서는 금명지에 있는 궁전을 말한다.

18) 鳳輦 : 황제의 수레를 말한다.

19) 宸遊 : 황제의 나들이를 말한다. '신宸'은 북극성에 있는 '신宸'인데, 후에 황제의 거처나 황제를 가리키는 말로 사용되었다.

20) 禊飮 : 수계修禊 때의 술을 말한다. '수계'는 음력 3월 3일에 물가로 나가 놀이를 즐기면서 그 해의 모든 불길한 것들을 쫓는 민속이다.

21) 鎬宴 : 호경鎬京에서의 연회를 말한다. 천하가 태평할 때 임금과 신하가 함께 먹고 마시는 것을 말함. 즉, 주 무왕이 호경에서 잔치를 베푼 것에서 비롯됨. 《詩經》의 <小雅>중 '魚藻'에서는 "왕은 어디에 계신가? 호경에 계시네. 매우 즐겁게 술을 마시고 계시네."라 하였다.

143

22) 錦標 : 당송 때 민속놀이 경기로 우승기를 말한다. 《동경몽화록東京
夢華錄》에 '황제가 임수전臨水殿에 행차하여 우승기 다투는 것을 관
람 하였다.'고 되어있다.

23) 霞爛 : 노을처럼 찬란하다는 뜻이다.

24) 魚藻 : 《시경詩經》<소아小雅>의 한 편명이다. 태평성대를 맞이하여
주왕의 안락한 생활을 찬미하는 송가頌歌이다. 여기에서는 '황제를
찬양하는 노래'라는 뜻으로 쓰였다.

25) 盈盈 : 아름다운 자태를 말한다.

26) 翠羽 : 비취색 깃털을 말한다.

27) 洞天 : 도교에서 신선이 사는 곳을 일컫는 말한다. 후에는 경치가
아름다운 곳을 가리키는 말로 사용되었다. 여기서는 풍경이 아름
다운 호수 서쪽을 가리킨다.

78 〈雙聲子〉 晚天蕭索(저녁 하늘 쓸쓸한데)

晚天蕭索, 斷蓬蹤跡, 乘興蘭棹東游。三吳風景, 姑蘇台榭, 牢
落暮靄初收。夫差舊國, 香徑沒、徒有荒丘。繁華處, 悄無睹,
惟聞麋鹿呦呦。　　想當年、空運籌決戰, 圖王取霸無休。江山
如畫, 雲濤煙浪, 翻輸范蠡扁舟。驗前經舊史, 嗟漫載、當日風
流。斜陽暮草茫茫, 盡成萬古遺愁。

저녁 하늘 쓸쓸한데, 바람에 날리는 민들레 홀씨처럼, 내키는 대로 배
에 올라 동쪽으로 왔다. 삼오 지역의 풍경 속에 고소의 누대가, 저녁
안개 걷히니 퇴락한 모습 드러난다. 부차의 옛도읍, 꽃향기 가득했던
길은 없어지고, 황량한 구릉만 남아 있구나. 지난날 번화하던 곳, 아무
것도 보이지 않고, 사슴들 우는 소리만 들린다.　　그 때를 회상해보
며, 부질없이 결전을 획책하며, 패왕이 되려고 쉴 새 없이 싸웠지. 강산

은 그림 같은데, 안개 낀 물결 헤치고, 편주 타고 떠난 범려만 못하다네. 옛날의 경전과 역사를 들춰 보아도, 당시의 대단했던 일 헛되이 기록했구나. 석양 속에 잡초만 끝없이 우거져, 만고의 슬픔을 자아낸다.

| 주석 |

1) 蕭索 : 쓸쓸한 모양을 말한다.

2) 斷蓬 : 뿌리가 뽑힌 봉蓬을 말한다. 봉은 일종의 초본식물로 흰 꽃이 피는데, 종종 바람에 뿌리가 뽑혀 공중에 날린다.

3) 蘭棹 : 채색을 한 배를 비유한 말이다.

4) 姑蘇臺榭 : '고소대姑蘇臺'를 가리킨다. 지금의 강소성 소주시 남서쪽의 고소산姑蘇山에 있다. 춘추시대 오吳나라 왕 부차夫差가 절세미인 서시西施와 함께 이곳에서 연회를 베풀며 노닐었다.

5) 牢落 : 퇴락하다. 사람의 손길이 닿지 않아 허물어지다.

6) 麋鹿 : 큰 사슴과 보통 사슴.

7) 呦呦 : 사슴이 우는 소리.

8) 運籌決戰 : 군사 행동을 획책하여 결전하다.

9) 圖王取霸 : 패왕이 되려고 도모하다.

10) 翻輸 : 오히려 ~만 못하다.

11) 范蠡 : 춘추시대 말년에 월越나라 왕 구천勾踐을 도와 오나라를 멸망시키고 부차에게 당했던 치욕을 갚는데 성공하였지만 공을 이룬 후에는 일엽편주에 몸을 싣고 구천을 떠났다고 한다.

12) 前經舊史 : 옛날의 경전과 역사 기록을 말한다.

79 〈陽臺路〉 楚天晚(남쪽 하늘 저물어)

楚天晚。墜冷楓敗葉, 疏紅零亂。冒徵塵、匹馬驅驅, 愁見水遙
山遠。追念少年時, 正恁鳳幃, 倚香偎暖。嬉游慣。又豈知、前
歡雲雨分散。　　此際空勞回首, 望帝裡、難收淚眼。暮煙衰草,
算暗鎖、路歧無限。今宵又、依前寄宿, 甚處葦村山館。寒燈畔。
夜厭厭、憑何消遣。

남쪽 하늘 저물어, 시든 단풍잎에 추위가 영하로 떨어지자, 성긴 낙엽
이 어지러이 떨어지네. 먼지 뒤집어쓰고 말 한 필 내달리다, 먼 강과
먼 산 근심스레 바라보네. 어렸을 적 추억해보니, 참으로 봉황 휘장에
맡겨두고, 향기와 따스함 의지하였지. 즐겁게 노닐던 익숙한 모습. 또
어찌 알랴 예전 기뻤던 연인이 이별할 줄을.　　이 즈음에 공연히
힘들여 머리 돌려, 도성 안 바라보고 있자니, 흐르는 눈물 거두기 어렵
네. 저물녘 시든 풀잎에 안개 끼니, 생각해보니 끝없는 갈림길에 발길
묶였네. 오늘밤 또 예전처럼 깃들어사니, 어느 곳이 조그만 어촌 마을
에 산장이 있었던가. 겨울 등불이 밭두둑 비추네. 밤은 길어 적막한데
누구에게 기대어 외로움 잊어볼까.

| 주석 |

1) 疏紅 : 성긴(듬성듬성한) 붉은색 단풍잎을 말한다.
2) 匹馬驅驅 : 혼자 말을 타고 빠르게 내달린다는 뜻이다.
3) 鳳幃 : 봉황의 형상을 그리거나 수놓은 휘장으로 두른 천 장막을
   말한다. 이상은李商隱의 시 <칠석七夕>에 "난선이 기울고 봉황 장
   막 펼쳐지니, 은하수 다리 가로질러 흐르고 까치가 날아드네.(鸞扇
   斜分鳳幄開, 星橋橫過鵲飛回)"라고 읊었다.
4) 雲雨 : 전국 시대 초나라 회왕懷王이 낮잠을 자다가 꿈속에서 무산
   巫山의 신녀神女와 운우지정雲雨之情을 나누었다는 조운모우朝雲暮

雨의 고사가 있다. 후에 이를 '조운모우朝雲暮雨' 또는 '무산운우巫
山雲雨'라고 하여 남녀 간의 정사情事를 의미하게 되었다.

5) 帝裡 : 경성. 서울. 도성.

6) 算 : 생각하다. 헤아리다.

7) 鎖 : 막히다. 덮히다.

8) 葦 : 물가에서 자란다는 뜻이다.

9) 村山館 : 어촌 마을의 산장(여관)을 말한다.

10) 厭厭 : 안정되다. 평안하다. 적막하다. 고요하다.

80 〈內家嬌〉 煦景朝升(따스한 햇빛 아침에 오르고)

煦景朝升, 煙光晝斂, 疏雨夜來新霽。垂楊艷杏, 絲軟霞輕, 繡
出芳郊明媚。處處踏青斗草, 人人眷紅偎翠。奈少年、自有新
愁舊恨, 消遣無計。　　　帝裡。風光當此際。正好恁攜佳麗。
阻歸程迢遞。奈好景難留, 舊歡頓棄。早是傷春情緒, 那堪困
人天氣。但贏得、獨立高原, 斷魂一餉凝睇。

따스한 햇빛 아침에 오르고, 연무도 낮에 걷히는데, 성긴 비는 밤이
되자 새로 개었네. 수양버들은 살구처럼 어여쁘고, 여린 버들가지 노을
보다 가벼워, 향긋한 교외를 수놓아 밝고도 어여쁘네. 곳곳마다 푸른
풀잎 밟고, 사람들마다 붉은 꽃 돌아보고 푸른 잎 기대어보네. 젊은이여
본디 새로운 근심과 오랜 한을 어이 할까, 근심 없앨 방법이 없구나.
　　　경성의 풍광은 응당 이 때가 바야흐로 가장 이처럼 아름답
다. 멀리 돌아가는 길 막혔다. 좋은 풍광은 머물기 어렵고, 옛날 즐거웠
던 시절은 부서지고 버려졌다네. 이른 봄날 상춘의 정서를, 어찌 남들
은 날씨 탓을 할까나. 다만 정이 깊어서, 홀로 고원에 올라서 저 멀
리 바라보니, 혼은 끊어지고 잠시 슬퍼지네.

147

1) 煦景 : 바야흐로 온화할 때를 말한다.

2) 垂楊 : 늘어진 버들가지를 말한다.

3) 艷杏 : 맑디맑은 탐스러운 살구꽃을 말한다.

4) 踏靑斗草 : 삼월 삼짇날에 같은 색의 비단 치마를 입은 여인들이 들판에 나가서 파랗게 난 풀을 밟는 일을 말함.

5) 眷紅偎翠 : 붉게 핀 꽃을 돌아보고 푸른 봄풀에 기대어본다는 뜻이다. 즉 봄날의 아름다운 풍광을 말한 것이다.

6) 消遣無計 : 근심을 해소할 방법이 없다는 뜻이다.

7) 帝裡 : 경성. 수도를 말한다.

8) 恁 : 이와 같이. 이처럼.

9) 頓 : 《汲古閣》本과 《歷代詩餘》에서는 '頻'자로 되어 있는데, 다른 판본에서는 '頓'자를 사용했다.

10) 斷魂 : 애가 끊어지다.

11) 一餉 : 잠시. 잠깐동안.

12) 凝睇 : 슬퍼지다. 눈길을 모아 응시하다.

81 〈二郎神〉 七夕(칠석날)

炎光謝。過暮雨、芳塵輕灑。乍露冷風清庭戶, 爽天如水, 玉鉤遙掛。應是星娥嗟久阻, 敍舊約、飆輪欲駕。極目處、微雲暗度, 耿耿銀河高瀉。　　閒雅。須知此景, 古今無價。運巧思、穿針樓上女, 抬粉面、雲鬟相亞。鈿合金釵私語處, 算誰在、回廊影下。願天上人間, 佔得歡娛, 年年今夜。

뜨거운 햇살 지나가네. 저녁 비 지나자, 향긋한 먼지에 살짝 비 뿌렸네. 잠깐 차가운 바람 불어 뜰 창문 맑아지고, 시원한 날씨는 물과 같은데,

옥고리 같은 초승달 멀리 걸렸네. 응당 직녀는 오랫동안 갈 길 막혀 한탄하리니, 옛 약조 펼치자 보름달을 움직이려 하네. 눈 크게 뜬 곳에 작은 구름이 몰래 지나가고, 반짝이는 은하수 높이 쏟아지네.

한가로운 생활, 이 경치가 고금에 값을 매길 수 없는 진풍경임을 알아야 하리. 운수는 공교로워 베틀에 오른 여인 생각하여, 얼굴에 화장하니 구름같던 머릿결 어울리네. 자개상자와 금비녀로 속삭이던 곳, 생각하니 누가 남아있나 회랑에 그림자 내려앉네. 원컨대 천상과 인간 세상에, 님 만나는 기쁨 차지하려, 해마다 오늘 밤 기다리네.

| 주석 |

1) 二郞神 : 신神의 이름이다. 전국戰國 시대 이빙李氷의 둘째 아들의 이신李神을 촉蜀 땅 관구灌口에 사당을 짓고 숭봉했다고 하며, 일설에는 수隋 나라 조욱趙昱의 신神이라 하기도 한다. 《주자어류朱子語類》에서는 진秦나라 촉군 태수蜀郡太守 이빙李冰의 둘째 아들이라 했고, 《봉신연의封神演義》에서는 그 이름이 '양전楊戩'이라고 했으며, 《보련등寶蓮燈》에서는 삼성모三聖母의 오빠라고 했다.

2) 炎光謝 : 뜨거운 햇살이 지나가다는 뜻이다.

3) 爽天 : 시원한 날씨를 말한다.

4) 玉鉤 : 옥고리를 말한다.

5) 星娥 : 신화로 전해 오는 직녀織女이다. 당唐나라 이상은李商隱의 <성녀사聖女祠>에 "성아가 한번 떠난 뒤로 월자가 다시금 오지 않네.(星娥一去後, 月姊更來無.)"라고 하였다.

6) 飆輪 : 회오리 바람을 타고 날아다니는 수레로, 곧 신선이 타는 수레를 가리킨다. 참고로 당나라 육구몽陸龜蒙의 시 <화습미강남도중회모산광문남양박사삼수차운和襲美江南道中懷茅山廣文南陽博士三首次韻>에 "동부가 은자를 부를 수 있다고 말하지 마오, 마침 표륜을 움직여 옥황을 뵈러 갔으니.(莫言洞府能招隱, 曾輾飆輪見玉皇.)"라

고 하였다.

7) 耿耿 : 번쩍이다. 말똥말똥.

8) 雲鬢 : 구름 같은 쪽머리라는 뜻으로 미인을 비유하는 말이다. 송나라 장뢰張耒의 <칠석가七夕歌>에 "직녀가 견우에게 시집간 뒤로는 베 짜는 일을 그만두고, 구름 같은 검은 쪽머리만 아침저녁으로 빗질하였다네.(自從嫁後廢織紝, 綠鬢雲鬢朝暮梳.)"라는 되어 있다.

9) 鈿合金釵私語處 : 백거이白居易는 <장한가長恨歌>에서 "오래 지니던 물건으로 깊은 정을 표하려, 자개 상자와 금비녀를 드립니다. 비녀 한 쪽씩, 상자 한 장씩. 황금 비녀 쪼개고 자개 상자 나눴습니다. 우리 두 사람의 마음 금과 자개처럼 굳게 변치 않는다면, 천상에서든 세상에서든 다시 만나겠지요.(鈿合金釵寄將去, 釵留一股合一扇. 釵擘黃金合分鈿. 但敎心似金鈿堅, 天上人間會相見.)" 라고 하였다.

82 〈醉蓬萊〉 慶老人星現(노인성이 나타남을 축하하고)

漸亭皐葉下, 隴首雲飛, 素秋新霽。華闕中天, 鎖葱葱佳氣。嫩菊黃深, 拒霜紅淺, 近寶階香砌。玉宇無塵, 金莖有露, 碧天如水。　　正値升平, 萬幾多暇, 夜色澄鮮, 漏聲迢遞。南極星中, 有老人呈瑞。此際宸游, 鳳輦何處, 度管弦淸脆。太液波翻, 披香簾卷, 月明風細。

점차 정자의 연못에 낙엽 떨어지고, 언덕머리에 구름 나니, 가을 하늘이 막 개었다. 화려한 궁궐은 하늘 위로 솟아있고, 아름다운 기운으로 싸여있네. 어린 국화 노란빛 짙고, 부용꽃은 옅은 홍색을 띠며 아름다운 계단과 향기어린 섬돌 가까이에 있네. 황제가 사는 곳엔 먼지 하나 없고, 쇠로 된 버팀목엔 이슬 맺혔는데, 하늘은 파란 물과 같이 아름답다.   마침 태평성대의 시절을 만나 황제의 정무는 한가하다. 밤경치는 맑고 깨끗하고 물시계 소리 들려오는데, 남극성 가운데 노인성이 나타나 상서로움을 알린다. 이 때 천자가 노니실텐데, 천자의 수레는 어디에 있나. 생각건대 관현악 소리 맑고 부드럽게 울려나오는 곳이리라. 물결 넘실대는 태액지일까 주렴을 걷어 올린 피향전일까, 달빛은 밝고 바람은 부드럽구나.

| 주석 |

1) 蓬萊 : 봉래산蓬萊山의 선궁仙宮을 말한다. 또 봉래蓬萊는 원래 방장方丈, 영주瀛洲와 더불어 삼신산三神山으로 칭해졌으나, 당나라 때에는 봉래궁이라는 궁명으로 사용하기도 하여 후대에는 제왕의 궁전을 상징하였다. 두보杜甫의 <선정전퇴조만출좌액宣政殿退朝晩出左掖>에 나오는 "구름은 봉래전과 가까워 항상 오색이 찬란하다. (雲近蓬萊常五色)"라는 시구와 같이, 태액지의 경도 주변 경치가 선경仙境과 같음을 표현한 것이다.

2) 老人星 : 인간의 수명을 관장한다는 수성壽星으로, 노인성老人星, 남극성南極星 또는 남극노인南極老人이라고도 한다. 이 별이 나타나면 그 고장의 사람들이 장수하고 그 나라가 잘 다스려진다고 한다. 《史記·天官書》

3) 漸亭皐葉下 : 점차 정자의 연못에 낙엽 떨어진다는 말이다.

4) 隴首 : 본래 섬서성陝西省 농현隴縣 서북쪽에 있는 산인 농산隴山을 가리키는데, 여기서는 변경의 산을 뜻하는 말로 쓰였다. 농두隴頭 또는 농수隴首라고도 한다.

5) 素秋 : 가을을 말한다.

6) 華闕中天 : 화려한 궁궐은 하늘 위로 솟아있다는 말이다.

7) 蔥蔥 : 왕성하고 번성한 모양을 말한다.

8) 拒霜 : 부용꽃의 별칭이다. 중추仲秋경에 꽃이 피는데, 추위를 잘

견디어 떨어지지 않으므로 이렇게 이름한 것이라 한다.

9) 寶階香砌 : 아름다운 계단과 향기어린 섬돌을 말한다.

10) 玉宇 : 경루옥우瓊樓玉宇의 준말로, 신화 속에 나오는 월궁月宮 속의 누각을 말한다. 여기서는 달을 가리킴.

11) 金莖 : 금경金莖은 한 무제가 세웠던 승로반承露盤을 바치던 쇠기둥 이다. 무제가 일찍이 신선을 사모한 나머지, 건장궁建章宮에 동銅으로 선인장仙人掌을 만들어 세워서 승로반을 받쳐 들고 이슬을 받게 하여 그 이슬을 옥가루에 타서 마셨다는 고사가 전한다. 이 구절은 당나라 때 시인 이상은李商隱의 <한궁사漢宮詞>에 "시종신 중에 사마상여의 소갈증이 가장 심하였거늘, 금경의 이슬 한 잔도 하사하지 아니했네.(侍臣最有相如渴, 不賜金莖露一杯.)"라고 한 데서 온 말이다.

12) 萬幾 : 왕이 매일 처리해야 하는 번다한 정무를 형용한 말이다. 《서경書經》<우서虞書 고요모皐陶謨>에 "안일함과 욕심으로 제후들을 가르치지 말아서 삼가고 두려워하소서. 하루 이틀 사이에도 기미가 만 가지나 됩니다.(無敎逸欲有邦, 兢兢業業. 一日二日萬幾.)"라고 하였다.

13) 漏聲 : 물시계 소리.

14) 迢遞 : 아득히 멀다.

15) 南極星 : 남극성南極星을 말한다. 노인의 장수를 상징하는 별로, 노인성老人星이라 한다. 이 별이 나타나면 그 고장의 사람들이 장수하고 그 나라가 잘 다스려진다고 한다. 《史記·天官書》

16) 宸游 : 황제의 나들이를 말한다. '신宸'은 북극성에 있는 '신宸'인데, 후에 황제의 거처나 황제를 가리키는 말로 사용되었다.

17) 鳳輦 : 수레 지붕 꼭대기에 황금으로 봉황의 장식을 한 수레로, 봉거鳳車·봉가鳳駕·봉련鳳輦이라 칭하기도 하고, 보통 임금이 타는 수레를 말한다.

18) 度 : 생각하다. 헤아리다. 추측하다.

19) 太液 : 본래 한 무제漢武帝가 궁궐 안에 팠던 못의 이름이다. 중국 역대 왕조에서는 음양오행에 의거하여 북방의 물을 상징하는 대형 연못을 궁궐 북쪽이나 서쪽에 조성하여 왕궁을 보호했다. 물이 크고 넓게 가득 찼다는 의미로 그곳을 '태액지太液池'로 불렀다.

20) 披香 : 피향전披香殿으로 한 무제漢武帝 때 후궁後宮의 여덟 궁전 가운데 하나인데, 여기서는 역시 황제가 사는 큰 궁전을 의미한다.

83 〈宣淸〉 殘月朦朧(반달은 몽롱한데)

殘月朦朧, 小宴闌珊, 歸來輕寒凜凜。背銀釭、孤館乍眠, 擁重衾、醉魄猶噤。永漏頻傳, 前歡已去, 離愁一枕。暗尋思、舊追游, 神京風物如錦。　　　　念擲果朋儕, 絶纓宴會, 當時曾痛飮。命舞燕翩翻, 歌珠貫串, 向玳筵前, 盡是神仙流品, 至更闌、疏狂轉甚。更相將、鳳幃鴛寢。玉釵亂橫, 任散盡高陽, 這歡娛、甚時重恁。

반달은 몽롱한데, 작은 술자리도 끝나고, 돌아오는 길 가벼운 추위 냉냉하네. 은촛대 등지고 외로운 여관에서 살포시 졸다가 무거운 이불 안고 취한 혼백 여태 마시고 있네. 길었던 물시계 자주 전해지고, 예전의 기쁜 일 이미 지나갔으니, 한 잠자리에 이별이 근심스러워라. 남몰래 그리워 예전에 노닐던 모습 추억해보니, 도성의 풍물이 비단 같네. 생각하면 여인들이 던져주는 준수한 벗들, 갓끈을 끊어버린 즐거운 연회. 당시엔 정말 취하도록 마셨다네. 제비가 곡예를 넘듯 춤추고, 옥구슬 꿰듯 노래 부르게 하여, 화려한 연회를 벌이니, 참으로 신선의 풍류였다네. 밤이 깊어지면 방탕함이 깊어져 서로가 봉황 커튼의 원앙 침상에 들었다네.

1) 闌珊 : 지긋지긋하다. 적어지다.

2) 銀釭 : 은으로 만든 등잔(촛대)을 말한다.

3) 孤館乍眠 : 외로운 여관에서 잠깐 잠이 들다는 뜻이다.

4) 永漏 : 물시계. 시간이 더디다.

5) 神京 : 수도(서울)의 미칭이다.

6) 擲果朋儕 :《진서晉書·반악전潘岳傳》에 의하면 용모가 수려하여 젊
    었을 때 활을 차고 낙양의 거리에 나가며 부인들이 그를 둘러싸고
    과일을 던져 주었다고 한다.

7) 絶纓宴會 : 유향劉向의《설원說苑·복은復恩》편에 전국시대 초 장왕莊
    王이 여러 신하들에게 주연을 베푼 기록이 있다. 날이 어둡고 술이
    거나해졌을 때 갑자기 등불이 모두 꺼지자, 누군가 미인의 옷을
    잡아 당겼다. 미인은 그 사람의 갓끈을 끊고서 왕에게 불을 밝혀
    그 사람을 색출해 줄 것을 요청하였다. 왕은 그 자리에 있던 모든
    사람들에게 스스로 갓끈을 끊으라고 명령한 뒤 불을 밝히고는 계속
    해서 즐겁게 놀았다고 한다.

8) 舞燕翩翩 : 제비가 곡예를 넘듯 이리저리 빠르게 날며 춤추는 모습
    을 말한다.

9) 玳筵 : 대연은 거북 껍데기로 장식한 자리로 궁중을 가리킨다.

10) 更闌 : 밤이 깊다는 뜻이다.

11) 疏狂 : 호방한 태도(풍격) 등을 가리킨다.

12) 更相將 :

13) 鳳幃鴛寢 : 봉황 장막(커튼)과 원앙 침상을 말한다.

14) 玉釵 : 한 무제漢武帝가 신녀神女에게서 받은 옥비녀玉釵를 조첩여趙
    倢伃에게 주었는데, 소제昭帝 때에 이르러 그 상자를 열어 보니, 흰
    제비白燕가 나와서 하늘로 날아갔다는 고사에서 온 말로, 즉 미인
    을 가리킨 듯하다.

15) 任散盡高陽 : 마음껏 술을 마시며 즐겁게 지냄을 말한다. 진晉나라
    산간山簡이 일찍이 양양 태수襄陽太守로 있을 적에 매일 현산峴山
    아래에 있는 습씨習氏의 연못에 가서 술을 마시고 취하곤 하였는
    데, 그곳을 고양지高陽池라고 이름하였다. 당시에 어떤 아이가 산간
    을 두고 노래하기를 "산공은 어디로 가는가. 저 고양지에 이르렀구
    나. 석양에 수레에 쓰러져 돌아와선 곤드레가 되어 아무것도 모른
    다네. 때로는 말을 타기도 하지만 백접리를 거꾸로 쓰고 온다오.(山
    公出何許? 往至高陽池. 日夕倒載歸, 酩酊無所知. 時時能騎馬, 倒著
    白接䍦.)"라고 하였다. 《晉書 · 山簡列傳》

84 〈錦堂春〉 墜髻慵梳(늘어뜨린 쪽머리는 빗질하기 귀찮고)

墜髻慵梳, 愁蛾嫩畫, 心緒是事闌珊。覺新來憔悴, 金縷衣寬。
認得這疏狂意下, 向人誚譬如閒。把芳容整頓, 恁地輕孤, 爭忍
心安。　　依前過了舊約, 甚當初賺我, 偸剪雲鬟。幾時得歸來,
春閣深關。待伊要、尤雲殢雨, 纏繡衾、不與同歡。盡更深、款款
問伊, 今後敢更無端。

늘어뜨린 쪽머리는 빗질하기 귀찮고, 수심에 잠겨 눈썹을 억지로 그리
고, 만사가 다 시들해진 나의 심사. 요즘 들어 더욱 초췌해지고, 금실
수놓은 적삼이 헐렁한 듯 느껴지네. 이 바람둥이 남정네의 마음이야
뻔하지. 다른 여자와 한가롭게 희롱질하고 있겠지. 예쁜 얼굴 곱게 단
장하고 있어야지. 이렇게 나를 가벼이 외롭게 버려두고, 어찌 마음이
편할까.　　여전히 굳은 약속을 팽개치고, 애당초 나를 속여서는
구름 모양쪽머리를 잘라 갔지. 언제고 돌아오기만 하면, 규방 문을 단
단히 닫아 놓을꺼야. 그가 함께 자자고 청하여도 비단 이불 돌돌 말아
함께 즐거움을 나누지 않으리라. 밤이 다하여 깊어지면 조용히 물어보

리라. 오늘 이후로 다시 마음대로 할 것인지를.

| 주석 |

1) 是事 : 일마다.

2) 闌珊 : 쇠락한 모양. 시든 모양을 말한다.

3) 誚讆 : 조소하다. 비웃다.

4) 恁地 : 이와 같이.

5) 尤雲殢雨 : 남녀상열지사에 사로잡히는 것을 비유하는 말이다.

6) 款款 : 조용하고 차분한 모양을 가리킨다.

7) 無端 : 무단히. 아무런 이유없이. 마음대로.

85 〈定風波〉 自春來(봄이 왔지만)

自春來, 慘綠愁紅, 芳心是事可可。日上花梢, 鶯穿柳帶, 猶壓
香衾臥。暖酥消, 膩雲嚲。終日厭厭倦梳裹。無那。恨薄情一
去, 音書無個。　　　早知恁麼。悔當初, 不把雕鞍鎖。向雞窗、只
與蠻箋象管, 拘束教吟課。鎭相隨, 莫拋躲。針線閒拈伴伊坐。
和我。免使年少, 光陰虛過。

봄이 왔지만 초목은 수심에 잠긴 듯하고, 내 마음 그저 모든 것이 시들
하다. 해는 꽃 끝에 걸리고, 앵무새 버들가지 사이를 나는데, 나는 여태
껏 이불 덮고 누워있다네. 화장도 지워지고 머리도 풀어진 채, 종일토
록 늘어져 치장하기도 귀찮구나. 어이하나 무정한 사람 한 번 떠난
뒤로는 소식조차 없으니.　　　일찍이 이럴 줄 알았더라면, 애초에
말고삐를 왜 묶어 두지 않았던가. 그런 후에 글방에 난 창을 향하여,
촉 지방의 채색 종이와 상아 붓을 가져다주고, 글공부나 하라고 붙잡
아 두는 건데. 날 버리지 못하도록 언제나 함께 하면서, 한가히 바느질

거리 잡고 그이 곁에 짝할 것을. 나와 함께 지내면서 젊은 시절 허송하지 못하게 할 것을.

| 주석 |

1) 慘綠愁紅 : 수심에 잠겨 있는 화초. 집 떠난 남편을 그리워하는 아내가 붉은 꽃 푸른 잎을 바라보면 자신의 마음 상태가 투영되어 수십에 잠긴 듯이 보인다는 말이다.

2) 是事 : 모든 일을 말한다.

3) 可可 : 시들하다. 제대로 마음을 쏟지 못하며 흥미가 없는 것을 말한다.

4) 暖酥 : 부드럽고 고운 피부를 일컫는다. '수酥는 얼굴에 바르는 화장 기름을 말한다.

5) 膩雲 : 매끄럽고 윤기 있는 머리카락을 말함. 여기서는 여인의 머리를 비유한 말이다.

6) 嚲 : 아래로 늘어진 모양. 여기서는 머리가 아래로 풀어진 것을 나타낸다.

7) 無那 : 어찌 할 수 없다. '無奈'와 같다.

8) 薄情 : 무정한 사람을 말한다.

9) 無箇 : 없다.

10) 恁麼 : 이와 같이. 이렇게. '여차如此'와 같다.

11) 雕鞍鎖 : 아름답게 장식한 말안장을 잠그다. 즉 남편의 말고삐를 묶어 둔다는 말이다.

12) 雞窗 : 서창書窗 즉, 서가를 말한다. 《藝文類聚》의 <鳥部>에서 《幽明錄》을 인용하여, "진나라의 연주자사 패국공 송처종은 울음소리가 우렁찬 닭을 한 마리 사서 지극정성으로 보살피며 언제나 창가에 닭장을 놓아두었다. 그 닭이 마침내 사람의 말을 하게 되어 송처종과 이야기를 주고받았는데, 말에 지혜가 지극히 담겨 있었으

157

며 종일토록 그치지 않았다. 송처종은 이로 인해 말솜씨가 크게 늘었다."라 하였다. 이것에 연유하여 후인들은 서방書房을 '계창'이라고도 한다.

13) 蠻牋象管 : 좋은 종이와 붓. '만전蠻牋'은 옛날 사천四川지방에서 생산했던 채색 전지를 가리키고, '상관象管'은 상아로 만든 붓대를 가리킨다.

14) 吟課 : 시를 짓는 것과 독서. 즉 글공부를 가리킨다.

15) 鎮 : 하루 종일. '진일鎭日'과 같다.

16) 針綫閒拈 : 한가히 바느질거리를 잡다.

86 〈訴哀情近〉 雨晴氣爽(비가 갠 후 날씨는 맑아 상쾌하고)

雨晴氣爽, 佇立江樓望處。澄明遠水生光, 重疊暮山聳翠。遙認斷橋幽徑, 隱隱漁村, 向晚孤煙起。　　　殘陽裡。脈脈朱闌靜倚。黯然情緒, 未飲先如醉。愁無際。暮雲過了, 秋光老盡, 故人千裡。竟日空凝睇。

비가 갠 후 날씨는 맑아 상쾌하고, 강가의 누각에 서서 멀리 바라본다. 멀리 흘러가는 물은 맑아 반짝반짝 비치고, 저녁빛 덮인 산봉우리는 겹겹이 우뚝 솟아 푸르네. 먼데서 바라보니 알아내겠네. 부러진 다리와 깊숙하고 조용한 소롯길을. 물가 산아래 가물거리는 어촌에는, 저녁이 되자 한 줄기의 저녁밥 짓는 연기가 피어오르네.　　　석양속에 나는 은근한 정을 품고 강루의 붉은 난간에 조용히 기대자, 심정은 슬프고 침울하여, 술은 마시지도 않았는데 먼저 취한 것 같네. 시름은 끝이 없는데, 저녁 구름은 지나가고, 가을 빛도 늙어가는데, 친구는 여전히 머나먼 천리나 떨어져 있어, 하루 종일 공연히 응시하네.

1) 秋光 : 가을 풍광을 말한다.

2) 空 : 부질없이. 헛되이. 공허하게.

3) 凝睇 : 응시하다. 주시하다.

87 〈訴哀情近〉 景闌畫永(난간의 봄 광경은 대낮처럼 길고)

景闌畫永, 漸入淸和氣序。楡錢飄滿閒階, 蓮葉嫩生翠沼。遙
望水邊幽徑, 山崦孤村, 是處園林好。　　　閒情悄。綺陌游人漸
少。少年風韻, 自覺隨春老。追前好。帝城信阻, 天涯目斷, 暮
雲芳草。佇立空殘照。

난간의 봄 광경은 대낮처럼 길고, 점점 푸르러지는 계절로 들어갔다.
회오리바람 불어 한가한 섬돌에 유전楡錢이 가득하네. 연밥 잎은 여리
고 비취빛 연못에서 자라네. 멀리 바라보니 물가에 지그윽한 지름길,
산은 굽이굽이 외로운 촌마을, 이 곳의 원림은 좋구나.　　　한가한
정은 근심스럽다. 번화한 길가에 노니는 사람 점점 적어지고, 소년의
풍운이. 저절로 깨달았네. 봄에 따라 늙는 것을. 지난날 좋았던 일을
되새겨 보네. 황제가 사는 도성에 편지 막히고, 저 하늘가를 눈이 다다
를 때까지 멀리 바라보고, 저녁구름 방초를 덮고 있네. 우두커니 서
있으니 하염없이 석양만 비치네.

| 주석 |

1) 景闌 : 난간의 봄 광경, 해저물녘을 가리킨다.

2) 氣序 : 계절이 바뀌다. 절기가 바뀐다는 뜻이다.

3) 翠沼 : 비취색 연못을 말한다.

4) 山崦 : 산모퉁이를 말한다.

5) 綺陌 : 번화한 도로 또는 풍경이 아름다운 길을 뜻한다. 중국 당나
라 당언겸唐彦謙의 <춘우春雨>시에 "번화한 거리에 밤이 오니 비
내리고, 춘루春樓는 스산하여 시야가 어지럽네.(綺陌夜來雨, 春樓
寒望迷.)"라는 구절이 보인다.

6) 天涯目斷 : 하늘가 끝을 끝없이 바라본다는 말이다.

88 〈留客住〉 偶登眺(우연히 올라 바라보니)

偶登眺。憑小闌、艶陽時節, 乍晴天氣, 是處閒花芳草。遙山萬
疊雲散, 漲海千裡, 潮平波浩渺。煙村院落, 是誰家綠樹, 數聲
啼鳥。　　旅情悄。遠信沉沉, 離魂杳杳。對景傷懷, 度日無言
誰表。惆悵舊歡何處, 後約難憑, 看看春又老。盈盈淚眼, 望仙
鄉, 隱隱斷霞殘照。

우연히 올라 바라보니, 작은 누각에 기대어, 농염한 태양의 시절인데,
잠깐 날씨가 개었는데 도처에 모두 한가한 꽃과 방초들, 먼 산에 수
만 겹 첩첩히 쌓인 구름이 흩어지고, 천리 마을에 바다 물이 넘쳤다.
조수는 평평하고 파도는 크고 아득하다. 연기 낀 마을 정원은 쇠락했
다. 이것은 어느 집의 푸른 나무인가? 새는 수없이 지저귀며 울어대네.
　　나그네 마음은 근심스럽고, 멀리서 온 편지는 침침한데, 타
향 나그네의 흩어진 혼은 어둡다. 경물을 마주하니 슬픈 감정이 일고,
말없이 날을 보내고 누구에게 표현할까. 옛날은 즐겁던 곳은 어디인지
슬퍼지네. 나중에 기약한 것을 기대기 어렵고, 청춘시절을 봐보니 또
늙었구나. 눈에 눈물이 가득하고, 신선이 사는 고향을 바라보니, 노을
은 끊어지고 석양은 은은하네.

1) 闌 : 누각을 말한다.

2) 是處 : 도처라는 뜻이다.

3) 漲海 : 파도가 넘실대다.

4) 旅情悄 : 나그네가 객지에서 마음이 근심스럽다는 뜻이다.

5) 離魂杳杳 : 이별의 정이 아득하다.

6) 後約難憑 : 후일의 약속은 기대하기 어렵다는 뜻이다.

7) 仙鄉 : 곤륜산에 있다고 하는 전설 속의 선향仙鄉이다. 자신의 고향 집이 곧 신선이 사는 곳이라는 의미로 인용한 것이다.

89 〈迎春樂〉 近來憔悴人驚怪(요즘엔 야위었다고 사람들이 놀라며 이상해해요)

近來憔悴人驚怪。爲別後、相思煞。我前生、負你愁煩債。便苦恁難開解。 良夜永、牽情無計奈。錦被裡、餘香猶在。怎得依前燈下, 恣意憐嬌態。

요즘엔 야위었다고 사람들이 놀라며 이상해해요. 헤어진 후에는 당신이 보고 싶어 죽겠어요. 전생에 나는 당신께 그리움으로 쓰라려 해야 하는 빚을 졌나 봐요. 그러기에 이토록 고통에서 헤어나지 못하는 거겠죠. 밤은 이렇게 길기만 한데, 임 그리는 정 억누를 길 없으니 어쩌나? 비단 이불 속에는 남은 향기 그대로 있어요. 어떻게 하면 예전처럼 등불 아래서 마음껏 교태를 부려 귀여움을 받게 될까요?

1) 煞 : 정도가 극도로 심각함을 나타낸 말이다.

2) 愁煩債 : 슬픔과 번뇌의 빚. 이 구절은 여인이 지금 그리움의 고통

에서 헤어나지 못하는 이유가 전생에 남자에게 사랑의 아픔을 많이 주어서 지금 그 대가를 치르고 있는 것 같다는 말이다.

3) 無計奈 : 대처할 방법이 없다.

90 〈隔簾聽〉咫尺鳳衾鴛帳(수놓은 봉황 원앙 이불과 휘장은 지척이나)

咫尺鳳衾鴛帳, 欲去無因到。鯛須窣地重門悄。認繡履頻移,
洞房杳杳。強語笑。逞如簧、再三輕巧。   梳妝早。琵琶閒抱。
愛品相思調。聲聲似把芳心告。隔簾聽, 贏得斷腸多少。恁煩
惱。除非共伊知道。

수놓은 봉황 원앙 이불과 휘장은 지척이나, 가보고 싶어도 들를 수
없다오. 땅거미 지자 규방문은 고요하다. 수놓은 신발이 자주 옮겨 가
는 것을 알아차리니, 규방은 어둡고 어둡다. 억지로 웃으며 말하니,
생황처럼 편안하여 재삼 가볍고 뛰어났다.   아침에 머리를 빗고,
비파를 가만히 안아보네. 애창곡은 그리움을 담은 곡조라오. 소리마다
마치 향기로운 마음을 말해 주는 것 같네. 주렴으로 들리는 소리 막히
고, 얼마나 많은 애간장을 녹여냈나. 당신 때문에 괴롭나니, 그대가
알아주지도 않았잖소.

| 주석 |

1) 鳳衾鴛帳 : 수놓은 봉황 원앙 이불과 휘장을 말한다.

2) 欲去無因到 : 가보고 싶어도 들어갈 방법이 없다는 말이다.

3) 鯛須窣地 : 땅거미가 지자 흐릿해졌다는 뜻이다. '솔지窣地'는 한밤
   중처럼 빛이 전혀 없어 새까만 것을 형용하는 말이다. 주희朱熹가
   "사람은 태어날 때 각자 이 이치를 갖추어 태어나는 법이다. 단지

사람으로서 이 이치를 깨닫지 못하기 때문에 이에 온통 암흑과 같이 보이는 것이다.(人之生, 各具此理, 但是人不見此理, 這裏都黑窣窣地.)"라고 하였다. 《朱子語類·雍也篇》

4) 重門 : 대문 안에 다시 세운 문으로, 여기서는 규방의 문을 말한다.

5) 逞如簧 : 생황처럼 편안하다는 말이다.

6) 品 : 악기를 연주하다는 뜻이다.

7) 斷腸 : 단장斷腸의 고사를 인용하여 사랑하는 사람과 헤어진 슬픔을 말한 것이다. 진晉나라 환온桓溫이 군사를 거느리고 장강長江을 거슬러 올라가 촉蜀의 이세李勢를 공격할 당시, 삼협三峽에 이르렀을 때 어떤 군사가 원숭이 새끼 한 마리를 잡았다. 그 어미가 슬피 울며 강기슭으로 백여 리를 따라오다가 배 위로 뛰어 올라와서는 그만 죽고 말았는데, 배를 갈라 보니 창자가 마디마디 끊어져 있었다고 한다. 《世說新語·黜免》

91 〈鳳歸雲〉 戀帝裡(황제가 계신 서울을 떠나기 아쉬웠다네)

戀帝裡, 金谷園林, 平康巷陌, 觸處繁華, 連日疏狂, 未嘗輕負, 寸心雙眼。況佳人, 盡天外行雲, 掌上飛燕。向珉筵、一一皆妙選。長是因酒沉迷, 被花縈絆。　　更可惜, 淑景亭臺, 暑天枕簟。霜月夜涼, 雪霰朝飛, 一歲風光, 盡堪隨分, 俊游清宴。算浮生事, 瞬息光陰, 錙銖名宦。正歡笑, 試恁暫時分散。卻是恨雨愁雲, 地遙天遠。

황제가 계신 서울을 떠나기 아쉬웠다네. 권문세가의 벗들과 녹주가 놀던 금곡의 별장숲. 장안의 기녀촌 평강리, 가는 곳마다 번화하였네. 연일 방탕하며 날을 지새웠지. 하지만 일찍부터 가벼이 저버린 적이 없었네. 한 조각 마음과 두 눈을, 하물며 가인이 아득히 먼 하늘가 구

163

름이 흘러가듯이, 날씬한 몸매의 조비연 같은 몸매였지. 좋아하였네 화려한 밤의 성대한 연회를. 한결같이 모두가 훌륭했다. 언제나 술이 만취했고, 꽃 속에 휩싸여 꼼짝도 못했지.   몹시도 아쉬워라. 화창한 봄날의 누각, 한 여름의 시원한 대자리와 베개를. 서리 내린 달밤에 싸늘한 밤바람, 눈싸라기 아침부터 휘날리던 엄동설한. 일년 사계의 풍경에 맞추어 훌륭한 벗들과 조촐한 주연을 베풀었네. 덧없는 인생사를 헤아려보니, 순식간에 지나가는 세월이구나. 고관대작도 하찮게 여겨지네. 즐거워 웃다가도, 잠시동안 이별한 것을 생각하네. 여전히 비구름은 원망스럽고, 천지는 아득하구나.

| 주석 |

1) 帝裡 : 경성. 서울을 말한다.

2) 金谷 : 중국 낙양洛陽 서북쪽에 있는 지명으로, 금곡간金谷澗 또는 금곡원金谷園이라고도 불린다. 진晉나라 석숭石崇이 그곳에 동산을 만들어 놓고 지인들과 밤낮으로 연회를 베풀어 즐기면서 각자 시를 짓도록 하고, 짓지 못한 자는 벌주 서 말을 마시게 했다고 함.

3) 平康 : 당나라 장안長安 평강리平康里의 별칭으로, 북쪽에 위치하였으므로 붙여진 이름이다. 이곳에 기원妓院이 있었기 때문에 후에 창기娼妓들이 밀집한 곳을 가리키는 말로 쓰이게 되었다.

4) 觸處 : 닿는 곳. 곳곳마다.

5) 行雲 : 초楚의 소왕昭王이 고당高唐에 놀다가 낮에 잠이 들었는데, 꿈에 선녀仙女와 만나 사랑했다. 떠날 때에, "첩은 무산巫山의 양지쪽 고구高丘의 머리에 살아 아침에는 조운朝雲이 되고 저녁에는 행우行雨가 됩니다. 아침 저녁 양대陽台 아래서 이렇게 합니다." 하므로, 임금이 아침에 그것을 보니 말대로다. 드디어 조운묘朝雲廟를 제사지냈다는 고사. 후세에 남녀의 정사情事를 가지고 말하게 됨.

6) 玳筵 : 대연은 거북 껍데기로 장식한 자리로 궁중을 가리킨다.

7) 妙選 : 왕비의 간택簡擇, 잘 골라 뽑는다는 뜻이다.

8) 因酒沉迷 : 언제나 술을 마셔서 만취했다는 뜻이다.

9) 淑景 : 봄날의 해맑은 날씨를 가리킨다.

10) 盡堪隨分 : 전부다 옛 그대로 따라서(좇아서) 했다는 말이다.

11) 俊游 : 준걸이 유람하다.

12) 淸宴 : 맑은 잔치. 청량해지는 주연자리를 말한다.

13) 算浮生事 : 덧없는 인생사를 헤아려본다는 말이다. 이백李白의 <춘
    야연도리원서春夜宴桃李園序>에 "대저 천지는 만물의 여관 같은 것
    이요, 세월은 백대의 과객 같은 것인데, 덧없는 인생은 한바탕 꿈과
    같거니, 즐기는 것이 얼마나 되겠는가.(夫天地者, 萬物之逆旅 光陰
    者, 百代之過客, 而浮生若夢 爲歡幾何.)"라고 하였다.

14) 錙銖 : 옛날 저울 이름인데, 6수銖를 '치錙'라고 했으므로 경미輕微
    한 것에 비유할 때 사용한다. 무게가 얼마 안 나가는 저울눈과 같
    이 극소량을 말한다.

15) 愁雲 : 애수를 느끼게 하는 구름을 말한다.

92 〈抛球樂〉 曉來天氣濃淡(새벽 오자 날씨가 흐렸다 맑아지니)

曉來天氣濃淡, 微雨輕灑。近淸明, 風絮巷陌, 煙草池塘, 盡堪
圖畫。艷杏暖、妝臉勻開, 弱柳困、宮腰低亞。是處麗質盈盈, 巧
笑嬉嬉, 手簇秋千架。戲彩球羅綬, 金雞芥羽, 少年馳騁, 芳郊
綠野。佔斷五陵游, 奏脆管、繁弦聲和雅。　　　　向名園深處,
爭泥畫輪, 競鞴寶馬。取次羅列杯盤, 就芳樹、綠陰紅影下。舞
婆娑, 歌宛轉, 彷彿鶯嬌燕。寸珠片玉, 爭似此、濃歡無價。任
他美酒, 十千一斗, 飲竭仍解金貂貰。恣幕天席地, 陶陶盡醉太

平, 且樂唐虞景化。須信艶陽天, 看未足、已覺鶯花謝。對綠蟻
翠蛾, 怎忍輕舍。

새벽 오자 날씨가 흐렸다 맑아지니, 가랑비가 살며시 뿌리네. 청명절
가까워, 거리에 바람 포근하고, 연못 수초에 안개 끼어, 모두가 한 폭의
그림이로다. 살구꽃 따사롭고, 단장한 얼굴에 주름 펴지고, 버드나무
힘없이 궁녀의 허리처럼 낮게 숙였네. 이 곳에 미인들 한가득 모여,
교태로운 미소가 어여쁘고, 직접 그네를 타네. 채색 공과 비단 노리개
장난치고, 꿩 깃털 단, 젊은이 내달리자, 향긋한 교외에 녹음 짙어진
들판 누비네. 오릉의 유람 독차지 하려, 여린 피리 연주하며 화려한
현악기 소리가 조화롭기만.   각 정원의 깊은 곳을 향해, 경쟁하듯
지체되어 채색한 말수레에서 내렸다. 맘대로 술잔과 소반을 펼쳐 벌리
고, 향기로운 나무로 나아가고, 녹음의 붉은 그림자 아래서, 너울거리
며 춤추는 할머니, 노래는 완곡하고 구성졌는데, 마치 황색 꾀꼬리가
예쁘게 노래하고, 제비가 가볍게 춤추는 것 같다네. 한조각의 구슬과
한조각의 옥이 마치 이와 같이 경쟁하듯, 농염하고 즐거움이 가치를
매길 수 없다네. 그는 맘껏 술 마시는 맡겨두고 만 잔을 마시네. 여전
히 황금색 담비가죽으로 된 관을 풀어 술로 바꿔 마시네. 맘대로 하늘
을 장막으로 삼고 땅을 자리로 삼았다. 술에 취해 평화롭고 태평하고,
또한 당대의 요순과 같은 좋은 시절을 공경하고 우르러보네.   모름지
기 맑은 하늘을 믿어야하며, 보기에 충분하지 않으면, 꾀꼬리도 봄꽃
도 이미 사라졌음을 깨달았네. 술개미와 미인의 눈썹을 마주 대하니,
어찌 차마 가볍게 버릴 수 있겠는가.

| 주석 |

1) 天氣濃淡 : 날씨가 갑자기 맑아졌다가 갑자기 흐려지는 것을 말한다.
2) 盡堪圖畫 : 전부 다 아름답기 그림같다는 말이다.

3) 艶杏 : 살구꽃에 대한 것으로, 이전에 염향艶香이 염행艶杏으로 되어 있다. 누대에 가지를 걸치고 화사하게 이른 봄을 장식하는 살구꽃도 있다는 것을 알아달라는 말이다.

4) 低亞 : 아래로 늘어져 있다는 뜻이다.

5) 麗質盈盈 : 고운 자태가 가득하다.

6) 手 : 《汲古閣》本과 《歷代詩餘》에는 '爭'자로 되어있고, 다른 판본에는 '手'자로 되어 있다.

7) 綬 : 왕 이하 문무관들이 제복이나 조복 등 예복을 갖출 때 허리 뒤에 달아 늘이던 장식품을 가리킨다.

8) 金雞 : 금계金鷄는 머리를 황금으로 장식한 닭이다. 천계성天鷄星이 사면을 주관한다는 설에 의거해서, 사면하는 조서를 반포할 적에는 대나무에 금계를 매달아서 의장儀仗 남쪽에 세워 두었다. 《新唐書·百官志》

9) 芥羽 : 투계鬪鷄를 말하는 것으로, 닭끼리 싸움을 시켜 승패를 겨루는 일종의 유희이다.

10) 五陵 : 오릉五陵은 한대漢代의 장안에 있던 "한고조漢高祖, 혜제惠帝, 경제景帝, 무제武帝, 소제昭帝"의 다섯 능원陵園을 합칭한 말이다.

11) 和雅 : 조화롭고 청아淸雅하다는 말이다.

12) 畫輪 : 채색한 말수레를 말한다.

13) 寶馬 : 는 진귀한 준마를 가리킨다. 당나라 왕유王維의 <同比部楊員外十五夜遊有懷靜者季>시에 "애오라지 시중의 천보마를 보니, 소부의 칠향거를 알고도 남겠네. 향거와 보마 소리 시끄러이 떠드는데, 그중에 다정한 이는 호협한 소년이로다.(聊看侍中千寶騎, 强識小婦七香車. 香車寶馬共喧闐, 箇裏多情俠少年.)"라고 되어 있다. 《全唐詩·同比部楊員外十五夜遊有懷靜者季》

14) 取次 : 마음대로. 임의대로.

15) 鶯嬌燕 : 유우석의 <寒食>시에 "어여쁜 꾀꼬리와 날쌘 제비가 봄

167

풍광 희롱하고, 청춘 남녀와 아이들이 들에 가득하네.(鶯嬌燕黠弄
風煙, 士女兒童滿野田)"라고 되어 있다. 《古今事文類聚·寒食》

16) 金貂: '황금당黃金璫'과 '초미貂尾'를 합한 말로, 한漢나라 때 시중侍
中이나 중상시中常侍 등이 금당金璫과 초미貂尾로 관冠을 장식했던
데서 유래하여, 흔히 고관高官을 가리킨다.

17) 幕天席地: 하늘을 장막으로 삼고 땅을 자리로 삼다는 뜻이다.

18) 陶陶: 화기로운 모습을 말한다.

19) 唐虞: 도당씨陶唐氏 요堯 임금과 유우씨有虞氏 순舜 임금을 말함.

20) 須信: 확실하다. 믿고 말다는 뜻이다.

21) 綠蟻: 푸른빛의 녹의綠蟻가 떠 있는 좋은 술을 말한다. 녹의는 술
표면에 떠오른 녹색의 거품으로, 좋은 술을 비유함.

22) 翠蛾: 여자의 가늘고 긴 눈썹을 뜻하는 말로 보통 미녀를 가리킨다.

93 〈集賢賓〉 小樓深巷狂游遍(작은 누각 깊은 골목을 마음
대로 이리저리 다니다가)

小樓深巷狂游遍, 羅綺成叢。就中堪人屬意, 最是蟲蟲。有畫
難描雅態, 無花可比芳容。幾回飮散良宵永, 鴛衾暖、鳳枕香
濃。算得人間天上, 惟有兩心同。　　　　近來雲雨忽西東。誚惱損
情悰。縱然偸期暗會, 長是匆匆。爭似和鳴偕老, 免敎斂翠啼
紅。眼前時、暫疏歡宴, 盟言在、更莫忡忡。待作眞個宅院, 方信
有初終。

작은 누각 깊은 골목을 마음대로 이리저리 다니다가, 도처에는 모두
다 화려하게 옷을 입은 미인들이네. 그 중에서 사랑할 만한 여인은
으뜸으로 충충이 아가씨네. 충충의 우아한 자태 설사 화공이라도 그려
내기 어렵다네. 아름다운 용모는 어떤 꽃도 비할 수가 없다네. 몇 번

동참하였는데, 원앙새 수놓은 이불은 따뜻하고 봉황새 수놓은 베개는 향내가 진동하네. 인간세상과 천상 사이에서 오직 두 사람 마음이 같은 한 쌍이라네.　　　　요즈음 구름과 비와 같이 붙어있던 한 쌍이 갑자기 동서로 갈라져, 서로 원망하고 책망하면서 심정을 해쳤네. 설사 어느 때는 남몰래 밀회한다 하여도 결국은 한 순간뿐이라네. 여하튼 소리가 잘 어울리고 부부가 백년해로해야 하니, 찡그린 눈썹과 고통스러운 얼굴 펴고 소리 내어 울지 않으리라. 지금 잠시 즐거운 연회에서 만날 기회지만, 예전의 맹세는 그대로 있으니, 다시 근심에 젖을 필요가 없다. 기다려 진실로 부부가 된다면, 그때서야 비로소 내가 시종일관한다는 것을 믿어주겠지.

| 주석 |

1) 羅綺成叢 : '羅綺'는 비단옷을 차려입은 수많은 기녀妓女들을 가리킨다. 또한 미인을 가리키기도 한다. 기녀를 표현한 소식蘇軾의 시에 "소도가 봉우리 터뜨리니 봄을 못 이기는 듯, 비단옷 무더기 속에 단연코 으뜸일세.(小桃破蕚未勝春, 羅綺叢中第一人.)"라는 구절이 나온다.《蘇東坡詩集·答陳述古》

2) 就中堪人屬意 : 그 가운데 맘에 들어 사랑할 만한 여인이라는 말이다. '就中'은 그 중에서라는 말이다. 두보의 <여인행女人行> 중에 "구름 장막 친 초방으로 나아가는 친척은, 대국의 이름 받은 괵국부인 진국부인.(就中雲幕椒房親, 賜名大國虢與秦.)"이라는 구절에서 따왔다.

3) 蟲蟲 : 기녀 충충을 말한다.

4) 雅態 : 자태가 단아하다는 말이다.

5) 雲雨 : 전국 시대 초나라 회왕懷王이 낮잠을 자다가 꿈속에서 무산巫山의 신녀神女와 운우지정雲雨之情을 나누었다는 조운모우朝雲暮雨의 고사가 있다.

169

6) 誚惱損情悰 : 서로 원망하고 책망하면서 심정을 해쳤다는 말이다. '誚'은 원망하다. 책망하다. '惱'는 화를 내다. 번뇌하다. '情悰'은 정회를 말한다.

7) 偕老 : 부부가 해로하다.

8) 斂翠 : 눈썹을 찡그리다. 두 눈썹을 내려깔다.

9) 暫疏歡宴 : 잠시 즐거운 연회에서 만나다.

10) 忡忡 : 마음이 우울하여 시름한다는 뜻이다. 《시경詩經》<소남召南 초충草蟲>에 "풀벌레는 소리 내며 울고 새끼 메뚜기는 뛰어노네. 당신을 보지 못해, 이 마음 뒤숭숭하네.(喓喓草蟲, 趯趯阜螽. 未見 君子, 憂心忡忡.)"라고 되어있다.

11) 待作眞個宅院 : 기다려서 진실로 한 부부가 되었다는 뜻이다. '宅 院'는 결혼하여 한 가정을 이루는 것을 가리킨다.

12) 初終 : 시종일관하다. 처음부터 끝까지라는 변하지 않다는 뜻이다.

94 〈殢人嬌〉 當日相逢(그날 상봉하여)

當日相逢, 便有憐才深意。歌筵罷、偶同鴛被。別來光景, 看看 經歲。昨夜裡, 方把舊歡重繼。　　曉月將沉, 征驂已備。愁腸 亂、又還分袂。良辰好景, 恨浮名牽系。無分得、與你恣情濃睡。

그날 상봉하여, 곧 재주를 사랑하는 깊은 뜻을 가지고서, 노래 잔치 끝나자, 우연히 원앙금침 함께 했었지. 헤어진 후의 세월, 어느 새 한 해가 지났고, 어젯밤에야 비로소 옛 기쁨을 다시 이었네.　　새벽달 가라앉으려는데 떠나려는 말은 이미 채비를 마쳤다. 근심으로 속이 뒤끓는데도 또 다시 옷소매를 가른다. 좋은 시절 좋은 경치에, 한스럽 게 헛된 명예에 끌리고 얽매여서, 복이 없어 너와 함께 마음껏 사랑하 고 단잠 잘 수 없네.

1) 鴛被 : 원앙 이불을 말한다.

2) 經歲 : 해가 지나다. 해를 넘기다.

3) 征驂 : 먼 길을 가다는 뜻이다.

4) 袂 : 소매와 저고리의 몸통과 만나는 중간 부분을 말한다.

5) 無分得 : 나눌 것이 없다. 복이 없다는 말이다.

95 〈思歸樂〉 天幕淸和堪宴聚(날씨가 화창해서 연회 열기에
충분하네)

天幕淸和堪宴聚。想得盡、高陽儔侶。皓齒善歌長袖舞。漸引
入醉鄕深處。　　晩歲光陰能幾許。這巧宦、不須多取。共君事
把酒聽杜宇。解再三勸人歸去。

날씨가 화창해서 연회 열기에 충분하네. 생각건대 내리쬐는 햇볕이
날씨와 모든 면에서 훌륭한 짝이 되네. 하얀 치아에 노래 잘 부르는
미녀가 소매 늘어뜨려 춤을 추었다. 점점 취한 나를 이끌어 고향의
깊은 곳으로 들어갔다.　　저무는 한 해에 남은 시간 얼마인가.
저 교활한 벼슬아치 반드시 많이 얻지는 못 하리라. 그대와 함께 술잔
잡고 두견새 소리 듣는 것을 일삼네. 두 번 세 번 사람에게 돌아가기를
권한다네.

| 주석 |

1) 天幕淸和 : 하늘색이 청명하고 화창하다는 뜻이다.

2) 儔侶 : 함께 지내다. 함께 짝하다. 반려가 되다.

3) 巧宦 : 공교스러운 환관宦官이라는 뜻이다. 《사기史記》에 "사마안仕
馬安은 벼슬하는 데 교묘巧宦하여 네 번이나 구경九卿의 지위에 이

171

르렀다." 라고 되어 있다.

4) 杜宇 : 두견새를 말한다. 전국시대 말기 촉蜀나라의 망제望帝 두우杜宇가 신하에게 선양禪讓하고 물러나 서산西山에 들어가 은거하다가 죽었는데 그 혼백이 두견새로 화하여 슬피 울었다고 한다. 이후로 두우는 두견새를 뜻하게 되었다. 《華陽國志·蜀志》

5) 解 : 풀어 말하다. 해설하다. 여기서는 두견새가 울며 지저귀는 것을 가리킨다.

96 〈應天長〉 殘蟬漸絶(늦여름 매미는 점점 사라지네)

殘蟬漸絶。傍碧砌修梧, 敗葉微脫。偶露凄淸, 正是登高時節。
東籬霜乍結。綻金蕊、嫩香堪折。聚宴處, 落帽風流, 未饒前哲。

把酒與君說。恁好景佳辰, 怎忍虛設。休効牛山, 空
對江天凝咽。塵勞無暫歇。遇良會、剩偸歡悅。歌聲闋。杯興方
濃, 莫便中輟。

늦여름 매미는 점점 사라지네. 푸른 섬돌 옆 길게 자란 오동나무에, 시든 낙엽은 살짝 떨구네. 이슬 맞아 서늘한데, 참으로 높은 곳에 오를 시절이로다. 동쪽 울타리에 서리 언뜻 맺혔네. 황금색 꽃술 터트리고 향긋한 새싹 꺾을 만 하네. 연회에 모여, 모자 벗은 풍류여, 옛 현인보다 낫지 못하네.　　　　술잔 들고 그대와 말하네. 좋은 경치에 좋은 날이라도, 어떻게 허황된 말을 참겠는가. 우산을 본받지 마오, 공연히 좋은 강산 마주하여 오열한다오. 힘든 세상살이에 잠시도 쉴 여유 없다오. 좋은 모임 만나, 충분히 즐거움 만끽하였다오. 노래 소리 끝나자, 술기운 한창 무르익었으니, 곧 중간에 그만두지 마오.

1) 碧砌 : 푸르고 흰 섬돌을 말한다.

2) 登高時節 : 9월 9일 중양절重陽節에 사람들이 붉은 주머니에 수유茱
   萸를 담아서 팔뚝에 걸고 높은 산에 올라가 국화주菊花酒를 마셔
   재액災厄을 막는 풍속이다. 곧 중양절에 가족과 헤어져 타향을 여
   행하는 처량한 심경을 말한 것이다.

3) 東籬 : '동쪽 울타리'라는 뜻으로, 은거하는 곳을 이른다. 도연명陶
   淵明의 <음주飮酒>시 다섯 번째 수에 "인가 속에 오두막 지었건만,
   시끄러운 거마 소리 없다오. 어떻게 그럴 수 있느냐 묻는다면, 마음
   이 멀면 땅은 절로 궁벽해진다오. 동쪽 울 밑에서 국화를 따니, 아
   득히 남산이 보이네.(結廬在人境, 而無車馬喧. 問君何能爾? 心遠地
   自偏. 採菊東籬下, 悠然見南山.)"라고 되어 있다.

4) 嫩香 : 향기가 나고 연한 새싹을 말한다.

5) 落帽 : 가을바람이 모자에 불어 모자를 떨군다는 뜻인데, 중양절에
   높은 곳에 올라가 술을 마시고 글을 지으며 고상한 풍류를 즐기는
   성대한 모임을 갖는 전고典故로 쓰인다. 진晉나라 때 맹가孟嘉가 일
   찍이 환온桓溫의 참군參軍으로 있을 때, 한번은 환온이 9월 9일에
   용산龍山에서 잔치를 열어 막료들이 모여 즐겁게 놀았는데, 그때
   마침 서풍西風이 불어 맹가의 모자가 날아갔는데도 맹가는 알아차
   리지 못하였다. 이에 환온이 손성孫盛에게 글을 지어 맹가를 조롱
   하게 하자 맹가가 곧바로 화답하였는데, 그 글이 매우 아름다워
   모두들 찬탄하여 마지않았다는 고사에서 연유한 것이다. 후에 이
   고사로 인하여 중양절에 높은 곳에 올라가 모자를 떨어뜨리는 풍
   류가 생겨났다고 한다. 《晉書·孟嘉列傳》

6) 未饒前哲 : 앞시대 뛰어난 현인에 비길만한 사람이 적었다는 뜻이다.

7) 牛山 : 맹자孟子가 "우산의 나무가 일찍이 무성하여 아름다웠으나
   큰 나라의 교외에 있는 탓에 도끼와 자귀로 베어 내니 아름다울

수 있겠는가. 밤낮으로 자라는 바와 우로雨露가 적셔 주는 바에 싹
과 움이 나오는 것이 없지 않건만 소와 양이 또 따라서 뜯어 먹으
니 아름다울 수 있겠는가." 하여, 사람의 성품이 본래 선善하지만
물욕物慾에 침해당하는 것을 비유하였다.

8) 塵勞 : 세속의 티끌같은 일을 수고롭게 일한다는 뜻이다. 보통 공무
公務로 수고하다는 말을 가리 가리킨다. 소식蘇軾의 시에 "오두미
때문에 수고해도 아직은 머물 만하니, 문 닫고 남 모르는 우울증을
고쳐 보고 싶네.(五斗塵勞尙足留 閉關却欲治幽憂)"라는 구절이 있
다. 《蘇東坡詩集·次韻答邦直子由五首》

9) 剩偸 : 많이 취하다는 뜻이다. '偸' 취하다. 얻다는 뜻이다.

10) 歌聲闋 : 노래 소리가 그치지(멈추지) 않는 것을 말한다.

11) 杯興 : 술잔을 잡고 흥이 나다는 뜻이다.

12) 中輟 : 중단하다는 뜻이다.

97 〈合歡帶〉 身材兒(몸매는 어려서부터)

身材兒、早是妖嬈。算風揩、實難描。一個肌膚渾似玉, 更都來、
佔了千嬌。妍歌艶舞, 鶯慙巧舌, 柳妒纖腰。自相逢, 便覺韓價
減, 飛燕聲消。　　　桃花零落, 溪水潺湲, 重尋仙徑非遙。莫道
千酬一笑, 便明珠、萬斛須邀。檀郎幸有, 凌雲詞賦, 擲果風標。
況當年, 便好相攜, 鳳樓深處吹簫。

몸매는 어려서부터 요염하고 아름다웠지. 따지자면 참으로 아름다운
모습을 묘사하기 어렵다. 살갗은 온통 옥과 같고, 더욱이 무엇을 하든
온갖 아름다움 가졌다. 고운 노래 예쁜 춤, 꾀꼬리도 부끄러워 할 목소
리, 버들도 시샘하는 가는 허리, 서로 만난 이래로 곧 한아의 가치는
떨어졌고, 조비연의 명성은 사라졌네.　　　복숭아꽃 떨어지고, 시냇물

졸졸 흐르는 신선의 길 다시 찾는 것 멀지 않네. 천금으로 한 번의 웃음을 사겠다고 말하지 말아요. 명주 한 휘로 만 곡을 맞아야 마땅하니, 낭군은 다행히 사부詞賦에 뛰어난 글솜씨와, 과일세례 받을 만한 풍채도 있네. 하물며 한창 때 서로 손잡고 봉황누각 깊은 곳에서 퉁소 불기에 더욱 좋다네.

| 주석 |

1) 早是 : 이미 상당한 정도에 도달했다는 뜻이다. 이미 이러하다.

2) 風措 : 풍류와 같고, 풍운風韻이 아름다워 사람의 마음을 움직이는 것을 형용한 말이다.

3) 妍歌艶舞 : 고운 노래와 어여쁜 춤을 말한다.

4) 韓價減 : 한아韓娥의 노래 부르는 소리가 한정閑靜하고 문아文雅함을 말한다. 《열자列子》<탕문湯問>에 "옛날 한나라의 창가 잘하던 기녀 한아가 동으로 제나라에 갔을 때 양식이 떨어지자, 옹문에 들러 창가를 팔아 밥을 얻어먹었는데, 그가 떠난 뒤까지 창가 소리의 여운이 들보 사이에 감돌아 3일 동안 끊이지 않았다.(昔韓娥東之齊, 匱糧過雍門, 鬻歌假食, 旣去而餘音繞梁欐, 三日不絶.)"라고 한 데서 온 말로, 전하여 노래 부르는 소리가 아주 미묘함을 뜻한다.

5) 飛燕 : 한漢나라 성양후成陽侯 조림趙臨의 딸 조비연趙飛燕을 말한다. 처음에 가무를 배워 몸이 가볍기가 나는 제비 같았으므로 비연이라고 하였다. 성제成帝의 총애를 받아 동생과 함께 궁에 들어가 자신은 첩여婕妤가 되고 동생은 소의昭儀가 되었는데, 허 황후許皇后를 참소하여 폐위시키고 황후가 되었다. 애제哀帝 때 황태후皇太后가 되었다. 애제가 죽자 왕망王莽이 태후에게 건의하여 황태후에서 효성황후孝成皇后로 격하시켰고, 한 달여 뒤에 폐서인廢庶人이 되자 자살하였다. 《漢書·外戚傳》

6) 潺湲 : 시냇물이 졸졸 천천히 흐르는 모양을 가리킨다.

175

7) 仙徑 : 신선들이 지나다니는 길을 말한다. 여기서 '仙'은 작가가 사랑하고 흠모하는 미인을 가리킨다.

8) 明珠 : 명주明珠는 '신주神珠'와 같은 말로, 고귀한 사물이나 빼어난 자태와 인품을 지닌 사람을 비유한다. 또는 훌륭한 인재를 비유하기도 한다.

9) 萬斛 : 도량형을 세는 단위로 곡식 1만 섬을 말한다. 즉 만 곡이다. 송나라 소식蘇軾의 <대풍유금산양일大風留金山兩日> 시에 "만곡이나 되는 용양도 지나가지 못하고, 일엽편주 어선은 바람 따라 춤추었지.(龍驤萬斛不敢過, 漁舟一葉從掀舞.)"라고 하였다.

10) 檀郎 : 사내, 남자를 말한다.

11) 凌雲 : 구름 위로 치솟는다는 뜻으로, 의기意氣가 빼어남을 뜻한다. 보통 능운필凌雲筆로 많이 쓰는데, 시문에 뛰어난 재질을 갖춘 것을 말한다. 《사기史記》<사마상여열전司馬相如列傳>에 "사마상여가 대인의 노래를 지어 천자에게 아뢰자, 천자가 크게 기뻐하여 표표히 구름 위에 치솟는 의기가 있다.(相如旣奏大人之頌, 天子大說, 飄飄有凌雲之氣.)"라고 한 데서 온 말이다.

12) 擲果 : 고대 중국에서 '과일을 던진다擲果'는 것은, 여인들이 남자에게 애정을 표시하는 것을 뜻한다. 진晉나라 문장가 반악潘岳은 자字가 안인安仁이기 때문에 '반안'이라 생략하여 부르기도 하는데, 그는 용모가 아주 아름다워 젊은 시절 밖으로 나가 노닐면 여인들이 너도나도 과일을 던지며 유혹하여 수레에 가득 싣고 돌아올 정도였다고 한다. 이로 인해 후에 '척과'라는 표현이 쓰이게 되었는데, 이를 변용하여 한 말이다. 《晉書·潘岳列傳》

13) 風標 : 풍채를 말한다.

14) 鳳樓吹簫 : 봉루에서 퉁소를 불다는 뜻이다. 진 목공秦穆公이 딸 농옥弄玉을 위해 만들어 준 누각을 봉루鳳樓라고 한다. 농옥이 음악을 좋아했는데, 소사蕭史가 퉁소를 잘 불어서 봉새가 우는 것 같은 소

리를 냈다. 이에 목공이 농옥을 그에게 시집보내고 누각을 지어
주었는데, 두 사람이 통소를 불면 봉황이 날아와서 모였다고 한다.
《列仙傳》

98 〈少年游〉 長安古道馬遲遲(장안 가는 옛길을 말은 터벅 터벅 걷고)

長安古道馬遲遲。高柳亂蟬棲。夕陽島外, 秋風原上, 目斷四
天垂。　　　歸雲一去無蹤跡, 何處是前期。狎興生疏, 酒徒蕭索,
不似去年時。

장안 가는 옛길을 말은 터벅터벅 걷고, 높다란 버드나무에서 매미 소
리 요란하다. 멀리 섬 너머로 석양은 지고, 들판에는 쌀쌀한 가을바람
몰아치는데, 사방을 둘러보니 끝없는 하늘 뿐이다네.　　　구름은
한번 돌아가고 나서 종적이 없으니, 지난날의 기약을 어디서 찾을 것
인가? 기방의 흥취는 시큰둥해지고, 술친구들도 내 곁을 떠나고 말아,
이제는 젊은 시절의 내가 아니라네.

| 주석 |

1) 遲遲 : 천천히. 완만히. 느릿느릿한 모양을 가리킨다.

2) 目斷 : 아무리 보아도 보이지 않는다.

3) 歸雲 : 돌아간 구름, 여기서는 자신을 떠나간 여인을 가리킨다.

4) 前期 : 지난날의 기약을 말한다.

5) 狎興 : 기방에서의 흥취를 말한다.

6) 生疏 : 등한시하다. 드물다.

7) 蕭索 : 적막하고 쓸쓸하다.

99 〈少年游〉 參差煙樹灞陵橋(파릉교 옆으로 늘어선 안개
서린 나무들)

參差煙樹灞陵橋。風物盡前朝。衰楊古柳, 幾經攀折, 憔悴楚
宮腰。　　　夕陽閒淡秋光老, 離思滿蘅皐。一曲陽關, 斷腸聲盡,
獨自憑蘭橈。

파릉교 옆으로 늘어선 안개 서린 나무들, 풍물은 옛날과 달라진 게
없구나. 이제는 시들어 버린 해묵은 버드나무, 이별 때문에 사람들이
가지를 얼마나 꺾었기에, 여인의 가는 허리처럼 초췌해졌을까?

　　희미한 석양 아래 가을빛 완연한데, 족두리풀 가득한 강 언덕에
이별의 슬픔이 샘솟는다. 송별의 노래 '양관곡', 애를 끊는 그 소리 다
하자, 나 홀로 떠나가는 배에 오른다.

| 주석 |

1) 灞陵橋 : 장안의 동쪽에 있는 파릉교를 말한다. 옛날 사람들은 이
다리 가에서 자주 떠나가는 사람에게 버들가지를 꺾어 이별의 정
표로 주며 송별하였다. 그리하여 이별을 상징하게 되었다.

2) 前朝 : 앞선 조대. 옛날.

3) 楚宮腰 : 초나라 여인의 가느다란 허리를 일컫는 말이다.

4) 閒淡 : 조용하고 담박하다. 여기서는 해질녘 석양빛이 희미함을 가
리킨다.

5) 蘅皐 : 쪽두리풀 이어진 언덕.

6) 陽關 : 노래 곡명으로 옛날 사람들이 주로 송별곡으로 불려졌다.
<陽關三疊>을 가리킨다.

7) 蘭橈 : '蘭舟'와 같다. 배를 비유한 말이다.

100 〈少年游〉 層波瀲灩遠山橫(눈은 층층의 물결처럼 넘쳐
출렁이고 눈썹은 횡으로 뻗어있는 먼 산같네)

層波瀲灩遠山橫。 一笑一傾城。 酒容紅嫩, 歌喉淸麗, 百媚坐
中生。　　牆頭馬上初相見, 不準擬、恁多情。昨夜杯闌, 洞房
深處, 特地快逢迎。

눈은 층층의 물결처럼 넘쳐 출렁이고 눈썹은 횡으로 뻗어있는 먼 산같
네. 한 번 웃으면 온 성을 기울게 하네. 주연자리의 붉고 예쁜 여인의
얼굴, 맑고 아름다운 목소리로 노래하고, 수많은 아양부리는 여인 가
운데 앉았다.　　담장 어귀 말 위에서 남녀가 서로 한 번 보고
첫눈에 반하였다. 법도를 헤아리지 않았고, 다정함에 기대었다. 어제
저녁 난간에서 술마시고, 규방 깊은 속에서, 특별한 뜻이 있어 빨리
만나 맞이하였다네.

| 주석 |

1) 層波瀲灩 : 층층이 넘실넘실 잔물결이 친다는 말이다. 소식蘇軾의
   <음호상초청후우飮湖上初晴後雨> 시에 "물빛은 넘실넘실 갠 날에
   한창 좋더니, 산 빛은 어둑어둑 비 오는 것도 기관일세. 서호를 가
   져다가 서시에 비교할진데, 엷은 화장 짙은 색칠이 둘 다 서로 어
   울리리.(水光瀲灩晴方好, 山色空濛雨亦奇. 欲把西湖比西子, 淡粧
   濃抹總相宜.)"라고 하였다. 《蘇東坡詩集 卷9》

2) 遠山橫 : 미인의 눈썹을 비유한 말이다.

3) 傾城 : 뛰어난 미인을 가리킨다. 《한서漢書》<외척전外戚傳·이부인
   李夫人>에 "북방에 미인이 있으니, 세상에 견줄 이 없게 홀로 뛰어
   나, 한번 돌아보면 남의 성을 망치고, 두 번 돌아보면 남의 나라를
   망치네. 성 망치고 나라 망치는 걸 왜 모르랴마는, 미인은 다시 얻
   기가 어렵다오.(北方有佳人, 絶世而獨立. 一顧傾人城, 再顧傾人國.

寧不知傾城與傾國, 佳人難再得.)"라고 한 데서 온 말이다.

4) 牆頭馬上 : 남여가 첫눈에 반한다는 말이다.

5) 特地 : 특별히. 마음을 먹다라는 뜻이다.

101 〈少年游〉 世間尤物意中人(세간의 절세미인은 내 마음 속 여인)

世間尤物意中人。輕細好腰身。香幃睡起, 發妝酒釅, 紅臉杏花春。　　嬌多愛把齊紈扇, 和笑掩朱唇。心性溫柔, 品流詳雅, 不稱在風塵。

세간의 절세미인은 내 마음속 여인. 여리고 가냘픈 허리. 아름다운 휘장에서 잠을 깨어 화장을 하니, 술의 색처럼 곱고, 불그스레한 얼굴엔 살구꽃 핀 봄이 왔구나. 　　아리따운 여인 고운 비단 부채 들고, 붉은 입술가리며 부드럽게 미소 싯는다. 심성이 곱고, 단아하며 품위가 있으니, 때 묻은 여인들과는 다르다네.

| 주석 |

1) 우물尤物 : 특출 난 인물로, 보통은 절세미인을 말한다.

2) 발장發妝 : 화장을 시작하다.

3) 주엄酒釅 : 여인이 화장을 한 후, 얼굴빛이 술을 마신 후처럼 발그스름하다. '엄釅'은 원래 술의 색이 진한 것을 말하는데, 여기에서는 색이 진한 것으로 쓰였다.

4) 詳雅 : 자상하고 단아하다. 상아하다.

5) 不稱 : 부합하지 않다는 말이다.

102 〈少年游〉 淡黃衫子鬱金裙(빛바랜 누런 적삼, 짙은 황
금색 울금 치마)

淡黃衫子鬱金裙。長憶個人人。文談閒雅, 歌喉清麗, 舉措好
精神。　　當初爲倚深深寵, 無個事、愛嬌嗔。想得別來, 舊家
模樣, 只是翠蛾顰。

빛바랜 누런 적삼, 짙은 황금색 울금 치마. 오랫동안 기억나네. 가까이
지냈던 사람들. 문장으로 한가하고 고아하고 말하였고, 목청으로 맑고
아름다운 노래를 했다. 좋은 행동거지와 정신이 조화되었다.

애시 당초 깊고 깊은 총애에 의지했고, 아무런 연고가 없었고, 사랑스
럽고 아리따운 여자에게 화를 내었네. 헤어져 올 것이라 생각하여, 옛날
집의 모습은 그대로인데, 단지 이 미인은 아름다운 비취색 눈썹을 찡그
리네.

| 주석 |

1) 鬱金裙 : 울금치마를 말한다. 울금초鬱金草로 염색한 황금색 치마를
   가리킨다. 참고로 당나라 두목杜牧의 시 <송용주당중승부진送容州
   唐中丞赴鎭>에 "취우 장막에서 향을 사르고, 울금 치마 입고 춤추는
   것 구경하네.(燒香翠羽帳, 看舞鬱金裙.)"라고 하였다.《全唐詩·送
   容州唐中丞赴鎭》

2) 人人 : 가까이 지내던 사람을 말한다.

3) 精神 : 정신. 풍채. 신운을 말한다.

4) 爲倚 : 의지했기 때문이라는 말이다.

5) 無個事 : 아무런 연고가 없다. 아무런 까닭이 없다.

6) 嬌嗔 : 젊은 여자가 뾰로통하다. 성내다. 노하다. 불평하다는 뜻이다.

7) 舊家 : 옛날 아름다운 여자가 살던 옛집을 가리킨다.

8) 蛾顰 : 눈썹을 찡그리다는 뜻이다.

181

103 〈少年游〉 鈴齊無訟宴游頻(주 현령이 사무보던 곳엔 송
　　　　　　사가 없어서 연회놀이 빈번했고)

鈴齊無訟宴游頻。羅綺簇簪紳。施朱傅粉, 豐肌清骨, 容態盡
天眞。　　　舞裀歌扇花光裡, 翻回雪、駐行雲。綺席闌珊, 鳳燈
明滅, 誰是意中人。

주 현령이 사무보던 곳엔 송사가 없어서 연회놀이 번번했고, 비단옷에
비녀 꽂은 기녀가 붉은 분가루를 전하며 시중드네. 풍만한 피부와 맑은
기상, 용모와 태도는 진실로 천진하네.　　　춤추는 옷을 입고 부채를
들고 꽃이 빛나는 마을에, 회오리처럼 도는 모습이 날리는 눈 같고,
천상의 흐르는 구름이 회오리처럼 나는 것을 멈추었다. 화려한 비단
자리에, 봉황 등불은 가물거리는데, 이 사람의 마음속에 누구 들어있나.

| 주석 |

1) 鈴齊 : 고대 주나 군의 현령이 사무를 보던 곳을 말한다.
2) 羅綺 : 부귀한 여자가 항상 입던 화려한 비단옷이다. 보통 여인을
　　뜻한다.
3) 簪紳 : 고관들이 몸에 허리춤에 찼던 장식물을 말한다. 보통 관리를
　　가리킨다.
4) 天眞 : 천연그대로이다. 천진무구하다. 조탁하거나 인공적이지 않
　　은 것을 말한다.
5) 舞裀歌扇 : 노래하고 춤을 출 때 입던 옷과 부채를 말한다.
6) 翻回雪 : 회오리처럼 도는 모습이 날리는 눈 같다는 말이다.
7) 鳳燈 : 봉황모양을 한 등불을 가리킨다.

104 〈少年游〉 簾垂深院冷蕭蕭(주렴 내려진 깊은 정원에 차
　　　가움으로 쓸쓸하고)

簾垂深院冷蕭蕭。花外漏聲遙。青燈未滅, 紅窗閒臥, 魂夢去
迢迢。　　　薄情漫有歸消息, 鴛鴦被 半香消。試問伊家, 阿誰
心緒, 禁得恁無憀。

주렴 내려진 깊은 정원에 차가움으로 쓸쓸하고, 꽃밖 물시계 소리는
아득하네. 푸른 등불은 아직 꺼짖 않았고, 붉은 창가에 한가하게 잠들
어 누웠고, 혼이 꿈속에서 아득히 떠나갔다.　　　엷은 정은 질펀하게
있었는데 돌아와 보니 소식은 사라졌네. 원앙 이불, 향기는 반쯤 줄어
들었다네. 그이에게 물어보았네? 누가 마음 실마리에 있는지를, 무료
하여 당신을 차마 금할 수 없다네.

| 주석 |

1) 漏聲 : 한밤중을 알리는 물시계 소리를 가리킨다.
2) 漫有 : 질펀하게 있다. 넉넉하게 있다.
3) 半香消 : 향기가 반쯤 줄어들었다는 뜻이다.
4) 伊家 : 그대. 가까운 사람을 말한다.
5) 阿誰 : 누군가. 누가.
6) 無憀 : 무료하다. 심심하다.

105 〈少年游〉 一生贏得是凄涼(일생이 어떻게 이렇게 처량
　　　하게 되었나)

一生贏得是凄涼。追前事、暗心傷。好天良夜, 深屛香被, 爭忍
便相忘。　　　王孫動是經年去, 貪迷戀、有何長。萬種千般,

把伊情分, 顚倒盡猜量。

일생이 어떻게 이렇게 처량하게 되었나. 이전의 일들을 생각해보니, 남모르게 마음이 아파온다네. 좋은 날 아름다운 밤, 깊은 병풍 향기로운 이불을 어찌 서로 모질게 잊을 수 있을까.   귀공자는 종종 일 년 내내 돌아가 버리고는, 그곳에 미련을 두는데, 무슨 이득이라도 있나요. 과거의 만 가지 천 가지 일들에서 당신이 준 사랑의 크기를 반복해서 추측해본다네.

| 주석 |

1) 爭 : 어떻게. 어찌. '怎'과 같다.
2) 王孫 : 귀공자, 보통 고관의 자제를 가리키거나 혹은 밖으로 떠돌아 다니며 노는 사람을 말한다. 한漢나라 회남소산淮南小山의 <초은사招隱士>에 "왕손이 떠나가 돌아오지 않음이여, 봄풀은 자라서 무성하도다.(王孫遊兮不歸, 春草生兮萋萋。)"라고 되어있다.
3) 長 : 장점. 이로운 점.
4) 顚倒 : 반복하다는 뜻이다.

106 〈少年游〉 日高花榭懶梳頭(해가 높이 떠 꽃들이 둘러싼 받침대를 비치는데 그녀는 머리를 빗을 기분까지 내키지 않아)

日高花榭懶梳頭。無語倚妝樓。修眉斂黛, 遙山橫翠, 相對結春愁。   王孫走馬長楸陌, 貪迷戀·少年游。似恁疏狂, 費人拘管, 爭似不風流。

해가 높이 떠 꽃들이 둘러싼 받침대를 비치는데 그녀는 머리를 빗을 기분까지 내키지 않아, 말없이 화려하게 장식한 누각에 기대어 있네.

잘 다듬어진 눈썹은 주름져 있고, 멀리 가로놓인 푸른 산과 서로 맞대고 각자 봄날의 슬픈 정서가 맺히네.　　　왕손은 말을 타고 길게 늘어진 오동나무 길을 말을 타고 가서, 젊은 시절을 맘껏 즐기려하네. 이처럼 마음대로여서 단속하기가 너무 힘이 드니, 풍류스럽지 않은 것만 못하다.

| 주석 |

1) 榭 : 정자 위에 지어진 방을 말한다.

2) 修眉 : 눈썹을 길게 그린다는 뜻이다.

3) 斂黛 : 눈썹먹을 칠한 부인을 말한다.

4) 楸陌 : 옆으로 가로놓인 길을 말한다.

5) 疏狂 : 호방하다. 확 터이다. 구속됨이 없고 얽매이지 않다.

6) 拘管 : 통제하다. 걸림돌이 되다. 구속하다.

107 〈少年游〉 佳人巧笑值千金(미인의 교태로운 웃음은 천금의 가치가 있고)

佳人巧笑值千金。當日偶情深。幾回飮散, 燈殘香暖, 好事盡鴛衾。　　　如今萬水千山阻, 魂杳査、信沉沉。孤棹煙波, 小樓風月, 兩處一般心。

미인의 교태로운 웃음은 천금의 가치가 있고, 그 날 짝하여 정이 깊었다네. 몇 번이나 마시고 흩어졌나. 등불은 꺼지려하고 향기는 따뜻하고, 원앙 이불속에서 맘껏 사랑을 나누었다.　　　만약 지금 만 갈래 물과 천 개의 산이 가로막는다면, 혼은 어두워 찾았고, 소식은 아득했다네. 홀로 배를 타고 아지랑이 핀 물결을 노 저어갔고, 작은 누각 바람과 달, 두 곳에 온 마음을 옮겼다네.

1) 鴛衾 : 원앙금침을 말한다.

2) 信沉沉 : 소식이 침침하다. 소식이 아득하다.

3) 棹 : 노를 젓다.

108 〈長相思〉 京妓(도성의 기녀)

畫鼓喧街, 蘭燈滿市, 皎月初照嚴城。 清都絳闕夜景, 風傳銀
箭, 露靄金莖。 巷陌縱橫。 過平康款轡, 緩聽歌聲。 鳳燭熒熒。
那人家、未掩香屏。　　　　向羅綺叢中, 認得依稀舊日, 雅態輕盈。
嬌波艶冶, 巧笑依然, 有意相迎。 牆頭馬上, 漫遲留、難寫深誠。
又豈知、名宦拘檢, 年來減盡風情。

그림북 떠드는 길가에, 난초 등불은 시장에 가득하네. 흰달은 막 경계
가 삼엄한 성 연못을 비추네. 황제가 거주하는 궁궐의 야밤은, 바람이
은으로 장식한 물시계 바늘 소리를 전해주고, 승로반의 동 기둥에 구
름이 성대히 끼었다. 궁궐의 통로 길은 종횡으로 나 있고, 기녀들이
살던 곳을 말고삐를 천천히 당겨 지나갔고, 느릿한 노래 소리를 듣고,
봉황 촛불은 빛나네. 그 사람의 집에 아직 향기로운 병풍이 가리지
않았다네.　　　　아름다운 비단옷 입은 기녀들이 모여있는 가운데를
향했고, 기억을 의지해 옛일을 알기는 드물고, 고아한 자태 날씬하고
탱탱한 몸매, 교태롭고 농염하게 추파를 던지고, 예쁜 웃음은 여전하
다. 뜻이 있어 서로 맞이하여, 남녀는 첫눈에 반했다네. 지체하여 오래
도록 천천히 머물렀고, 깊고 진실한 사랑을 쓰기 어려웠다. 또 어찌
명성과 관직을 부득이하게 단속하지 않을 수 있으랴. 해마다 와보니
풍정은 다 줄었다네.

1) 蘭燈 : 난초 등불을 말한다.

2) 嚴城 : 도성을 가리킨다.

3) 淸都 : 천제天帝가 사는 천상天上의 궁전을 말한다. 《楚辭·遠遊》

4) 絳闕 : 붉은 칠을 한 대궐을 말한다.

5) 風傳 : 바람소리 전해주다.

6) 銀箭 : 은전. 은으로 만든 물시계를 말한다.

7) 露瀁金莖 : 금경金莖은 한 무제가 세웠던 승로반承露盤의 동주銅柱이
   다. 무제가 일찍이 신선을 사모한 나머지, 건장궁建章宮에 동銅으로
   선인장仙人掌을 만들어 세워서 승로반을 받쳐 들고 이슬을 받게 하
   여 그 이슬을 옥가루에 타서 마셨다는 고사가 전한다. 후대에는
   인신되어 새벽 이슬이나 술을 일컫는 말로 쓰인다.

8) 平康 : 당나라 장안長安 단봉가丹鳳街에 평강방平康坊이 있었는데,
   기녀妓女들이 모여 사는 곳이었기에 기방을 뜻하는 말로 사용된다.

9) 雅態 : 고아高雅하고 속되지 않은 자태를 말한다.

10) 嬌波 : 아리다운 눈썹이 가을 물결 같다는 말이다.

11) 巧笑 : 예쁜 웃음. 귀여운 웃음을 말한다. 생글 생글 눈웃음을 짓다
    는 뜻이다. 《시경詩經》<석인碩人>에 "귀여운 웃음에 보조개가 예쁘
    고, 아름다운 눈동자 선명하도다.(巧笑倩兮, 美目盼兮.)"라고 되어
    있다.

12) 牆頭馬上 : 남녀가 첫눈에 반해서 사랑에 빠졌다는 말이다. 두보의
    <夏日李公見訪>시에 "서쪽 이웃집에 혹시 남은 술 없는지 물으니,
    담 너머로 막걸리 넘겨주기에, 긴 강물 내려다보이는 자리 마련했
    네.(隔屋喚西家, 且問有酒不. 牆頭過濁醪, 展席俯長流.)"라고 되어
    있다. 《杜少陵詩集》'馬上'은 '즉시'라는 의미가 있다.

13) 漫遲留 : 지체하여 오래도록 천천히 머물렀다는 말이다.

14) 名宦 : 명성과 관직을 말한다.

15) 拘檢 : 구속받다. 얽매이다. 단속하다.

109 〈尾犯〉 晴煙冪冪(날씨는 맑고 가벼운 연무가 자욱한데)

晴煙冪冪。漸東郊芳草, 染成輕碧。野塘風暖, 游魚動觸, 冰漸
微坼。幾行斷雁, 旋次第、歸霜磧。詠新詩, 手捻江梅, 故人贈
我春色。　　　似此光陰催逼。念浮生、不滿百。雖照人軒冕,
潤屋珠金, 於身何益。一種勞心力。圖利祿, 殆非長策。除是
怹、點檢笙歌, 訪尋羅綺消得。

날씨는 맑고 가벼운 연무가 자욱한데, 동쪽 교외의 방초는 점점, 엷은
푸른 색으로 물들었네. 들판 연못엔 바람이 따뜻하자, 놀던 물고기 움
직인다 건들어, 둥둥 떠다니는 녹은 얼음덩어리 약간 깨뜨렸네. 몇 줄
로 줄지이 날아가는 외로운 기러기, 바로 차례대로 서리 내린 모래톱
에 돌아와 앉네. 나는 새 시를 읊으며, 손으로 강가에서 꺾어 보낸 매
화 쥐고, 친구가 나에게 부쳐준 봄색을 감상하네.　　　마치 세월이
사람을 늙도록 재촉하는 듯해, 생각하네 부질없는 인생은, 나이가 백
살이 넘지 못한다는 것을. 비록 지위와 작록爵祿이 빛나고, 집에 금과
옥이 가득하다 하더라도, 자신에 대하여 어떤 이익이 되나? 모두 다
마음과 힘을 합쳐 헛되이 써서, 공명과 이록을 추구한다 하더라도, 결
국에는 인생의 상책이 아니라네. 이것 이외에 가장 좋은 것은 악기
들고 노래 부르며, 가기와 무녀 찾은 것으로 마침내 살아 갈 수 있네.

| 주석 |

1) 冪冪 : 아득하다. 침침하다. 이것은 덮개가 씌워진 모양을 말한다.
2) 動觸 : 움직이면 감촉하다.

3) 冰凘微坼 : 녹은 얼음덩어리 약간 깨뜨렸다는 말이다. '시凘'는 얼음이 녹아서 흘러 내려가는 것을 말한다.

4) 幾行 : 큰 기러기가 몇 줄로 줄지어 멀리 날아가는 것을 가리킨다.

5) 斷雁 : 외기러기를 말한다. 무리에서 벗어나 외롭게 혼자 날아가는 큰 기러기를 가리킨다.

6) 次第 : 차제에. 다음에.

7) 霜磧 : 서리 내린 모래톱을 말한다. 여기서는 북방을 가리킨다.

8) 江梅 : 강가 매화나무. 강매를 말한다. 송대 시인 범성대范成大(1126~1193)가 지은 《범촌국보范村菊譜》에 의하면 국보菊譜의 서序를 짓고 30여종의 국화를 황색黃色, 백색白色, 잡색雜色으로 분류하여 품종에 따라 그 특징을 서술하였다. 또 매화의 색깔, 잎의 다소, 피는 시기, 특징 등에 따라 강매江梅, 조매早梅, 관성매官城梅, 소매消梅, 고매古梅, 중엽매重葉梅, 녹악매綠萼梅, 백엽상매百葉緗梅, 홍매紅梅, 행매杏梅, 납매蠟梅 등으로 분류한 《범촌매보范村梅譜》가 있다.

9) 軒冕 : 수레와 면류관이라는 말로, 관작과 봉록 등 높은 벼슬을 말한다. 《장자莊子》<선성善性>에 "헌면이 몸에 있는 것은 본래 성명처럼 내 몸에 있는 것이 아니고, 외물外物이 뜻밖에 우연히 와서 잠시 붙어 있는 것이다.(軒冕在身, 非性命也, 物之儻來寄也.)"라는 말이 나온다.

10) 潤屋 : 부유하여 집을 윤택하고 화려하게 꾸민다는 말이다. 《대학장구大學章句》에 "부富는 집을 윤택하게 하고 덕德은 몸을 윤택하게 한다.(富潤屋, 德潤身.)"라고 되어있다.

11) 珠金 : 구슬과 금. 금과 옥 등 귀중한 보석을 가리키는 말이다.

12) 長策 : 장구한 계책, 좋은 계획을 말한다.

13) 恁 : 이와 같이. 이처럼.

14) 點檢 : 점검하다. 검사하다. 살피다는 뜻이다. 친히 스스로 참가하는 것을 가리킨다.

110 〈木蘭花〉 心娘自小能歌舞(심낭은 어려서부터 노래와 춤에 능하여)

心娘自小能歌舞。擧意動容皆濟楚。解敎天上念奴羞, 不怕掌中飛燕妒。　玲瓏繡扇花藏語。宛轉香茵雲襯步。王孫若擬贈千金, 只在畫樓東畔住。

심낭은 어려서부터 노래와 춤에 능하여, 마음을 쓰거나 낯빛을 움직이는 것이 모두 청초했다. 천상의 염노를 부끄럽게 할 수 있고, 손바닥 안의 조비연의 시샘도 두려워하지 않네.　옥소리나고 수놓아진 부채, 꽃 아래서 꾀꼬리가 노래하네. 완만하게 돌고 향기나는 자리에서 데 가볍고 꽉차게 춤추며 걷네. 왕손이 만약 천금을 준다면, 다만 그림 누각 동쪽가에서 머무리라.

| 주석 |

1) 心娘 : 기녀의 이름이다.
2) 擧意動容皆濟楚 : 행동거지, 기질, 풍도, 용모 등 네가지 소질을 모두 완벽하게 갖추어 아름답다는 말이다.
3) 念奴 : 당 현종唐玄宗 천보天寶 연간 장안長安의 기녀 이름인데, 그녀가 특히 노래를 잘하기로 이름이 높았으므로, 후세에는 전하여 노래 잘하는 기녀를 가리킨다.
4) 飛燕 : 한漢나라 성제成帝의 왕비로, 몸매가 날씬하여 나는 제비처럼 춤을 잘 추었기 때문에 비연飛燕이란 칭호를 얻었다.
5) 花藏語 : 꽃 아래에서 꾀꼬리가 노래하는 모습을 말한다.
6) 宛轉香茵雲襯步 : 가볍고 꽉차며 아름답게 춤추는 모습을 형용한

말이다. 향기나는 자리에서 데 완만하게 돌고 구름같이 사뿐사뿐
춤추며 걷는 모습이다.

7) 王孫 : 보통 이별 뒤의 애수哀愁, 먼 곳으로 떠나 돌아오지 않는 사
   람을 사모하는 의미로 사용된다. 한漢나라 회남자淮南子가 소산小山
   으로 분류한 시 <초은사招隱士>에 "왕손이 놀며 돌아가지 않으니,
   봄풀이 무성하게 자랐네.(王孫遊兮不歸, 春草生兮萋萋.)"라는 구절
   이 있다.

111 〈木蘭花〉 佳娘捧板花鈿簇(머리에 가득히 꽃모양의 비
              녀를 꽂은 佳娘이 박자판을 받들고)

**佳娘捧板花鈿簇。唱出新聲群艷伏。金鵝扇掩調累累, 文杏梁
高塵簌簌。　　鸞吟鳳嘯清相續。管裂弦焦爭可逐。何當夜名
入連昌, 飛上九天歌一曲。**

머리에 가득히 꽃모양의 비녀를 꽂은 佳娘이 박자 판을 받들고, 하나
의 새로운 곡을 노래하자 여러 가기들을 탄복하게 했네. 황금 학색의
거위 털 부채로 입을 가리고 이어서 부르자, 높은 화려하게 장식한
살구나무 대들보 위에 먼지가 주르르 날려 떨어지네.　　그 맑은
노래소리 때론 난새가 읊조리는 듯하고 때론 봉황새 길게 우는 듯해
계속 이어지자, 악사들이 부는 피리 찢어지는 듯하고 켜는 거문고 타
는 듯한데, 언제 반주를 쫓아갈 수 있으리오. 어느 때 그녀가 밤에 연
창궁에 들어가, 천자 앞에서 노래 한 곡을 부를 수 있을까.

| 주석 |

1) 佳娘 : 기녀 이름이다.
2) 花鈿 : 꽃비녀를 말한다.

191

2) 累累 : 연달아 꿰서 연주하다는 말이다.

3) 高塵 : 높은 곳에 있는 먼지(티끌)를 말한다.

4) 杳梁 : 전국 시대 거문고의 명인인 한아韓娥가 제齊나라로 가다가 재난을 만나자 노래 한 곡을 슬프게 불렀는데, 그녀가 떠나간 뒤에도 그 여음餘音이 들보를 휘감고 돌며 3일 동안이나 사라지지 않았다(餘音繞梁欐, 三日不絶)는 고사가 전한다.《列子 · 湯問》후에 옥으로 거문고를 만들어 요량繞梁이라고 불렀다.

5) 簌簌 : 희날리다. 떨어지다.

6) 鸞吟鳳嘯 : 난새가 휘파람소리를 읊는다는 뜻이다.

7) 淸相續 : 청량한 노래 소리가 지속되어 끊어지지 않는다는 뜻이다.

8) 管裂弦焦爭可逐 : 관현악을 연주하는 솜씨는 그와 비길 수 없다는 뜻이다. '爭'은 어찌, 어떻게 라는 뜻이다.

9) 何當 : 언제. 어느 때에.

10) 連昌 : 連昌宮(연창궁)을 말한다. 당나라 궁전 이름이다. 이모李謩는 당나라 현종 때의 악공으로, 당시 피리를 가장 잘 부는 사람이다. 현종이 한번은 상양궁上陽宮에서 새 노래 한 곡을 연주한 적이 있는데, 이튿날이 정월 대보름이라 미복 차림으로 궐 밖에 나가 관등觀燈을 하노라니 갑자기 주루酒樓 위에서 전날 밤 연주했던 새 악곡을 부는 피리 소리가 들려왔다. 현종이 매우 놀라서 피리를 불었던 자를 비밀리에 잡아들여서 추궁하자, 그는 "그날 밤 천진교天津橋 위에서 달을 구경하다가 궁중에서 들려오는 악곡을 듣고 다리 기둥 위에다가 악보를 베껴 적었습니다. 저는 장안의 젊은이로 피리를 매우 잘 부는 이모입니다."라고 하였다. 여기서는 궁중의 악곡과 연관하여 인용한 고사이다.

11) 九天 : 구중천九重天의 약칭이다. 여기서는 당나라 황제가 사는 궁궐을 가리킨다.

112 〈木蘭花〉 蟲娘擧措皆溫潤(충낭의 거동은 모두 온유하여)

蟲娘擧措皆溫潤。每到婆娑偏恃俊。香檀敲緩玉纖遲, 畵鼓聲催蓮步緊。　　　貪爲顧盼夸風韻。往往曲終情未盡。坐中年少暗消魂, 爭問靑鸞家遠近。

충낭의 거동은 모두 온유하여, 매번 춤을 출 때마다 자기의 아름다운 몸매를 과시하네. 향기하는 박달나무 박자목을 치면서 섬섬옥수를 천천히 부드럽게 흔들며, 화려한 북 소리를 재촉하니 연꽃같은 발걸음이 빠르다네. 　　　사람을 감동시키네. 모습을 자랑하려고 주위를 돌아보다. 왕왕 곡을 마쳤으나 남은 감정은 다 펴지도 못하네. 앉아서 연기를 보던 젊은이들은 몰래 넋을 잃고, 다투어 묻네. 푸른 난새같은 춤추는 미인의 집이 어느 곳에 있냐고.

| 주석 |

1) 蟲娘 : 충낭은 춤추는 기녀의 이름이다.

2) 擧措皆溫潤 : 충낭의 행동거지가 온화하고 고아함을 표현한 말이다.

3) 婆娑 : 한가로이. 건들건들.

4) 俊 : 재능이나 몸매가 뛰어나다는 뜻이다.

5) 香檀 : 단향목檀香木. 향기나는 박달나무로 만든 타악기를 말한다.

6) 玉纖 : 섬섬옥수纖纖玉手, 즉 가냘프고 고운 미인의 손을 말한다.

7) 畵鼓 : 그림 문양이 있는 북을 말한다. 북소리를 가리키기도 한다.

8) 夸 : 과장하다. 자랑하다.

9) 靑鸞 : 푸른색 봉황을 말한다. 왕창령王昌齡의 <소부마택화촉시簫駙馬宅花燭詩>에 "푸른 난새가 합환궁으로 날아 들어가니 자색 봉황이 꽃을 머금고 금중을 나오누나(靑鸞飛入合歡宮, 紫鳳銜花出禁中.)" 라고 하였다.

193

113 〈木蘭花〉 酥娘一搦腰肢裊(수낭은 한 줌의 가느다란 허리 간지러지고)

酥娘一搦腰肢裊。回雪縈塵皆盡妙。幾多狎客看無厭, 一輩舞童功不到。　星眸顧指精神峭。羅袖迎風身段小。而今長大懶婆娑, 只要千金酬一笑。

수낭은 한 줌의 가느다란 허리 간지러지고, <回雪맴도는 눈>과 <縈塵엉겨붙은 티끌> 춤을 추며 모두 교묘함을 다하네. 얼마나 많은 손님들이 보고 싫증내지 않는가. 한 무리의 춤추는 아이는 공이 이르지 않네. 별같은 밝은 눈동자 손가락 가리키며 돌아보고, 정신은 어여쁘네. 비단 소매 옷 바람을 맞이하고 몸은 구분되어 적다네. 그러나 지금은 게을러서 너울너울 춤추는 자태가 크고 길다네. 다만 천금을 주고 한 번의 웃음을 샀다네.

| 주석 |

1) 酥娘 : 수낭은 허리가 가느다란 기녀 이름이다.
2) 腰肢裊 : 가느다란 허리가 간지러지다는 뜻이다.
3) 回雪縈塵 : 두 가지 종류의 춤 이름으로 <回雪>와 <縈塵> 춤을 말한다.
4) 一輩 : 한무리. 동년배를 말한다.
5) 星眸 : 샛별같은 눈동자를 말한다.
6) 羅袖 : 고대에 일종의 춤을 출 때 입던 옷으로, 특히 비단소매가 매우 긴 옷을 말한다.
7) 婆娑 : 자주 무용의 자태를 형용할 때 쓰는 말로 너울너울 선회하며 돌면서 추는 춤을 가리킨다.

114 〈聽駐馬〉 鳳枕鸞帷(봉황 베개 난새 휘장)

鳳枕鸞帷。二三載, 如魚似水相知。良天好景, 深憐多愛, 無非
盡意依隨。奈何伊。恣性靈、忒煞些兒。無事孜煎, 萬回千度,
怎忍分離。 而今漸行漸遠, 漸覺雖悔難追。漫寄消寄息,
終久奚爲。也擬重論繾綣, 爭奈翻覆思維。縱再會, 只恐恩情,
難似當時。

봉황 베개 난새 휘장, 두 세 번 실었는데, 물고기 같기고 하고 물 같기
도 한데 서로 안다네. 좋은 날 좋은 풍경, 매우 가련하게 여겼고 많이
사랑했고, 뜻이 의지하는 바대로 다하지 않음 것이 없었다. 그대는 어
이할까? 성정을 맘대로 내버려두고, 특별히 다소 지나쳤다네. 일 없어
근심으로 고통스럽고, 수없이 되돌아 가봤지만, 어찌 이별을 참을 수
있으랴! 하나 지금 점점 나아가니 점점 멀어지고, 점차 깨달았고
비록 후회하더라도 추억하기 어렵다네. 부질없이 이렇게 소식을 보내
건만, 결국 무엇 하리오. 또한 헤아려 얽기고 설긴 예정을 논하고, 번복
해서 생각한들 무엇하리오. 설령 다시 만나다면, 다만 사랑하는 마음
이 두렵고, 당시와 비슷해지기 어렵다네.

| 주석 |

1) 鳳枕 : 봉황 문양이 그려진 베개를 말한다.

2) 鸞帷 : 천자가 타는 난새 수레의 휘장을 말한다.

3) 恣性靈 : 성령(감정)을 마음대로 내버려두었다는 뜻이다.

4) 忒煞些兒 : 특별히 다소 지쳤다는 말이다.

5) 忒煞 : 근심스럽고 고통스럽다는 뜻이다.

6) 漫寄 : 부질없이 소식을 보내다는 뜻이다.

7) 奚 : 어찌. 어떻게.

8) 繾綣 : 곡진하다. 간곡하다. 끈끈하게 얽히다.

115 〈訴衷情〉 一聲畫角日西曛(화각 소리 울리자 해는 서쪽에서 반짝이고)

一聲畫角日西曛。催促掩朱門。不堪更倚危闌, 腸斷已消魂。
年漸晚, 雁空頻。問無因。思心欲碎, 愁淚難收, 又是黃昏。

화각 소리 울리자 해는 서쪽에서 반짝이고, 붉은 문 닫으라고 재촉하네. 다시 위험한 난간에 기대지 못하고, 애간장은 끊어지고 혼은 사라졌다네.　　해는 점점 저물고, 기러기는 부질없이 바쁘네. 물어도 이유 없다오. 그리운 마음이 부서지려, 그리워 흘린 눈물 거두기 어렵고, 또 황혼녘이 되었네.

| 주석 |

1) 畫角 : 옛날 군중에서 사용하던 뿔피리를 말하는데 거기에 그림을 그렸기 때문에 화각畫角으로 칭하게 된 것이다.

2) 曛 : 반짝이다는 뜻이다.

3) 腸斷 : 애간장이 끊어진다는 뜻이다. 두보의 <귀안歸雁>시에 "애끊는구나! 강성의 기러기가, 높이 높이 북쪽으로 날아가네.(腸斷江城雁, 高高正北飛.)"라고 되어있다.

4) 消魂 : 혼이 사라진다는 뜻이다.

5) 無因 : 이유가 없다는 뜻이다.

【中呂調】

116 〈戚氏〉 晚秋天(늦가을)

晚秋天。一霎微雨灑庭軒。檻菊蕭疏, 井梧零亂惹殘煙。淒然。望江關。飛雲黯淡夕陽間。當時宋玉悲感, 向此臨水與登山。遠道迢遞, 行人淒楚, 倦聽隴水潺湲。正蟬吟敗葉, 蛩響衰草, 相應喧喧。　　孤館度日如年。風露漸變, 悄悄至更闌。長天淨, 絳河清淺, 皓月嬋娟。思綿綿。夜永對景, 那堪屈指, 暗想從前。未名未祿, 綺陌紅樓, 往往經歲遷延。　　帝裡風光好, 當年少日, 暮宴朝歡。況有狂朋怪侶, 遇當歌、對酒競留連。別來迅景如梭, 舊游似夢, 煙水程何限。念利名、憔悴長縈絆。追往事、空慘愁顏。漏箭移、稍覺輕寒。漸鳴咽、畫角數聲殘。對閒窗畔, 停燈向曉, 抱影無眠。

늦가을 한차례 가랑비가 정원에 내린다. 난간 앞의 국화는 시들어 떨어지고, 우물가 오동나무 잎도 어지러이 떨어진 채, 옅은 안개에 쌓여 있으니, 처량하구나! 강변의 관문을 바라보니, 떠가는 구름 석양 속에 암담하다. 당시 송옥이 느꼈던 비애가 나그네 된 이내 가슴에 사무친다. 길은 아득히 이어져 있고, 나그네는 처량한데, 졸졸 흐르는 길가의 물소리도 지겹기만 하다. 때마침 매미는 낙엽 속에서 울고, 귀뚜라미는 시든 풀에서 울어대니, 서로 호응하여, 시끄러운 소리를 낸다.

　　외로운 객사인지라, 하루가 일 년 같은데, 점차 바람 차가워지고 이슬 짙어져, 어느새 깊은 밤이 되었다. 드넓고 맑은 하늘에 은하수 희미하게 펼쳐졌고, 하얀 달 아름답게 빛난다. 상념은 끝없이 이어지는데, 긴긴 밤 이 같은 정경을 대하니, 어찌 손꼽아 지난 일을 회상할 수 있으랴? 이름도 없고 관직도 없을 적에는, 아름다운 경치와 기생집

에서, 하염없이 세월을 보냈었는데.   서울의 경치는 너무도 아름
다워 그때 그 젊은 시절엔 저녁의 연회를 아침까지 즐겼다. 더구나
마음껏 노는 친구들 있어 다투어 술 마시고 노래 들으며 일어설 줄
몰랐다. 이별 후 세월은 쏜살같이 흘러가 옛날에 놀던 일 꿈만 같고,
안개 낀 수로의 여정은 끝이 없다. 생각하면 명성과 이익을 위해 초췌
해져 언제나 얽매여 있다. 지난 일 되돌아보니, 공연히 슬픈 얼굴 비참
해진다. 시간이 흘러 가볍게 추위 느껴지고, 점차 호각 소리는 힘없이
잦아든다. 멍하니 창가에서 등불을 끄고 새벽을 기다리며, 그림자 안
고 잠 못 이룬다.

| 주석 |

1) 臨水與登山 : 물가에 다다르고 산에 오르다. 이 구절은 송옥의 <구
   변>에 있는 "처량한 것이 머나먼 나그넷길에 있는 것 같고, 산에
   오르고 물가에 다다름이여 돌아가는 것을 전송하는 구나."라는 구
   절을 차용하여 변화시킨 것으로, 당시 송옥이 느꼈던 비애가 나그
   네가 된 작가의 마음에 사무친다는 뜻이다.
2) 迢遞 : 구불구불 뻗어 있는 모양을 말한다.
3) 隴水潺湲 : 농산隴山의 물이 졸졸 흐르다. 이 구절은 한漢나라 때의
   악부樂府 <농두가隴頭歌>의 "농산 꼭대기에 흐르는 물. 산 아래로
   떠나가네. 이내 몸 생각하니, 광야를 떠돌고 있구나."를 차용하여
   변화시킨 것으로, 나그넷길의 슬픔과 고통을 묘사하였다.
4) 喧喧 : 소리가 시끄럽게 울리다.
5) 更闌 : 밤이 깊어지다는 뜻이다.
6) 绛河 : 은하수. '은하銀河'와 같다.
7) 嬋娟 : 자태가 아름다운 모양을 말한다.
8) 紅樓 : 기방妓房. '청루靑樓'와 같다.
9) 遷延 : 아무런 구속 없이 자유롭게 지내는 모양.

10) 帝裏 : 황제가 계시는 마을. 즉 수도를 가리킨다.

11) 留連 : 미련이 남아 떠나지 못하다.

12) 迅景如梭 : 베틀의 북처럼 세월이 빠르게 지나가다는 말이다.

13) 漏箭 : 물시계에서 물의 양에 따라 부침하며 시각을 알려 주는 화살 모양의 부품. 시간 또는 세월을 가리키기도 한다.

117 〈輪臺子〉 一枕淸宵好夢(한 번 베개머리에서 맑은 밤에 좋은 꿈을 꾸고)

一枕淸宵好夢, 可惜被、鄰雞喚覺。匆匆策馬登途, 滿目淡煙衰草。前驅風觸鳴珂, 過霜林、漸覺驚棲鳥。冒微塵遠況, 自古凄凉長安道。行行又歷孤村, 楚天闊、望中未曉。　　念勞生, 惜芳年壯歲, 離多歡少。嘆斷梗難停, 暮雲漸杳。但黯黯魂消, 寸腸憑誰表。恁驅驅、何時是了。又爭似、卻返瑤京, 重買千金笑。

한 번 베개머리에서 맑은 밤에 좋은 꿈을 꾸고, 가히 이불을 아쉬워하네. 이웃집 닭이 울어서 잠을 깨우네, 갑자기 말에 올라타서 채찍질하고 길에 올랐다. 두 눈에 맑은 아지랑이와 쇠잔한 풀이 가득하네, 앞으로 말을 몰고 바람 부니 말위의 장식물 소리가 나고, 서리 내린 숲을 지나니. 점점 서식지의 새가 놀라는 것을 느끼네. 무릅쓰고 나아가니 하물며 인간세상은 멀어지고, 예로부터 장안 길은 처량했다네. 가고 또 가서 외로운 촌마을을 지나갔다. 초나라 하늘은 광활하고, 멀리 바라보는 가운데 아직 새벽동이 트지 않았다. 　　힘겹던 생을 생각하면, 꽃다운 나이에서 장년이 되기까지, 이별은 많고 기쁨은 적었다. 이리저리 돌아다니는 것 멈추기 어렵고, 저녁 구름은 점점 묘연해짐을 탄식한다. 단지 몰래 슬퍼하며 영혼은 소멸해가고, 애타는 마음 누구에게 기대어 나타낼 수 있을는지. 이렇게 힘들게 내몰 듯이, 언제 이러한 생활이 끝날까. 어찌 또 비슷한가. 도리어 다시 번화했던 서울로 돌아오고, 다시 천금으로 웃음을 산다네

| 주석 |

1) 前驅 : 앞으로 말을 몰다는 뜻이다.

2) 鳴珂 : 말에 달린 방울이 울리다는 뜻이다.

3) 遠況 : 하물며 멀어진다는 뜻이다.

4) 行行 : 멈추지 않고 계속 걸어갔다는 뜻이다.

5) 楚天 : 남초南楚 지방의 하늘이라는 뜻이다. 두보의 <모춘暮春> 시에 "초천에는 사계절 내내 비가 끊이지 않고, 무협에는 항상 만리 거센 바람이 불어오네.(楚天不斷四時雨, 巫峽常吹萬里風.)"라고 하였다. 《杜少陵詩集》

6) 斷梗 : 위에 떠다니는 부평浮萍과 같은 의미로, 사람의 행지行止가 불안정한 것을 비유한다.

7) 黯黯魂消 : 몰래 슬퍼하며 영혼은 소멸해간다는 뜻이다.

8) 寸腸 : 응어리진 속마음. 마음속에 맺혀있는 것. 애간장을 말한다.

9) 恁驅驅 : 힘들게 내모는 모습을 말한 것이다.

10) 爭 : 어찌. 어떻게. '怎'과 같다.

11) 返 : 돌아오다.

12) 瑤京 : 화려하고 번화로운 경성(서울)을 가리킨다.

118 〈引駕行〉 虹收殘雨(가랑비 그쳐 무지개 뜨고)

虹收殘雨。蟬嘶敗柳長堤暮。背都門、動消黯, 西風片帆輕擧。愁睹。泛畫鷁翩翩, 靈鼉隱隱下前浦。忍回首、佳人漸遠, 想高城, 隔煙樹。　　　幾許。秦樓永晝, 謝閣連宵奇遇。算贈笑千金, 酬歌百琲, 盡成輕負。南顧。念吳邦越國, 風煙蕭索在何處。獨自個、千山萬水, 指天涯去。

가랑비 그쳐 무지개 뜨고, 매미 울어대는 시든 버드나무 긴 둑 저물어 가네. 도성의 문을 뒤로하니 쓸쓸한 마을이 일어나고, 서풍에 돛단배 가볍게 떠간다. 슬픈 눈으로 바라보니, 익조가 그려진 배는 나는 듯이 떠가고, 악어 북소리 은은하게 울리며 앞의 포구를 지나가네. 어찌 돌아보리! 가인은 점점 멀어져가고, 높은 성을 생각하는데 안개와 나무가 길을 막네.　　　몇 번이던가, 진루에서 긴긴 대낮부터, 누각에 날이 저물어 밤이 되는 내내 진기한 만남 가진 것이, 생각건대 천금의 미소를 선물하면, 백곡의 노래로 응수하던 것을, 모두 가벼이 저버렸네. 남쪽을 바라보며 오와 월을 생각하건만, 바람 안개 쓸쓸한 어디에 있는 것인가. 혼자 수많은 산과 물을 건너서, 멀리 하늘가를 향해 가네.

| 주석 |

1) 都門 : 도성의 문을 말한다.

2) 動消黯 : 쓸쓸하고 암울한 마음이 일어난다는 뜻이다.

3) 畫鷁 : 익조鷁鳥를 그린 배라는 뜻이다. 익조는 백로와 비슷한 모양의 큰 물새인데, 풍랑을 잘 견뎌 낸다 하여 뱃머리에 이 새의 형상을 새겨 걸어 놓았다고 한다.

4) 靈鼉 : '영타靈鼉'로 북을 가리킨다. 원래는 전설적인 동물로 악어와 비슷하게 생겼는데, 그 가죽으로 북을 만든다고 한다.《사기史記》<이사열전李斯列傳>에 "취봉으로 만든 깃발을 세우고 영타로 만든 북을 세운다.(建翠鳳之旗, 樹靈鼉之鼓.)"라고 되어있다.

5) 秦樓 : 진秦나라 목공穆公이 그의 딸 농옥弄玉을 위하여 만들어 준 누각으로, 봉루鳳樓라고도 한다. 농옥弄玉은 음악을 좋아하였는데, 소사가 퉁소를 잘 불어서 봉새가 우는 것 같은 소리를 냈으므로,

목공이 농옥을 그에게 시집보내고 누각을 지어 주었다. 이들 두
사람이 퉁소를 불면 봉황이 날아와서 모였으며, 그 뒤에 봉황을
타고 날아갔다고 한다. 《列仙傳》

6) 謝閣 : 누각에 날이 저물다는 뜻이다.

7) 贈笑千金 : 미인이 한 번 웃는 것이 천금 같아서, 미인의 웃음을
얻기가 어려움을 뜻하는 ‘일소천금一笑千金’의 성어成語가 있다.

8) 吳邦越國 : 오나라와 월나라를 말한다.

119 〈望遠行〉 繡幃睡起(수 놓아진 휘장의 잠자리에서 일어나)

繡幃睡起。殘妝淺, 無緒勻紅補翠。藻井凝塵, 金梯鋪蘚, 寂寞
鳳樓十二。風絮紛紛, 煙蕪苒苒, 永日畫闌, 沉吟獨倚。望遠行,
南陌春殘悄歸騎。　　　凝睇。消遣離愁無計。但暗擲、金釵買
醉。對好景、空飮香醪, 爭奈轉添珠淚。待伊游冶歸來, 故故解
放翠羽, 輕裙重系。見纖腰, 圖信人憔悴。

수 놓아진 휘장의 잠자리에서 일어나 남은 화장이 없어져도, 고르게
분칠하고 머리 장식할 생각 없다. 천장에는 먼지 쌓여있고 누대의 계
단에는 풀이 덮여, 깊은 곳의 누각은 적막하구나. 바람에 버들 솜 이리
저리 날리고 안개 자욱한데, 하루 종일 화려한 누각에서 홀로 기대어
침착하게 읊조린다. 멀리 바라보면서 남쪽 길에 봄은 끝나고 조용히
말을 타고 돌아오길 바라네.　　　뚫어지게 바라보면서 울적한 이별의
슬픔을 달랠 길 없다. 다만 하는 수 없이 몰래 금비녀를 팔아서 술로
바꾸고 취하고, 좋은 경치를 대하고 공연히 향기 짙은 술을 마시니,
눈물이 흐르는 것을 어찌하리오. 그대가 나들이에서 돌아오기를 기다
렸다가 고의로 머리 장식을 없애고, 헐거워진 치마 세게 동여매야지.
가을어진 허리를 보면서, 그대 때문에 초췌해졌다고 믿게 하려고.

1) 殘妝 : 잠자고 난 뒤 원래의 머리카락이 헝클어진 모습을 말한 것이다.

2) 淺 : 화장한 얼굴색이 엷어지다는 말이다.

3) 無緒 : 근심하는 마음이 없다.

4) 匀紅補翠 : 고르게 분칠하고 얼굴을 화장하다는 뜻이다.

5) 藻井 : 천장을 받친 먼지받이 소라반자를 말한다.

6) 凝塵 : 먼지가 쌓여있다는 말이다.

7) 金梯 : 누대의 계단을 말한다.

8) 苒苒 : 풀이 무성한 모양을 말한다.

9) 凝睇 : 뚫어지게 바라보다는 뜻이다.

10) 消遣離愁無計 : 울적한 이별의 슬픔을 달랠 방법이 없다는 뜻이다.

11) 金釵買醉 : 금팔찌를 팔아서 술로 바꾸어 취하다는 뜻이다.

12) 醪 : 술을 말한다.

13) 游冶 : 방탕하고 즐겁게 노닐다는

14) 翠羽 : 비취새의 깃털을 이르는 말로, 장신구나 공예품의 재료로 쓰였다.

15) 圖 : 바라다. 구하다.

120 〈彩雲歸〉 蘅皐向晚舲輕航(향기나는 지초가 길게 피어 있는 물가. 해 저물어가자 작은배 살며시 지 나가고)

蘅皐向晚舲輕航。卸雲帆、水驛魚鄉。當暮天、霽色如晴畫, 江 練靜、皎月飛光。那堪聽、遠村羌管, 引離人斷腸。此際浪萍風 梗, 度歲茫茫。　　　　堪傷。朝歡暮宴, 被多情、賦與淒涼。別來最 苦, 襟袖依約, 尚有餘香。算得伊、鴛衾鳳枕, 夜永爭不思量。

牽情處, 惟有臨歧, 一句難忘。

향기나는 지초가 길게 피어있는 물가. 해 저물어가자 작은배 살며시 지나가고, 구름 돛을 풀어, 어촌 마을에 정박하네. 해질 무렵 비개인 하늘색은 마치 개인 그림같아, 강 물결은 고요하고, 수면에 비친 흰 달빛은 날았다. 어찌 들을 수 있으랴. 먼 마을에 피리소리는, 떠난 사람 애간장을 끊어놓네. 이러한 때 물결에 떠다니는 개구리밥은 바람 따라 움직이는 초목, 아득하게 세월은 흘러가네.   아주 마음 아프네. 아침에 즐겁고 해질 무렵에 연회를 했고, 다정한 사람에게 처량한 마음 부여하네. 헤어지고 나니 가장 고통스럽고, 옷깃과 소매 그리운 마음은 옛날 그대로인데, 오히려 남은 향기가 있다네. 생각건대 당신 만나고, 원앙금침과 봉황 그려진 베개가. 밤은 긴데 어찌 당신이 그리워지지 않겠는가? 그리움에 끌려온 곳, 다만 갈림길에 임하여, 한 마디 말 잊기 어렵구나.

| 주석 |

1) 蘅皐 : 향기나는 풀이 길게 피어있는 물가를 말한다.

2) 輕舫 : 작은 배. 가벼운 배를 말한다.

3) 卸雲帆、水驛魚鄉 : 구름 돛을 풀어, 어촌 마을 나루터에 정박하다는 뜻이다.

4) 霽色 : 비나 눈이 그친 후에 하늘색을 말한다.

5) 江練靜 : 강이 고요하다는 뜻이다.

6) 皎月飛光 : 수면에 비친 흰 달빛은 날았다.

7) 浪萍 : 부평초처럼 떠도는 신세를 말한다.

8) 風梗 : 뿌리가 이어져있는 초목으로 바람에 따라 움직인다.

9) 度歲茫茫 : 아득하게 세월이 흘러간다는 뜻이다.

10) 堪傷 : 매우 마음이 아프다는 뜻이다.

11) 被多情、賦與淒涼 : 다정한 사람이 이별한 후 처량하다는 뜻이다.

12) 依約 : 드물다. 희미하다. 몰래 약속하다.

13) 夜永爭不思量 : 밤은 긴데 어떻게 님을 그리워하지 않을 수 있겠는
    가라는 뜻이다.

14) 臨歧 : 갈림길. 헤어지던 곳을 말한다.

121 〈洞仙歌〉 佳景留心慣(아름다운 경치에 마음 기우는 것이 익숙해졌으니)

佳景留心慣。況少年彼此, 風情非淺。有笙歌巷陌, 綺羅庭院。
傾城巧笑如花面。恣雅態、明眸回美盼。同心縮。算國艶仙材,
翻恨相逢晩。　　　繾綣。洞房悄悄, 繡被重重, 夜永歡餘, 共有
海約山盟, 記得翠雲偸翦。和鳴彩鳳於飛燕。間柳徑花陰攜手
遍。情眷戀。向其間、密約輕憐事何限。忍聚散。況已結深深
願。願人間天上, 暮雲朝雨長相見。

아름다운 경치에 마음 기우는 것이 익숙해졌으니, 하물며 피차 젊으
니, 풍정이 어찌 얕겠는가. 생황에 맞춰 부르는 노래 들리는 골목길
있어, 미인들 가득한 정원에서 성을 기울게하는 아름다운 웃음을 짓는
꽃같은 얼굴, 우아한 자태 드러내고 밝은 눈에 아름다운 눈빛을 보낸
다. 한 마음으로 얽혔으니, 나라를 기울게 하는 미모와 신선의 자태이
고, 오히려 서로 만난 게 늦은 것이 한스럽다네.　　　애정에 얽혀
떨어지지 못하니, 동방은 고요하며 수놓은 이불 포개진데, 긴 밤 내내
즐거웠다. 함께 바다와 산을 두고 사랑의 맹세를 하며, 머리카락을 몰
래 잘랐던 일 기억난다. 채색 봉황이 날아다니는 제비에게 화답하는
것처럼, 짧은 동안 버들 길 꽃 그늘에 손잡고 다녔다네. 사랑스럽고
그립다. 그렇게 하는 동안에, 은밀한 약속과 구속없는 사랑은 어찌 유
한할 수 있겠는가? 차마 만났다 헤어지랴. 하물며 이미 마음속 소원이

맺어졌으니, 바라기는 이 세상과 하늘 위에서, 저녁 구름 아침 비 되어 훗날 서로 만나기를.

| 주석 |

1) 佳景 : 좋은 시절을 말한다.

2) 況少年彼此 : 하물며 젊은 청년과 젊은 아가씨 피차지간이라는 뜻이다.

3) 笙歌巷陌 : 생황에 맞추어 노래 들리는 골목길을 말한다.

4) 傾城 : 한 성城을 기울게 할 만큼 뛰어난 자태를 가진 미녀를 말한다. 《한서漢書》<외척전外戚傳>에 "북방에 가인이 있으니 절세絶世에 홀로 우뚝하여 한번 돌아보면 남의 성을 기울게 하고, 두 번 돌아보면 남의 나라를 기울게 한다."라고 하였다.

5) 美盼 : 아름다운 눈빛을 보낸다는 의미다.

6) 同心 : 두 사람이 한마음을 지녀 변함없이 굳게 지켜 가는 것을 말한다. 《주역周易》<계사전 상繫辭傳上>에 "두 사람이 마음을 함께하면 그 예리함이 쇠를 자를 만하고 마음을 함께한 말은 그 향기가 난초와 같다.(二人同心, 其利斷金. 同心之言, 其臭如蘭.)"라고 하였다.

7) 國艶仙材 : 비범한 자질을 갖추고 절대적인 아름다움을 갖춘 미인을 말한다.

8) 海誓山盟 : 바다와 산처럼 영원히 변함없는 굳은 맹세를 말한다.

9) 翠雲偸翦 : 어두운 등불 아래 아름다운 여인의 검게 빛나는 머리카락을 가리키는 말이다.

10) 和鳴彩鳳於飛燕 : 채색 봉황이 날아다니는 제비에게 화답하는 것처럼 부부간의 사랑이 넘치는 것을 표현한 말이다.

11) 密約輕憐事何限 : 은밀한 약속과 구속없는 사랑이 유한하지 않고 영원히 지속된다는 것을 말한 것이다.

12) 忍聚散 : 차마 만났다 헤어질 수 없다는 말이다.

暮雲朝雨 : 남녀간의 사랑을 비유한 말이다. 전국시대 초나라 회왕
懷王이 낮잠을 자다가 꿈속에서 무산巫山의 신녀神女와 운우지정雲
雨之情을 나누었다는 조운모우朝雲暮雨의 고사가 있다.

122 〈離別難〉花謝水流倏忽(꽃이 떨어지고 물이 흐르듯 눈 깜짝 할 사이로구나)

花謝水流倏忽, 嗟年少光陰。有天然、蕙質蘭心。美韶容、何曾
值千金。便因甚、翠弱紅衰, 纏綿香體, 都不勝任。算神仙、五色
靈丹無驗, 中路委瓶簪。　　　　人悄悄, 夜沉沉。閉香閨、永棄鴛
衾。想嬌魂媚魄非遠, 縱洪都方士也難尋。最苦是、好景良天,
尊前歌笑, 空想遺音。望斷處, 杳杳巫峰十二, 千古暮雲深。

꽃이 떨어지고 물이 흐르듯 눈 깜짝 할 사이로구나, 아! 젊은 세월이
여. 고상하고 우아한 인품은 선천적으로 타고난 것이고. 아름다운 용
모는 어찌 천금에 견주겠는가. 다만 무슨 원인으로 쇠약해져 병마에
시달리며, 이겨내지 못하였을까. 신선이 만든 오색 영단도 신통한 효
과를 보지 못 한 채, 도중에 자신이 쓰던 것들을 저버리고 떠나갔다네.
　　　　사람은 은밀히 떠나가니, 밤은 더욱 침울해진다. 닫힌 규방,
버려진 원앙이불. 아름다운 혼령 멀리가지 못하게 하려고 홍도洪都의
법사에게 부탁하여도 찾기가 어렵구나. 가장 힘든 것은, 아름다운 풍
경의 좋은 날 가기가 앞에서 웃고 있어도, 공허히 그대가 남긴 웃음과
목소리만 그리게 되네. 저 멀리 사라져가는 곳, 까마득하게 먼 무산의
열 두 산봉우리에는 천고의 황혼 구름이 깊이 끼어있다네.

| 주석 |

1) 算神仙 구절 : 의미는 신선이 만든 영단靈丹묘약일지라도 아무 효

험을 보지 못했다는 말임. 남조南朝시대 진유산陳劉刪은 <采藥游名山>에서 "명산은 본디 초목이 무성하고, 도사는 황관이 귀하니. 홀로 천년된 학을 몰아 오색환五色丸을 찾으러 왔다."라고 하였다.

2) 委瓶簪 : 물을 퍼 올리는 기구와 화장 도구들을 버린다는 것으로 여기서는 여자의 죽음을 가리키는 말로 쓰였다.

3) 洪都 : 홍도鴻都로 의심된다. 홍도는 본래 동한의 도읍인 洛陽 궐문의 이름이었다.

4) 方士 : 신선이나 단약丹藥등을 연구하는 법술인을 말한다.

5) 巫峰十二 : 무산巫山에 있는 열두 개의 봉우리를 가리킨다. 초나라 회왕懷王이 고당高唐을 거닐다 잠이 들었는데, 꿈에서 무산에 사는 선녀와 놀았다는 전고를 은근히 사용하였다. 여기에서 巫山 선녀는 '아침에는 구름, 저녁에는 비'되어 예측할 수 없는 것으로 이미 떠나간 여인을 비유하는 말로 쓰인다.

123 〈擊梧桐〉 香麗深深(깊고 깊게 패인 향기 풍기는 보조개에)

香麗深深, 姿姿媚媚, 雅格奇容天與。自識伊來, 便好看承, 會得妖嬈心素。臨歧再約同歡, 定是都把, 平生相許。又恐恩情, 易破難成, 未免千般思慮。　　　近日書來, 寒暄而已, 苦沒忉忉言語。便認得、聽人敎當, 擬把前言輕負。見說蘭台宋玉, 多才多藝善詞賦。試與問、朝朝暮暮。行雲何處去。

깊고 깊게 패인 향기 풍기는 보조개에 요염한 자태, 우아함과 출중한 얼굴은 하늘이 주신 것이라네. 그녀를 안 이후로, 계속 서로 사이가 좋아져, 그녀의 내심을 이해 할 수 있었다네. 이별할 때에 기쁘게 다시 만나기로 약속했는데, 반드시 한 평생을 서로에게 허락하기로 했었는데. 또 다시 두려워지는구나, 우리들의 은정恩情이 쉽게 무너져 이루어지지 못할까봐, 아무래도 수천 가지의 근심걱정을 피할 수 없게 되겠지.　근래에 편지가 왔는데 안부 묻는 것일 따름이고, 근심어린 말이 없다네. 남들이 부추기는 말을 들으니, 이전의 말을 가벼이 저버린 것이로구나. 듣자니 난대蘭臺의 송옥은 다재다능하여 사부詞賦를 잘 지었다던데. 묻노니 지금 오늘, 어디가서 사랑하는 이 찾아 즐기느냐고?

| 주석 |

1) 香靨 : 아름다운 미인의 움푹 들어간 보조개를 말한다.

2) 姿媚 : 아름다운(매혹적인) 미인의 자태를 말한다.

3) 雅格 : 고아한 격조를 말한다.

4) 天與 : 하늘이 주다는 뜻이다.

5) 看承 : 관조하다.

6) 妖嬈 : 요염한 맵시를 말한다.

7) 臨歧 : 이별하던 곳. 이별할 때를 말한다.

8) 忉忉 : 근심 걱정하는 모습을 말한다. 《시경詩經》 <제풍齊風> <보전甫田>에 "큰 밭 경작하지 말게나, 가라지가 무성해지리라. 멀리 떠난 사람 생각하지 말게나, 마음만 우울해지리라.(無田甫田, 維莠驕驕. 無思遠人, 勞心忉忉.)"라고 되어 있다.

9) 聽人教當 : 남들이 부추기는 말을 듣는다는 말이다.

10) 蘭臺宋玉 : 한 漢代에 궁내宮內에서 장서藏書하던 곳으로 어사중승御史中丞이 관장했는데, 후세에는 어사대御史臺를 난대蘭臺라고 하였다. 또 동한東漢의 반고班固는 난대영사蘭臺令史로 왕의 명령을 받고 역사를 편찬하여서 사관을 이르기를 난대蘭臺라고 한다. 여기에서는 그녀의 새 주인인 연인을 비유한 것이다.

11) 行雲 : 후세에 남녀의 정사情事를 말한다. 초楚의 소왕昭王이 고당高唐에 놀다가 낮에 잠이 들었는데, 꿈에 선녀仙女와 만나 사랑했다.

떠날 때에, "첩은 무산巫山의 양지쪽 고구高丘의 머리에 살아 아침에는 조운朝雲이 되고 저녁에는 행우行雨가 됩니다. 아침 저녁 양대陽台 아래서 이렇게 합니다." 하므로, 임금이 아침에 그것을 보니 말대로다. 드디어 조운묘朝雲廟를 제사지냈다는 고사이다.

124 〈夜半樂〉 凍雲黯淡天氣(구름 얼어붙은 음침한 날씨에)

凍雲黯淡天氣, 扁舟一葉, 乘興離江渚。渡萬壑千岩, 越溪深處。怒濤漸息, 樵風乍起, 更聞商旅相呼。片帆高擧。泛畫鷁、翩翩過南浦。　　望中酒旆閃閃, 一簇煙村, 數行霜樹。殘日下, 漁人鳴榔歸去。敗荷零落, 衰楊掩映, 岸邊兩兩三三, 浣沙游女。避行客、含羞笑相語。　　到此因念, 繡閣輕抛, 浪萍難駐。嘆後約丁寧竟何據。慘離懷, 空恨歲晚歸期限。凝淚眼、杳杳神京路。斷鴻聲遠長天暮。

구름 얼어붙은 음침한 날씨에 일엽편주 타고 강나루를 떠나니 감흥이 인다. 수많은 계곡과 산을 지나, 월계가 끝나는 곳에 이르렀다. 성난 파도 점차 가라앉더니 순풍이 일고 상인들이 서로 인사하는 소리 들린다. 돛을 높이 세우고, 채색 배는 경쾌하게 남쪽 포구를 지난다.

　　멀리 주막의 깃발이 펄럭이고 마을엔 연기가 피어오른다. 서리 내린 나무들이 줄지어 서 있다. 석양 아래 어부들은 뱃전을 두드리며 돌아간다. 연잎은 시들어 떨어지고, 누런 버들잎은 어울려 빛난다. 물가에는 오순도순 빨래하는 아낙들 보이는데, 지나가는 나그네를 부끄러워 피하며 서로 웃고 이야기한다.　　이제 생각하면 고향의 아름다운 누각 너무 쉽게 떠나와, 물결에 떠도는 부평초처럼 정착할 수가 없구나. 아아, 훗날의 기약을 정녕 무엇에 의지하리? 이별의 정회 참담하고,

날은 저무는데 돌아갈 날 막막하여 슬픔이 인다. 이슬 맺힌 눈으로
응시하니, 서울 가는 길 아득한데, 외로운 기러기 소리 저녁 하늘 멀리
사라져 간다.

| 주석 |

1) 凍雲 : 차가운 구름을 말한다. 여기서는 비나 눈이 올 것처럼 구름
    이 흐릿하게 끼어 있다는 것이다.

2) 越溪 : 춘추시대 월나라 미녀 서시西施가 빨래를 했던 시내. 절강성
    소흥 남쪽의 약야계若耶溪가 바로 그곳이라고 하는데, 여기서는 일
    반적인 물가를 가리킨다.

3) 樵風 : 순풍順風. 후한後漢 정홍鄭弘의 고사와 관련이 있다.

4) 畫鷁 : 鷁은 백로 비슷한 큰 새로 풍파에 잘 견디어 내므로 뱃머리
    에 이 새의 모양을 그리는 일이 있는데 주로 천자가 타는 배에 그
    려 넣었고, 후에 배를 가리켜 '畫鷁'라 하였다.

5) 南浦 : '남포'는 남쪽의 포구라는 말로, 흔히 이별하는 장소를 뜻하
    는 말로 쓰인다. 전국 시대 초楚나라 굴원屈原의 <구가九歌 동군東
    君>에 "그대와 손을 마주 잡음이여, 동쪽으로 가는도다. 아름다운
    사람을 전송함이여, 남쪽의 물가에서 하는도다.(子交手兮東行, 送
    美人兮南浦.)"라고 한 데서 온 말이다. 《楚辭集註 · 東君》

6) 酒斾 : 주막의 깃발. 여러 색깔의 깃털로 장식하여 멀리서도 눈에
    잘 들어오는 것임.

7) 鳴榔 : 어부들이 뱃전을 막대기로 두드려 그 소리에 놀란 물고기들
    을 그물에 몰아놓는 것을 말한다.

8) 繡閣 : 아름다운 누각. 보통 여인들의 거처를 화려하게 장식하는
    것에서 이러한 명칭을 얻게 되었으며, 여기서는 자신이 사랑했던
    여인을 가리키는 것으로 보인다.

9) 丁寧 : 재삼 당부하다. 헤어지며 다음에 만날 것을 여러 차례 신신

211

당부했음을 말한다.

10) 神京 : 북송의 수도인 변경汴京을 말한다. 지금의 하남성 개봉開封
이다.

11) 斷鴻 : 외로운 기러기. '고홍孤鴻'과 같다.

125 〈祭天神〉 歡笑筵歌席輕抛亸(기쁘게 웃으며 주연자리
에서 노래하고 경쾌하게 몸을 내던져 아래로
축 늘어뜨렸다)

歡笑筵歌席輕抛亸。背孤城、幾舍煙村停畫舸。更深釣叟歸來,
數點殘燈火。被連綿宿酒醺醺, 愁無那。寂寞擁、重衾臥。

又聞得、行客扁舟過。篷窗近, 蘭棹急, 好夢還驚破。念平
生、單棲蹤跡, 多感情懷, 到此厭厭, 向曉披衣坐。

기쁘게 웃으며 주연자리에서 노래하고 경쾌하게 몸을 내던져 아래로
축 늘어뜨렸다. 외로운 성을 등지고, 몇 몇의 집 안개낀 촌마을에 그림
배 머물렀다. 다시 깊은 곳에서 낚시하는 파리한 노인 돌아오고, 몇
번 깜빡거리며 꺼져가는 남은 등불. 몇일을 머물면서 이어가며 술을
곤드래만드래 마셔 취했고, 다만 근심이 있지만 어찌할 방법이 없네.
적막함을 끌어안고 다시 이불을 덮고 누웠다.　　　　　또 들었다네.
돌아다니는 객이 두루 배를 타고 지나갔다고. 배 뜸 아래에 창문을
여니 가깝고, 난초배의 노는 빠르구나. 좋은 꿈 다시 깨져서 놀랐다네.
평생을 회고해보니, 외로운 이 몸의 자취는 이곳 저곳 머물며 떠돌아
다녔고, 많은 감정과 감회가, 여기에 이르러 뭉게뭉게 피어올라, 새벽
에 옷을 걸치고 앉았다네.

1) 抛嚲 : 아래로 축 늘어뜨린다는 뜻이다.

2) 宿酒 : 간밤에 마신 술로 인해 숙취가 덜 깬 상태를 말한다.

3) 愁無那 : 다만 근심만 있어서 어찌할 방법이 없다는 뜻이다.

4) 蓬窗 : 배 뜸 아래 열린 창문을 말한다.

5) 蘭棹 : 배와 노(상앗대). 흔히 배를 가리키는 말로 사용된다.

6) 單棲蹤跡 : 홀로 이곳 저곳을 유랑하며 떠돌아다닌다는 말이다.

7) 厭厭 : 정신이 막혀서 일어나지 않는다는 뜻이다.

8) 向曉 : 바야흐로 동트는 새벽이 밝아오다는 뜻이다.

126 〈過澗歇近〉 淮楚(회허 유역의 초나라 땅)

淮楚。曠望極, 千裡火雲燒空, 盡日西郊無雨。厭行旅。數幅輕帆旋落, 艤棹兼葭浦。避畏景, 兩兩舟人夜深語。　　此際爭可, 便恁奔名競利去。九衢塵裡, 衣冠冒炎暑。回首江鄉, 水邊石上, 幸有散髮披襟處。

회허 유역의 초나라 땅. 멀리 눈 닿는 곳까지 광야를 바라보고, 천리 안의 불과 구름을 모두 불사르고, 해가 다하도록 서쪽 교외에는 비는 없었다. 가는 나그네 밖으로 나가는 것 싫었다. 무수한 편폭의 가벼운 돛단배 임시로 정박했고, 바위기슭에 기댄 배의 노에는 물가의 갈대로 에워쌓네. 뜨거운 햇볕이 무서워 경치를 피했고, 삼삼오오 배에 탄 사람들은 밤에 깊이 이야기하네.　　이런 시간들이 어찌 가능하겠는가? 이렇게 명리를 다투고 달리는 것을 버리는 것을. 번화한 도시의 큰 거리의 티끌 먼지 속에서, 불타오르는 무더위를 무릅쓰고 의관을 갖추었네. 머리돌려 강남의 고향을 바라본다. 월궁과 같은 누각과 사방 담이 없어 바람이 통하는 정자에서, 다행히 산발한 옷깃을 풀어

헤쳐 바람이 통하는 곳이 있었다네.

| 주석 |

1) 淮楚 : 회하淮河 유역 촉나라 지역의 땅을 말한다.

2) 曠望極 : 저 멀리 눈 닿는 곳까지 광야를 바라본다는 뜻이다.

3) 盡日 : 해가 다지도록.

4) 厭行旅 : 가는 나그네 밖으로 나가는 것 싫었다는 뜻이다.

5) 旋落 : 임시로 정박하다는 뜻이다.

6) 艤棹兼葭浦 : 배의 노에는 물가의 갈대로 에워쌓여 있다는 말이다.

7) 避畏景 : 뜨거운 햇볕이 무서워 경치를 피했다는 뜻이다.

8) 此際爭可 : 이런 시간들이 어찌 가능하겠는가! 라는 뜻이다.

9) 便恁 : 이렇게.

10) 九衢 : 아홉 갈래가 난 큰 거리인데 도시都市를 말한다. 포조鮑照의
악부시樂府詩에 "넓은 거리는 물처럼 잘 닦였고, 높은 궁궐은 구름
속에 떠 있는 듯(九衢平若水, 雙闕似雲浮)"이라고 노래하였다.《文
選·結客少年場行》여기서는 고관대작으로 가는 길이란 의미를 중
의적으로 내포하고 있다.

11) 衣冠 : 몸에 있는 옷과 머리에 있는 관을 말한다.

12) 月觀風亭 : 월궁과 같은 누각과 사방 담이 없어 바람이 통하는 정
자를 말한다.

13) 披襟 : 옷깃을 풀어 헤치다는 뜻이다.

127 〈安公子〉 長川波瀲灩(긴 회하의 물결은 일렁거리네)

**長川波瀲灩。楚鄕淮岸迢遞, 一霎煙汀雨過, 芳草靑如染。驅
驅攜書劍。當此好天好景, 自覺多愁多病, 行役心情厭。**

望處曠野沈沈, 暮雲黯黯。行侵夜色, 又是急槳投村店。認
去程將近, 舟子相呼, 遙指漁燈一點。

긴 회하의 물결은 일렁거리네. 초나라 회하 언덕은 멀리 굽어치고, 한
바탕 가랑비에 연무 낀 물가에 비 지나고, 향기로운 풀은 푸른빛으로
물들었네. 바삐 달려가면서도 책과 검을 차고 있네. 이처럼 좋은 날씨
에 좋은 경치도 만나, 근심도 병도 많은 자신을 깨닫고, 행역하는 마음
신물이 났다네.　　　밝은 들판을 바라보니 마음은 무겁게 가라앉고,
해질무렵 구름은 어둡고 어둡구나. 날 어두워져 밤에 접어드니, 또 빠
르게 노 저어 마을 여관에 투숙하네. 지나간 여정이 가까워짐을 느끼
고, 뱃사공 불러다, 멀리 고깃배 불 한 점을 가리킨다.

| 주석 |

1) 長川 : 길고 긴 회하 강을 가리킨다.

2) 波瀲灩 : 물결이 출렁거리다는 의미이다.

3) 迢遞 : 구불구불 휘어지는 모양을 말한다.

4) 煙江 : 안개가 가득 낀 물가를 말한다.

5) 驅驅攜書劍 : 바삐 달려가면서도 책과 검을 차고 있는 사대부를 말
한다.

6) 行役 : 국가의 사명使命으로 복무로 인해 집을 떠나 봉사奉仕하는
것을 말한다.

7) 行侵 : 가까워지다. 접근하다는 뜻이다.

128 〈菊花新〉 欲掩香幃論繾綣(휘장을 가리고 다정스런 정
담을 나누려다)

欲掩香幃論繾綣。先斂雙蛾愁夜短。催促少年郎, 先去睡、鴛

衾圖暖。　　　須臾放了殘針線。脫羅裳、恣情無限。留取帳前燈, 時時待、看伊嬌面。

휘장을 가리고 다정스런 정담을 나누려다, 먼저 이마를 가다듬으며 밤이 짧음을 근심하네. 낭군을 재촉하여 먼저 자리에 들게 하는 뜻은 원앙금침을 따뜻하게 하려는 것이라네.　　　잠시 후 남은 바느질감을 내려두고, 비단치마 벗어 놓으니 사랑이 무르익네. 휘장 앞 등잔을 그대로 가져다 놓은 뜻은, 언제나 기다리는 것은, 그 사람의 고운 얼굴 보려는 것이라네.

| 주석 |

1) 欲掩香幃論繾綣 : 규방에서 주렴을 말아 올려 가리고 남녀간 다정스런 정담을 나누는 모습을 말한 것이다. '향위香幃'은 규방의 주렴(커튼)을 말한다.

2) 蛾 : 여자의 아름다운 눈썹을 가리킨다.

3) 鴛衾 : 원앙금침. 원앙 무늬가 새겨진 이불을 가리킨다.

4) 殘針線 : 아직 다 마름질하지 못한 바느질감을 말한다.

5) 待 : 기다리다. 반드시. 필요하다.

129 〈過澗歇近〉 酒醒(술이 깨고)

酒醒。夢才覺, 小閣香炭成煤, 洞戶銀蟾移影。人寂靜。夜永清寒, 翠瓦霜凝。疏簾風動, 漏聲隱隱, 飄來轉愁聽。　　　怎向心緒, 近日厭厭長似病。鳳樓咫尺, 佳期杳無定。展轉無眠, 粲枕冰冷。香虯煙斷, 是誰與把重衾整。

술이 깨고 꿈도 깨니, 작은 누각의 향은 연기를 내는데, 침실에 드는 달빛에 그림자 이동한다. 사람은 고요한데, 긴긴 밤 차가워 푸른 기와에 서리가 맺힌다. 성긴 주렴에 바람 일고, 물시계 소리 은은하여 슬픔을 자아낸다. 어찌하나 이 마음. 요즘엔 무료하여 언제나 병이 날 것 같다. 봉루는 지척에 있건만, 가약은 아득히 정할 수 없고, 몸 뒤척이며 잠 못 이루는데, 베개는 싸늘하기만 하다. 반향의 연기 끊겼으니, 누구와 함께 이불을 바로 펴나.

| 주석 |

1) 香炭 : 연소하고 나면 목탄이 되는 향로를 가리킨다.
2) 洞戶 : 그윽하고 깊숙한 내실. 침실을 가리킨다.
3) 銀蟾 : 은빛 두꺼비. 즉 달을 가리킨다.
4) 厭厭 : 무료한 모양. 마음이 내키지 않는 모양을 말한다.
5) 鳳樓 : 여인이 거처하는 곳을 가리킨다.
6) 粲枕 : 곱고 화려한 베개를 가리킨다.
7) 香虯 : '반향盤香'으로 일종의 나선형 모양의 향을 가리킨다.

130 〈輪臺子〉 霧斂澄江(맑은 강가에 안개 걷히고)

霧斂澄江, 煙消藍光碧。彤霞襯遙天, 掩映斷續, 半空殘月。孤村望處人寂寞, 聞釣叟, 甚處一聲羌笛。九疑山畔才雨過, 斑竹作、血痕添色。感行客。翻思故國, 恨因循阻隔。路久沈消息。

　　　正老松枯柏情如織。聞野猿啼, 愁聽得。見釣舟初山, 芙蓉渡頭, 鴛鴦灘側。干名利祿終無益。念歲歲間阻, 迢迢紫陌。翠蛾嬌艷, 從別後經今, 花開柳析傷魂魄。利名牽役。又爭忍、把光景拋擲。

맑은 강가에 안개 걷히고, 안개 사라지니 푸른 물빛 파랗게 빛나네.

붉은 노을은 먼 하늘과 가깝고, 가리워진 그림자 이어지다 끊어져, 허공에 반달 떠오르네. 외로운 마을에서 인적 고요한 곳 바라보니, 낚시하던 늙은이 어디선가 들려오는 피리소리 듣네. 구의산 언덕에 비 방금 지나가고, 얼룩 대나무 자라나 선혈자국 선명함 더하네. 나그네길에 슬퍼하며, 고향땅 생각이 더해져, 돌아갈 길 막힌 이 생활 한스럽기만. 오랫동안 고향 소식 막혔어라.　　　　바야흐로 늙은 소나무 시든 잣나무에 베처럼 얽힌 감정. 들판 원숭이 소리 들려, 근심스레 들어보네. 고깃배가 초산에서 부용꽃밭 건너는 것 보아하니, 원앙새 어디 있는지 가늠할 수 없네. 명예와 재물 찾아도 끝내 이익 없다오. 해마다 중간에 막혀, 아득해진 도성 거리를 생각하네. 푸른 눈썹 그린 미인은, 이별한 뒤로부터 오늘까지, 꽃 피고 버들개지 펴져도 마음 아픈 영혼이 되었구려. 재물과 명예에 얽매였다오. 또 어찌 아름다운 광경을 내버려 둔단 말이오.

| 주석 |

1) 霧斂澄江 : 구름 기운이 흩어진 이후 현재 맑고 깨끗한 강물이 나타났다는 말이다.

2) 煙消藍光碧 : 강가의 연무가 사리지고 흩어진 후 푸른 물빛이 쪽빛처럼 번쩍인다는 말이다.

3) 掩映斷續 : 때로는 채색 노을이 붉은 해에 비추고, 때로는 구름이 열리고 해가 떴다는 말이다.

4) 羌笛 : 고대의 관악기로 길이는 2자 4치이고 구멍은 3개 혹은 4개인 북방 민족의 피리를 말한다. 강중羌中에서 나온 까닭에 '강적'이라 불렸다. '호적胡笛'이라고도 한다. 여기서는 미인이 피리 소리를 가리킨다.

5) 九疑山 : 지금의 호남성 영원현寧遠縣 남쪽에 있는 주명朱明·석성石城·석루石樓·아황娥皇·순원舜源·여영女英·소소蕭韶·계림桂林·

자림梓林 등 아홉 봉우리의 산이다. 아홉 봉우리의 모습이 같아서 보는 사람마다 어느 봉이 어느 봉인지 어리둥절하여 의심을 하게 되므로 구의九疑라고 했다 한다.

6) 斑竹作, 血痕添色 : 중국의 소상강瀟湘江 일대에서는 자줏빛 반점이 있는 대나무가 자라는데, 요堯 임금의 두 딸 아황娥皇과 여영女英이 순舜 임금의 왕비가 되어 순 임금 사후에 상강에서 슬피 울다가 물에 빠져 죽었는데, 이때 흘린 눈물이 대나무에 얼룩져서 반죽斑竹이 되었다는 전설이 있다. 《博物志》

7) 翻思故國 : 고향을 회상하다는 말이다.

8) 恨因循阻隔 : 지금 사람들이 한스러운 건 산하가 막혀 돌아갈 길이 없다는 말이다.

9) 路久沈消息 : 집을 떠나온지 오래되어서 아무런 소식이 없음을 말하고 있다.

10) 正老松枯柏情如織 : 바야흐로 늙은 소나무 시든 잣나무에 베처럼 얽힌 감정을 가리킨다.

11) 見釣舟初山, 芙蓉渡頭 : 고깃배가 초산에서 부용꽃밭 건너는 것을 본다는 말이다.

12) 干 : 구하다. 추구하다.

13) 紫陌 : 도회지 주변의 도로나 번잡한 속세를 의미하는데, 여기에서는 도성을 가리킨다. 한유의 시에 "먼지 날리는 도성 거리의 봄이요, 비바람 치는 영대의 밤이었어라.(塵埃紫陌春, 風雨靈臺夜.)"라는 말이 나온다. 《韓昌黎集·縣齋有懷》

14) 拆 : 펴지다. 터지다. 갈라지다. 여기서는 초목이 발아하는 것을 말한다.

15) 牽役 : 얽매이다. 노역하다.

16) 光景 : 아름다운 광경. 여기서는 사랑하는 사람과 함께 지내던 즐거운 시간을 가리킨다.

131 〈望漢月〉 明月明月明月(밝은 달 밝은 달 밝은 달)

明月明月明月。爭奈乍圓還缺。恰如年少洞房人, 暫歡會、依
前離別。　　　小樓憑檻處, 正是去年時節。千裡清光又依舊,
奈夜永、厭厭人絶。

밝은 달 밝은 달 밝은 달, 어찌해서 잠깐 둥글었다가 다시 어지러지나?
흡사 젊은 규수가, 잠깐 만나서 기쁘고, 이전처럼 이별한 듯이.

작은 누각 난간에 기대었는데, 바로 작년 이맘때였네. 천리의 맑
은 빛은 또 옛날 그대로이고, 긴 밤을 어이할꼬? 넘쳐나던 인적 끊겼다
네.

|주석|

1) 爭 : 어떻게. 얼마나. '怎'과 같다.

2) 依前離別 : 옛날 혼인하기 전처럼 함께 있지 않았다는 뜻이다.

3) 奈夜永 : 밤이 긴 것을 어찌할 방법이 없다는 뜻이다.

4) 厭厭人絶 : 마음이 몸 근처에 있지 않고, 정신이 막히고 끊겨서 상
심했다는 말이다.

132 〈歸去來〉 初過元宵三五(갓 지난 원소절 15일에)

初過元宵三五。慵困春情緒。燈月闌珊嬉游處。游盡厭歡聚。
　　　　憑仗如花女。持杯謝、酒朋詩侶。餘酲更不禁香醑。
歌筵罷、且歸去。

갓 지난 원소절 15일에, 봄날의 정서는 나른하네. 달빛 같은 등불 꺼지

려는 즐겁게 노닐던 곳에서, 모임 마치자 저마다 실컷 즐거웠네.

　꽃같은 여인에게 기대어 의지했고, 술잔 들고 물러나서, 술과 시로 짝했다네. 많이 취했건만 다시 향긋한 술을 사양하지 않을테요. 노래가 끝나면 돌아 갈테니.

| 주석 |

1) 慵困春情緒 : 봄날은 느끼기에 나른하고 피곤하다는 뜻이다.

2) 燈月闌珊 : 달빛같은 등불이 꺼지려한다는 뜻이다.

3) 憑仗如花女 : 꽃과 옥같이 아름다운 미녀를 말한다.

4) 餘醒 : 비록 취했지만 정신이 흐리멍텅하지 않고 분명하다.

5) 更不禁香醪 : 다시 향긋한 술을 사양하지 않겠다는 말이다.

6) 香醪 : 좋은 술을 말한다.

133 〈燕歸梁〉 織錦裁編寫意深(비단 편지에 새긴 뜻 깊어서)

織錦裁編寫意深。字値千金。一回披玩一愁吟。腸成結、淚盈襟。　　幽歡已散前期遠, 無憀賴、是而今。密憑歸雁寄芳音。恐冷落、舊時心。

비단 편지에 새긴 뜻 깊어서, 한 글자가 천금과 같아라. 한 번 펼쳐보고 읽어보니 온통 수심에 차 있네. 마음에 서러움 맺혀 눈물이 옷깃을 적시네. 　　그윽한 즐거움 이미 사라지고 이전의 약속은 멀어졌나니, 모든 것이 무료하고 나태한 지금. 남몰래 돌아가는 기러기에 소식 보내건만, 옛날의 마음 없어졌을까 두렵다네.

| 주석 |

1) 織錦 : 한시체漢詩體의 하나인 회문시回文詩의 준말로, 남편을 그리

워하는 아내의 편지 혹은 시편을 뜻한다. 전진前秦 때 두도竇滔가
진주 자사秦州刺史가 되었다가 멀리 유사流沙로 쫓겨나자, 아내 소
씨蘇氏가 그를 그리워하여 <회문선도시廻文旋圖詩>를 비단으로 짜
서 보냈다는 고사에서 유래한다. 《晉書·竇滔妻蘇氏》

2) 披玩 : 펼쳐보고 읽어보다. 완미하다는 뜻이다.

3) 前期 : 이전에 남녀간에 맺은 약속을 말한다.

4) 無慘賴 : 모든 것이 무료하고 나태하다는 뜻이다.

5) 密憑歸雁 : 남몰래 돌아가는 큰 기러기를 말한다. 고대 사람들은
   큰기러기를 통해 소식이나 편지를 전했다. 당나라 두보의 <歸雁>시
   에 "만 리 밖 형양 땅의 기러기가 올해 또 북쪽으로 돌아가는구나.
   쌍쌍이 길손을 보며 날아오르고, 일일이 사람을 등지고 날아가도
   다.(萬里衡陽雁, 今年又北歸. 雙雙瞻客上, 一一背人飛.)"라고 되어
   있다.

134 〈八六子〉 如花貌(꽃과 같았다네)

如花貌。當來便約, 永結同心偕老。爲妙年、俊格聰明, 凌厲多
方憐愛, 何期養成心性近, 元來都不相表。漸作分飛計料。

　　稍覺因情難供, 恁殛惱。爭克罷同歡笑。已是斷弦尤續,
覆水難收, 常向人前誦談, 空遺時傳音耗。漫悔懊。此事何時
壞了。

꽃과 같았다네. 처음 약속했었지. 영원히 같은 마음으로 함께 늙기로.
젊은 시절, 용모가 빼어나고 총명할 때에, 구애받지 않고 사랑했었는
데, 마음과 정이 이렇게 빈약해져 원래 맺었던 언약조차 다시 말하지
못 할 것을 어디 예상이나 했었던가?　　　　점점 이별의 준비를 하게
된다. 점점 사랑을 유지하기 어렵다는 생각에, 마음이 조여 온다. 어찌

멈출 수 있으리, 함께 즐겼던 시간들을. 이미 인연이 끊어져 되돌릴 수 없으니, 자주 사람들에게 하소연하며, 헛되이 소식을 전해본다. 부질없는 후회와 아픔. 이런 것에서 언제나 벗어날까.

| 주석 |

1) 當來 : 당초當初. 처음이라는 뜻이다.

2) 妙年 : 청춘. 나이가 젊음을 말한다.

3) 淩厲 : 본래 용감히 앞을 향해 나가는 것으로, 기세가 등등한 것을 말하는데, 여기서는 구애받지 않음을 말한다.

4) 何期 : 어디 예상이나 했던가.

5) 近 : 초라하다. 빈약하다.

6) 元來 : '원래原來'와 같다.

7) 表 : 고백하다는 뜻이다.

8) 分飛 : 《玉台新咏·古詞·東飛伯勞歌》에서 "동쪽에는 백로가 날고, 서쪽에는 제비가 나네. (東飛伯勞西飛燕)"라는 구가 있는데, 그 후에 이별을 일컬어 '분비分飛'라 하였다.

9) 計料 : 계획이다. 작정이다.

10) 供 : 여기에서는 '유지하다'라는 뜻이다.

11) 爭克 : 어찌 할 수 있겠는가.

12) 斷弦尤續 : 옛날엔 '금슬琴瑟'로 부부를 비유하였다. 그래서 남자가 아내를 잃는 것을 '현이 끊어지다斷絃'라는 것으로 표현하였다. 이 사에서는 '단현斷絃'으로 애정이 끊어지는 것을 가리킨다.

13) 漫悔懊 : 공허하게 후회하고 번뇌하는 것을 말한다.

135 〈長壽樂〉 尤紅殢翠(더욱 사랑에 빠지고 비취색 구름은 나른하다)

尤紅殢翠。近日來, 陡把狂心牽系。羅綺叢中, 笙歌筵上, 有個
人人可意。解嚴妝巧笑, 取次言談成嬌媚。知幾度, 密約秦樓
盡醉。仍攜手, 眷戀香衾繡被。　　　情漸美。算好把, 夕雨朝雲
相繼。便是仙禁春深, 御爐香裊, 臨軒親試。對天顔咫尺, 定然
魁甲登高第。待恁時、等著回來賀喜。好生地。剩與我兒利市。
더욱 사랑에 빠지고 비취색 구름은 나른하다. 날이 가까이 오니, 맹렬
했던 사이 미칠듯한 마음을 끌어 묶어주었네. 아름다운 가기들이 모여
있는 가운데, 악기 연주하고 노래 부르던 주연 자리에서, 맘속으로 사
랑하는 몇 사람이 있어 나는 만족스럽네. 화장하고 교태로운 미소 짓
는 것을 알았고, 마음대로 몇 마디 하자 그녀의 교태로운 모습이 사람
을 미혹하네. 몇 번 알았으랴? 기루에서 맘껏 술 취해 몰래 서로 만나
기로 한 약속을, 거듭 손을 이끌고 향기나는 비단 이불에서 사랑을
나누지 않을 수 없었다.　　　정은 점차 아름답고, 셈하여 손잡으니
좋고, 남녀간의 사랑으로 서로 이어졌다. 곧 황궁의 봄끝 무렵이고,
황제가 사용하는 향로 향기는 간드러지고, 황제가 친히 시험을 주관했
다네. 황제의 얼굴을 지척에서 대면하고 과거시험에 장원으로 급제했
다. 당신을 기다릴 때, 돌아오면 축하 하례하기를 손꼽아 기다렸다.
좋은 낯선 곳이 나에게 큰 길한 운과 이로움을 주었다네.

| 주석 |

1) 尤紅 : 더욱 사랑에 빠지다는 뜻이다.

2) 殢翠 : 비취색 구름은 나른하다.

3) 陡把狂心牽系 : 맹렬했던 사이 미칠듯한 마음을 끌어 묶어주다는
뜻이다.

4) 人人 : 가까이 사랑하는 사람을 가리킨다.

5) 嚴妝 : 곱게 단장하다.

6) 巧笑 : 아름다운 미소를 말한다.

7) 取次 : 마음대로. 뜻대로.

8) 密約秦樓 : 기원妓院에서 서로 몰래 만나기로 약속했다는 뜻이다. '秦樓'는 춘추시대 진秦나라의 봉대鳳臺를 지칭한다. 진 목공秦穆公의 딸 농옥弄玉이 피리의 명인 소사蕭史에게 시집가서 열심히 배운 결과 <봉명곡鳳鳴曲>을 지어 부르게 되자, 목공이 그들을 위해 봉대를 지어주고 거처하게 했는데, 뒤에 부부가 신선이 되어 하늘로 올라갔다는 고사가 전해 온다. 《後漢書 · 矯愼列傳》

9) 眷戀香衾繡被 : 남녀간에 서로 좋아하고 사랑하지 않을 수 없음을 표현한 말이다.

10) 情漸美 : 정이 점차 아름다워지다는 뜻이다.

11) 夕雨朝雲 : 남녀 간의 통정通情을 뜻한다. 송옥宋玉의 <고당부高唐賦> 서문에 "초楚나라 양왕襄王이 고당高唐에 노닐다가 낮잠이 들었는데, 꿈에 어떤 여자가 나타나서 자신은 무산의 여자라고 하면서 수청을 들겠다고 청하였다. 다음 날 아침에 떠나면서 '저는 무산의 남쪽 언덕에 사는데, 매일 아침이면 구름이 되고 저녁에는 비가 됩니다.(旦爲朝雲, 暮爲行雨.)' 하였다."라고 되어있다.

12) 仙禁 : 황궁. 황제가 사는 궁궐을 말한다.

13) 春深 : 봄이 끝나가는 무렵(늦봄)을 가리킨다.

14) 御爐 : 황제가 사용하는 향로를 말한다.

15) 臨軒 : 임금이 정전正殿에 앉아있지 않고 전각殿閣 앞부분의 난간에 나가서 시험을 보는 것을 말한다.

16) 親試 : 과거시험에서 최고 등급으로 황제가 직접 나와서 보이는 시험을 말한다.

17) 天顏 : 천자天子의 얼굴로, 천자가 지척에 있으므로 예를 다하여 공

경할 것을 다짐한 글이다. 《춘추좌씨전春秋左氏傳》〈희공僖公 9年〉

조에 "천자의 위엄이 나의 얼굴에서 지척도 떨어져 있지 않다.(天

威不违顔咫尺.)"라는 구절이 있다.

18) 魁甲 : 장원을 차지하다는 말이다.

19) 剩 : 많다는 뜻이다.

20) 利市 : 큰 길한 운. 좋은 기운을 말한다.

136 〈望海潮〉 東南形勝(동남 지방의 명승지이며)

東南形勝, 三吳都會, 錢塘自古繁華。煙柳畵橋, 風簾翠幕, 參
差十萬人家。雲樹繞堤沙。怒濤卷霜雪, 天塹無涯。市列珠璣,
戶盈羅綺競豪奢。　　　重湖疊巘清嘉。有三秋桂子, 十裡荷花。
羌管弄晴, 菱歌泛夜, 嬉嬉釣叟蓮娃。千騎擁高牙。乘醉聽簫
鼓, 吟賞煙霞。異日圖將好景, 歸去鳳池夸。

동남 지방의 명승지이며, 삼오三吳의 도회지인, 전당錢塘은 예로부터
번화하였도다. 안개서린 버드나무, 채색한 다리, 바람에 날리는 주렴,
비취색 장막이 있는 이곳에는, 십만이나 되는 가구가 살고 있다네. 구
름에 닿을 듯한 나무들이 전당錢塘의 강둑을 에워싸고, 성난 파도는
흰 물보라를 일으키니, 천연의 참호 전당錢塘강은 끝없이 펼쳐져 있
네. 시장에는 아름다운 진주 보석들이 즐비하고, 집집마다 아름다운
비단 가득 놓고 호화로움을 뽐내는구나.　　　앞뒤 양쪽 호수와 굽이
굽이 산 봉오리 청려하구나. 가을에는 계수나무 꽃이 피고, 여름에는
십 리에 연꽃이 펼쳐진다네. 맑은 하늘에 피리소리 울려 퍼지고, 밤에
는 마름 따는 노래 울려 퍼지니, 고기 낚는 노인, 연꽃 따는 아낙네
웃음꽃 핀다네. 천명의 기병이 높은 깃발을 호위하니, 술에 취해 퉁소
와 북소리를 들으며, 아름다운 자연경치를 음미한다네. 훗날 이런 아

름다운 경치 그려두었다가, 조정으로 돌아가 뽐내보겠지.

|주석|

1) 三吳 : 오흥吳興(절강성 호주시), 오군吳郡(강소성 소주시), 회계會稽 (절강성 소흥시)를 말한다. 여기서는 강소성 남부와 절강성 일대의 지역을 가리킨다.

2) 錢塘 : 지금의 절강성 항주시杭州市 이며, 옛날 오吳나라의 군郡이였다.

3) 三秋 : 가을의 세 번째 달(음력 9월)을 말한다.

4) 羌管 : 강족羌族의 피리를 말한다.

5) 高牙 : 높이 우뚝 솟은 아기牙旗(대장의 깃발)를 말한다.

6) 煙霞 : 산이나 물 등의 자연 경치를 말한다.

7) 鳳池 : 봉황지鳳凰池를 말한다. 원래는 궁궐의 화원에 있는 연못을 말하지만, 여기에서는 조정을 가리킨다.

137 〈如魚水〉 輕靄浮空(가벼운 안개 공중에 떠있고)

輕靄浮空, 亂峰倒影, 瀲灩十裡銀塘。繞岸垂楊。紅樓朱閣相望。芰荷香。雙雙戲、鸂鶒鴛鴦。乍雨過、蘭芷汀洲, 望中依約似瀟湘。　　　風淡淡, 水茫茫。動一片晴光。畫舫相將。盈盈紅粉清商。紫薇郎。修禊飲、且樂仙鄉。更歸去, 遍歷鑾坡鳳沼, 此景也難忘。

가벼운 안개 공중에 떠있고, 어지러운 산봉우리 거꾸로 그림자 비추고, 십리에 출렁이는 아름다운 호수, 언덕을 둘러싼 수양버들. 울긋불긋 누각들 서로 바라보고 있으며, 마름과 연 향기롭고, 쌍쌍이 희롱하는 뜸부기와 원앙새. 잠깐 비 지나가자 난초와 지차 물가와 물섬에 돋아났다. 바라보는 광경 어렴풋이 소수와 상수 같네.　　　바람이

담담하고, 물은 끝없이 아득한데 한조각 비 개인 빛 움직인다. 채색
배들 서로 따라가는데, 아름답게 분단장한 여인이 부르는 맑은 소리.
자미랑紫薇郎은 봄놀이로 술 마시고 또 신선 고장 즐긴다. 또 돌아가며
난파鸞坡와 봉소鳳沼 두루 지나가니, 이 경치 또한 잊기 어렵구나.

| 주석 |

1) 銀塘 : 은빛으로 빛나는 깨끗한 가을 연못을 가리킨다. 참고로 송나
   라 소순흠蘇舜欽의 시 <화해생중추월和解生中秋月>에 "은당은 밤새
   도록 하얗고, 금병은 숲 너머에 밝도다.(銀塘通夜白, 金餠隔林明.)"
   라고 하였다.

2) 芰荷 : 갓 수면으로 나온 연잎을 말한다.

3) 鸂鶒 : 깃털에 자줏빛이 나는 물새로 자원앙紫鴛鴦이라고도 한다.

4) 蘭芷 : 난초와 지초로, 모두 향초香草를 가리킨다. 초楚나라 조정에
   서 쫓겨난 뒤 굴원이 지은 《이소》에 "난지 향초 변해서 이제는 향
   기 없고, 혜초가 바뀌어서 띠풀이 되었도다.(蘭芷變而不芳兮, 蕙化
   而爲茅.)"라고 하였다.

5) 汀洲 : 중국 호북성湖北省 한양현漢陽縣의 서남쪽 장강長江 가운데에
   있는 정주汀洲 경치 좋은 곳으로 이름이 있다.

6) 瀟湘 : 중국 호남성湖南省 동정호洞庭湖 남쪽 영릉零陵 부근에서 소
   수瀟水와 상수湘水가 합친 곳을 소상瀟湘이라 부르는데 풍경이 매
   우 아름답다. 송宋나라 때 화가 송적宋迪이 소상의 풍경을 8폭으로
   그리고, 평사낙안平沙落雁 · 원포귀범遠浦歸帆 · 산시청람山市晴嵐 · 강
   천모설江天暮雪 · 동정추월洞庭秋月 · 소상야우瀟湘夜雨 · 연사만종煙
   寺晩鐘 · 어촌석조漁村夕照 여덟 가지의 화제畫題를 달았다. 그 이후
   로 많은 문인들이 소상팔경을 시로 노래하였음.

7) 動一片晴光 : 한 조각 출렁거리는 물결이 반짝이며 움직이는 모양
   을 말한 것이다.

8) 相將 : 서로 조화되다. 서로 어울리다.

9) 盈盈 : 노래 부르는 아름다운 여인의 자태를 예찬한 말이다.

10) 紅粉 : 여자들이 화장할 때 사용하는 연지와 분이다. 여자를 비유하는 말로 쓰인다.

11) 淸商 : 궁·상·각·치·우宮商角徵羽의 오음五音 가운데 하나인 상음商音의 악곡을 말하는데, 특히 맑은 소리로 청아하여 붙여진 이름이다.

12) 紫薇郎 : 여기서는 호수가에서 노닐었던 문인 문객을 가리킨다. 또한 중서성中書省의 다른 이름이기도 하다.

13) 仙鄕 : 여기서는 풍경이 매우 아름다운 명승지를 말한다.

14) 鑾坡 : 당나라 덕종德宗 때에 학사원學士院을 금란전金鑾殿 곁의 금란파金鑾坡 위로 옮긴 이후 한림원의 별칭이 되었다.

15) 鳳沼 : 대궐에 있는 못으로, 조정을 의미한다. 옛날 중국 금원禁苑에 파 놓았던 연못인 봉황지鳳凰池를 가리킨다. 이곳 가까이에 기무機務를 관장하던 중서성中書省이 있었으므로 중서성을 뜻하는 말로도 쓰인다.

138 〈如魚水〉 帝裡疏散(경성은 확트이고 한산하고)

帝裡疏散, 數載酒縈花系, 九陌狂游。良景對珍筵惱, 佳人自有風流。勸瓊甌。絳唇啓、歌發淸幽。被擧措、藝足才高, 在處別得艷姬留。　　浮名利, 擬拚休。是非莫掛心頭。富貴豈由人, 時會高誌須酬。莫閒愁。共綠蟻、紅粉相尤。向繡幄, 醉倚芳姿睡。算除此外何求。

경성은 확트이고 한산하고, 수많은 수레에 술을 싣고 화류계와 얽혀있네. 서울의 큰 길에서 맘껏 노닐었다. 좋은 경치 마주한 진귀한 연회자리에서 기쁘다네. 미인은 스스로 풍유가 있다네. 아름다운 술잔을 권하고, 여인의 붉은 입술이 열렸네. 노래를 하니 맑고 그윽하다. 재예가 높고 이를 방치하고, 별도로 농염한 가희가 머물러 있다.   뜬 구름 같은 명예와 재물, 던져 버리고파. 시비는 마음에 담아두지 마오. 부귀가 어찌 사람에게 말미암겠소 시절에 맞으면 고아한 뜻에 반드시 응수할테니. 근심하지 마오. 가득 따른 술잔과 단장한 미인이 함께라면 더욱 좋으니. 화려한 집을 향해, 취해 미녀에 기대어 잠 들었네. 생각건대 이 외에 무엇을 구하리오.

| 주석 |

1) 帝裡 : 경성. 서울.

2) 疏散 : 확 트이고 한산하다는 말이다.

3) 酒縈花系 : 술로 얽히고 화류계와 얽혀있다는 뜻이다. 여기서 '화花'는 기녀를 가리킨다.

4) 九陌 : 한漢나라 때 장안長安 성중에 아홉 거리로 나 있던 큰길을 이르는데, 전하여 도성의 번화로운 길거리를 뜻한다. 당나라 두보杜甫의 시 <건도12운建都十二韻>에 "바라건대 장안의 해를 굽혀, 광휘를 북원에 비춰주소서.(願枉長安日, 光輝照北原.)"라고 하였다.《全唐詩·建都十二韻》

5) 良景對珍筵惱 : 좋은 경치 마주한 진귀하고 풍성한 연회자리에서 마음이 기쁘다는 뜻이다.

6) 瓊甌 : 가득 따른 술잔을 말한다. 술의 별명이 녹의綠蟻이기 때문에 붙여진 이름이다.

7) 絳唇 : 여인의 붉은 입술을 말한다.

8) 舉措 : 일정한 위치에 놓아두다(방치하다)는 뜻이다.

9) 別得 : 별도로. 또한.

10) 擬抃休 : 던져버리려고 하다. 방치하려고 하다.

11) 是非莫掛心頭: 시비(옳고 그름)를 마음에 담아두지 말라는 말이다.

12) 時會: 시운. 기회.

13) 綠蟻: 술이 익을 무렵 쌀알 만한 녹색 기포가 생기는데 그 모양이 마치 개미가 기어가는 것 같아 이를 술개미라고 하고, 그 술을 부의주浮蟻酒 또는 녹의주綠蟻酒라고 말한다.

14) 紅粉相尤: 젊고 아름다운 미인이 더욱 그리워한다는 말이다.

15) 芳姿: 아름답고 젊은 용모의 미인을 가리킨다.

139 〈玉蝴蝶〉 秋思(가을날의 그리움)

望處雨收雲斷, 憑闌悄悄, 目送秋光。晚景蕭疏, 堪動宋玉悲涼。水風輕、蘋花漸老, 月露冷、梧葉飄黃。遣情傷。故人何在, 煙水茫茫。　　難忘。文期酒會, 幾孤風月, 屢變星霜。海闊山遙, 未知何處是瀟湘。念雙燕、難憑遠信, 指暮天、空識歸航。黯相望。斷鴻聲裡, 立盡斜陽。

멀리 바라보니 비 그치고 구름 흩어졌는데, 우수에 젖어 난간에 기대서서, 가을 경치를 물끄러미 바라본다. 해 저물녘의 쓸쓸한 풍경이 송옥의 슬픔과 한을 느끼게 한다. 수면 위로 바람 산들산들 불고 네 갈래 꽃은 점점 시들어 가는데 달빛 머금은 이슬 차갑게 빛나고, 오동잎도 누렇게 말라 떨어지니, 내 마음은 아프기만 하다. 그 사람은 어디에 있을까? 안개 서린 물길이 아득하구나.　　가장 잊기 어려운 것은, 시를 지으며 술 마시던 일. 좋은 경치를 몇 번이나 지나치고, 몇 년의 세월이 또 지나갔는지. 물길 아득하고 산은 멀리 있어서, 소수와 상수가 어딘지 알 수 없다. 한 쌍의 제비를 떠올려 보지만, 편지를 믿고 맡길 수 없구나. 그 사람도 저녁 하늘을 가리키며, 나의 귀향 배로 착각하고 가슴 설레겠지. 암담한 심정으로 바라보며, 외기러기 슬피

우는 속에서, 석양이 다 지도록 우두커니 서 있다.

| 주석 |

1) 悄悄 : 우수에 젖은 모양, 근심하는 모습을 가리킨다.
2) 宋玉悲涼 : 송옥의 《楚辭·九辯》에 "슬프구나! 가을의 분위기가. 쓸쓸하구나 초목이 바람에 시들어져 시들어가는구나!(悲哉秋之爲氣也, 蕭瑟兮草木搖落而變衰.)"라는 구절에 있는데, 이 전고에서 나왔다.
3) 蘋花 : 다년생 수초로 네 갈래 모양이고, 여름과 가을에 꽃이 핀다.
4) 文期酒會 : 함께 모여 술을 마시며 시를 짓는다는 뜻이다.
5) 幾孤 : 몇 번이나 저버렸던가? 여기서 '고孤'는 '고辜'와 같다.
6) 星霜 : 한 해, 일 년이라는 뜻이다.
7) 瀟湘 : 소수와 상수를 말한다. 여기서는 그리운 사람이 있는 곳을 가리킨다.

140 〈玉蝴蝶〉 游春(봄날에 노닐다)

漸覺芳郊明媚, 夜來膏雨, 一灑塵埃。滿目淺桃深杏, 露染風裁。銀塘靜、魚鱗簟展, 煙岫翠、龜甲屏開。殷晴雷。雲中鼓吹, 游遍蓬萊。　　　徘徊。集旟前後, 三千珠履, 十二金釵。雅俗熙熙, 下車成宴盡春台。好雍容、東山妓女, 堪笑傲、北海尊罍。且追陪。鳳池歸去, 那更重來。

향기로운 교외는 밝고 아름다운지 점점 알았네, 밤에 단비가 내리자, 흙먼지 한바탕 씻어내네. 엷은 복사꽃과 진한 살구꽃이 두 눈에 가득한데, 이슬이 물들고 바람이 꽃잎 떨구네. 은빛 연못 고요해 물고기 비늘같은 물결이 반짝이며 펼쳐지고, 산봉우리를 에워싼 연무가 푸르러 거북등껍질같은 병풍이 펼쳐졌네. 은근히 비 그치자 천둥 소리나고, 구름 가운데 울려서, 봉래산을 두루 노닐었다네.   이리저리 돌아다니네. 앞뒤로 붉은 깃발이 모이고, 삼천개 구슬 장식한 신발 신은 문객과, 열 두 개 금비녀를 꽂은 부녀들. 고아한 사람과 보통사람이 혼잡한 가운데 함께 있고, 수레에서 내려 잔치를 여는 것은 모두 예부의 관원이네. 아주 화락한 동산의 기녀들, 술을 좋아했던 공융의 높은 술단지를 까르르 비웃었네. 또한 짝하며 따랐네. 봉황지로 돌아갔고, 그곳으로 다시 돌아 왔네.

| 주석 |

1) 游春 : 《汲古閣》本《六一詞》에 의거하여 소제小題를 보충하다.

2) 膏雨 : 제때에 내리는 단비라는 뜻이다. 좋은 시절 만물이 자라게 하는 비를 말한다. 또한 중국 황제의 은혜를 비유하는 말로도 쓰인다. 《춘추좌씨전春秋左氏傳》<양공襄公 19년>에 "소국이 대국을 우러러 바라보는 것을 비유하자면, 온갖 곡식이 단비를 우러러 바라보는 것과 같다.(小國之仰大國也, 如百穀之仰膏雨焉.)"라는 말이 나온다.

3) 淺桃深杏 : 엷은 복사꽃과 진한 살구꽃을 말한다.

4) 露染風裁 : 대자연의 조화를 가리킨다.

5) 銀塘 : 은빛으로 빛나는 깨끗한 가을 연못을 가리킨다.

6) 魚鱗簟展 : 물고기 비늘같은 물결이 반짝이며 펼쳐진다는 뜻이다.

7) 龜甲屛 : 옥으로 만들거나 또는 옥으로 장식한 병풍을 말하는데, 꽃무늬가 마치 귀갑龜甲의 무늬와 같은 데서 붙여진 이름이다. 《동명기洞冥記》에 "위로는 신명대가 세워져 있는데, 그 위에는 황금와상과 상아석이 있고, 여러 가지 옥을 섞어서 귀갑병풍을 만들어 놓았다.(上起神明臺, 上有金牀象席, 雜玉爲龜甲屛風.)"라고 하였다.

8) 殷晴雷 : 《시경詩經》<소남召南>의 한 편명이고, 정부征婦가 그의 남

편이 돌아오기를 고대하는 내용이다. 《시경》<소남召南·은기뢰殷其
雷>에 "쿵쿵 울리는 천둥소리는, 남산의 양지쪽에 있거늘, 어찌하
여 이 사람은 이곳을 떠나, 감히 겨를을 못 낸단 말인가. 미덥고
후한 군자는 돌아올진저 돌아올진저.(殷其雷, 在南山之陽. 何斯違
斯, 莫敢或遑? 振振君子, 歸哉歸哉.)"라고 되어있다.

9) 鼓吹 : 악기를 합주하며 연주하는 소리를 가리킨다.

10) 蓬萊 : 봉래산蓬萊山으로, 고대 전설 속의 바닷속 선산仙山을 말한
다. 보통 선경을 비유하는 말로 많이 쓰인다.

11) 集旒 : 깃발이 모이다.

12) 三千珠履 : 삼 천 명이나 되는 구슬 장식 신발을 신은 많은 문객을
가리킨다. 이백李白의 <기위남릉빙寄韋南陵氷> 시에, "당상엔 삼천
명의 구슬신 신은 손이요, 항아리 속엔 백 곡의 금릉춘이로다.(堂上
三千珠履客, 瓮中百斛金陵春.)" 한 데서 온 말인데, 금릉춘은 바로
술 이름이기도 하다.

13) 十二金釵 : 금비녀가 열두 줄이란 처첩妻妾이 많다는 뜻이다. 《說苑》
에 "우승유牛僧孺가 '1천금을 주고 종유를 사서 복용하였더니 힘이
샘솟고, 또 노래 부르며 춤추는 기생이 많다.'고 자랑하므로 백거이
白居易가 '종유는 삼천 냥이요 금비녀가 열두 줄이라(鐘乳三千兩
金釵十二行)' 한 시를 지어 보냈다." 라고 되어 있다.

14) 雅俗熙熙 : 고아한 사람과 보통사람이 혼잡한 가운데 함께 있다는
말이다. '희희熙熙'는 혼잡한 모습을 가리킨다.

15) 春台 : 예부禮部의 관원을 가리킨다.

16) 東山妓女 : 동진東晉 때 사안謝安이 매양 내외의 자질子姪들과 기녀
들을 거느리고 동산의 별장에서 주연을 푸짐하게 베풀고 풍류를
한껏 즐기곤 했던 데서 온 말이다. 한번은 여러 사람과 배를 타고
바다를 건너갈 때 풍랑이 심하게 일어 모두가 두려워하며 아우성
을 쳤는데, 태연자약하게 노래를 읊는 사안의 모습을 보고 뱃사공

이 진정하고 노를 저어 무사하게 돌아왔으므로 사람들이 그의 아량에 감복했다고 한다. 《晉書·謝安列傳》

17) 北海尊罍: 후한後漢의 공융孔融처럼 풍류를 즐기며 살겠다는 말이다. 북해는 공융의 별칭이다. 일찍이 북해상北海相을 지낸 공융이 "자리 위에 손님이 항상 가득하고, 술동이 속에 술이 늘 비지 않는다면, 내가 걱정할 것이 하나도 없다."라고 하면서 술과 빈객을 무척 사랑했다는 고사가 전한다. 《後漢書·孔融列傳》 '존뢰尊罍'는 술동이를 말한다.

18) 追陪: 짝하여 따르다는 말이다.

19) 鳳池: 위진남북조魏晉南北朝 시대에 금원禁苑에 파 놓았던 연못인 '봉황지'로, 이 근처에 임금을 측근에서 보좌하여 중요한 기무機務를 관장하는 중서성中書省이 있었으므로 중서성을 봉황지라 한다.

141 〈玉蝴蝶〉 是處小街斜巷(이 곳 작은 거리의 경사진 골목)

是處小街斜巷, 爛游花館, 連醉瑤后。選得芳容端麗, 冠絕吳姬。絳唇輕、笑歌盡雅, 蓮步穩、擧措皆奇。出屛幃。倚風情態, 約素腰肢。　　　當時。綺羅叢裡, 知名雖久, 識面何遲。見了千花萬柳, 比並不如伊。未同歡、寸心暗許, 欲話別、纖手重攜。結前期。美人才子, 合是相知。

이 곳 작은 거리의 경사진 골목, 기원에서 늘어지게 놀며 연이어 요옥잔에 취했네. 아름다운 얼굴 단정하고 고운 이 가려내니, 으뜸가는 절세의 오지역의 여인이여. 붉은 입술 가볍고 웃으며 노래함이 더없이 우아하다. 연꽃 걸음 차분하고 기동 모두 기묘하다. 휘장 밖에 나와 바람에 기대는 자태, 미인의 가는 허리와 팔다리.　　　그 때 미녀들 무리 속에서 이름을 안 지는 비록 오래되었어도 얼굴 안 것 어찌 늦었

는가. 천 가지 꽃과 만 가지 버들 보았어도 그녀의 아름다움에 비할
수 없다네. 함께 기뻐하지 않았는데 마음속에서 몰래 허락하여 이별을
말하려 보드라운 손 다시 잡아, 앞날의 기약 맺는다. 미인과 제자는
마땅히 서로 알아야 한다.

|주석|

1) 爛游花館 : 기원妓院에서 늘어지게 노는 미녀를 말한다.

2) 瑤卮 : 옥잔을 가리킨다.

3) 冠絶吳姬 : 오지역에서 으뜸가는 최고의 미녀를 가리킨다.

4) 絳唇輕 : 여인의 붉은 입술이 비교적 엷다는 뜻이다.

5) 約素腰肢 : 여자의 허리가 매우 가늘고 아름다운 것을 비유한 말이
다. 약소約素는 동그랗게 묶은 비단 깁을 말한다.

6) 綺羅 : 비단으로 만든 의복을 가리킬 뿐 아니라 비단옷을 입은 귀부
인이나 미인을 가리키기도 한다.

7) 寸心暗許 : 마음 속에서 몰래 허락한다는 뜻이다.

8) 結前期 : 앞날의 좋은 기약을 말한다.

9) 合 : 마땅히.

142 〈玉蝴蝶〉 誤入平康小巷(태평성대 골목길로 잘못 들어
가)

誤入平康小巷, 畫檐深處, 珠箔微褰。羅綺叢中, 偶認舊識嬋
娟。翠眉開、嬌橫遠岫, 綠鬢嚲、濃染春煙。憶情牽。粉牆曾恁,
窺宋三年。　　遷延。珊瑚筵上, 親持犀管, 旋疊香箋。要索新
詞, 殢人含笑立尊前。按新聲、珠喉漸穩, 想舊意、波臉增妍。苦
留連。鳳衾鴛枕, 忍負良天。

태평성대 골목길로 잘못 들어가, 화려한 처마 깊은 곳에서, 진주 주렴을 살포시 걷어보네. 비단 같은 미녀 모인 곳에, 우연히 면식 있던 미녀 알아보았지. 푸른 눈썹 펴지고 먼 산봉우리에 어여쁜 비끼자, 푸른 귀밑머리에 봄 안개 짙게 물 들었네. 정에 이끌리던 시절 생각나네. 분칠한 담벼락에, 삼년간 송옥을 엿보았네.   세월이 흘러. 산호 같은 대자리 위에, 친히 붓 잡으니, 곧장 아름다운 문장이 쌓이네. 새로운 시사 찾아, 사람들 미소 머금고 술동이 앞에 서 있네. 새로운 곡자 소리 생각하니, 고운 목소리 점차 평온해지고, 옛 뜻 생각하니 얼굴 더욱 어여쁘네. 머물러 있기 힘드네. 원앙금침을, 차마 좋은 날에 저버릴 수 있으랴.

| 주석 |

1) 平康 : 당나라 장안長安 평강리平康里의 별칭으로, 북쪽에 위치하였으므로 붙여진 이름이다. 이곳에 기원妓院이 있었기 때문에 이후에 기녀들이 많이 살던 곳을 말한다.

2) 微褰 : 수건을 살포시 걷어낸다는 말이다.

3) 羅綺 : 비단옷. 비단옷으로 잘 차려 입은 여인을 뜻하기도 한다. 보통 화려한 의복을 가리킨다.

4) 嬋娟 : 품위 있고 아름다운 모양. 보통 미인을 가리킨다.

5) 遠岫 : 먼 산처럼 화장한 눈썹을 말한다.

6) 斝 : 아래로 처지다는 뜻이다.

7) 濃染春煙 : 머리카락이 검고 표일飄逸한 것을 비유한 말이다.

8) 粉牆曾恁 : 여인이 사인을 지극히 사모하는 것을 가리킨다.

9) 宋 : 전국시대 초楚나라의 시인 송옥宋玉을 가리킨다. 그가 <고당부高唐賦>를 지었는데, 초 회왕楚懷王이 고당에서 노닐다가 대낮의 꿈 속에서 무산신녀巫山神女를 만나 하룻밤의 인연을 맺고 작별했다는 이야기로 구성되어 있다. 이러한 고사를 인용하여 백규화白葵花를

237

무산의 신녀 같은 미인에 비유하였다.

10) 遷延 : 자유자재로 조금도 구속됨이 없다는 뜻이다.

11) 珊瑚 : 뛰어난 재주를 가진 사람을 비유하는 말이다. 준걸한 인재를
말한다.

12) 親持 : 친히 잡다는 뜻이다.

13) 犀管 : 서각(무소뿔) 털로 만든 붓을 말한다.

14) 尊前 : 술잔. 술동이. 술자리를 말한다.

15) 按新聲 : 새롭게 만든 곡자를 말한다.

16) 珠喉 : 원같이 둥글고 진주같이 고운 목소리를 말한다.

17) 波臉 : 얼굴. 용모를 말한다.

143 〈玉蝴蝶〉 重陽(중양절)

淡蕩素商行暮, 遠空雨歇, 平野煙收。滿目江山, 堪助楚客冥
搜。素光動、雲濤漲晩, 紫翠冷、霜巘橫秋。景淸幽。渚蘭香謝,
汀樹紅愁。良儔。西風吹帽, 東籬攜酒, 共結歡游。淺酌低吟,
坐中俱是飮家流。對殘暉、登臨休嘆, 賞令節、酩酊方酬。且相
留。眼前尤物, 盞裡忘憂。

맑게 퍼진 가을이 저물어가고, 먼 허공에 비도 그치니, 너른 평야에
안개도 거두네. 강산을 한 눈 가득 바라보며, 초나라 나그네가 어두운
곳에서 길 찾는 거 도와줄만 하리. 흰 달 빛 생동하여 구름물결 느즈막
에 불어나, 붉고 푸른 냉기 서리 않은 산에 가을이 비껴든다. 경치는
맑고 그윽해. 강가 난초 향기 시들고, 강변의 나무는 붉게 근심 어렸네.
　　　　　좋은 사람들. 서풍 불어 모자에 불어 떨구고, 동쪽 울타리로
술잔 들고서, 함께 즐거운 꽃놀이 해보세. 술 조금 따라 나지막히 읊조
리고, 좌중에 모두 술 잘 마시는 부류로고. 남은 햇빛 마주하고 높은

곳에 올라 한탄하지 마소. 좋은 절기 감상하며 술김에 술 따르나니.
머물러 계시오. 눈 앞에 좋은 경치, 술 잔 속에 근심일랑 잊을테니.

10) 令節 : 좋은 계절이라는 뜻이다.

11) 酩酊方酬 : 반드시 좋은 술을 많이 마시고 흠뻑 취하겠다는 말이다.

12) 忘憂 : 근심을 잊는다는 것은 망우물忘憂物이라 칭하는 술을 가리킨
다. 노魯나라 소공昭公 28년(B.C.514) 가을에 진晉나라 한기韓起(한
선자韓宣子)가 죽자 위서魏舒가 중군中軍을 거느리고서 집정執政이
되어 서자 위무魏戊를 경양 대부梗陽大夫로 삼았다. 이해 겨울에 경
양 사람의 소송이 있었는데, 위무는 그 시비를 가릴 수 없어서 송
사를 위서에게 보냈다. 그런데 소송의 한쪽 당사자의 종인宗人이
위서에게 여악女樂을 뇌물로 보내자 위서가 그것을 받으려 하였다.
위무는 위서의 속대부屬大夫인 염몰閻沒과 여관女寬에게 위서가 뇌
물을 받지 않도록 간언해 달라고 부탁하였고, 이를 허락한 두 사람
은 위서가 군주를 조현朝見하고 물러나올 때까지 위서의 집 뜰에서
기다렸다. 위서가 집에 돌아오고 음식이 안으로 들어오자 위서는
두 사람을 불러들여 음식을 먹게 하였는데, 두 사람은 식사를 시작
할 때부터 끝날 때까지 세 차례 한숨을 지었다. 식사를 마친 뒤에
위서는 그들을 다시 앉게 하고서 "내가 어른들에게 듣기로는 속담
에 '식사하는 동안만은 근심을 잊는다.'라고 하였는데 그대들은 음
식을 차려놓을 때에 세 차례 한숨을 지었으니, 이는 어째서인가?
(吾聞諸伯叔, 諺曰"唯食忘憂". 吾子置食之間三歎何也?)"라고 물었
다는 고사에서 나온 전고이다. 《春秋左氏傳·昭公》

144 〈滿江紅〉 桐川(동천에서)

暮雨初收, 長川靜, 徵帆夜落。臨島嶼、蓼煙蔬淡, 葦風蕭索。幾
許漁人飛短艇, 盡載燈火歸村落。遣行客、當此念回程, 傷漂
泊。　　桐江好, 煙漠漠。波似染, 山如削。繞嚴陵灘畔, 鷺飛魚

躍。游宦區區成底事, 平生況有雲泉約。歸去來、一曲仲宣吟,
從軍樂。

저녁비 막 거두고, 긴 하천은 조용하고, 돛단배 타고 나아가 밤에 떨어
졌다. 작은 섬에 이르니, 붉은 여귀위에 엷은 연무가 끼었고, 바람이
초가집에 불어 갈대 소리가 나고, 물고기와 사람이 짧은 작은배를 날
게 한 것이 몇 번인가? 등불을 다 싣고 촌마을에 내렸다. 지나가는
손님을 보내고, 당시 여기에서 여정을 회상하니, 이리저리 떠돌다 배
를 정박하니 슬프구나.　　　　 동강은 좋고 연무는 아득하다. 파도는
물들어진 것 같고, 산은 깎은 듯하네. 엄릉탄^{嚴陵灘} 둑을 에워싸고, 백
로는 날아오르고 물고기는 뛰어오른다. 작은 관리가 구구하게 무슨
일을 이룰까! 하물며 평생 구름과 샘이 있는 산수에 뜻을 두기를 기약
했다. 전원의 자연으로 돌아와서, 왕찬의 <종군행從軍行>노래 한 곡을
읊조리네.

| 주석 |

1) 桐川 : 《汲古閣》本《六一詞》에 의거하며 소제를 보충하다.

2) 蓼煙疏淡 : 붉은 여귀위에 엷은 연무가 끼었다는 말이다.

3) 載 : 《汲古閣》본에는 '將'으로 되어 있다. 다른 판본에는 '載'자로
   되어 있다. 본 사패의 평측 격률 규칙에 의거하면 마땅히 평성으로
   써야하기 때문에 '載'자가 더 합당하다 추측된다.

4) 桐江 : 후한後漢 엄광嚴光이 친구인 광무제光武帝가 높은 벼슬을 주
   겠다는 호의를 거절하고 부춘산富春山에 들어가 숨어 살며 동강에
   서 낚시로 소일하였던 富春江을 말한다.

5) 嚴陵灘 : 중국 후한後漢 광무제光武帝 때의 은사隱士 엄광嚴光이 머
   물렀던 엄릉탄嚴陵灘을 말한다. 엄광은 광무제와 어릴 적 친구였는
   데, 광무제가 제위에 오른 뒤에 성명을 고치고 숨어 살았으며, 끝내
   벼슬을 사양하고 부춘산富春山에 은거하였다. 이에 후인들이 그가

낚시질하던 곳을 '엄릉탄'이라 하였다.

6) 游宦 : 이곳 저곳 떠돌아다니는 벼슬살이하는 관리를 말한다.

7) 區區 : 미미하고 부족하다는 말이다.

8) 底事 : 무슨 일을 말한다.

9) 雲泉約 : 흰 구름과 맑은 샘물이 있는 승경勝景이라는 말로, 보통 은자隱者의 처소를 가리킨다. 당나라 시인 백거이白居易의 시 <강루의 이른 가을江樓早秋>에 "백운白雲 청천淸泉의 좋은 경치 구경하고 싶으면, 복랍의 바탕을 마련해야만 하네.(欲作雲泉計, 須營伏臘資.)"라는 구절이 있다.

10) 歸去來 : 진晉나라 고사高士 도연명陶淵明이 관직을 버리고 전원으로 돌아가 유유자적하고자 한 삶을 노래한 것이다. 동진東晉의 처사인 도잠陶潛이 팽택 영彭澤令이 되었다가 독우督郵에게 허리를 굽히기 싫어 관직을 그만두고 오면서 읊은 <귀거래사歸去來辭>에 "구름은 무심히 산봉우리에서 피어나고, 새는 날기에 지쳐 돌아올 줄을 안다.(雲無心而出岫, 鳥倦飛而知還.)"라고 한 구절이 있다.《陶淵明集·歸去來辭》

11) 一曲仲宣吟 : 삼국시대 위魏나라 산양山陽 사람으로, 왕찬王粲의 자字로, 그는 박식하고 문장이 뛰어나 건안 칠자建安七子 중의 한 사람으로 꼽혔다. 일찍이 한 헌제漢獻帝 때 난리를 피해 형주荊州의 유표劉表에게 15년 동안 의탁하며 객지를 떠돌아다녔는데, 이때 강릉江陵의 성루城樓에 올라가 시사時事를 한탄하고 고향을 그리는 내용의 <등루부登樓賦>를 읊어 시름을 달래었다.《文選·登樓賦》

12) 從軍樂 : 종군을 제재로 한 악곡을 말한다. 건안建安 20년(215) 7월에 조조曹操가 서쪽 지역의 장로張魯를 정벌하여 항복을 받아내고 돌아왔다. 당시 왕찬王粲이 <종군행從軍行>을 지어 그 일을 찬미하였는데 그 가운데 "종군에는 고통과 즐거움이 있으니 누구를 따르느냐에 달려 있을 뿐.(從軍有苦樂, 但問所從誰.)"이라는 내용이 있

었다.《文選·從軍詩五首 注》여기에서 유래하여 '종군락從軍樂'이
라는 성어가 생겼다.

145 〈滿江紅〉 訪雨尋雲(남녀가 사랑하는 것은)

訪雨尋雲, 無非是、奇容艷色。就中有、天眞妖麗, 自然標格。惡
發姿顔歡喜面, 細追想處皆堪惜。 自別後、幽怨與閒愁, 成堆
積。　　　鱗鴻阻, 無信息。夢魂斷, 難尋覓。盡思量, 休又怎生休
得。誰恁多情憑向道, 縱來相見且相憶。便不成、常遺似如今,
輕抛擲。

남녀가 사랑하는 것은, 시비가 없어 빼어난 용모의 아름다운 여색만
있다오. 그 가운데 천진하고 요염한 여인이 있어, 자연스럽고 격조가
있었지. 성을 낸 얼굴도 좋고 기뻐하는 얼굴도 좋아, 자세히 추억해보
니 모두 애석하다오. 스스로 헤어진 뒤로 그윽이 원망과 한가한 수심
이 쌓여서 퇴적되었네.　　　　　편지는 막혀서 소식도 없다. 꿈에서
깨어, 모습 찾기가 어렵구나. 모든 것이 그립지만, 그만두자 또 어떻게
생각나는 걸 그만둘 수 있으랴. 누구에게 다정함을 의지하여 말할까?
설사 와서 서로 만나도 또한 서로 생각난다네. 곧 이루지 못할 꿈이
항상 지금처럼 남아있어, 가벼이 내던졌다네.

| 주석 |

1) 訪雨尋雲 : 비와 구름은 '운우지정雲雨之情', 즉 남녀의 사랑을 비유
한다. 여기서는 사랑이 끝나고 헤어짐을 표현한 것이다. 초나라 회
왕懷王이 고당에 노닐다가 꿈속에 신녀神女를 만나 동침을 하였는
데, 신녀가 떠나면서 "첩은 무산巫山 남쪽 높은 봉우리에 사는데,
아침에는 구름이 되고 저녁에는 비가 되어 매일 아침저녁 양대陽臺

243

아래에 있습니다."라고 하였다 한다. 《文選·高唐賦》

2) 就中 : 그 가운데라는 말이다.

3) 標格 : 격조. 풍도를 말한다.

4) 惡發姿顔歡喜面 : 성을 낸 얼굴도 좋고 기뻐하는 얼굴도 좋다는 뜻이다.

5) 鱗鴻 : 기러기와 물고기. 어안魚雁. 인홍鱗鴻. 한漢나라의 소무蘇武가 흉노匈奴의 땅에서 비단에 쓴 편지를 기러기의 발에 매어 무제武帝에게 보냈다는 고사故事와, 옛날 사람이 먼 곳에 두 마리의 잉어를 보냈는데 그 뱃속에서 흰 비단에 쓴 편지가 나왔다는 고사를 인용한 말이다.

6) 休又怎生休得 : 그만두자 또 어떻게 생각나는 걸 그만둘 수 있겠는가라는 뜻이다.

7) 憑向道 : 누구에게 말할까.

146 〈滿江紅〉 萬恨千愁(만 가지 한과 천 가지 걱정이)

萬恨千愁, 將年少、衰腸牽系。殘夢斷、酒醒孤館, 夜長無味。可惜許枕前多少意, 到如今兩總無終始。獨自個、贏得不成眠, 成憔悴。　　添傷感, 將何計。空只恁, 厭厭地。無人處思量, 幾度垂淚。不會得都來些子事, 甚恁底死難拚棄。待到頭、終久問伊看, 如何是。

만 가지 한과 천 가지 걱정이 젊은이의 속마음에 얽히고설켜있다네. 이내 다 꾸지 못한 꿈에서 깨어나고, 술에서도 깨어나니, 고독한 여관, 밤은 길어 무미하구나. 애석하도다! 베개에서의 많은 의미들이 지금에 와서는 대개 두 사람에게 끝도 시작도 없음이. 나 홀로 잠 못 이루니 초췌해지는구나.　　슬픔이 더해지니 앞으로 어찌하리. 부질없이 당신만을 생각하고 있으니, 힘이 빠지네. 아무도 없는 곳에서 그리워하며 몇 번이고 눈물을 흘린다. 항상 이 정도밖에 안 되는 작은 일인데도 어찌 이렇게 떨쳐버리기 힘든 것인지 이해할 수 없다네. 끝까지 기다렸다 당신과 만나게 된다면 왜 이렇게 했는지 물어보리라.

| 주석 |

1) 可惜許枕前多少意 : 애석하도다! 베게에서의 많은 의미들이 지금에 와서는 두 사람에게 끝도 시작도 없다는 말이다.

2) 到如今兩總無終始 : 지금에 와서는 대개 두 사람에게 끝도 시작도 없다는 말이다. '總' 대개, 대략이라는 뜻이다.

3) 空只恁, 厭厭地 : 부질없이 다만 당신만 생각하고 있다는 말이다. '厭厭地'는 정신이 마비되다는 뜻이다.

4) 不會得 : 알 수 없다. 이해할 수 없다는 뜻이다.

5) 都來 : 완전하다는 말이다.

6) 甚恁 : 왜 이렇게.

7) 底死 : 죽음에 이르게 되더라도. 항상. 늘이라는 뜻이다.

8) 終久問伊看 : 끝까지 기다렸다 당신을 만나서 한 번 물어보겠다는 말이다.

9) 如何是 : 왜 이렇게 했는가?

147 〈滿江紅〉 匹馬驅驅(말 한 필 타고 내달려)

匹馬驅驅, 搖徵轡、溪邊谷畔。望斜日西照, 漸沈山半。兩兩棲禽歸去急, 對人相並聲相喚。似笑我, 獨自向長途, 離魂亂。

中心事, 多傷感。人是宿, 前村館。想鴛衾今夜, 共他誰暖。惟有枕前相思淚, 背燈彈了依前滿。怎忘得、香閣共伊時, 嫌更短。

말 한 필 타고 내달려, 고삐 흔들자 계곡 언덕까지 도착하네. 서쪽 비추는 석양 바라보다, 점점 산 허리에 사라지네. 짝지어 둥지로 돌아가는 새들, 사람 발견하고 함께 소리 쳐 부르네. 나를 비웃는 듯, 홀로 먼 길 향하는, 이별한 영혼 어지러워라.　　　마음속의 일로 상처받은 감정 많다오. 사람들 앞 마을 여관에 잠들었네. 오늘밤 원앙금침 그리며, 다른 사람과 함께한들 누가 따뜻할까. 등불 등지고 연주한 거문고 소리만 예전처럼 방안 가득하다오. 향긋한 누각에 그대와 함께 있던 때를 어떻게 잊으랴, 부끄러워 더욱 기억이 짧아지네.

| 주석 |

1) 匹馬驅驅 : 말 한필을 타고 급히 내달리다는 뜻이다.
2) 對人相並聲相喚 : 쌍쌍의 비익조가 서로 부르고 울다가 사인은 발견하고 날아갔다는 말이다.
3) 中心 : 마음 속이라는 말이다.
4) 香閣 : 대궐이나 절에서 전각을 아름답게 이르는 말이다.
5) 更短 : 밤이 짧다는 말이다.

148 〈洞仙歌〉 乘興(흥취가 일어나)

乘興, 閒泛蘭舟, 渺渺煙波東去。淑氣散幽香, 滿蕙蘭汀渚。綠蕪平畹, 和風輕暖, 曲岸垂楊, 隱隱隔、桃花圃。芳樹外, 閃閃酒旗遙擧。　　　羈旅。漸入三吳風景, 水村漁市。閒思更遠神京, 抛擲幽會小歡何處。不堪獨倚危檣, 凝情西望日邊, 繁華地, 歸程阻。空自嘆當時, 言約無據。傷心最苦。佇立對、碧雲將暮。關河遠, 怎奈向、此時情緒。

흥취가 일어나 한가로이 목란배 띄워, 아득하게 안개물결 동쪽으로 흘러가네. 맑은 기운에 그윽한 향기 흩어지고, 난초 가득한 강가로 떠나네. 녹음 우거진 평평한 언덕에, 온화한 바람에 살짝 따뜻하고, 굽은 언덕에 수양버들 자라고, 한들한들 가리니 복사꽃 핀 채마밭이라. 향긋한 나무 밖에 번득이는 주막 깃발 멀리 들어보네.   나그네 신세. 점점 삼오의 풍경에 들어가니, 강촌마을과 어시장 나오네. 더욱 먼 도성 한가하게 생각하니, 그윽한 모임에 사소하게 즐거웠던 어디인 가에 던져 놓네. 차마 홀로 위태한 돛에 의지할 수 없어, 서쪽으로 해 변두리 바라보며 마음 응어리지는데, 화려한 곳에서 돌아갈 길 막혔구나. 공연히 당시를 스스로 한탄하니, 언약했으나 근거할 데 없다오. 가장 마음 아프오. 우두커니 서서 대하니 푸른 구름 저물어가네. 관아 는 멀어서 어찌할 방법이 없네. 이 때의 마음 복잡하네.

| 주석 |

1) 淑氣 : 맑고 온화한 기운을 말한다. 송 인종 때에 왕기공王沂公이 입춘일에 황제의 대궐문에 붙인 춘첩자에 "북방의 서린 음기 다하고, 천만 문에 맑은 기운 새로워라. 해마다 궁중에는, 귀한 춘첩자가 입춘에 어울리네.(北陸凝陰盡, 千門淑氣新. 年年金殿裏, 寶字貼宜春.)"라고 하였다. 《古今事文類聚·立春》

2) 蕙蘭 : 향기나는 풀을 말한다. 초楚나라 굴원屈原이 조정에서 모함을 받고 쫓겨난 뒤에도 계속 인의仁義를 고수하겠다는 뜻을 밝히면서 <이소離騷>에 "내가 구원의 땅에 이미 난초를 심어 놓고는, 다시 백 묘의 땅에다 혜초를 심었노라.(余旣滋蘭之九畹兮, 又樹蕙之百畝.)"라고 되어있다.

3) 汀渚 : 물에 있는 작은 섬. 물속에 있는 작은 모래톱을 말한다.

4) 綠蕪平畹 : 평평한 언덕에 푸른 풀이 가득 자라서 무성하게 무더기를 이루고 있는 모습을 말한다.

5) 曲岸垂楊 : 굽은 언덕에 늘어져있는 수양버들이라는 말이다.

6) 羈旅 : 나그네처럼 다른 지방에 와서 벼슬살이를 하는 사람을 말한다. 장시간 외지에서 여행하는 객을 말한다.

7) 三吳 : 오흥吳興, 오군吳郡, 회계會稽 지방을 통틀어 일컫는 말이다.

8) 市 : 汲古閣本과 《歷代詩餘》에는 '浦'자로 되어 있고, 다른 판본에는 '市'자로 되어 있다.

9) 神京 : 북송의 수도인 변경汴京이고, 지금의 하남성 개봉開封이다.

10) 不堪 : 차마~하지 못하다는 뜻이다.

11) 言約無據 : 입으로는 약속했으나 근거할 데가 없다는 말이다.

12) 怎奈向, 此時情緒 : 이 때 감정은 어찌할 방법이 없다는 뜻이다. '向'은 어조사이다.

149 〈引駕行〉 紅塵紫陌(번잡한 세상 경성의 길)

紅塵紫陌, 斜陽暮草長安道, 是離人, 斷魂處, 迢迢匹馬西徵。
新晴。韶光明媚, 輕煙淡薄和氣暖, 望花村, 路隱映, 搖鞭時過
長亭。愁生。傷鳳城仙子, 別來千裡重行行。又記得臨歧, 淚眼
濕蓮臉盈盈。　　　消凝。花朝月夕, 最苦冷落銀屛。想媚容、耿
耿無眠, 屈指已算回程。相縈。空萬般思憶, 爭如歸去睹傾城。
向繡幃、深處並枕, 說如此牽情。

번잡한 세상 경성의 길, 석양녘 때늦은 꽃의 장안 길, 이곳은 헤어지는
이들의 애타는 곳, 아득하게 필마로 서쪽으로 떠나가네. 비 갓 개어
밝은 빛 아름답게 비추며, 엷은 안개에 천기는 따사로운데, 꽃마을 끝
가지 바라보니 떠난 길은 햇빛에 가리웠고, 말채찍 흔들며 장정을 지
나가네. 시름 일어 장안의 풍류객 마음 상하여, 떠나와 천리토록 가고

또 가네. 또 헤어질 때 기억해보니, 눈물 적시어 연꽃같은 얼굴에 그렁 그렁 하였지.   애가 끊는다. 꽃 피는 아침과 달뜨는 저녁엔 싸늘한 은병풍이 제일 서럽구나. 예쁜 얼굴 생각하며 뒤척이며 잠 못들겠네. 손꼽아 마음으로 이미 돌아올 때 헤아려도 마음만 어수선하여 공연한 수 만 가지 그리움, 언제나 돌아가 예쁜 얼굴 바라보며, 수놓은 휘장 속 깊은 곳에 베개 나란히 하고, 이 이끌리는 마음 얘기하리.

| 주석 |

1) 紅塵紫陌 : 자맥은 도성 근교의 큰길이고, 홍진은 거기에서 일어나는 먼지를 말하는데, 곧 번화한 도성을 가리킨다. 당唐나라 유우석(劉禹錫, 772~842) 이 낭주 사마朗州司馬로 폄척되었다가 도성으로 돌아와 지은 시 <자낭주승소지경희증간화제군자自朗州承召至京戲贈看花諸君子>에 "번화한 거리 홍진이 얼굴에 불어오는데, 꽃구경하고 온다 말하지 않는 이 없어라.(紫陌紅塵拂面來, 無人不道看花回.)"라는 구절이 있다. 《劉賓客文集》

2) 迢迢匹馬西徼 : 혼자 말을 타고 먼 서쪽으로 떠나갔다는 말이다.

3) 路隱映 : 떠난 길은 햇빛에 가리웠다는 말이다.

4) 傷鳳城仙子 : '鳳城'은 경성, 경성을 말한다. 이 구절은 장안의 풍류객을 근심하여 미인이 마음을 상했다는 말이다.

5) 重行行 : 또 끝없이 간다는 말이다. 무명씨無名氏의 <고시古詩>에 "가고 가고 또 끝없이 가니, 임과 영영 생이별이로다.(行行重行行, 與君生別離.)"라고 한 데서 온 말이다. 《文選》

6) 臨歧 : 길이 갈라지는 곳. 이별의 장소를 말한다.

7) 淚眼濕 : 눈물을 적시다는 뜻이다.

8) 蓮臉 : 연꽃같이 아름다운 얼굴을 말한다.

9) 盈盈 : 눈물이 얼굴에 가득하다. 눈물이 그렁그렁하다.

10) 消凝 : 마음이 상해서 애가 끊는다는 뜻이다.

11) 銀屛 : 은으로 만든 병풍을 말한다.

12) 耿耿 : 마음이 무겁다. 초조하고 불안하다.

13) 相縈 : 서로 얽혀 그리워하는 마음을 가리킨다.

14) 爭 : 어떻게. 어찌.

15) 傾城 : 절세가인. 뛰어난 미인을 가리킨다. 《한서漢書》<외척전外戚傳 이부인李夫人>에 "북방에 미인이 있으니, 세상에 견줄 이 없게 홀로 뛰어나, 한번 돌아보면 남의 성을 망치고, 두 번 돌아보면 남의 나라를 망치네. 성 망치고 나라 망치는 걸 왜 모르랴마는, 미인은 다시 얻기가 어렵다오.(北方有佳人, 絶世而獨立. 一顧傾人城, 再顧傾人國. 寧不知傾城與傾國, 佳人難再得.)"라고 한 데서 온 말이다.

150 〈望遠行〉 冬雪(겨울에 내린 눈)

長空降瑞, 寒風翦, 淅淅瑤花初下。亂飄僧舍, 密灑歌樓, 迤邐漸迷鴛瓦。好是漁人, 披得一簑歸去, 江上晚來堪畵。滿長安, 高卻旗亭酒價。　　　幽雅。乘興最宜訪戴, 泛小棹, 越溪瀟灑。皓鶴奪鮮, 白鷴失素, 千里廣鋪寒野。須信幽蘭歌斷, 彤雲收盡, 別有瑤台瓊榭。放一輪明月, 交光淸夜。

먼 허공에서 상서로운 눈 내리니, 차가운 바람에 끊어지고, 쏴쏴 아름다운 꽃 비로소 떨구네. 회오리바람이 사찰에 어지러이 불고, 노래하는 누각에 빽빽하게 비 뿌려, 비스듬하게 이어져서 점점 원앙와에 미혹되네. 좋은 이는 어부이고, 한 도롱이 얻어 나누어 쓰고 돌아가면, 강가에 저녁이 오니 한 폭 그림이네. 장안에 가득하지만, 오히려 주막의 술가격이 높구나.　　　그윽하고 운치있네. 흥이 일면 친구 방문하기에 가장 알맞아, 작은 배 띄워 초계로 거슬러 오르는 마음 시원하네.

백학이 선명한 빛을 뺏기고, 흰꿩이 하얀 빛을 잃은 것은, 천리 넓게 펼쳐진 차가운 들판에 눈 때문일세. 그윽한 난 향기에 노래소리 끊어지고, 하늘에 붉은 구름 도무 흩어지고서야, 따로 옥으로 조각한 누각과 정자가 있는 줄 믿겠네. 쟁반같은 밝은 달 두둥실 떠올라, 맑은 밤에 달빛과 눈빛이 서로 반짝이네.

| 주석 |

1) 冬雪 : 《汲古閣》本《六一詞》에 근거하여 소제를 보충했다.
2) 鴛瓦 : 짝을 이룬 기와로 암키와와 수키와를 이른다. 원앙새는 수컷을 원鴛, 암컷을 앙鴦이라 하는데, 아래에 보이는 원와元瓦는 수키와인 원와鴛瓦이고 앙와央瓦는 암기와인 앙와鴦瓦이다.
3) 乘興最宜訪戴 : 진晉나라 왕휘지王徽之가 폭설이 내린 달 밝은 밤에 산음山陰에서 홀로 술을 마시며 좌사左思의 초은시招隱詩를 읊다가, 불현듯 섬계剡溪에 있는 벗 대규戴逵가 보고 싶어지자, 밤새도록 배를 몰고 그 집 앞에까지 갔다가 그냥 돌아왔는데, 그 이유를 물으니 "흥이 나서 갔다가 흥이 다해서 그냥 돌아왔다.(乘興而行, 興盡而返)"라고 대답한 방대訪戴의 고사가 전한다. 《世說新語·任誕》
4) 小棹 : 작은 배를 말한다.
5) 旗亭 : 술집. 기를 높이달아 술집임을 표시한 데서 유래되었다.
6) 皓鶴 : 눈이 오는 모양을 백학의 깃털이 떨어져 흩날리는 모양에 비유한 것이다. 남조南朝 송宋나라의 시인 사혜련謝惠連의 <설부雪賦>에 "백학은 고운 빛을 빼앗기고, 백한은 흰빛을 잃어버렸네.(皓鶴奪鮮, 白鷴失素.)"라고 되어 있다.
7) 白鷴 : 꿩과에 속한 백조白鳥의 일종인데, 이백李白의 <증황산호공구백한贈黃山胡公求白鷴> 시에 "내가 두 백벽으로써, 그대의 두 백한을 사려고 청했노니, 백한의 빛깔은 하얀 비단 같아서, 화려한 모습이 백설을 부끄럽게 한다지. …… 나는 이 새를 얻어서, 푸른

251

산에 앉아 완상하고 싶었는데, 호공이 능히 백한을 잡아서, 새장에 가두어 야인에게 부쳐 왔구려.(請以雙白璧, 買君雙白鷴. 白鷴白如錦, 白雪恥容顔. …… 我願得此鳥, 玩之坐碧山. 胡公能輟贈, 籠寄野人還.)"라고 한 데서 온 말로, 이 또한 처세의 자유로움을 희망하는 뜻으로 한 말이다. 《李太白集》

8) 幽蘭 : 빈 골짝에 피어난 난초로, 세상이 알아주지 않지만 홀로 향기를 내뿜는 초야의 군자를 상징한다. 이 부분은 초楚나라 굴원(屈原)이 쓴 《이소경離騷經》에 "집집마다 쑥을 허리춤에 가득 차고 다니면서 유란幽蘭은 찰 것이 못 된다고 한다네.(戶服艾以盈腰兮 謂幽蘭其不可佩)" 한 것에 근거를 둔 표현이다. 또 다른 뜻으로는 거문고 곡조명을 말하기도 한다. 초楚나라 송옥宋玉이 쓴 《송옥풍부宋玉諷賦》에, "그 안에 거문고가 있기에 신臣이 그를 안고 뜯다가 유란곡幽蘭曲 · 백설곡白雪曲을 만들었지요."라는 말이 나온다.

9) 彤雲 : 눈이 내리기 전의 빽빽하게 퍼져있는 짙은 구름을 가리킨다. 흔히 채색 구름으로 신선이 사는 지역이나 선경仙境을 나타내는 상징으로 쓰인다. 당나라 송지문宋之問의 시 <봉화춘일완설응제奉和春日玩雪應制>에 "북궐의 붉은 구름 새벽 놀을 잠그더니, 동풍에 날아온 눈이 산가에서 춤을 추네.(北闕彤雲掩曙霞, 東風吹雪舞山家.)"라고 하였다.《全唐詩 · 奉和春日玩雪應制》

10) 瑤台瓊榭 : 옥으로 장식한 누대로 신선이 거처하는 곳을 가리킨다. 이백李白의 <청평조사淸平調詞>시에 "군옥의 산 정상에서 본 것이 아니라면, 요대의 달빛 아래에서 만난 것이 분명하네.(若非群玉山頭見, 會向瑤臺月下逢.)"라고 되어있다. 여기서는 눈이 온 뒤의 누대 모습을 그린 것이다.

11) 交光 : 눈빛과 달빛이 서로 비춰서 반짝인다는 말이다.

151 〈八聲甘州〉 對瀟瀟(부슬부슬)

對瀟瀟、暮雨灑江天, 一番洗淸秋。漸霜風淒慘, 關河冷落, 殘
照當樓。是處紅衰翠減, 苒苒物華休。惟有長江水, 無語東流。

不忍登高臨遠, 望故鄉渺邈, 歸思難收。嘆年來蹤跡,
何事苦淹留。想佳人、妝樓顒望, 誤幾回、天際識歸舟。爭知我、
倚闌干處, 正恁凝愁。

부슬부슬 저녁비가 강 하늘에 내려, 한바탕 맑은 가을을 씻어내는구
나. 점차 서릿바람 세차게 불어와 눈앞의 산하는 쓸쓸하기만 한데, 석
양빛이 누각에 비쳐든다. 곳곳에 꽃 지고 잎 떨어져, 점점 아름다운
경치 사라져 간다. 다만 장강의 도도한 물만이, 말없이 동쪽으로 흘러
가는구나.   차마 높이 올라 멀리 바라 볼 수 없으니, 고향 쪽을
바라보면 아득하기만 한데, 돌아가고픈 마음을 나눌 수 없구나. 한스
럽게도 지난 몇 년의 종적을 살펴보면, 무슨 일로 고달프게 오래도록
머물러 있었는가? 생각해 보면 그녀는 누각에서 물끄러미 바라보며,
몇 번이나 속았을까 저 멀리 내가 돌아오는 배인 줄 알고? 어찌 알랴,
이내 몸 난간에 기대어, 이렇게 슬픔에 응어리져 있는 것을.

| 주석 |

1) 瀟瀟 : 비가 부슬부슬 내리는 모양을 말한다.
2) 江天 : 강과 하늘. 강과 그 위에 드넓게 펼쳐진 하늘을 가리킨다.
3) 是處 : 도처에. 사방에.
4) 紅衰翠減 : 꽃이 지고 잎이 떨어지다.
5) 苒苒 : 점차. '염염冉冉'과 같다.
6) 物華 : 아름다운 경치를 말한다.
7) 渺邈 : 아득히 멀다는 뜻이다.
8) 淹留 : 오래도록 머물러 있다는 말이다.

9) 顒望 : 머리를 들고 물끄러미 바라보다는 뜻이다.

10) 天際識歸舟 : 하늘 끝을 돌아오는 배로 착각하다. 이 구절은 사조謝
朓의 <之宣城郡出新林浦向板橋>시 구절중 '天際識歸舟, 雲中辨江
樹'라고 한 데에서 나온 말이다.

11) 爭知 : 어찌 알까?

12) 恁 : 이와 같이. 이렇게. '여차如此'와 같다.

152 〈臨江仙〉 夢覺小庭院(작은 정원에서 꿈 깨자)

夢覺小庭院, 冷風淅淅, 疏雨瀟瀟。綺窗外, 秋聲敗葉狂飄。心
搖。奈寒漏永, 孤幃悄, 淚燭空燒。無端處, 是繡衾鴛枕, 閒過
淸宵。　　　蕭條。牽情系恨, 爭向年少偏饒。覺新來, 憔悴舊日
風標。魂消。念歡娛事, 煙波阻、後約方遙。還經歲, 問怎生禁
得, 如許無聊。

작은 정원에서 꿈 깨자, 찬 바람 쏴쏴 불고, 성긴 비 부슬부슬 내리네.
비단 창문 밖에, 가을 소리에 급한 회오리바람에 낙엽 시드네. 마음이
흔들려. 차가운 밤 시간은 한없이 길고, 외로운 휘장 심심해, 촛불만
공연히 타오르니 어찌할까. 까닭없는 곳, 이 곳이 원앙금침 안고서,
한가롭게 맑은 밤 보내네.　　　　쓸쓸하네. 감정에 이끌려 한 맺힌
곳에, 젊은이에게는 더 없이 풍요로웠던 곳이지. 새로운 사람 오자,
옛날 풍채가 초췌했는지 알겠네. 혼 사라지네. 즐거웠던 일 곱씹어보
니, 물안개가 가로 막아 훗날 만나자던 약속은 요원하네. 도리어 한
해 지나고, 어떻게 살았는지 물어도 답을 들을 수 없어, 예전처럼 무료
하다오.

1) 綺窻 : 깁을 바른 창. 조각하거나 장식으로 그린 매우 정교하고 아름다운 창문을 말한다.

2) 奈寒漏永 : 차가운 야밤의 시간이 한없이 길다는 뜻이다.

3) 饒 : 이것은 감정이 풍부하다는 것을 가리킨다.

4) 風標 : 풍표風標. 풍채風采와 같은 뜻이다. 당나라 양형楊炯의 시 <화유장사답십구형和劉長史答十九兄>에 "풍도가 본디 낙락하고, 문질이 또한 빈빈하도다.(風標自落落, 文質且彬彬.)"라고 되어 있다.

5) 怎生 : 어떻게. 어찌하여.

6) 如許 : 이렇게. 이처럼.

153 〈竹馬子〉 登孤壘荒涼(그 외롭고 쓸쓸한 보루에 올라)

登孤壘荒涼, 危亭曠望, 靜臨煙渚。對雌霓掛雨, 雄風拂檻, 微收煩暑。漸覺一葉驚秋, 殘蟬噪晚, 素商時序。覽景想前歡, 指神京, 非霧煙深處。　　向此成追感, 新愁易積, 故人難聚。憑高盡日凝佇。贏得消魂無語。極目霽靄霏微, 暝鴉零亂, 蕭索江城暮。南樓畫角, 又送殘陽去。

그 외롭고 쓸쓸한 보루에 올라, 높은 정자 위에서 멀리 사방을 바라보면서, 조용히 연무에 뒤덮힌 모래톱을 대하네. 보니 빛 속엔 암무지개가 비스듬히 걸려있고, 세찬 바람이 난간에 불자, 약간 귀찮던 무더위를 가시게 하네. 한 잎사귀 누렇게 변해 떨어져 가을이 이미 몰래 다가온 것을 놀래 느끼자, 저녁때 남은 매미 그치지 않고 우네. 이 초가을에 눈앞의 경치를 바라보니 지난날 친구와 같이 즐겁게 즐겼던 정경이 떠올라, 그 가리키는 경성 안은, 이 때 바로 안개도 아니고 구름도 아닌 것이 덮혀서 깊고 어두컴컴한 곳이라네. 　　이러한 정경을 대하며 지난날을 회상하자, 새로운 시름이 쉽게 쌓이네. 옛날 친구들 다시 즐겁게 모이기가 어려워서, 하루 종일 높은 곳에서 난간에 의지해 우두커니 서서 멀리 바라보니, 얻은 것은 단지 말없이 슬픔 뿐이네. 눈을 들어 멀리 바라보자 비가 갠 후에는 엷은 연무가 가득 덮이고, 황혼에 돌아오는 까마귀 어지럽게 나는데, 쓸쓸한 강성이 어둠속에 묻히네. 남루에서 울리는 호각소리 속에, 또 하늘가의 석양은 마침내 뉘엿뉘엿 넘어가네.

| 주석 |

1) 危亭曠望 : 높은 누각에서 눈으로 끝없이 멀리 바라보다는 뜻이다.

2) 雌霓 : 두 줄 무지개의 색채가 미미한 것을 말함인데, 큰 것은 웅예 雌霓라 하지 아니하고, 홍虹이라 한다.

3) 雄風 : 청량한 바람을 말한다. 전국시대 초楚나라 송옥宋玉의 <풍부(風賦)>에 "대저 바람은 땅에서 생겨나 푸른 마름꽃 끝에서 살랑거리고, 점점 계곡으로 번져 나가 토낭의 주둥이에서 성내어 으르렁댄다.(夫風生於地, 起於靑蘋之末. 侵淫谿谷, 盛怒於土囊之口.)"라는 명구가 나온다. 자웅雌雄은 자풍雌風과 웅풍雄風을 말한다.

4) 一葉驚秋 : 한 나무 잎사귀를 보면 가을이 왔음을 알았다는 뜻이다.

5) 素商 : 가을을 가리킨다. 《예기》<월령月令>에 의하면, 가을의 음音은 상商에 해당하고 또 오행五行에서는 금金을 가을에 배속配屬시켰는바, 금의 색깔은 백白을 숭상하므로 가을을 소상이라 한다.

6) 追感 : 지난날을 회고하며 느끼는 감회를 말한다.

7) 霽靄霏微 : 비가 온 뒤 엷은 연무가 가득 덮이다는 뜻이다.

8) 暝鴉 : 해질 무렵의 까마귀를 말한다.

154 〈小鎭西〉 意中有個人(심중에 한 사람이 있으니)

意中有個人, 芳顔二八。天然俏、自來奸點。最奇絶。是笑時、
媚靨深深, 百態千嬌, 再三偎著, 再三香滑。   久離缺。夜來
魂夢裡, 尤花殢雪。分明似舊家時節。正歡悅。被鄰雞喚起, 一
場寂寥, 無眠向曉, 空有半窗殘月。

심중에 한 사람이 있으니, 꽃다운 얼굴에 열여섯이라. 자연스럽게 예
쁘고 본래부터 깍쟁이고 총명하다. 더 없이 신기하다. 그녀가 웃을 때
면, 깊고 깊은 고운 보조개와 천 백가지의 아름다운 교태, 여러 번 향
기롭고 부드럽다.   오랫동안 헤어져 떨어져 있다가, 지난 밤
꿈속에서 꽃 같은 얼굴 가까이 하고 눈 같은 살결 맞대었네. 분명히
그 옛날 같았다. 마치 즐거워하는 판에 이웃집 닭이 불러일으키니 한
바탕의 쓸쓸함에 새벽까지 잠 못 이루니, 부질없이 창문 반쯤에 기운
달 비춰온다.

| 주석 |

1) 芳顔二八 : 꽃같이 아름다운 얼굴의 열여섯살을 가리킨다.
2) 奸點 : 말을 간사하고 교활하다는 뜻이다. 여기서는 좋아하고 사랑
   했기 때문에 포폄하는 뜻으로 사용되었다.
3) 媚靨 : 아름다운 보조개를 말한다.
4) 香滑 : 미인의 피부를 어루만지며 느끼는 감각을 말하는데 향기롭
   고 부드럽다는 뜻이다.
5) 尤花殢雪 : 남녀가 서로 좋아하고 사랑하다는 뜻이다. 꽃 같은 얼굴
   가까이 하고 눈 같은 살결 맞대었다는 말이다.
6) 寥 : 汲古閣本에는 '막寞'자로 되어 있고, 다른 기타 판본에는 '료寥'
   로 되어 있다.

155 〈小鎭西犯〉 水鄕初禁火(물가 고을에서 처음으로 불을
금했고)

水鄕初禁火, 靑春未老。芳菲滿、柳汀煙島。波際紅幨縹緲。盡
杯盤小。歌祓禊, 聲聲諧楚調。　　　　路繚繞。野橋新市裡,
花農妓好。引游人、競來喧笑。酩酊誰家年少。信玉山倒。家何
處, 落日眠芳草。

물가 고을에서 처음으로 불을 금했고, 청춘은 시들지 않았다. 버드나
무 있는 물가와 안개 낀 섬에 향기로운 부추 가득하네. 물결 밀려오는
사이 붉은 휘장은 펄럭이네. 술잔은 비고 소반은 줄어들어. '祓禊'의
노래를 부르니, 소리마다 초조곡과 어울리네.　　　　가는 길이 둘러싸
였다네. 들판 다리가 새로운 시장 안에 세워졌고, 꽃농사 짓는 기녀는
아름답네. 노는 사람들 이끌어 다투어 와서 왁자지껄 소리내며 웃네.
술에 취한 이 어느 집안 젊은이인가? 광신 옥산에 당도하니, 집은 어디
인가? 해 떨어져 향초에서 잠들었다네.

| 주석 |

1) 禁火 : 한식절寒食節에 불을 피우는 것을 금하는 것을 말한다. 춘추
시대 때 진晉나라의 충신이었던 개자추介子推가 불에 타 죽은 것을
애도하기 위하여 개자추가 죽은 날이 되면 사람들이 신령이 불 피
우는 것을 싫어한다고 하면서 불을 피우지 않고 찬밥을 먹었다고
한다.

2) 靑春未老 : 봄날의 초목이 왕성하게 자라고 있는 것을 말한다.

3) 汀 : 물가 평지를 말한다.

4) 波際 : 물가를 말한다.

5) 祓禊 : 삼월 상사절上巳節에 재액을 털어 버리기 위하여 지내는 제
사를 말한다. 백거이의 시 <삼월삼일 낙수 가에서 불계를 하다三月

三日祓禊洛濵>에 "물은 춘심을 이끌어 흩어놓고, 꽃은 취안을 당겨 미혹되게 하네.(水引春心蕩, 花牽醉眼迷.)"라고 한 구절에 전거를 둔 표현이다. 《白香山詩集·三月三日祓禊洛濵》

6) 楚調 : 원래 악부 초楚나라 지역의 악곡樂曲을 말한다.

7) 花農妓好 : 꽃농사 짓는 기녀가 아름답다는 말이다.

8) 喧 : 《汲古閣》本에는 '歡'으로 되어 있다. 다른 판본에는 '喧'으로 되어 있다.

9) 玉山倒 : 옥산玉山이 무너진다는 것은 술에 몹시 취하여 곧 넘어질 듯한 자태를 형용한 말로, 본디 진晉나라 산도山濤가 일찍이 죽림칠현竹林七賢의 한 사람인 혜강嵇康의 사람됨을 평하여 말하기를 "혜숙야의 사람됨은 빼어난 풍채가 마치 홀로 우뚝 선 낙락장송과 같고, 그가 취했을 때는 기울어진 모습이 마치 옥산이 곧 무너지려는 것과 같다.(嵇叔夜之爲人也, 巖巖若孤松之獨立, 其醉也, 傀俄若玉山之將崩.)"라고 한 데서 온 말이다. 참고로 이백의 시에 "돈 한 푼 없이도 살 수 있는 맑은 바람 밝은 달빛 속에서, 술 취해 옥산처럼 혼자 쓰러질 뿐 남이 밀어서가 아니라네.(清風朗月不用一錢買, 玉山自倒非人推.)"라고 한 풍류 넘치는 명구가 나온다. 《李太白集·襄陽歌》

156 〈迷神引〉 一葉扁舟輕帆卷(일엽편주 작은 돛을 걷고서)

一葉扁舟輕帆卷。暫泊楚江南岸。孤城暮角, 引胡笳怨。水茫茫, 平沙雁、旋驚散。煙斂寒林簇, 畫屏展。天際遙山小, 黛眉淺。　　舊賞輕抛, 到此成游宦。覺客程勞, 年光晚。異鄉風物, 忍蕭索、當愁眼。帝城賒, 秦樓阻, 旅魂亂。芳草連空闊, 殘照滿。佳人無消息, 斷雲遠。

일엽편주 작은 돛을 걷고서, 잠시 장강의 남안에 정박했다. 저녁 무렵 외로운 성에서 호각 소리 나더니, 잇달아 구슬픈 호드기 소리가 울린다. 드넓은 강물, 평탄한 모래톱의 기러기들이, 갑자기 놀라서 흩어진다. 안개 걷히며 총총한 가을 숲 드러나니, 그림 병풍을 펼쳐 놓은 듯하고, 하늘 끝 멀리 작은 산들은, 엷게 칠한 눈썹 같네.　　　지난날의 즐거움은 가볍게 내던지고, 여기에 온 것은 관직 때문이라네. 나그네 여정 고달프고, 세월이 이미 늦은 것을 느낀다. 타향의 풍물, 쓸쓸하게 다가오니, 서글픈 마음 어찌 견디나. 서울은 멀고 기방은 막혀있어, 나그네 마음 어지럽기만 하다. 방초는 하늘까지 이어져 있고, 석양빛은 주변에 가득 찼는데, 가인은 소식이 없고, 끊어진 구름만 멀리 떠간다.

| 주석 |

1) 楚江 : 옛날의 초나라 땅을 지나서 흐르는 양장강을 가리킨다.

2) 胡笳怨 : 한대 악부 민가로 채염蔡琰이 지은 <호가십팔박胡笳十八拍>을 가리킨다. 이 민가의 노래 소리가 슬프고 원망에 차있었다.

3) 畫屛展 : 그림 병풍이 펼쳐져 있다. 즉 눈앞의 경치가 그림 병풍을 펼쳐놓은 듯 하다는 말이다.

4) 黛眉淺 : 눈썹먹이 엷다. 멀리 있는 작은 산들이 흐릿흐릿하다는 뜻이다.

5) 舊賞 : 지난날 감상하던 것. 지난날의 즐거움을 말한다.

6) 忍蕭索, 當愁眼 : 슬픔에 젖은 눈으로 쓸쓸한 타향의 풍물을 차마 접할 수 없다는 말이다.

157 〈促拍滿路花〉 香靨融春雪(향긋한 보조개에 봄눈 녹아 내리고)

香靨融春雪, 翠鬟軃秋煙。楚腰纖細正笄年。鳳幬夜短, 偏愛日高眠。起來貪顚耍, 只恁殘卻黛眉, 不整花鈿。　　有時攜手閒坐, 偎倚綠窗前。溫柔情態盡人憐。畫堂春過, 悄悄落花天。最是嬌疑處, 尤殢檀郎, 未敎析了秋千。

향긋한 보조개에 봄눈 녹아내리고, 푸른 귀밑머리는 가을에 하얗게 새었네. 허리 가녀린 초나라 미녀는 머리 올릴 날이네. 봉황 휘장에 밤은 짧아, 유독 날마다 베게 높게 하고 자는 것 사랑한다네. 일어나 노리개로만 탐닉하고, 다만 멋대로 화장한 얼굴 지워버리고, 꽃머리장식 정리하지 않네.　　때때로 손 잡고 한가롭게 앉아, 푸른 창문 앞에 기대어 있네. 따스하고 보드랍던 정다운 모습 모두 사람들이 부러워하지. 화려한 당실에 봄 지나고, 하늘에 꽃 날려 근심하고만. 가장 아리따운 곳은, 더욱 내 님만 남아 있어, 그네를 부수라고 하지 못하겠네.

| 주석 |

1) 靨 : 얼굴의 보조개를 말한다.

2) 翠鬟 : 푸른 귀밑머리를 말한다. 검은색 머리카락을 가리킨다.

3) 軃 : 아래로 늘어뜨린(처진) 모양을 말한다.

4) 秋煙 : 가을 안개처럼 머리카락이 희미하다는 것을 비유한 말이다.

5) 楚腰 : 기녀의 가느다란 허리를 말한다. 두목의 <견회遣懷> 시에 "강호에서 낙백하여 술을 싣고 다닐 적에, 초 땅 기생 가는허리 한 손에 다 잡히었네.(落魄江湖載酒行, 楚腰纖細掌中輕.)"라고 되어있다.

6) 鳳幬 : 봉황모양의 무늬가 수놓아진 장막(휘장)을 말한다.

7) 顚耍 : 희롱하며 가지고 놀다는 말이다.

8) 恁 : 이렇게. 이와 같이.

9) 花鈿 : 고대 여자들이 머리에 장식하던 꽃비녀를 말한다. 백거이白
居易의 <장한가長恨歌>에서 기녀가 죽을 때의 모습을 말하면서 "아
름다운 아미의 여인 말 앞에서 죽으니, 꽃비녀 땅에 떨어져도 거두
는 사람 없네.(宛轉蛾眉馬前死, 花鈿委地無人收.)"라고 했다.

10) 盡人憐 : 모든 사람들이 어여삐 여겼다는 뜻이다.

11) 疑 : 《汲古閣》本에는 '痴'자로 되어있다. 다른 판본에는 '疑'자로 되
어있다.

12) 尤殢檀郎 : 더욱 내 님(저 사내)만 남아있다는 말이다. '檀郎'은 남
편 혹은 사랑하는 남자를 비유하는 말이다. 참고로 덧붙이면, 반악
潘岳은 진晉나라 문장가로, 자字가 안인安仁이기 때문에 '반안'이라
생략하여 부르기도 하는데, 옛날부터 시문詩文에서 미남의 대명사
로 흔히 쓰인다. 그는 용모가 매우 아름다워 젊은 시절 밖으로 나
가 노닐면 여인들이 너도나도 과일을 던지며 유혹하여 수레에 가
득 싣고 돌아올 정도였다고 한다. 《晉書·潘岳列傳》

158 〈六麽令〉 淡煙殘照(옅은 안개에 살포시 비추고)

淡煙殘照, 搖曳溪光碧。溪邊淺桃深杏, 迤邐染春色。昨夜扁
舟泊處, 枕底當灘磧。波聲漁笛。驚回好夢, 夢裡欲歸歸不得。

　　　　展轉翻成無寐, 因此傷行役。思念多媚多嬌, 咫尺千
山隔。都爲深情密愛, 不忍輕離析。好天良夕。鴛帷寂寞, 算得
也應暗相憶。

옅은 안개에 살포시 비추고, 계곡 푸른 빛 끌어내었네. 계곡의 옅은
복사꽃 짙은 살구꽃, 길게 뻗어 봄빛 물들었네. 어젯밤 조각배 묶어둔
곳, 베갯머리는 여울에 닿았네. 파도소리와 고깃배 피리소리 들리네. 좋

았던 꿈 깨어보니, 꿈속에 돌아가고 싶어도 돌아갈 수 없어라.

밤새 뒤척이다 잠 못 이루고, 이로 인해 마음을 다쳐 할 일을 망쳤다네. 아무 아름답고 어여쁜 모습 그리워서, 지척에 온갖 산에 막혔네. 모두가 깊게 사랑한 님 위한 것, 차마 가벼이 이별하지 못하겠네. 좋은 날씨 좋은 달빛. 원앙금침 적막한데, 생각해보니 서로 그리워하는 마음 맞아떨어지리라.

| 주석 |

1) 搖曳溪光碧 : 계곡에서 흐르는 푸른빛이 도는 잔물결을 말한다.
2) 逶邐 : 연달아 계속하다는 말이다. 끌어당겨서 펴다는 뜻이다.
3) 灘磧 : 얇은 물이 흐르는 모래톱을 말한다.
4) 行役 : 행역을 말한다. 자신 혼자 공무로 밖으로 나가서 돌아다니다 마음에 상처를 받았다는 뜻이다.
5) 相 : 일방적이라는 뜻으로, 여기서는 사랑하는 대상을 가리킨다.

159 〈剔銀燈〉何事春工用意(무슨 일로 봄이란 기술자는 궁리를 해서)

何事春工用意。繡畫出、萬紅千翠。艷杏天桃, 垂楊芳草, 各斗雨膏煙膩。如斯佳致。早晚是、讀書天氣。　　　漸漸園林明媚。便好安排歡計。論檻買花, 盈車載酒, 百琲千金邀妓。何妨沈醉。有人伴、日高春睡。

무슨 일로 봄이란 기술자는 궁리를 해서, 만 가지 붉음과 천 가지 푸름을 수놓아 그렸나. 고운 살구꽃 어여쁜 복숭아꽃 수양버들 꽃다운 풀, 각기 비의 기름짐과 안개의 살짐을 다툰다. 이같은 좋은 경치 아침 저녁은 책 읽는 날씨라네.　　　점점 동산 수풀 밝고 고우니, 바로 즐기는 계획 짜기에 안성맞춤이라. 바구니로 따져서 꽃을 사고, 수레에 가득 술을 싣고, 백 개의 구슬을 꿰고 천금의 돈으로 기생을 맞아서, 맘껏 취한들 어떠랴. 친구해주는 사람 있어 해가 높아지도록 봄 잠을 잔다네.

| 주석 |

1) 何事春工用意 : 고급기술을 가진 장인이 왜 봄을 이렇게 만들었다는 뜻이다.

2) 雨膏煙膩 : 제철에 비를 내려주어 살찌게 하고, 안개를 살찌게 한다는 말이다.

3) 如斯佳致 : 이같이 아름답고 좋은 경치를 말한다.

4) 論檻買花 : 바구니(대광주리)로 따져서 꽃을 산다는 말이다. 《汲古閣》本에는 '籃'으로 되어있고, 다른 판본에는 '檻'으로 되어있다.

5) 百琲 : 천 알의 구슬을 꿰다는 말이다. '琲'는 양사로 구슬의 수량을 말하는데, 구슬 10개 한 줄로 꿰는 것을 '一琲'라고 한다. 따라서 여기서 '百琲'은 1000개를 가리킨다.

160 〈紅窓聽〉 如削肌膚紅玉瑩(깎은 듯한 피부는 붉은 옥같이 밝고)

如削肌膚紅玉瑩。擧措有、許多端正。二年三歲同鴛寢。表溫柔心性。別後無非良夜永。如何向、名牽利役, 歸期未定。算伊心裡, 卻冤成薄幸。

깎은 듯한 피부는 붉은 옥같이 밝고, 행동거지가 아주 단정하구나. 두 세 해 함께 원앙이불 덮다보니. 온유한 심성이 드러났네.   헤어진 후 좋은 밤 아닌 적 없었다네. 어찌 할까나 명리에 얽어매져, 돌아올 기약은 정해지지 않았으니. 그대의 마음 속을 셈해보건데, 오히려 박복한 운명을 원망하겠지.

| 주석 |

1) 如削肌膚 : 옥을 깎은 듯한 피부를 말한다. '如削'는 고대 사람들은 두 어깨가 마치 깎은 듯한 모습을 여인의 아름다움으로 여겼다.

2) 紅玉 : 붉은 색 옥과 같은 여인의 피부색을 비유하기도 하는데, 보통 미인이나 기녀를 가리킨다.

3) 表 : 드러나다. 나타나다, 표출되다.

4) 名牽利役 : 명리에 얽매여졌다는 말이다.

5) 冤成薄幸 : 박복한 운명을 원망하다는 뜻이다. 당나라 시인 두목杜牧은 본디 강직하고 기절이 있는 선비로, 일찍이 전중시어사殿中侍御史, 내공봉內供奉, 중서사인中書舍人 등의 관직을 지내기도 했다. 그는 특히 기원妓院 출입이 아주 많았던 것도 유명하거니와, 만년에는 불우하여 미인박명이란 이름을 듣게 되었던 데서 온 말이다. 그의 <견회遣懷>시에 "십 년 만에 한번 양주의 꿈을 깨고 나니, 미인박명이란 이름만 실컷 취했구나.(十年一覺揚州夢, 贏得靑樓薄倖名.)"라고 되어있다.

161 〈臨江仙〉 鳴珂碎撼都門曉(말의 장신구 울리는 소리가 도성의 새벽을 깨우고)

鳴珂碎撼都門曉, 旌幢擁下天人。馬搖金轡破香塵。壺漿盈路, 歡動一城春。　　揚州曾是追游地, 酒台花徑仍存。鳳簫依舊月中聞。荊王魂夢, 應認嶺頭雲。

말의 장신구 울리는 소리가 도성의 새벽을 깨우고, 천자의 깃발 잡으

니 천상의 사람 아래에 두네. 말은 금고삐 흔들리니 향기로운 먼지를
부수고, 한 호로병 술과 물로 길 가득 메운 군사를 환영하고, 온 성의
봄을 기쁨으로 흔들리네.　　　　양주는 일찍이 놀이하던 명승지, 주점
에 난 꽃길 그대로네. 달밤에 들리던 퉁소소리 옛 그대로라, 초나라
양왕은 꿈에서 무산신녀와 하룻밤 즐겁게 노닐었던 꿈에, 응당 재 머
리 위의 구름을 알테지.

| 주석 |

1) 鳴珂 : 고관대작이 줄줄이 배출된 명가名家를 가리키는 말이다. 가
   珂는 현달하고 귀한 자가 타는 말과 수레에 단 옥 장식이다. 말이
   가면 이 옥돌이 부딪혀 소리가 나기 때문에 명가라고 한다.

2) 旌幢 : 옛날에 쓰이던 의장儀仗용 깃발을 말한다. 장식이 있는 깃털
   과 비단으로 수놓아져있다. 보통 현달하고 귀한 사람의 행차를 가
   리키니, 귀한 사람이 현자를 찾아감을 표현한 말이다

3) 天人 : 천상의 사람을 말한다. 즉 문학적인 재능이 출중하거나 용맹
   무쌍하여 한 무리를 뛰어넘는 사람을 비유한 말이다.

4) 壺漿 : 백성이 자신들을 옹호해 준 군대를 환영하고 위로했다는 뜻
   이다. 호장은 본디 단지 안에 든 간장이라는 뜻인데, 여기서는 백성
   이 보잘것없이 거친 음식이라도 차려 군대를 대접한다는 '단사호
   장簞食壺漿'의 의미로 말한 것이다. 《맹자孟子》<양혜왕 하梁惠王下>
   에 "대그릇 밥과 병에 담은 주장으로 왕사를 맞이했다.(簞食壺漿,
   以迎王師.)"라고 한 데서 온 말이다.

5) 一 : 《汲古閣》本에는 "帝"로 되어 있다.

6) 追游地 : 예전에 이 곳 저 곳을 찾아 노닐던 곳이라는 뜻이다.

7) 荊王魂夢 : 송옥宋玉의 <고당부高唐賦>서문에 "옛날에 선왕께서 고
   당高堂을 노니신 적이 있는데 피곤하시어 낮잠을 주무셨습니다. 꿈
   속에서 한 부인을 만났는데 말하기를, '저는 무산巫山의 여자인데

고당에 객으로 왔습니다. 임금께서 고당을 노니신다는 말을 듣고 잠자리 시중을 올리고자 합니다.'라고 하였습니다. 이에 선왕께서 그녀를 총애하셨습니다. 떠나면서 작별하여 말하기를, '저는 무산의 남쪽, 높은 언덕의 험준한 곳에 사는데, 아침에는 구름이 되었다가 저녁에는 비가 되어 아침저녁으로 양대陽臺의 아래에 있습니다.'라고 하였습니다. 아침에 그곳을 보니 과연 그녀가 한 말과 같아서 그녀를 위해 사당을 세우고 '조운朝雲'이라 불렀다고 합니다."라고 한데서 나온 말이다. 후에 이를 '조운모우朝雲暮雨' 또는 '무산운우巫山雲雨'라고 하여 남녀 간의 정사情事를 의미하게 되었다. 《文選·高唐賦》

162 〈鳳歸雲〉 向深秋(가을 짙어가느라)

向深秋, 雨餘爽氣蕭西郊。陌上夜闌, 襟袖起涼飆。天末殘星, 流電未滅, 閃閃隔林梢。又是曉雞聲斷, 陽烏光動, 漸分山路迢迢。　　驅驅行役, 苒苒光陰, 蠅頭利祿, 蝸角功名, 畢竟成何事, 漫相高。抛擲雲泉, 狎玩塵土, 壯節等閒消。幸有五湖煙浪, 一船風月, 會須歸去老漁樵。

가을 짙어가느라, 비 끝의 상쾌하고 시원한 기운에 서쪽 교외는 으쓱하다. 깊은 밤 길가에는 한창 깊고 옷깃과 소매에 써늘한 회오리바람인다. 하늘 끝 남은 별, 흐르는 번개 꺼지지 않고, 수풀 끝 건너에서 번쩍거린다. 또 날이 새어 닭 울음소리 끊어지고, 햇빛이 움직여서 점점 산 길 아득한 것 드러낸다. 　　바삐 달려 행역 길 가고, 자꾸자꾸 세월은 지나가고, 피리 머리만한 이록, 달팽이 뿔 위의 공명, 결국 무슨 일 이룩했다고 마구 자랑들을 하는지. 구름과 샘 내던지고, 관리는 세속에서 노닐고, 대단한 절개를 하찮게 없애버렸다. 다행히 오호의 안

개 낀 물결에 온 배의 바람과 달 있으니, 모름지기 돌아가서 어부와
나무꾼으로 늙어야 하리라.

| 주석 |

1) 肅 : 차갑다. 춥다. 으쓱하다는 뜻이다. 《시경》<칠월七月>에 "9월에
   서리가 내리면, 10월에 마당을 치우네.(九月肅霜 十月滌場.)"라고
   되어있다.

2) 陌上 : 길거리를 말한다.

3) 夜闌 : 깊은 밤을 말한다.

4) 飆 : 거친 바람. 회오리바람을 말한다.

5) 流電 : 흐르는 번개. 번쩍이는 번개를 말한다.

6) 陽烏 : 태양 속에 있다는 전설상의 새로, 발이 세 개 달린 삼족오三
   足烏인데, 여기서는 태양을 대칭代稱하였다.

7) 驅驅 : 분주히 달려 수고롭다는 뜻이다.

8) 苒苒 : 점점. 자꾸자꾸.

9) 蝸角功名 : 달팽이의 왼쪽 촉수에 있는 촉씨觸氏라는 나라와 오른
   쪽 촉수에 있는 만씨蠻氏라는 나라가 땅을 차지하려고 다투어 수만
   인의 사망자가 나왔다는 고사에서 온 말이다. 여기서는 세속적인
   공명이 하찮기 이를 데 없다는 뜻으로 쓰였다. 흔히 작고 사소한
   것을 놓고 서로 아옹다옹하며 싸운다는 뜻하는 많이 쓰인다. '와각
   蝸角'은 달팽이의 뿔을 말한다. 《장자莊子》<칙양則陽>편에 "달팽이
   뿔에 나라가 있으니 왼쪽은 만이라 하고 오른쪽은 촉이라 하는데
   날마다 싸움을 일삼는다.(有國於蝸角之, 左曰蠻, 右曰觸, 日尋干
   戈.)"라고 되어있다.

10) 漫相高 : 서로 과장되게 자랑한다는 말이다. '漫'은 마음대로, 임의
    대로라는 뜻이다. '高'는 찬미하다. 과장하다는 뜻이다.

11) 雲泉 : 흰 구름과 맑은 샘물이 있는 승경勝景이라는 말로, 은자隱者

의 처소를 가리킨다. 중당대 백거이白居易(772~846)의 시 <강루의 이른 가을江樓早秋>에 "백운白雲 청천淸泉의 좋은 경치 구경하고 싶으면, 복랍의 바탕을 마련해야만 하네.(欲作雲泉計, 須營伏臘資.)"라는 구절이 있다.

12) 狎玩塵土 : 관리는 세속에서 노니는 것을 말한다. 먼지와 흙과 같은 세속에서 일하고 노닐면서 혼탁하게 살아간다는 것을 가리킨다.

13) 壯節 : 장렬한 절조를 말한다.

14) 五湖 : 중국 오월吳越 지역의 동정洞庭을 비롯한 다섯 호수로, 구구具區, 요포洮浦, 팽려彭蠡, 청초靑艸, 동정洞庭 등인데 혹은 태호太湖의 별칭이라고도 한다. 여기서는 강호 혹은 은거하는 곳을 가리킨다.

15) 會須歸去老漁樵 : 모름지기 돌아가서 어부와 나무꾼으로 늙어야겠다는 말이다.

163 〈女冠子〉 淡煙飄薄(옅은 안개거친 바람에 흩어지네)

淡煙飄薄。鶯花謝、清和院落。樹陰翠、密葉成幄。麥秋霽景, 夏雲忽變奇峰、倚寥廓。皮暖銀塘, 漲新萍綠魚躍。想端憂多暇, 陳王是日, 嫩苔生閣。　　　正鑠石天高, 流金晝永, 楚榭光風轉蕙, 披襟處、波翻翠幕。以文會友, 沈李浮瓜忍輕諾。別館清閒, 避炎蒸、豈須河朔。但尊前隨分, 雅歌艷舞, 盡成歡樂。
옅은 안개거친 바람에 흩어지네. 앵두꽃 시들어 청화원에 떨어지네. 나무에 녹음 짙푸르고 빽빽하던 나뭇잎 장막 이루었네. 보리 거둘 때 가을비 개인 정경이, 여름 구름이 갑자기 기이한 봉우리로 변하여 쓸쓸하게 의지하네. 겉은 따스한 은빛 연못에, 새 부평초 불어나 푸른 물고기 뛰어오르네. 생각 끝에 근심하느라 여유가 많으니, 진사왕이 이 날에 나오면, 누각에 새싹과 이끼가 생기겠지.　　　참으로 돌을 깎아놓은 듯한 높은 하늘이여, 금을 풀어놓은 듯 대낮이 길어, 초나라 사당에 풍광은 더욱 아름다워, 흉금을 풀어놓고 푸른 장막을 펄럭이네. 문장으로 벗을 모아, 오얏 가라앉히고 오이 띄우듯 어찌 차마 경솔하게 허락했나. 별관은 맑고 한가해, 찜통더위 피하는데, 하필 삭방의 추위 필요할까. 다만 술자리 앞에서 분수에 따라, 바른 노래와 아름다운 춤사위로, 즐거움 온전히 이루리라.

| 주석 |

1) 鶯花謝 : 앵두꽃이 시들었다는 말로, 즉 봄날이 지나갔음을 가리킨다.

2) 密葉成幄 : 빽빽하던 나뭇잎 장막 이루었다는 말이다. '幄'은 휘장, 장막을 말한다.

3) 麥秋霽景 : 보리를 추수할 때 가을비가 오고 나서 개인 정경을 말한 것이다.

4) 寥廓 : 텅 비고 끝없이 넓다. 하늘. 공중을 말한다.

5) 端憂 : 근심하다. 시름하다는 뜻이다.

6) 陳王 : 진사왕陳思王에 봉해진 위 문제의 아우 조식曹植을 가리키는데, 진왕陳王이라고도 한다.

7) 鑠石 : 날씨가 매우 더움을 뜻한다. 《초사楚辭》<초혼招魂>에 "열 개의 해가 번갈아 나와서 쇠를 녹이고 돌을 녹인다.(十日代出, 流金鑠石些.)"라고 되어있다.

8) 光風轉蕙 : 여름이 왔다는 뜻이다. '光風'은 비가 갠 뒤의 화창한 바람을 말한다. 전국시대 송옥宋玉의 <초혼招魂>에 "비 갠 뒤의 바람은 혜초를 흔들고, 한 떨기 난초는 꽃향기 넘쳐 나네.(光風轉蕙, 氾崇蘭些.)"라고 한데서 나온 말이다.

9) 波翻翠幕 : 푸른 장막이 바람에 펄럭이는 것이 마치 물결처럼 출렁인다는 말이다.

10) 沈李浮瓜 : '부과浮瓜'는 '부과침이浮瓜沈李'의 준말이다. 차가운 샘

에 외를 씻어 갈증을 푸는 것을 말하는데, 전하여 여름을 즐겁게
보내는 오락의 의미로 쓰인다. <여조가령오질서與朝歌令吳質書>에
"단 참외를 맑은 샘에 띄우고, 붉은 오얏을 찬물에 담근다.(浮甘瓜
於淸泉, 沈朱李於寒水.)"라는 구절이 있다.

11) 別館 : 별장을 말한다.

12) 炎蒸 : 몹시 심한 무더위를 말한다. 즉 혹서기를 가리킨다.

13) 河朔 : 황하黃河 이북 지역을 지칭한 말이다. 《서경書經》<태서 중泰
誓中>에 "무오戊午에 왕이 하삭河朔에 머물렀다."라고 하였는데, 공
전孔傳에 "무오戊午에 황하를 건너가 맹세하고, 맹세한 뒤에 황하
의 북쪽에 머물렀다는 것이다."라고 하였다.

14) 隨分 : 마음대로. 제멋대로.

15) 艶舞 : 요염하고 아름다운 춤을 말한다.

164 〈玉山枕〉 驟雨新霽(소낙비 막 개이자)

驟雨新霽。蕩原野、清如洗。斷霞散彩, 殘陽倒影, 天外雲峰,
數朵相倚。露荷煙芰滿池塘, 見次第、幾番紅翠。當是時、河朔
飛觴, 避炎蒸, 想風流堪繼。　　晚來高樹清風起。動簾幕、生
秋氣。畫樓晝寂, 蘭堂夜靜, 舞艶歌姝, 漸任羅綺。訟閑時泰足
風情, 便爭奈、雅歌都廢。省教成、幾闋清歌, 盡新聲, 好尊前重
理。

소낙비 막 개이자, 어수선하던 벌판이 맑게 씻은 듯하네. 조각 노을
채색이 흩어지고, 석양은 그림자 거꾸로 보여, 하늘 밖 구름 봉우리에,
몇 조각 서로 의지했네. 이슬 안개 덮힌 연꽃은 연못에 가득해, 차례대
로 몇 번이나 붉은 꽃과 푸른 잎은 몇 번 보았던가. 이 당시에 하삭
지역에서 술잔 날려, 찜통더위 피하니, 풍류가 계속 이어질 거라 생각

되네.　　　저녁 되어 높은 나무에 맑은 바람 일어나네. 주렴 장막 흔들려 가을 기운 생겨나네. 그림 누각의 낮에도 적막하고, 난초 당실은 밤에도 조용하니, 춤추고 노래하는 어여쁜 가기는, 점점 비단옷에 몸을 맞네. 송사가 한가할 때 편안한 풍정이 많았고, 고아한 노래가 모두 폐해지니 어이할까. 일찍이 가기에게 청아한 가곡을 몇 수 가르쳤는데, 새로운 소리가 다하고, 술잔 앞에서 다시 다듬는다네.

| 주석 |

1) 蕩 : 쓸어버리다. 말게 씻다.

2) 斷霞散彩 : 사방으로 흩어져 흘러가는 노을을 말한다.

3) 露荷煙芰 : 이슬 안개 덮힌 연꽃을 말한다.

4) 次第 : 상황이나 정세가 차례대로라는 뜻이다.

5) 河朔飛觴 : 여름에 피서하면서 술을 마시는 흥취를 뜻한다. 여름에 피서하면서 술을 마시는 흥취를 뜻하는 하삭음河朔飮의 고사를 가져온 말이다. 삼국시대 위魏나라 광록대부光祿大夫 유송劉松이 원소袁紹의 군대를 진압하러 가서 원소의 자제들과 삼복더위에 밤낮으로 술을 마셔서 흠뻑 취하며 한때의 더위를 피하였다는 것이다. 《典論》

6) 想風流堪繼 : 예전과 같은 풍류가 계속 이어지길 바란다는 말이다.

7) 舞艶歌姝 : 춤추고 노래하는 어여쁜 가기(미인)을 말하다.

8) 羅綺 : 화려한 옷. 비단옷을 말한다. 여기서는 비단옷으로 잘 차려 입은 기녀를 가리킨다.

9) 風情 : 남녀간의 사랑을 말한다.

10) 省 : 일찍이.

11) 雅歌 : 전통 아악雅樂의 歌詩노래 부르는 시를 말한다.

165 〈減字木蘭花〉 花心柳眼(꽃의 마음 버들의 눈이라)

花心柳眼。郎似游絲常惹絆。慵困誰憐。繡線金針不喜穿。

　　深房密宴。爭向好天多聚散。綠鎖窗前。幾日春愁廢管
弦。

꽃의 마음 버들의 눈이라. 낭군은 하늘거리는 버들가지를 항상 얽어맨
다고 여겼네. 나태해서지 누가 불쌍하게 여길까. 고운 실 금바늘로도
기쁨을 수놓지 못했네. 　　　깊은 안방에서 은밀히 연회. 어찌 좋은날
많은 사람 모였다가 흩어졌나. 푸른 닫힌 창문 앞에서, 며칠간 봄날의
근심으로 악기 연주 끊어졌네.

| 주석 |

1) 花心柳眼 : 꽃의 마음 버들의 눈이다는 뜻이다. '花'과 '柳'는 모두
   여인이나 여색을 가리킨다.

2) 游絲 : 바람에 하늘거리며 날리는 버들가지를 말한다.

3) 管弦 : 관악기와 현악기를 말한다. 보통 악기를 가리킨다.

166 〈木蘭花令〉 有個人人眞攀羨(정말 마음이 끌리는 사람
　　　　　　　　　　　을 흠모하고 있는데)

有個人人眞攀羨。問著洋洋回卻面。你若無意向他人，爲甚夢
中頻相見。　　　不如聞早還卻願。免使牽人虛魂亂。風流腸肚
不堅牢，只恐被伊牽引斷。

정말 마음이 끌리는 사람을 흠모하고 있는데, 접근하면 당당하게 무관
심한 척하네. 그대 만약 심중에 다른 사람 있다면 어찌하여 꿈 속에는
그리 자주 보이는가요. 　　　일찌감치 내 소원 들어주는게 좋을 게요

공연히 사람 넋을 빼놓을 뜻이 아니라면, 풍류 즐기는 이 내 마음 견고
치 못하니, 두렵기만 하다오 우리 사이 끊어질까.

| 주석 |

1) 人人 : 사랑하는 사람을 가리킨다.
2) 攀羨 : 《汲古閣》本에는 '堪'자로 되어 있다. 다른 판본에는 '攀'자로
   된 것이 더 많다.
3) 問著佯佯回卻面 : 그녀에게 가까이 가서 물어보면 오히려 가장하며
   무관심한 척한다는 뜻이다. '佯'은 '佯(거짓)'과 같다. 또한 《汲古閣》
   本에는 '羞'자로 되어 있고, 다른 판본에는 '佯'자로 되어있다.
4) 聞早 : 일찌감치 들어주다.
5) 風流腸肚 : 풍류를 즐기는 내장. 즉 풍류를 즐기는 마음을 가리킨다.
6) 不堅牢 : 내 마음이 견고하지 못해 속에 넣을 수가 없다는 말이다.

167 〈甘州令〉 凍雲深(구름 단단히 얼고)

凍雲深, 淑氣淺, 寒欺綠野。輕雪伴、早梅飄謝。艷陽天, 正明
媚, 卻成瀟灑。玉人歌, 畫樓酒, 對此景、驟增高價。　　賣花巷
陌, 放燈台榭。好時節、怎生輕舍。賴和風, 蕩霽靄, 廓清良夜。
玉塵鋪, 桂華滿, 素光裡、更堪游冶。

구름 단단히 얼고, 온화한 기후가 쌀쌀해지니, 추위가 푸르렀던 들판
속였나. 가벼운 눈송이 이른 매화에 짝하여 바람에 녹아내리네. 어여
쁜 햇빛에 참으로 밝고 아름다워, 도리어 상쾌해지네. 미인의 노래에,
화려한 누각에서 술 마시며, 이렇게 좋은 경치를 마주하니 갑자기 경
계가 높아졌네.　　팔 꽃 가득한 거리에, 정자에 등불 켜네. 좋은
시절을 어찌 경솔히 저버리나. 온화한 바람 의지해, 개인 아지랑이 흩

어져 사라지니, 선명하고 맑은 좋은 밤이라. 옥 먼지 깔리고, 계수나무 꽃 가득한데, 흰 빛 속에 더욱 놀기 좋구나.

| 주석 |

1) 淑氣 : 기온이 낮아진다는 뜻이다. 온화한(따뜻한) 기후를 가리킨다.
2) 玉人 : 용모가 아름다운 여자(미인)을 가리킨다.
3) 驟增高價 : 이렇게 갑자기 좋은 경치를 마주하니 더욱 경계가 높아졌다(값어치가 올라갔다)는 말이다.
4) 放燈 : 원소절에 화려한 등불을 켠다는 뜻이다. 어떤 판본에는 '放'자 대신 '永'자로 되어 있다.
5) 蕩霽靄 : 모든 구름과 안개를 휩쓸어 없애버렸다는 말이다.
6) 廓淸良夜 : 선명하고 맑은 좋은 밤이다는 뜻이다.
7) 玉塵 : 여기서는 눈雪을 가리킨다. 흔히 신선이 먹는 가루음식을 가리키기도 한다. '옥설玉屑'이라고도 한다.
8) 桂華 : 달에 있는 계수나무로, 전하여 달을 가리킨다.
9) 素光 : 희고 깨끗하며 밝은 빛을 말한다.

168 〈西施〉 苧蘿妖艶世難偕(저라 마을의 미인 서시는 요염하기가 세상에 둘도 없어)

苧蘿妖艶世難偕。善媚悅君懷。後庭恃寵, 盡使絶嫌猜。正恁朝歡暮宴, 情未足, 早江上兵來。　　捧心調態軍前死, 羅綺旋變塵埃。至今想, 怨魂無主尙徘徊。夜夜姑蘇城外, 當時月, 但空照荒台。

저라苧蘿 마을의 미인 서시는 요염하기가 세상에 둘도 없어, 군왕 부차는 응석부리고 애교 떨며 환심을 샀네. 오나라 후궁 안에서 황제의 총애에 의지해서, 모든 시기하고 혐오하는 적수를 끊어버렸네. 마침내 이와 같이 아침 저녁으로 재미있게 즐기고 연회를 베풀었으나 또 만족하지 못하다고 느꼈을 때, 일찍이 강가로 월군이 공격해왔네.

가슴 웅켜쥐고 눈살을 찡그리기를 잘하며 요염한 자태를 부리던 미인 서시 군대 앞에서 강물에 빠져 죽었으니, 아름다운 비단옷 입은 미인이 순간에 먼지로 변했네. 지금와서 생각하니, 그 원한을 품은 채 죽어 의지할 곳 없이 떠도는 혼백이 아직도 구천에서 배회하고 있으리라. 매일 저녁마다 고소성姑蘇城 밖에는, 마치 그 때의 달같이, 공연히 황폐해진 고소대 위를 비치고 있네.

| 주석 |

1) 苧蘿 : 산이름이고 서시의 고향이다. 여기서는 서시를 대칭하는 말로 쓰였다. 절강성 제기시諸暨市 남쪽의 마을 이름으로, 저라산苧蘿山이 이 마을에 있다. 춘추 시대의 미녀 서시西施가 저라산에서 나무를 해다 파는 사람의 딸이라고 전해진다.

2) 偕 : 같다는 뜻이다.

3) 江上兵來 : 춘추 말기에 월왕 구천이 회계會稽에서 오나라에 패배하자, 범려范蠡가 오왕 부차에게 서시를 바쳐 오나라의 정치를 문란하게 만들었다. 월나라가 이 틈을 타서 강가로 군대를 보내서 오나라를 멸망시킨 전고를 말하고 있다.《吳越春秋‧句踐陰謀外傳》

4) 捧心調態 : 가슴을 웅켜쥐고 얼굴 찡그리기를 잘하다는 말이다.《장자莊子》<천운天運>에 "서시가 가슴병을 앓아 마을에서 얼굴을 찡그리고 다녔는데, 그 마을의 추녀가 서시의 모습을 보고 아름답게 여겨 돌아가 자신도 가슴을 부여잡고 마을에서 얼굴을 찡그리고 다녔다. (西施病心而矉其里, 其里之醜人見之而美之, 歸亦捧心而矉其里.)"라고 한 것을 차용하여 이렇게 말한 것이다.

5) 無主 : 주인이 없다. 돌보아 주는 사람이 없음을 말한다.

6) 荒台 : 오나라가 망한 후 궁전이 폐허가 된 흔적을 말한다.

169 〈西施〉 柳街燈市好花多(화류가에 등불 환하고 예쁜 꽃들 많지만)

柳街燈市好花多。盡讓美瓊娥。萬嬌千媚, 的的在層波。取次梳妝, 自有天然態, 愛淺畫雙蛾。　　　斷腸最是金閨客, 空憐愛、奈伊何。洞房咫尺, 無計枉朝珂。有意憐才, 每遇行雲處, 幸時恁相過。

화류가에 등불 환하고 예쁜 꽃들 많지만 모두가 아름다움을 경아에게 양보하였다. 그녀의 천 가지 만 가지 교태는 분명 아름다운 눈길에 있다. 아무렇게나 머리 빗고 화장해도, 저절로 천연의 자태가 피어나, 옅게 그린 양 눈썹이 사랑스럽다.　　　가장 애끊는 사람은 기방의 유객이니 공연히 애만 태울 뿐 그녀를 어찌할 것인가? 그녀의 방은 지척에 있건만, 패옥을 찬 그녀에게 갈 방법은 없다네. 재능있는 남자를 아끼는 마음이 있어서 기방에 놀러갈 때마다, 언제나 이렇게 방문할 수 있었으면!

| 주석 |

1) 柳街 : 화류가. 기방이 늘어선 거리를 말한다.
2) 燈市 :대보름을 전후하여 꽃등을 걸어넣고 파는 시장을 말한다.
3) 瓊娥 : 기녀의 이름이다.
4) 的的 : 분명하고 뚜렷한 모양을 말한다.
5) 取次 : 아무렇게나, 되는 대로.
6) 金閨客 : 기방을 출입하는 남자 손님을 말한다.
7) 朝珂 : 조정의 관리가 차는 패옥을 말한다. 여기서는 패옥을 찬 여

인을 가리킨다.

8) 行雲 : 무산신녀 전고에서 나온 말로, 사랑하는 여인이라는 뜻이다.
   송옥의 <高唐賦序>에 "아침에는 조운이 되고, 저녁에는 행우가 될
   것입니다.(旦爲朝雲, 暮爲行雨)"라는 구절이 있다.

170 〈西施〉 自從回步百花橋(백화교 돌아갈 때부터)

自從回步百花橋。便獨處清宵。鳳衾鴛枕, 何事等閒抛。縱有
餘香, 也似郎恩愛, 向日夜潛消。　　　恐伊不信芳容改, 將憔悴、
寫霜綃。更憑錦字, 字字說情慯。要識愁腸, 但看丁香樹, 漸結
盡春梢。

백화교 돌아갈 때부터, 혼자서 맑은 밤 지낼테요. 원앙금침은, 무슨
일로 한가로이 버려둔단 말인가. 비록 남은 향기 있더라도, 또한 낭군
처럼 은혜로운 사람도, 태양이 밤을 향하면 사라지리라.　　　꽃다운
얼굴이, 야위고 흰 서리 내리듯 변한다는 이 말 못 믿겠소. 다시 편지
에 기대어, 글자마다 그리움 마음 설명하오. 근심어린 속을 알려면,
다만 정향나무를 보시오, 점점 봄 끝이 다해 맺혀 있을걸.

| 주석 |

1) 鳳衾鴛枕 : 봉황과 원앙이 수놓아진 이불과 베개를 말한다.

2) 何事 : 무엇 때문에. 무슨 일로.

3) 向日夜潛消 : 수시로 햇빛이 점점 사라지는 것을 말한다.

4) 將憔悴、寫霜綃 : 그리움으로 인해 얼굴이 초췌해지고 하얀 비단같이
   창백한 얼굴을 가리킨다. '綃'은 생사生絲로 만든 비단을 말한다.

5) 錦字 : 편지. 서신. 흔히 부인이나 사랑하는 사람한테 보내는 서신
   을 일컫는 말이다. 진晉나라 때 두도竇滔의 처妻 소혜蘇蕙가 출정한

남편을 몹시 사모한 나머지 오색실로 비단을 짜서 회문선도시回文
旋圖詩를 만들어 두도에게 부쳤던 데서 온 말로, 전하여 여기서는
저자의 아내가 저자에게 보낸 서신을 소혜의 금자서에 빗대서 한
말인데, 즉 저자가 이때 아내의 서신을 받아서 청아하게 읊조렸던
것이다. 《晉書·竇滔妻蘇氏》

6) 情慘 : 슬프고 그리워하는 정을 말한다.

7) 丁香樹 : 목서과에 속하는 낙엽 활엽 관목이다. 키가 10m가량 자라
며, 꽃봉오리는 약재로 쓰인다. 《才物譜(재물보)》<물보物譜 2>에,
"나무는 밤나무와 비슷하고, 꽃은 매화와 비슷하며, 열매는 대추씨
와 같다. 또 꽃이 자백색이라고도 하고 황색이라고도 하는데, 이는
우리나라에서 말하는 정향이 아니다." 하였다. 또한 마음에 맺혀
풀리지 않는 감정을 나타낼 때 쓰는 표현이기도 하다. 《李商隱·
代贈》시에 "파초 잎은 피질 못하고 정향은 맺혀 있어, 봄바람을
함께 향해 제각기 수심이로세(芭蕉不展丁香結, 同向春風各自愁)"
라고 되어있다.

171 〈河傳〉 翠深紅淺(녹색은 짙어지고 붉은 꽃 옅어지네)

翠深紅淺。愁蛾黛蹙, 嬌波刀翦。奇容妙妓, 爭逞舞裀歌扇。妝
光生粉面。　　坐中醉客風流慣。尊前見。特地驚狂眼。不似
少年時節, 千金爭選。相逢何太晩。

녹색은 짙어지고 붉은 꽃 옅어지네. 수심어린 눈썹에 화장이 번져도,
어여쁜 눈빛은 무늬 칼로 베어내듯 묘한 매력이 있네. 기이한 모습의
묘령의 기녀여, 어찌 춤추며 노래하려고, 얼굴에 빛이 돌게끔 화장하였
느냐. 　　좌중에 취객의 풍류는 익숙하고, 술잔 앞에 보고 있자니,
다만 눈이 휘둥그레 할 정도로 지역이 경이롭다네. 젊었을 시절과 같진

않지만, 천금을 다투어도, 서로 만나기에 어찌 이다지도 늦단 말인가.

|주석|

1) 愁蛾 : 중국 고대 한 종류의 나방 모양의 눈썹으로, 눈썹이 가늘고 굽게 꺾인 것을 말한다. 여기서는 수심어린 눈썹愁眉을 말한다. 백거이白居易의 <취중희증정사군醉中戱贈鄭使君>에 "귀가 취하면 노래하여 술 깨기를 재촉하고, 눈썹이 시름겨우면 웃어서 주름을 편다.(醉耳歌催醒, 愁眉笑引開)"라고 되어있다.

2) 黛蹙 : 눈썹을 찌푸리다. 눈썹을 찡그리다는 뜻이다.

3) 嬌波刀翦 : 아름다운 눈에 정신과 생기가 들어가 있어 아주 큰 매력을 갖추고 있다는 말이다.

4) 妓 : '伎', '技'와 같다.

5) 舞裙歌扇 : 춤출 때 입는 몸에 딱 붙는 무의와 부채를 말한다.

6) 尊 : '樽'과 같다. 술잔을 말한다.

172 〈河傳〉 淮岸(회수가 기슭에)

淮岸。向晚。圓荷向背, 芙蓉深淺。仙娥畫舸, 露漬紅芳交亂。難分花與面。　　采多漸覺輕船滿。呼歸伴。急槳煙村遠。隱隱棹歌, 漸被蒹葭遮斷。曲終人不見。

회수가 기슭에. 저물어가자, 둥근 연잎은 바라보다가 등 돌리기도 하면서, 부용꽃도 짙기도 하고 옅기도 하네. 선녀같은 아가씨 아름다운 배를 타고, 이슬에 물든 붉은 꽃 어지러이 피어나, 꽃과 얼굴 구분하기 어렵네.　　많이 캐다보니 점점 가벼운 배 가득찼네. 함께 돌아가자 부르고, 저 멀리 안개 속 마을로 급히 노 젓네. 뱃노래 소리 가물거리자, 길게 자란 갈대 때문에 점차 가려지고, 노래가 끝나자 사람 보이지

앓네.

| 주석 |

1) 向晩 : 장차 날이 저물어간다는 뜻이다.

2) 芙蓉深淺 : 부용꽃(연꽃) 색깔은 짙기도 하고 옅기도 하다는 뜻이다.

3) 仙娥 : 선녀. 미녀를 가리킨다.

4) 露漬 : 이슬에 함빡 젖었다는 뜻이다. 다른 판본에는 '沾漬'으로 되
어 있다.

5) 棹歌 : 뱃사공이 부르는 노래를 말한다. '棹'는 상앗대나 배를 말한다.

6) 蒹葭 : 길게 자란 갈대를 말한다. 《詩經》<겸가蒹葭>에 "갈대 푸르
고 푸르니, 흰 이슬이 서리가 되었네. 이른바 그 사람이 물 저편에
있도다. 물길 거슬러 올라가지만, 길이 험하고 멀다네.(蒹葭蒼蒼,
白露爲霜. 所謂伊人, 在水 方. 遡阻從之, 道阻且長.)"라고 한 데서
나온 표현인데, 이 사는 보고 싶은 사람이 물 가운데 있기에 물길
을 오르내리면서 한번 만나려고 애를 쓰지만 끝내 만나지 못함을
한탄한 노래이다.

8) 曲終人不見 : 당唐나라 시인 전기錢起가 <상령고슬湘靈鼓瑟>이라는
시제試題에 지은 시 끝 부분에 "곡이 끝나자 사람은 보이지 않는데,
강가에 도리어 봉우리만 푸르네.(曲終人不見, 江上叛峯靑.)"라고
하였다. 《唐詩品彙》

173 〈郭郞兒近拍〉 帝裡(도성 안)

帝裡。閒居小曲深坊, 庭院沈沈未戶閉。新霽。畏景天氣。薰風
簾幕無人, 永晝厭厭如度歲。　　　愁悴。枕簟微凉, 睡久輾轉慵
起。硯席塵生, 新詩小闋, 等閒都盡廢。這些兒、寂寞情懷, 何

事新來常恁地。

도성안. 골목 깊은 동네에 한가하게 살며, 정원에 속속들이 창문 닫지도 않았네. 막 비 개이자. 햇빛 든 날씨 두려워라. 훈풍 부는 주렴 걸린 장막에 인기척 없어도, 긴 낮에 하염없이 세월이 흐르네.   근심으로 야위어. 대자리 베갯머리에 살짝 서늘해져, 오래 졸다 뒤척이며 게으르게 일어나네. 서재에 먼지 앉고, 새로운 짧은 시나 사를 짓나니, 한가함도 모두 없어지네. 저 아이의 적막한 정회여, 무슨 일이 새로 왔는지 항상 그러하네.

| 주석 |

1) 帝裡 : 황제가 사는 도성. 서울을 말한다.

2) 小曲深坊 : 도시 서민들이 작은 후미진 골목을 가리킨다.

3) 新霽 : 비가 온 후 막 개인 날씨를 말한다.

4) 畏景天氣 : 두렵도록 매우 뜨거운 여름 햇빛을 말한다.

5) 薰風 : 훈훈한 남쪽 바람南風이라는 뜻으로, 성군聖君의 덕정德政을 비유하는 말로 많이 쓰인다. 순舜 임금이 불렀다는 <남풍가南風歌>에 "남풍이 훈훈함이여! 우리 백성의 성낸 마음을 풀겠구나.(南風之薰兮, 可以解吾民之慍兮.)"라고 하였다. 《孔子家語·辯樂解》

6) 永晝 : 긴 낮을 말한다.

7) 厭厭 : 물리도록 싫다. 염증이 나다.

8) 度歲 : 세월을 보내다. 세월이 흐른다.

9) 愁悴 : 근심해서 얼굴이 상하여 초췌하다는 말이다.

10) 小闋 : 소시小詩나 소사小詞를 가리킨다.

11) 等閒 : 한가하다. 한적하다.

12) 恁 : 이처럼. 이와 같이.

174 〈透碧宵〉 月華邊(달빛이 변두리에 반짝이네)

月華邊。萬年芳樹起祥煙。帝居壯麗, 皇家熙盛, 寶運當千。端門清晝, 舺稜照日, 雙闕中天。太平時, 朝野多歡。遍錦街香陌, 鈞天歌吹, 閬苑神仙。　　昔觀光得意, 狂游風景, 再睹更精妍。傍柳陰, 尋花徑, 空恁韉轡垂鞭。樂游雅戲, 平康艷質, 應也依然。仗何人、多謝嬋娟。道宦途蹤跡, 歌酒情懷, 不似當年。

달빛이 변두리에 반짝이네. 만년 넘은 향긋한 나무가 상서로운 안개 속에 솟았네. 명승지에 황제 사시니, 황실이 융성하고, 귀한 국운이 천년은 넘으리라. 단문에 맑은 대낮, 고릉에 햇살 비추고, 두 전각이 하늘속에 있네. 태평한 시대라 조정과 민간에서 즐거움 많네. 비단 두른 큰 거리에 길마다 향긋하고, 균천 노래 부르니, 낭원에 사는 신선이로고. 　　옛날 풍경을 감상하며 득의하고, 맘껏 풍경을 즐기며 노닐었다. 다시 보니 더욱 자세히 보니 예쁘다네. 옆의 버들나무는 어둡고, 꽃이 있는 지름길을 찾았다. 공허하게 이같이 고삐와 재갈을 늘어뜨리고, 고아한 유희를 즐기며 노닐었다. 평강平康에 모여 사는 아름다운 기녀들, 누가 대신해서 아름다운 미인에게 많이 감사할까. 길에서 기녀들에게 관원의 종적을 말하고, 노래하고 술 마시는 정회는, 당시와 같지 않다.

| 주석 |

1) 芳樹 : 달에 있는 계수나무를 말한다.
2) 熙盛 : 흥성하다. 융성하다.
3) 寶運當千 : 국운이 유래없이 이전보다 천배나 흥성했다는 뜻이다.
4) 端門 : 황궁의 정문을 말한다. 즉 왕궁을 말한다.
5) 淸晝 : 대낮을 말한다.
6) 舺稜 : 전각殿閣의 기와등瓦脊을 말한다. 반고班固의 <서도부西都賦>

283

에 "고릉에 올라 금작에 깃든다.(上觚稜而棲金爵.)"라고 하였다.

7) 錦街香陌 : 비단 두른 큰 도시의 거리를 말한다.

8) 鈞天歌吹 : 천상의 신선의 음악을 말한다. '균천鈞天은 균천광악鈞
天廣樂의 준말로, 중국의 궁중 음악을 뜻하는 말이다. 균천은 천제
天帝의 거소인데, 춘추 시대에 조간자趙簡子가 5일 동안 혼수 상태
에 빠져 있을 때 균천에 올라가서 광악을 듣고 왔다는 고사가 있다.
《史記·趙世家》

9) 閬苑 : 신선神仙이 거주하는 곳. 허작許碏의 시詩에 "낭원의 꽃 앞에
서 술에 취하여 서왕모의 구하상 그릇 엎질렀네. 여러 신선들 손뼉
치며 경박함을 나무라니, 인간으로 귀양보내어 술미치광이 만들었
구나.(閬苑花前是醉鄉, 踏翻王母九霞觴. 群仙拍手嫌輕薄, 謫向人
間作酒狂.)"라고 되어있다. 《神仙傳》

10) 精姸 : 정묘하고 아름답다는 뜻이다.

11) 恁 : 이렇게.

12) 鞾轡垂鞭 : 고삐와 재갈을 늘어뜨리는 모양을 말한다.

12) 樂游雅戲 : 즐겁고 고아하게 노닐다는 뜻이다.

13) 平康艷質 : 기원妓院에 사는 아름다운 기녀를 말한다. '평강平康'은
당나라 장안長安 평강리平康里의 별칭으로, 북쪽에 위치하였으므로
붙여진 이름이다. 이곳에 기원妓院이 있었기 때문에 후에 창기娼妓
들이 밀집한 곳을 가리키는 말로 쓰이게 되었다.

14) 嬋娟 : 기원妓院에 사는 아름다운 기녀를 가리킨다.

175 〈木蘭花慢〉 倚危樓佇立(위태로운 누대에 기대어 우두
커니 서 있자니)

倚危樓佇立, 乍蕭索、晚晴初。漸素景衰殘, 風砧韻響, 霜樹紅

疏。雲衢。見新雁過, 奈佳人自別阻音書。空遺悲秋念遠, 寸腸萬恨縈紆。　　皇都。暗想歡游, 成往事、動欷歔。念對酒當歌, 低幃並枕, 翻恁輕孤。歸途。縱凝望處, 但斜陽暮靄滿平蕪。贏得無言悄悄, 憑闌盡日踟躕。

위태로운 누대에 기대어 우두커니 서 있자니, 금새 가을색이 쓸쓸해지고 저물녘에 비로소 비 개이네. 점점 흰 햇빛 쇠잔하니, 다듬이질하는 소리 바람에 울리고, 서리 내린 나무에 붉은 꽃 성기네. 구름 낀 사거리. 새 기러기 지나가니, 미인은 이별할 때부터 소식이 막혀 어이할까. 공연히 서글픔 남기며 멀리 계신 님 그리워하니, 마음속 애간장이고 한이고 한데 엉켜있네. 　　황제가 사는 도성. 즐겁게 노닐던 때 몰래 그리워, 지난일 되었지만, 걸핏하며 탄식나오네. 그리워 술자리에서 노래 부르니, 휘장과 베개가 낮아, 가벼운 외로운 신세 멋대로 나부끼네. 돌아가는 길. 비록 바라보는 곳에, 다만 사양 저물어 평야에 아지랑이만 가득. 아무 말 없이 근심하고 있으니, 난간에 기대어 하루 종일 머뭇거리네.

| 주석 |

1) 危樓佇立 : 높은 누각 위에서 장시간 서 있는 모습을 가리킨다.
2) 乍蕭索、晚晴初 : 금새 쓸쓸해지고 해저물녘에 비로소 비가 개인다는 말이다.
3) 素景 : 가을의 경물색을 말한다.
4) 風砧韻響 : 다듬이질하는 소리가 바람에 울려 퍼진다는 뜻이다.
5) 雲衢 : 구름 길. 이것은 하늘을 가리킨다.
6) 縈紆 : 구불구불 돌아서 엉키어 붙다는 뜻이다.
7) 欷歔 : 탄식하는 소리를 말한다.
8) 輕孤 : 외롭고 의지할 데가 없다는 뜻이다.
9) 平蕪 : 초목이 무성하게 자란 들이나 평야를 말한다.

10) 縈紆 : 주저하다. 머뭇거리다.

176 〈木蘭花慢〉 清明(청명날에)

析桐花爛漫, 乍疏雨、洗清明。正艷杏燒林, 緗桃繡野, 芳景如
屏。傾城。盡尋勝去, 驟雕鞍紺幰出郊坰。風暖繁弦脆管, 萬家
競奏新聲。　　　盈盈。斗草踏青。人艷冶、遞逢迎。向路傍往往,
遺簪墮珥, 珠翠縱橫。歡情。對佳麗地, 信金罍罄竭玉山傾。拚
卻明朝永日, 畫堂一枕春醒。

오동나무 꽃 난만하게 피었는데, 갑자기 보슬비 내려 청명하게 씻어내
네. 마침 고운 살구꽃은 숲을 태우는 듯 붉고, 복사꽃은 들판을 수놓은
듯, 아름다운 경치가 병풍처럼 사방을 둘렀다. 온 성의 사람들이 모두
경치 좋은 곳을 찾아가니, 멋진 준마에 감색 안장 얹어 산이고 들판
교외로 나간다. 바람 따뜻해 관현악기 연주하기 적합하니, 수많은 집
이 다투어 새 가곡을 연주한다.　　　일렁이네. 두초놀이하며 산책하
네. 어여쁜 사람들 번갈아 만나네. 길가 여기저기에 비녀와 귀걸이 떨
어져 있고, 구슬과 비취 낭자하다. 즐거운 마음에 아름다운 경물을 대
하며, 맘껏 술잔을 비워 크게 취해야겠다. 내일 아침 낮이 길어, 취한
이 몸 화려한 당실에 누워 있으리.

| 주석 |

1) 汲古本《六一詞》本에 근거하여 소제를 보충했다.
2) 拆桐花 : 오동나무꽃이 문드러지게 활짝 피었다는 뜻이다.
3) 艷杏燒林 : 살구꽃의 색깔이 숲을 불태우는 듯이 붉다는 뜻이다.
4) 紺幰 : 감색 수레 포장을 말한다.
5) 傾城. 盡尋勝去 : 온 성의 사람들이 봄 경치를 완상하러 가다는 뜻

이다.

6) 郊坰: 교외의 들판을 가리킨다.

7) 盈盈: 기질이나 몸매가 모두 아름다운 여자를 가리킨다.

8) 斗草踏靑: 화초를 제거하고 그 많고 적음을 가지고 우열을 가리는 놀이로 주로 단오절때 한다.

9) 踏靑: 봄에 파랗게 난 풀을 밟고 거닌다는 뜻으로, 보통 청명절淸明節에 야외에 나가서 산책하며 노니는 것을 말한다.

10) 人艷冶, 遞逢迎: 한 사람 한 사람이 화려하고 아름다운 여인을 만난다는 말이다.

11) 佳麗: 아름다운 경치를 말한다.

12) 金罍: 금으로 장식된 대형 술잔을 말한다.

13) 玉山傾: 술에 몹시 취하여 쓰러질 것 같음 모양을 말한다. 《世說新語》에 "혜강의 사람됨은 그 걸출함이 외로운 소나무가 홀로 서 있는 것 같은데, 그가 취하면 쓰러지는 것이 마치 옥산이 무너지려는 것 같다.(嵇叔夜之爲人也. 巖巖若孤松之獨立; 其醉也. 傀俄若玉山之將崩.)"라는 구절이 있다.

14) 畫堂: 화려하고 아름답게 장식된 당실을 말한다.

15) 春醒: 汲古閣本과 《역대시여歷代詩餘》에는 '酲'으로 되어있고, 다른 판본에는 '醒'으로 되어 있다.

177 〈木蘭花慢〉 古繁華茂苑(옛 번화한 무성한 동산)

古繁華茂苑, 是當日、帝王州。詠人物鮮明, 土風細膩, 曾美詩流。尋幽。近香徑處, 聚蓮娃釣叟簇汀洲。晴景吳波練靜, 萬家綠水朱樓。　　　凝旒。乃眷東南, 思共理, 命賢侯。繼夢得文章, 樂天惠愛, 布政優優。鰲頭。況虛位久, 遇名都勝景阻淹留。贏得蘭堂醞酒, 畫船攜妓歡游。

옛 번화한 무성한 동산, 당시엔 제왕의 고을이었네. 선명하게 인물 읊고, 당지의 풍속은 섬세하고 문아하며, 일찍이 시류가 아름다웠지. 으슥한 곳을 찾아. 향긋한 샛길 가까이에, 연밥 따는 미녀 낚시꾼이 물가에 줄지었네. 오나라의 개인 경치는 물결 잔잔하여, 온 집이 푸른 물에 붉은 누대라네.   엄숙한 모습. 바로 장강 동남쪽 돌아보니, 함께 다스릴 것 생각하여, 현명한 제후를 임명하네. 이어진 꿈에 훌륭한 문장 얻어, 백거이가 아껴주어, 넉넉하게 정사를 베푸네. 자라 머리. 하물며 자리만 헛되이 오래 차지해, 이름난 도시의 명승지 만나 오래 머무르네. 난 피어난 당실에 맛좋은 술 얻었으니, 화려한 배에 기녀 끼고 즐겁게 놀아보세.

| 주석 |

1) 茂苑 : 소주蘇州에 있는 옛 동산 이름으로, 장주원長洲苑이라고도 한다. '한산사寒山寺' 역시 소주에 있는 절 이름으로, 당대唐代의 시승詩僧 한산자寒山子가 머물렀던 곳이다. 당나라 장계張繼의 시 <풍교야박楓橋夜泊>에 "달 지고 까마귀 울고 서리는 하늘에 가득한데, 강 단풍 고기잡이 불 곁에서 시름겨이 조는구나. 저 멀리 고소성밖 한산사에서, 한밤중 종소리가 나그네 배에 들려오네.(月落烏啼霜滿天, 江楓漁火對愁眠. 姑蘇城外寒山寺, 夜半鐘聲到客船.)"라고 하였다.

2) 帝王州 : 제왕이 건립한 도읍을 말한다. 금릉金陵의 별칭이다.

3) 土風細膩 : 당지의 풍속이 섬세하고 문아하다는 뜻이다.

4) 曾美詩流 : 일찍이 시인들이 훌륭하여 찬사를 받았다는 뜻이다.

5) 尋幽 : 그윽하고 깊은 심오한 경지 말한다.

6) 香徑 : 만발한 꽃들 사이에 난 오솔길을 가리키거나 또는 떨어진 꽃잎으로 가득한 오솔길을 가리킨다. 당唐나라 대숙륜戴叔倫의 시

<유소림사遊少林寺>에 "사리탑은 푸른 이끼로 덮이고, 향긋한 길은 흰 구름이 깊어라.(石龕蒼蘚積, 香徑白雲深.)"라고 하였다.《全唐詩·遊少林寺》

7) 吳波練靜 : 오나라 땅의 강물은 맑고 고요하다는 뜻이다.

8) 凝旒 : 면류관의 술이 흔들리지 않고 조용히 멎어 있는 것이니, 제왕이 태도를 엄숙히 하고 專心으로 경청하는 것을 이른다.

9) 眷 : 돌아보다.

10) 共理 : 공동으로 정사를 다스리다.

11) 賢侯 : 덕이 있고 지위가 있는 관원을 가리키는 말이다.

12) 樂天 : 중당시인 백거이를 말한다.

13) 惠愛 : 평화롭고 넉넉하고 인자한 모습을 말한다.

14) 鰲頭 : 자라의 머리이다.《열자列子》<탕문湯問>에 "바다에 다섯 개의 산이 있었는데 뿌리가 연결되지 못하여 바다에 둥둥 떠다니고 있었다. 이에 상제가 큰 자라 열다섯 마리를 보내어 머리로 산을 이게 하니, 비로소 산이 안정되었다."라고 하였다. 여기서는 신선이 사는 곳처럼 아름답다는 뜻이다.

15) 蘭堂醞酒 : 화려하고 아름다운 고당에 있는 상품의 술을 말한다.

178 〈臨江仙引〉 渡口(나루터 어귀)

渡口、向晚, 乘瘦馬、陟平岡。西郊又送秋光。對暮山橫翠, 襯殘葉飄黃。憑高念遠, 素景楚天, 無處不淒涼。 香閨別無信息, 雲愁雨恨難忘。指帝城歸路, 但煙水茫茫。凝情望斷淚眼, 盡日獨之斜陽。

나루터 해가 질 무렵에 야윈 말을 타고 평탄한 언덕에 올라, 서쪽 교외에서 또 가을 경치 보낸다. 저물어가는 산 푸르게 가로놓여 있고, 시들어가는 노란 잎 나부끼는 것을 가까이하네. 높은 곳에 기대어 먼 데를 생각하니, 가을 경치의 남녘 하늘, 처량하지 않은 곳 없다.　　　향기로운 규방에서 헤어진 후 소식 없으나, 운우雲雨의 시름과 한을 잊기가 어렵다네. 서울로 돌아가는 길을 가리켜봐도, 안개와 물이 끝없이 아득하기만 하고, 마음을 집중하여 끝없이 바라보니 눈물 흘리며 종일토록 홀로 석양 빛 아래 서있네.

| 주석 |

1) 向晚 : 해질 무렵을 말한다.

2) 陟平岡 : 평탄한 언덕에 오른다는 뜻이다.

3) 山橫翠 : 비낀 산의 푸른빛을 말한다.

4) 飄黃 : 나부끼는 노란 낙엽을 말한다.

5) 素景楚天 : 가을 경치와 가을 하늘을 가리킨다.

6) 雲愁雨恨 : 구름과 비는 하늘에 떠 있는 구름과 땅속에 스며든 빗물처럼 서로 떨어져서 영원히 만나지 못하게 된 것을 비유하는 말이다. 소식蘇軾의 시에 "바람 몰고 천제天帝의 손님 되어 운우처럼 떨어졌으니, 외로운 신하는 눈물 참으며 간장의 아픔을 느낍니다. (風馱賓天雲雨隔, 孤臣忍淚肝腸痛.)"라는 시구가 있다.《蘇東坡詩集·用前韻答西掖諸公見和》

7) 凝情 : 정이 엉키다. 사모의 정을 말한다.

179 〈臨江仙引〉 上國(경성)

上國。去客。停飛蓋、促離筵。長安古道綿綿。見岸花啼露, 對堤柳愁煙。物情人意, 向此觸目, 無處不凄然。　　　醉擁征驂猶佇立, 盈盈淚眼相看。況繡幃人靜, 更山館春寒。今宵怎向漏永，頓成兩處孤眠。

경성을 떠나가는 나그네. 수레를 세우고 이별의 주연을 재촉한다. 장안의 옛길은 계속해서 이어져 있는데, 언덕에는 꽃 피고 새 울어 이슬에 젖어있다. 둑에는 버드나무와 쓸쓸한 안개 자욱하다. 사람의 정이 이러한 것들에 눈길이 닿으니, 처량하지 않은 게 없다. 취하여 타고 떠날 말을 잡고 멍하게 서 있으니, 아름다운 자태로 눈물 흘리며 서로를 바라본다. 하물며 수놓은 휘장에는 사람이 없어 고요하니, 더욱이 산의 여관이 봄인데도 추운데, 오늘 밤은 어찌하여 길기만 한가. 각기 두 곳에서 머무르며 외로이 잠들어야 하네.

| 주석 |

1) 上國 : 경성. 서울.

2) 去客 : 떠나간 사람을 말한다.

3) 飛蓋 : 달리는 수레라는 뜻다. 중국 위魏나라의 시인 조식曹植이 그의 시 <공연公宴>에서 "맑은 밤 서쪽 동산에서 노니니, 달리는 수레가 서로 따르네.(淸夜遊西園, 飛蓋相追隨.)"라고 하였다.

4) 促離筵 : 이별하는 주연 자리를 재촉한다는 뜻이다.

5) 啼露 : 새가 울어 이슬에 젖어있다는 말이다.

6) 征驂 : 먼 길을 가는 말을 가리킨다.

7) 山館 : 산에 있는 여관을 말한다. 즉 산향山鄕에 있는 역관驛館을 가리킨다.

8) 漏永 : 물시계. 여기서는 밤 시간이 길다는 것을 뜻한다.

180 〈臨江仙引〉 畫舸(화려한 배 타고)

畫舸、湯槳, 隨浪箭、隔岸虹。□荷佔斷秋容。疑水仙游泳, 向別

浦相逢。鮫絲霧吐漸收, 細腰無力傳嬌慵。　　　羅襪凌波成舊
恨, 有誰更賦驚鴻。想媚魂香信, 算密鎖瑤宮。游人漫勞倦□,
奈何不逐東風。

화려한 배 타고 노 처으며 쏜 살 같은 물결 따라가니 반대편 언덕에
무지개 보이네. □연꽃은 가을 모습을 독차지하네. 물에 사는 신선이
헤엄쳐서, 지난번 이별한 포구에서 서로 만나는 줄. 교룡이 내뿜는 안
개 점차 수습되고, 가녀린 허리에 게으른 미녀에게 무력함 전하네.
　　　　비단 버선 잡힌 주름에 옛 원한 이루고, 그 누가 <낙신부洛神
賦>를 다시 지어줄까. 꽃 소식 전하던 미인의 영혼 그리워, 신선의 궁
전을 몰래 잠글 생각이네. 노니는 사람은 느긋한데□ 지친 몸 수고롭
게 하니, 동풍 쫓지 않아도 어쩔 수 없네.

| 주석 |

1) 隨浪箭 : 쏜살같이 물결을 따라간다는 뜻이다.

2) 別浦 : 이별의 포구를 말한다.

3) 鮫絲霧吐 : 교룡이 이슬을 내품다는 뜻이다.

4) 羅襪凌波 : 비단버선을 신고 사푼사뿐 걷는다는 뜻이다. 조식曹植
   의 <낙신부洛神賦>에 "파도를 넘는 작은 걸음에 비단버선에서 먼
   지 날리네.(凌波微步 羅襪生塵)"라는 표현이 보인다. 복비는 복희
   씨伏羲氏의 딸로서 낙신洛神이 되었다고 한다.

5) 賦驚鴻 : 낙수는 지금의 중국 하남성河南省 낙하洛河를 말한다. 삼국
   시대 위魏 나라 조식曹植의 <낙신부洛神賦>에서 하수河水의 여신女
   神을 묘사하기를 "경쾌한 모습이 마치 놀라서 날아오르는 기러기
   같다.(翩若驚鴻)"라고 하였다.

6) 瑤宮 : 전설 속에 나오는 신선들이 사는 궁전으로, 옥을 다듬어서
   만들었다고 한다.

7) 漫勞 : 부질없이 수고하다는 뜻이다.

181 〈瑞鷓鴣〉 寶髻瑤簪(아름다운 상투와 비녀)

寶髻瑤簪。嚴妝巧, 天然綠媚紅深。綺羅叢裡, 獨呈謳吟。一曲
陽春定價, 何啻値千金。傾聽處, 王孫帝子, 鶴蓋成陰。

凝態掩霞襟。動象板聲聲, 怨思難任。嘹亮處, 迥壓弦管低
沈。時恁回眸斂黛, 空役五陵心。須信道, 緣情寄意, 別有知
音。

아름다운 상투와 비녀. 장엄하게 화장하니, 자연스러운 눈썹 푸르고
붉은 입술 짙구나. 기라성 같은 이 모인 와중에, 홀로 노래 불러 바치
네. <양춘곡> 한 곡에 값어치 정해졌는데, 어찌 천금에 해당할 뿐이겠
는가. 귀 기울여 듣다보니, 왕손과 황태자는 학 날개에 가려 그늘이
되었네.   눈물 맺힌 모습을 노을빛 물든 옷깃 감추네. 박판 두들기
는 소리마다 만물이 생동하고, 원망과 그리운 주체할 수 없네. 청아한
학소리 들리는 곳에, 멀리 관현악기 연주하는 소리 낮게 깔리네. 때때
로 미인에게 눈길 돌려, 공연히 오릉을 슬퍼하는 마음에 얽매이네. 반
드시 믿게 될 거야, 정에 연유해 마음 부치니, 따로 내 맘 알아주는
벗이 있으리라.

| 주석 |

1) 寶髻 : 귀족 부녀자들이 하던 딴머리 중의 하나이다. 귀족 부녀자들
   이 너도나도 장미를 꺾어 머리에 장식한다는 뜻이다.

2) 瑤簪 : 요잠과 옥순. 보통 옥비녀를 가리킨다.

3) 妝巧 : 예쁘게 화장하다. 교묘하게 화장하다.

4) 綺羅 : 비단옷을 입은 사람을 가리키는 말로, 대체로 귀부인이나
   미녀를 비유한다. 당나라 섭이중聶夷中의 시에 "나의 소원은 임금
   님 마음이, 변화하여 광명한 촛불이 되시어, 비단의 자리에 비추지
   말고, 유랑하는 백성들 집에 두루 비췄으면.(我願君王心, 化作光明

293

燭. 不照綺羅筵, 徧照逃亡屋.)"이라는 구절이 있다.《全唐詩·詠田家》

5) 陽春 : 전국 시대 초楚나라의 고아高雅한 가곡으로, 일반적으로 고상하고 아취 있는 곡이나 아름다운 시를 뜻하는 <양춘곡陽春曲>을 말한다. 옛날에 초나라의 서울인 영郢에서 노래를 잘 부르는 어떤 사람이 처음에는 보통 유행가인 <하리파인下里巴人>을 불렀더니, 같이 합창하여 부르는 자가 수백 명이 있었다. 그러나 수준이 높은 노래를 부르니 따라서 합창하는 자가 10여 명에 지나지 않았고, <양춘백설陽春白雪>이라는 최고급의 노래를 부를 적에는 따라 부르는 자가 전혀 없었다고 한다.《文選·對楚王問·宋玉》

6) 何啻 : 어찌 그칠까라는 뜻이다.

7) 霞襟 : 노을빛을 말한다.

8) 板 : 박판을 말한다.

9) 怨思難任 : 원망과 그리움을 주체할 수 없다는 뜻이다.

10) 低沈 : 낮게 깔리다.

11) 五陵 : 오릉五陵은 원래 한 나라에서 고조高祖 이하의 다섯 황제의 능을 말함이다. 그 당시의 무한한 권력을 가졌던 황제의 능도 지금은 풀만 우거졌다는 말이다.

182 〈瑞鷓鴣〉 吳會風流(오나라에 풍류가 있다네)

吳會風流。人煙好, 高下水際山頭。瑤台絳闕, 依約蓬丘。萬井千閭富庶, 雄壓十三州。觸處靑蛾畫舸, 紅粉朱樓。　　方面委元侯。致訟簡時豐, 繼日歡游。襦溫褲暖, 已扇民謳。旦暮鋒車命駕, 重整濟川舟。當恁時, 沙堤路穩, 歸去難留。

오나라에는 풍류가 있다네. 볼 때는 연기도 아름답게, 물가와 산머리

를 오르내린다. 화려하고 아름다운 궁궐은 신선이 산다는 봉래산의
언덕같구나. 천가 만호 모두가 부유하니, 이 나라 13주에서 으뜸이라.
보는 곳마다 푸른 눈썹 그린 미녀를 태운 배이고, 붉게 분칠한 미녀가
있는 화려한 누대.   천하 가운데 한 지역을 다스리는 수령에게
맡기고 나서, 송사가 간략해지고 시간도 많아졌다. 사람들은 며칠 동
안 놀기에 바쁘다네. 따뜻한 속옷과 바지를 차려입은 백성들은, 벌써
부터 칭송하는 노래를 부르고 다니니, 얼마 안 되어 급한 수레를 몰고,
강을 건너는 배를 다시 정돈해야 될 것이네. 이 때가 되면 재상에 이르
는 길은 평탄할 것이니, 돌아가는 그대를 붙잡기 어려워질 것이네.

| 주석 |

1) 吳會 : 동한東漢 때에 회계군會稽郡을 오군吳郡과 회계군으로 나누
   고 오회吳會로 병칭하였는데, 후세에 이 두 군郡이 있었던 옛 지역
   을 범칭해서 오회라 하였다. 여기서는 오나라를 가리킨다.

2) 瑤台 : 옥으로 장식한 누대로 신선이 거처하는 곳을 가리킨다. 이백
   李白의 <청평조사淸平調詞>시에 이르기를, "군옥의 산 정상에서 본
   것이 아니라면, 요대의 달빛 아래에서 만난 것이 분명하네.(若非群
   玉山頭見, 會向瑤臺月下逢.)"라고 하였다.

3) 絳闕 : 붉은 칠을 한 대궐이나 궁궐을 말한다.

4) 蓬丘 : 신선들이 산다고 하는 삼신산 가운데 하나인 봉래산蓬萊山을
   말한다.

5) 萬井千閭 : 고대에 지방 1리里를 1정井이라고 했던 데서, 즉 만 리
   지방을 말하는데, 또는 천가 만호千家萬戶의 뜻으로도 쓰이며, 순일
   舜日과 요천堯天은 요순堯舜 시대의 천하란 뜻으로, 전하여 태평성
   대를 말한다.

6) 雄壓 : 기운차게 제압한다는 뜻이다.

7) 靑蛾 : 검푸르게 그린 눈썹을 말한다.

8) 畫舸 : 화려한 배를 가리킨다.

9) 元侯 : 수령을 말한다.

10) 訟簡時豐 : 송사가 간략해지고, 시간적 여유가 많아졌다는 뜻이다.

11) 襦溫褲暖 : 저고리와 바지가 따뜻하다. 일반 백성들의 삶이 윤택하고 풍요로워서 안온하다는 뜻이다.

12) 鋒車 : 가벼워서 빨리 달릴 수 있는 역거驛車로, 고대에 긴급한 명을 전달할 때 사용하던 수레이다. 추봉거追鋒車라고도 한다.

13) 濟川舟 : 강을 건너는 배를 뜻한다.

14) 沙堤 : 모래뚝. 백사장 둑을 말한다.

15) 路穩 : 순조롭다. 평온하다는 뜻이다.

183 〈憶帝京〉 薄衾小枕天氣(얇은 이불 작은 베개 서늘한 날씨)

薄衾小枕天氣。乍覺別離滋味。展轉數寒更, 起了還重睡。畢竟不成眠, 一夜長如歲。　　也擬待、卻回微嬛。又爭奈, 已成行計。萬種思量, 多方開解, 只恁寂寞厭厭地。系我一生心, 負你千行淚。

얇은 이불 작은 베개 서늘한 날씨, 갑자기 이별의 맛을 느끼게 된다. 뒤척이며 서늘한 밤의 물시계 소리 세면서, 일어났다 다시 또 자보고는 하지만, 끝내는 잠 못 이루어, 하룻밤이 마치 한 해와 같다.

본래는 말 타고 돌아가려 했으나, 또 어찌하랴. 이미 먼 길 떠나기로 했으니, 수 만 가지로 생각을 해보아도, 여러 방법으로 풀었으나, 단지 적막함 속에 이렇게 근심 걱정하네. 내 평생의 마음 꼭꼭 붙들여 매는구나. 당신이건만 배반해 무수한 눈물을 흘리게 했네.

1) 薄衾 : 얇은 이불을 말한다.

2) 小枕 : 작은 베개를 말한다.

3) 擬待 : 생각하다. 기다리다.

4) 徵轡 : 말을 타다는 뜻이다.

5) 行計 : 행동할 계획을 세우다는 뜻이다.

6) 系我一生心 : 내 평생의 마음(소원)을 붙들여 매다는 뜻이다.

184 〈塞孤〉 一聲雞(외마디 닭 우는 소리가)

一聲雞, 又報殘更歇。秣馬巾車催發。草草主人燈下別。山路
險, 新霜滑。瑤珂響、起棲鳥, 金鐙冷、敲殘月。漸西風緊, 襟袖
淒冽。　　　遙指白玉京, 望斷黃金闕。遠道何時行徹。算得佳人
凝恨切。應念念, 歸時節。相見了、執柔荑, 幽會處、偎香雪。免
鴛衾、兩恁虛設。

외마디 닭 우는 소리가 다시금 밤이 끝났음을 알리고, 말에 여물 주고,
수레에 차양 씌워 출발을 재촉하며, 급히 주인과 등불 아래에서 작별
했네. 산길은 험하고 갓 내린 서리 미끄러운데, 말방울 소리에 잠겼던
까마귀 놀라 깨고, 쇠등자 차갑게 새벽달을 두드린다. 점점 가을바람
싸늘하게 불어와, 옷깃과 소매가 차갑기만 하네.　　　멀리 서울을
향해 보지만, 황금 궁궐은 보이지 않는다. 머나먼 여행길 언제 끝나려
나. 필경 그녀는 한이 맺혀 있겠지. 내가 돌아올 날을 손꼽아 기다리리
라. 만나게 되면 보드라운 손을 붙잡고, 은밀한 곳에서 향긋하고 뽀얀
몸에 기대어, 원앙금침을 두 곳에서 이렇게 헛되이 펴 놓은 일 없게
하리라.

1) 殘更歇 : 밤 시간을 일리는 북소리가 이미 그치다. 밤이 끝나고 날이 밝으려 한다는 말이다.

2) 秣馬 : 말에게 여물을 주다. 수레가 출발하기를 준비하다는 뜻이다.

3) 草草 : 총총히, 서둘러서, 급히.

4) 瑤珂 : 말에 장식으로 단 옥 방울을 말한다.

5) 起棲鳥 : 보금자리에 든 까마귀가 놀라 일어나게 하다. 말방울 소리에 잠자던 까마귀가 놀라 깬다는 말은 그만큼 새벽이 정적 속에 잠겨 있다는 말이다.

6) 敲殘月 : 새벽달을 두드리다.

7) 白玉京 : 도교에서 말하는 천제가 사는 곳. 여기서는 수도 변경을 가리킨다.

8) 黃金闕 : 도교의 천제가 사는 황금으로 된 궁궐을 가리킨다.

9) 柔荑 : 갓 돋아난 어린 풀. 여기서는 여인의 부드러운 손을 비유한 말이다.

10) 香雪 : 향긋하고 눈같이 희다. 여기서는 여인의 향긋하고 뽀얀 몸을 비유한다.

185 〈瑞鷓鴣〉 天將奇艶與寒梅(하늘이 기이한 아름다움을 겨울 매화에게 주어서)

天將奇艶與寒梅。乍驚繁杏臘前開。暗想花神、巧作江南信, 鮮染燕脂細翦裁。　　　壽陽妝罷無端飮, 潛滋暗長酒入春腮。恨聽煙島深中, 誰恁吹羌管、逐風來。絳雪紛紛落翠苔。

하늘이 기이한 아름다움을 겨울 매화에게 주어서, 잠깐 화려한 살구꽃 놀래켜 섣달 전에 꽃 피우게 하였네. 꽃 신을 몰래 그리워해, 교묘하게 강남의 봄소식 만들고, 연지 선명하게 물들이자 잔가지 자르네.
　수양공주의 매화화장 지워지자 이유없이 술 마시고, 몰래 불어나
고 암암리에 자라난 술에 봄날로 들어가네. 안개 낀 섬 깊은 곳에서,
그 누군가 불어대는 피리 소리가 바람 타고 들려와 한스럽네. 붉은
꽃눈 펄펄 날려 푸른 이끼 위에 떨어지네.

| 주석 |
1) 與 : 주다는 뜻이다.
2) 巧作江南信 : 수양공주의 화장법 : 남조南朝 송나라 수양공주壽陽公
　主가 함장궁舍章宮 처마에 누워 있었는데 매화 꽃잎이 떨어져 이마
　에 붙자 보기가 좋아서 그대로 두었다고 한다. 이후 궁중 화장법의
　한 양식이 되었다.
3) 燕脂 : 붉은빛이 나는 연지를 말한다.
4) 壽陽妝 : 매화꽃 모양의 화장을 말한다. 한 무제의 딸 수양 공주壽陽
　公主가 인일에 함장舍章의 처마 아래에 누워 있었다. 그때 처마 밑
　으로 매화 꽃잎이 이마로 떨어져 오출五出(다섯 모)의 꽃무늬가 되
　었는데, 손으로 문질러도 지워지지 않았다. 후인들이 이것을 흉내
　내어 매화꽃 모양의 화장인 매화장梅花粧을 하였다고 한다. 일명
　수양장壽陽粧이라고도 한다. 《古今事文類聚·梅花粧》
5) 無端 : 무단하게. 아무런 이유없이라는 말이다.
6) 煙島 : 연기 낀 외로운 섬을 말한다.
7) 絳雪 : 강설을 말한다. 내린 눈을 말한다.
8) 翠苔 : 푸른 이끼를 말한다.

186 〈瑞鷓鴣〉 三吳嘉會古風流(삼오지역의 아름답던 계회
는 옛 풍류이고)

三吳嘉會古風流。渭南往歲憶來游。西子方來、越相功成去, 千
裡滄江一葉舟。 　　　至今無限盈盈者, 盡來拾翠芳洲。最是簇
簇寒村, 遙認南朝路、晚煙收。三兩人家古渡頭。

삼오지역의 아름답던 계회는 옛 풍류이고, 지난 해 위남에 와서 노닐
던 때 기억나네. 서시가 오자마자, 월나라 재상은 공을 이루고 떠나고,
천리 이어진 푸른 장강에 한 조각 배 띄우네. 　　　 지금 한 없이
일렁거리는 것은, 모두가 푸르고 향긋한 모래톱에서 주어 온 것이지.
가장 좋은 건 차가운 마을이 빼곡히 들어서, 멀리 남쪽 왕조의 도성으
로 가는 길에 저녁 연기 사라진 줄 알겠네. 두세 인가가 옛 나룻터에
자리하네.

| 주석 |

1) 三吳 : 삼오지역은 남월南越에 상대되는 난징 주변의 옛 오나라 지
역을 말한다. 아름답던 계회는 왕희지의 난정계蘭亭稧를 말한다.

2) 渭南 : 중국 섬서성陝西省 위남시渭南市 관할의 현으로 옛날에 뽕나
무가 진 뒤에 빚어 '상락주桑落酒'라 불린 술이 유명하였다고 한다.
송나라 황정견黃庭堅(1045~1105)의 <왕랑을 보내며送王郎>라는 글
에서 "그대에게 포성의 상락주를 권하노라.(酌君以蒲城桑落之酒)"
라고 한 구절이 보인다.

3) 西子 : 춘추 시대 월나라 미인 서시西施를 말한다. 범려는 춘추 시대
월越나라 대부로 월왕越王 구천句踐을 도와 적국인 오나라를 멸망
시킨 다음, 고소대姑蘇臺에 있던 미인 서자西子를 데리고 공명을 피
하여 오호五湖에 배를 띄워 월나라를 떠나 한가히 살았다.《史記
·越王句踐世家》

4) 越相功成去 : 월나라 재상은 공을 이루고 떠났다는 말이다. 즉 관직
   과 명예에 연연하지 않고 물러난 범려范蠡를 칭찬한 말이다. 범려
   가 월왕越王 구천句踐을 도와 오吳나라를 멸하고 패자霸者를 칭하게
   한 다음, 일엽편주를 타고 오호로 나가서 이름을 바꾸고 은거하였
   다. 뒤에 제齊나라에 들어가 거부巨富가 되었다고 한다. 《史記·越
   王句踐世家》

5) 滄江 : 푸른 장강을 말한다.

6) 盈盈 : 찰랑찰랑. 일렁거리다.

7) 拾翠 : 줍다는 뜻이다.

8) 南朝路 : 남북국시대에 도읍을 지금의 난징 지역에 두었다.

187 〈洞仙歌〉 嘉景(좋은 시절)

嘉景, 向少年彼此, 爭不雨沾雲惹。奈傅粉英俊, 夢蘭品雅。金
絲帳暖銀屛亞。並粲枕、輕偎輕倚, 綠嬌紅。算一笑, 百琲明珠
非價。　　　　閒暇。每只向、洞房深處, 痛憐極寵, 似覺些子輕孤,
早恁背人沾灑。從來嬌縱多猜訝。更對翦香雲, 須要深心同寫。
愛搵了雙眉, 索人重畫。忍孤艷冶。斷不等閒輕舍。鴛衾下。願
常恁、好天良夜。

좋은 시절 청춘 남녀들이 어찌 애정에 빠지지 않으랴. 하얀 얼굴의
하안처럼 잘 생기고, 꿈에 난초를 받은 듯이 우아하다. 금실 휘장을
은 병풍으로 가리고는, 화려한 베개 나란히 놓고, 살며시 가볍게 의지
하니, 서로 잘 어울린다. 한 번의 미소는 옥구슬 백 개라도 당할 수
없다.　　　　한가할 때면 언제나 침실 깊숙한 곳에서 지극히 사랑하고
총애했건만 외로움을 느낀 듯이, 이렇게 등 뒤에서 눈물 흘린다. 옛날
부터 어여뻐하면 시기가 많았다지. 다시 향을 피우고 그 앞에서 마음

속 깊이 사랑을 맹세했다. 즐겨 두 눈썹을 칠해 주고, 거듭 단장케 하리. 어여쁜 사람의 정을 어찌 저버릴 수 있을까? 등한히 버려두지 않고 원앙금침 아래, 원컨대 언제나 이렇게 좋은 낮과 밤이 되기를.

| 주석 |

1) 少年彼此 : 청춘 남녀를 가리킨다.

2) 雨沾雲惹 : 비에 젖고 구름에 이끌린다. '雲雨'는 남녀간의 밀회를 가리킨다.

3) 傅粉 : 분을 바른 듯이 하얀 얼굴을 가진 미남을 가리킨다.

4) 夢蘭 : 꿈속에서 난초를 받다. 《左傳·宣公》3년에 보면, "정 문공에게 천한 첩이 있었는데, 연길이라고 하였다. 꿈에 천사가 자신에게 난초를 주면서 '나는 백조인데 너의 할아버지다. 이것을 네 아들로 삼겠다.'라고 말했다. ……목공을 낳아 이름을 난이라고 하였다.(鄭文公有賤妾, 曰燕姞. 夢天使與己蘭, 曰 : 余爲伯鯈, 余爾祖也. 以是爲爾子. ……生穆公, 名之曰蘭.)"라는 구절이 있다.

5) 銀屏亞 : 은병풍을 말한다.

6) 洞房 : 그윽하고 깊숙한 내실. 여인의 규방을 말한다.

7) 搵了雙眉 : 두 눈썹을 칠해 주다. 이 구절은 다정한 부부의 정을 비유한 말이다.

8) 忍孤艶冶 : 미인의 정을 차마 저버리지 못하다는 뜻이다.

188 〈安公子〉 遠岸收殘雨(저멀 리 강변에 가랑비 그치니)

遠岸收殘雨。雨殘稍覺江天暮。拾翠汀洲人寂靜, 立雙雙鷗鷺。望幾點、漁燈隱映蒹葭浦。停畫橈、兩兩舟人語。道去程今夜, 遙指前村煙樹。　　　游宦成羈旅。短檣吟倚閒凝佇。萬水千山

迷遠近, 想鄕關何處。自別後、風亭月榭孤歡聚。剛斷腸、葱得
離情苦。聽杜宇聲聲, 勸人不如歸去。

저 멀리 강변에 가랑비 그치니, 수면과 하늘에 저녁 빛 느껴진다. 모래
톱에는 나들이 나온 여인들 자취 감추고, 갈매기와 백로만 쌍쌍이 서
있다. 멀리 바라보니 어가의 등불 몇 개가, 갈대 무성한 포구에서 깜박
인다. 사공은 거룻배를 멈추고, 오순도순 사람들과 이야기를 나누며,
오늘밤의 여정을 말하면서, 멀리 앞마을의 안개 어린 나무를 가리킨
다.   관직생활에 떠도는 나그네 되어, 짧은 돛대에 기대 음영하며
물끄러미 서 있다. 수많은 물과 산을 지나와 거리를 알 수 없으니, 그
리운 고향 땅 어디메뇨? 이별한 뒤로 바람과 달빛 아래 정자에서 즐겁
던 모임을 저버렸구나. 이별의 슬픔에 담장의 고통 이는데, 두견새 울
면서 나에게 돌아갈 것을 권한다네.

| 주석 |

1) 拾翠 : 파랑새 깃털을 줍다. 여인의 봄나들이를 가리킨다.

2) 畫橈 : 채색한 배를 말한다.

3) 蒹葭 : 갈대를 말한다.《시경詩經》<겸가蒹葭>에 "갈대 푸르고 흰 서
리 내렸는데 바로 그 사람이 강 저쪽에 있도다.(蒹葭蒼蒼, 白露爲
霜. 所謂伊人, 在水一方.)"라고 한 데서 유래하여, 간절한 그리움을
뜻한다.

4) 畫橈 : 거룻배를 말한다.

5) 羈旅 : 이리 저리 떠돌며 생활하는 나그네를 말한다.

6) 短檣 : 짧은 돛대를 말한다.

7) 杜宇 : 두견새를 말한다. 전국시대 촉제蜀帝 두우杜宇가 신하에게
쫓겨나 타향에서 원통하게 죽어서 그의 원혼이 두견새로 변화했다
는 전설에서 유래한 것이다. 촉혼蜀魂, 촉조蜀鳥, 귀촉도歸蜀道, 두백
杜魄, 망제혼望帝魂이라고도 한다.

189 〈安公子〉 夢覺淸宵半(맑은 한밤중에 꿈 깨어)

夢覺淸宵半。 悄然屈指聽銀箭, 惟有床前殘淚燭, 啼紅相伴。
暗蔥起、雲愁雨恨情何限。 從臥來、展轉千餘遍。 恁數重鴛被,
怎向孤眠不暖。　　　　堪恨還堪嘆。 當初不合輕分散。 及至厭厭
獨自個, 卻眼穿腸斷。 似恁地、深情密意如何拼。 雖後約、的有
於飛願。 奈片時難過, 怎得如今便見。

맑은 한밤중에 꿈 깨어, 서글피 손가락 꼽으며 물시계 바늘 소리 듣네.
오직 평상 앞 남은 촛농만 있을 뿐, 울다 피 머금은 두견새가 짝이
되네. 몰래 낭군 향한 끝없는 애정 불러 일으키네. 누워 있다가 천 여
번 뒤척이네. 몇 겹 원앙금침 두르고, 어떻게 차가운 외로운 잠자리
향하랴.　　　　한스럽고 한탄스럽네. 당초 만나지도 못하고 경솔히
헤어졌네. 급기야 신물 나도록 독수공방하느라, 도리어 눈에 밟히고
애간장 녹아났네. 이와 같은데 깊은 애정 남모른 마음을 어이하면 함
께 할까. 아무리 약속 어겼어도 분명히 날아오길 바라네. 어떻게 하다
짧은 시간도 더디 흘러가니, 어떻게 지금 만나볼 수 있을까.

| 주석 |

1) 淸宵 : 차갑고 맑은 야밤을 말한다.
2) 悄然 : 처연하다.
3) 銀箭 : 은전을 말한다.
4) 啼紅 : 붉은 촛농이 아래로 흐르는 것을 말한다. 여기서는 붉은 뺨
에 흐르는 눈물을 가리킨다. 이것은 붉은색 피눈물이 떨어진다는

것은 두견새의 처절한 울음을 형용한 것에서 나온 것이다. 촉나라 망제皇帝가 재상 별령鼈令에게 대규모 운하 공사를 맡기고 그의 아내와 간음하였다가, 뒤에 이 때문에 왕위를 뺏기고 달아나 두견새가 되었다. 이에 촉나라 사람들이 망제를 측은히 여겨 촉백 또는 망제혼이라 하였다. 《太平御覽》

5) 雲愁雨恨 : 구름과 비는 하늘에 떠 있는 구름과 땅속에 스며든 빗물처럼 서로 떨어져서 영원히 만나지 못하게 된 것을 비유하는 말이다. 소식蘇軾의 시에 "바람 몰고 천제天帝의 손님 되어 운우처럼 떨어졌으니, 외로운 신하는 눈물 참으며 간장의 아픔을 느낍니다. (風馭賓天雲雨隔, 孤臣忍淚肝腸痛.)"라는 시구가 있다. 《蘇東坡詩集·用前韻答西掖諸公見和》

6) 鴛被 : 원앙무늬 이불을 말한다.

7) 怎向孤眠不暖 : 어떻게 차갑고 외로운 잠자리를 향하겠냐는 뜻이다.

8) 厭厭 : 질탕하게. 맘껏. 여기서는 실의하여 처연하다는 말이다.

9) 似恁地 이렇게. 이와 같다.

10) 的有於飛願 : 확실히 은애恩愛가 있어 함께 날아오르길 맹세하다는 뜻이다. 《시경詩經》<주남周南>편에, "칡덩굴이 뻗어감이여, 골짜기 가운데에 뻗어, 잎이 무성하거늘, 황조가 날아와, 관목에 모여앉아, 꾀꼴꾀꼴 우는구나.(葛之覃兮, 施于中谷. 維葉萋萋, 黃鳥于飛. 集于灌木, 其鳴喈喈.)"라고 되어있다.

190 〈長壽樂〉 繁紅嫩翠(번성한 붉은 꽃 여린 푸른 잎)

繁紅嫩翠。艶陽景, 妝點神州明媚。是處樓台, 朱門院落, 弦管新聲騰沸。恣游人, 無限馳驟, 嬌馬車如水。竟尋芳選勝, 歸來向晚, 起通衢近遠, 香塵細細。　　　太平世。少年時, 忍把韶光

輕棄。況有紅妝, 楚腰越艷, 一笑千金何啻。向尊前、舞袖飄雪,
歌響行雲止。願長繩、且把飛烏系。任好從容痛飲, 誰能惜醉。

번성한 붉은 꽃 여린 푸른 잎, 따사로운 빛의 풍경으로 신주神州는 화
사하게 단장하였다. 이 곳의 누대, 붉은 칠을 한 대문과 정원에는 관현
악기로 연주하는 새로운 노래가 소란스럽다. 마음 가는대로 나온 사람
들 자유롭게 뛰어다니고, 아리따운 마차 물의 흐름 같구나. 앞 다투어
경치 좋은 곳을 찾아다니며 노닐다 돌아오니 날이 저물어 가는구나.
사통팔달로 뚫린 거리의 길을 가까운 곳에서 먼 곳까지 일어나네. 향
기로운 먼지 보드랍게 날리네.   태평성세의 소년 시절, 봄날의
화려한 경치를 가벼이 저버렸었다. 더구나 아리따운 여인, 초왕楚王이
좋아했다던 가는 허리와 월나라의 여인의 아름다움이 있으니, 어찌
한 번 웃음이 천금에 그치겠는가? 술 잔 앞에서 소매 깃이 눈이 휘날
리듯 춤을 추고, 노랫소리가 울려 퍼지니 가던 구름이 멈추었다. 바라
건데, 긴 끈으로 잠시 날아가는 해를 묶어두고 싶다. 마음놓고 실컷
술을 마시는데, 그 누가 취하는 것을 아까워 할 수 있겠는가!

| 주석 |

1) 神州 : 여기에서는 도읍의 성을 말한다.
2) 弦管 : 관현악기를 말한다.
3) 沸 : 소란스럽다. 들끓다.
4) 無限 : 구속이 없고, 자유로움을 말한다.
5) 競尋芳選勝 : 앞 다투어 경치 좋은 곳(명승지)을 찾아다니며 놀았
   다는 말이다.
6) 通衢 : 사방팔방으로 통하는 도시의 큰 거리를 말한다.
7) 香塵 : 향기로운 먼지를 말한다. 여기서는 길에 미인이 지나가기
   때문에 누런 회색 먼지를 '향진'이라고 일컬었다.
8) 韶光 : 춘광春光. 봄경치를 말한다.

9) 紅妝 : 아래 구에 나오는 '楚腰', '越豔'과 모두 아름다운 여인을 나타냄.

10) 楚腰 : 여자의 날씬한 허리를 비유한 말이다.

11) 越豔 : 고대의 미녀인 서시가 월나라 출신이라는 데에서, 월나라 지방의 아름다운 여인을 말할 때 썼던 말.

12) 何啻 : 어찌 ~뿐이겠는가?

13) 行雲 : 지나가는 구름. 풍악이 멋지게 울려 퍼졌다는 말이다. 진秦나라의 명창 진청秦靑이 노래를 부르자, 가던 구름도 그 소리를 듣고 멈춰 섰다는 '향알행운響遏行雲'의 일화가 전한다. 《列子·湯問》

14) 飛鳥 : 태양을 가리킨다.

191 〈傾杯〉 水鄉天氣(물가의 날씨는)

水鄉天氣, 灑蒹葭、露結寒生早。客館更堪秋杪。空階下、木葉飄零、颯颯聲干、狂風亂掃。當無緒、人靜酒初醒, 天外征鴻, 知送誰家歸信, 穿雲悲叫。　　　蛩響幽窗, 鼠窺寒硯, 一點銀缸閒照。夢枕頻驚, 愁衾半擁, 萬裡歸心悄悄。往事追思多少。贏得空使方寸撓。斷不成眠, 此夜厭厭, 就中難曉。

물의 날씨는, 갈대숲에 비 뿌리고 이슬 맺혀 한기가 일찍 생겼다오. 여관은 다시 늦가을이 되었네. 텅빈 섬돌 아래, 나뭇잎 바람에 떨어지고, 삽풍 부는 소리 거세고, 거친 바람이 어지러이 날리네. 아무 실마리 없어 사람들 조용히 술 마셔 이제 깨어나, 하늘 밖 기러기는, 누구집에 돌아간다는 편지 보낼지 아는지, 슬픈 울음소리 구름을 꿰뚫네.

　귀뚜라미 소리 창가에 그윽하고, 쥐는 한가로운 서재를 훔쳐보며, 한 점 은등잔불을 한가롭게 비추네. 꿈에서 자주 깨어, 근심어린 이부자리 반쯤 껴안으니, 만리 멀리서 돌아가고픈 마음 서글프네. 지난 일

얼마나 되새겨보았던가. 공연히 마음만 흔들리게 하였지. 결코 잠 못
이룰텐데, 이 밤 느리게 흘러도, 새벽되기엔 멀었지.

| 주석 |

1) 蒹葭 : 갈대를 말한다. 만나고 싶으나 만날 수 없어 그리워하는 마
음을 나타낸 것이다. 《시경詩經》<진풍秦風 겸가蒹葭>에 "갈대가 창
창蒼蒼하니, 이슬이 서리가 되도. 이른바 저분, 이 물가 한편에
있도다. 물결을 거슬러 올라 따르려 해도, 길이 막히고 또 멀며,
물결을 따라 내려가 따르려 해도, 완연히 물의 중앙에 있도다.(蒹葭
蒼蒼, 白露爲霜. 所謂伊人, 在水一方. 溯洄從之, 道阻且長, 溯游從
之, 宛在水中央.)"라고 되어있다.

2) 秋杪 : 가을을 말한다.

3) 颯颯 : 쏴쏴하며 바람소리가 나는 것을 형용한 말이다.

4) 無緖 : 두서없다. 가닥없다.

5) 征鴻 : 멀리 날아가는 큰 기러기를 뜻한다. 고향의 소식이 두절되었
다는 뜻이다.

6) 蛩響 : 귀뚜라미 우는 소리를 말한다.

7) 銀釭 : 은 등잔불을 말한다.

8) 頻驚 : 얼마나. 자주. 질펀하게라는 뜻이다.

9) 悄悄 : 걱정하다. 시름겹다는 뜻이다.

10) 方寸 : 사방 한 치의 넓이. 곧 마음을 말한다.

11) 撓 : 어지럽히다.

12) 難曉 : 새벽을 되기 어렵다.

192 〈傾杯〉 金風淡蕩(서풍이 가볍게 불어)

金風淡蕩, 漸秋光老, 淸宵永。小院新晴天氣, 輕煙乍斂, 皓月
當軒練淨。對千裡寒光, 念幽期阻、當殘景。早是多情多病。那
堪細把, 舊約前歡重省。　　最苦碧雲信斷, 仙鄕路杳, 歸鴻難
倩。每高歌、强遣離懷, 慘咽、翻成心耿耿。漏殘露冷。空贏得、
悄悄無言, 愁緖終難整。又是立盡, 梧桐碎影。

서풍이 가볍게 불어, 가을 경치 점점 늙어가는데, 쓸쓸한 밤은 기네.
작은 정원 안에 날씨가 새로이 맑고, 가벼운 안개가 갑자기 걷히자,
맑은 달 창에 비쳐 마치 하얀 비단같이 깨끗하네. 천리를 비치는 차가
운 달빛을 대하며, 생각하네 즐거운 만남의 기약은 막혔는데, 연말이
가까워졌네. 본래가 다정하고 병이 많았던 내가, 어떻게 이겨내리오
세세하게. 지난날의 맹약과 즐거웠던 모임의 회상을.　　가장 괴로
운 것은 그녀의 서신이 끊어지고, 그녀 사는 곳은 길이 아주 멀어, 돌
아가는 기러기 서신 가져다주도록 부탁하기도 어렵네. 매번 높은 노래
로 억지로 이별의 슬픔 풀려고 할 때, 결국에는 소리가 슬프고 목에
메어 볼 수가 없어 도리어 마음이 편치가 않네. 물시계 멈추려하고
이슬이 차가운데, 공연히 묵묵히 말조차 없게 되자, 괴로운 심정을 시
종 풀 방법이 없네. 또 오랫동안 서 있네. 오동나무 부서진 그늘 밑에
서.

| 주석 |

1) 金風 : 가을바람이다. 금金은 오행에서 방위로는 서방에, 계절로는
   가을에 해당하기 때문이다.
2) 淡蕩 : 맑게 퍼지다. 초연하다.
3) 漸秋光老 : 가을 경치가 점점 늙어가다(짙어지다)는 뜻이다.
4) 淸宵永 : 맑은 밤이 길다. 쓸쓸한 밤은 길다.

5) 皓月 : 하얀 달빛을 말한다. 송宋나라 범중엄范仲淹의 <악양루기岳
陽樓記>에, "긴 안개가 활짝 걷히고, 하얀 달빛이 천 리를 비춘다.
(長煙一空, 皓月千里.)" 한 데서 온 말이다.

6) 練淨 : 정련되다. 티끌없이 깨끗하다는 뜻이다.

7) 幽期 : 은일隱逸의 기약을 뜻하는 말로 쓰인다.

8) 碧雲 : 시승詩僧의 작품이나 서신(편지)을 뜻하는 말이다.

9) 仙鄕 : 곤륜산에 있다고 하는 전설 속의 선향仙鄕이다. 자신의 집이
곧 신선이 사는 곳이라는 의미로 인용한 것이다.

10) 歸鴻 : 돌아가는 기러기. 위魏나라 혜강嵇康의 시 <증수재입군贈秀
才入軍>에 "눈으로 멀리 돌아가는 기러기를 보내고, 손으로 오현금
을 뜬다.(目送歸鴻 手揮五絃)" 한 대목을 차용한 것으로, 여기서
는 사랑하는 여인을 그리워한다는 뜻을 내포하고 있다.

11) 離懷 : 이별의 회포(슬픔)를 말한다.

12) 耿耿 : 근심스러워 잠을 이루지 못하다는 뜻이다.

13) 漏殘 : 밤이 깊어졌다는 뜻이다.

14) 整 : 정리하다.

193 〈傾杯〉 鶩落霜洲(서리 내린 모래톱에 오리 내려앉고)

鶩落霜洲, 雁橫煙渚, 分明畫出秋色. 暮雨乍歇. 小楫夜泊, 宿
葦村無山驛. 何人月下臨風處, 起一聲羌笛. 離愁萬緖, 聞岸
草, 切切蛩吟如織.　　　　爲憶. 芳容別後, 水遙山遠, 何計憑鱗
翼. 想繡閣深沈, 爭知憔悴損、天涯行客. 楚峽雲歸, 高陽人散,
寂寞狂蹤跡. 望京國. 空目斷遠峰凝碧.

서리 내린 모래톱에 오리 내려앉고, 안개 덮인 섬 위로 기러나 날아가
며, 가을빛을 선명히 그려낸다. 저녁 비 막 그쳤는데, 밤 되어 작은

배 정박시키고, 갈대 무성한 산촌의 여관에 묵는다. 달빛 아래 바람 닿은 곳에서, 피리를 부는 이 누구인가? 갖가지 이별의 수심을 일으키게 하네, 물가의 풀숲에서 베를 짜듯 구성지게 우는구나.　　생각하면 아름다운 그녀와 이별한 후 산 넘고 물 건너 멀리 떨어졌으니, 무슨 수로 소식을 전할 수 있을까? 깊숙한 규방의 그녀가, 어찌 알리오. 하늘가의 나그네 더욱 초췌한 것을! 무산의 여인은 돌아가고, 술친구도 흩어져 호탕했던 지난날 사라지고 적막하기 그지없네. 서울 쪽을 바라보며, 시선이 다하는 곳에 푸름 맺힌 아득한 산봉우리뿐이네.

| 주석 |

1) 小楫 : 작은 노. 여기서는 작은 배를 가리킨다.
2) 切切 : 소리가 처량하고 구성진 것을 가리킨다.
3) 如織 : 베를 짜는 듯하다. 소리가 가늘고 급하면서도 밀집되어 있음을 비유한다.
4) 芳容 : 꽃다운 얼굴. 여기서는 아름다운 여인을 지칭한다.
5) 鱗翼 : 물고기 비늘과 새 날개. 여기서는 이것으로 물고기와 기러기를 지칭하였다. 옛 사람들은 물고기와 기러기가 서신을 전달할 수 있는 매체라고 생각하였다.
6) 繡閣深沈 : 깊숙한 규방. 그리운 여인이 거처하는 먼 곳을 가리킨다.
7) 楚峽 : 무협을 가리킨다.
8) 高陽人 : 술 친구를 가리킨다. 《史記·朱建傳》에서 역생이 한 고조를 알현하길 구했을 때, "나는 고향의 술친구이지 학자는 아니다. (吾高陽酒徒也, 非儒人也.)"라고 했다.
9) 京國 : 수도. 변경을 가리킨다.

194 〈鶴沖天〉 黃金榜上(황금색의 과거시험 합격자 방을 보니)

黃金榜上。偶失龍頭望。明代暫遺賢, 如何向。未遂風雲便, 爭
不恣狂蕩。何須論得喪。才子詞人, 自是白衣卿相。　　　煙花巷
陌, 依約丹靑屛障。幸有意中人, 堪尋訪。且恁偎紅翠, 風流
事、平生暢。靑春都一餉。忍把浮名, 換了淺斟低唱。

황금색의 과거시험 합격자 방을 보니, 우연히 장원급제 바람은 물거품
이 되었다. 청명한 시대에 현자를 내쳤으니, 이를 어디다 하소연하리?
순조롭게 청운의 꿈을 이루지 못했으니, 어찌 마음껏 놀아 보지 않을
수 있으랴. 이제와 이해득실을 따져서 무엇 하리? 예로부터 재능있는
사인은 평민의 복장을 한 대신이었지.　　　안개서린 꽃 들어찬 거리
에서, 예전처럼 그림 병풍에 둘러싸여야하지. 다행히 마음에 품은 사
람 있으니, 어디 찾아가 보아야지. 붉은 치마 푸른 저고리에 기대서,
풍류남아의 일, 평생토록 마음껏 즐기리. 곧 사라질 잠시의 청춘이니
헛된 명리에 미련이 없어, 술 마시며 노래 부르는 일과 바꾸었네.

| 주석 |

1) 鶴沖天 : 《彊村叢書》本의 《樂章集》(卷下) 68수에 있다.
2) 黃金榜 : 과거시험의 전시殿試에서 합격자 명단이 붙는 방을 가리
   킨다.
3) 龍頭 : 장원급제라는 뜻이다.
4) 明代 : 명나라 시대가 아니고, 여기서는 정치가 맑고 밝은 시대라는
   뜻이다.
5) 遺賢 : 현명한 인재를 저버리다.
6) 風雲 : 원대한 뜻. 여기서는 과거시험에 급제하는 것을 가리킨다.
7) 白衣卿相 : 흰 옷을 입을 경상. 평민의 복장을 한 대신을 가리킨다.
   고대에는 관직에 오르지 않은 사람은 흰 옷을 입었다. 이 구절은

재능있는 사인은 비록 관직은 없어도 경상과 같은 대신의 자격을 갖춘 사람이라는 뜻이다.

8) 煙花巷陌 : 안개서린 꽃 들어찬 거리. 즉 기녀가 사는 곳을 가리킨다.
9) 偎紅翠 : 붉은 치마 푸른 저고리의 여인에게 기대다. 즉 기녀 품에 빠져 놀았다는 뜻이다.
10) 都一餉 : 잠시에 불과하다.
11) 淺斟低唱 : 차와 술을 따라 마시며 낮게 노래를 부르다. 편안한 마음으로 자유롭게 흥을 돋우며 소일하는 모양을 말한다.

195 〈木蘭花〉 杏花(살구나무 꽃)

翦裁用盡春工意。淺蘸朝霞千萬蕊。天然淡濘好精神, 洗盡嚴妝方見媚。　　風亭月榭閒相倚。紫玉枝梢紅蠟蒂。假饒花落未消愁, 煮酒杯盤催結子。

잘라 재단해서 봄을 온통 아름답게 꾸미고, 살짝 담근 아침노을에 천 갈래 만갈래 꽃술 터지네. 자연스레 담박해 정신이 좋고, 진한 화장 모두 씻어내니 아름다운 얼굴 그제야 보이네.　　바람부는 정자에 달 떠올라 한가하게 기대고 있자니, 자주빛 옥같은 꽃가지, 가지 끝에 붙은 과실은 붉은 밀랍 같네. 만약 꽃 수두룩이 떨어져도 근심 사라지지 않으니, 술잔 데워 열매 맺기를 재촉하네.

| 주석 |

1) 翦裁 : 잘라 재단하다. 가위질하다.
2) 春工意 : 봄을 아름답게(공교롭게) 꾸미다는 뜻이다.
3) 淡濘 : 맑고 투명하다(담박하다)는 말이다.
4) 紫玉枝梢紅蠟蒂 : 꽃가지가 마치 자주빛 옥같고, 꼭지에 붙어있는

과실이 마치 붉은색 밀랍 같다는 말이다.

5) 假饒 : 만약. 설사. 가령.

6) 煮酒 : 제사 때 쓰고 남은 술을 따뜻하게 데운 것을 이른다. 이는 제사를 지내는 사람들에게 음복용으로 제공하면서 새벽에 제사에 참가하느라 얼었던 몸을 녹이기 위해 데워준 것으로 생각된다.

196 〈木蘭花〉 海棠(해당화)

東風催露千嬌面。欲綻紅深開處淺。日高梳洗甚時忺, 點滴燕
脂勻未遍。　　　霏微雨罷殘陽院。洗出都城新錦段。美人纖手
摘芳枝, 揷在釵頭和鳳顫。

따뜻한 봄바람이 해당화에 불어 미인같은 아름다운 얼굴을 나타내도
록 재촉하는 듯해, 피려는 꽃망울 일 때는 짙은 붉은 빛을 띠나 피었을
때에는 엷은 붉은 색으로 변하네. 해가 높이 떠오르자 미인같이 화장
한 후에는 어느 때는 피곤함을 나타내기도 해, 연지가 곳곳에 두루
고르게 발라지지는 않았네.　　　자욱한 가랑비가 그치자 석양이
깊은 정원에 비치네. 빗물이 도성의 새로 수를 놓는 비단같은 해당화
를 씻어내자, 미인은 섬섬옥수를 뻗어 꽃가지를 꺾어, 비녀에 꽂아 꽃
과 비녀가 바람맞아 같이 떨게하네.

| 주석 |

1) 千嬌面 : 비할바 없이 아름다운 용모를 말한다. 활짝 핀 해당화를
가리킨다.

2) 欲綻紅深開處淺 : 해당화의 꽃망울 피려고 할 때는 짙은 붉은색을
띠고, 꽃이 핀 후에는 엷은 붉은색으로 변한다는 말이다.

3) 忺 : 바라다. 원하다. 하고자 한다.

4) 洗出都城新錦段 : 봄비 온 뒤 빗물이 마치 도성에 한폭의 새로 수를 놓는 비단같은 해당화를 씻어낸다는 뜻이다.

5) 揷在釵頭 : 비녀를 머리부분에 꽂다는 뜻이다.

197 〈木蘭花〉 柳枝(버들가지)

黃金萬縷風牽細。寒食初頭春有味。殢煙尤雨索春饒, 一日三眠夸得意。 章街隋岸歡游地。高拂樓台低映水。楚王空待學風流, 餓損宮腰終不似。

수많은 황금 가지는 바람에 하늘거리고, 한식 끼인 달 첫머리라 봄내음 가득하네. 옅은 안개에 비 더하여 넉넉히 봄 즐기니, 하루에 세 번 졸면서 마음껏 만족하노라. 장대 거리와 수나라 제방은 즐겨 놀던 곳, 누대 높이 휘젖다가 수면 아래 어른거리오. 초왕은 공연히 풍류 배우기를 고대하지만, 굶어 줄어든 궁녀 허리는 끝내 같지 않소.

| 주석 |

1) 一日三眠 : 버들이 자는 건 버들가지가 아래로 처진 모양을 의인화하여 표현한 것이다. 반대로 버들이 깨는 건 버들가지가 바람을 맞아 위로 올라갔다는 뜻이다. 《삼보고사三輔故事》에 "한나라 상림원에는 버드나무 모양이 마치 사람의 형상과 같아서 '인류人柳'라 호칭하는데, 하루에 세 번 자고 세 번 일어난다.(漢苑中有柳 狀如人形 號曰人柳 一日三眠三起)"라고 한 데서 온 말이다.

2) 章街隋岸 : 장대章臺는 한나라 때 장안長安에 있던 궁전 이름인데, 그 궁전 아래에는 화류가花柳街가 형성되어 있었으며, 버드나무가 많이 심어져 있었다고 한다. 수나라 제방은 수양제隋煬帝가 버들을 심은 제방을 가리킨다. 양제는 통제거通濟渠를 개통시켜 운하를 판

뒤에 양쪽 제방에 버드나무를 심고는 "수제일천삼백리隋堤一千三百
里"라고 명명했다고 한다.《古今事文類聚後集 卷23 林木部 隋堤
柳》

3) 餓損宮腰 : 궁요宮腰는 궁녀의 허리이다. 초楚나라 영왕靈王이 허리
가 가는 미인을 좋아하자, 밥을 먹지 않다가 굶어 죽은 궁녀가 많
았다는 이야기가《한비자韓非子》이병二柄에 나온다.

198 〈傾杯樂〉 樓鎖輕煙(누대에 옅은 안개 잠기고)

樓鎖輕煙, 水橫斜照, 遙山半隱愁碧。片帆岸遠, 行客路杳, 簇
一天寒色。楚梅映雪數枝艷, 報靑春消息。年華夢促, 音信斷、
聲遠飛鴻南北。　　　算伊別來無緖, 翠消紅減, 雙帶長抛擲。
但淚眼沈迷, 看朱成碧。惹閒愁堆積。雨意雲情, 酒心花態, 孤
負高陽客。夢難極。和夢也、多時間隔。

누대에 옅은 안개 잠기고, 물은 사양에 비껴, 멀리 산 중턱은 푸른빛
근심스럽네. 돛단배는 멀리 언덕에 닿고, 나그네는 갈 길 잃어, 온 하늘
에 모여 차가운 빛처럼 보이네. 초나라 매화에 눈 비쳐 몇몇 가지 어여
쁘고, 싱그러운 봄 소식 전하네. 좋은 시절 꿈 재촉해, 소식 끊기고
멀리서 남북으로 오가는 기러기 소리 들리네.　　　생각하니 그대와
이별한 이래로 아무 감정 없어, 푸른잎 사라지고 붉은꽃 시들어도, 두
가지 특성이 있는 요대를 모두 멀리 던져두었지. 다만 눈물 말라, 붉은
꽃 잎 봐도 푸르게 보이네. 한가한 근심 일으켜 쌓이고, 애정 어린 마
음은, 술 취해 꽃을 구경하는데, 홀로 봄날 나그네 마음을 저버렸네.
꿈은 다하기 어려워. 온화한 꿈은 시간이 많이 막혔네.

| 주석 |

1) 半隱愁碧 : 맑고 푸른 먼 산이 반쯤 어슴프레 보인다는 뜻이다.

2) 簇一天寒色 : 온 하늘에 가득히 모여 차가운 빛처럼 보인다는 말이다.

3) 楚梅 : 초나라 땅에서 자라는 매화를 말한다.

4) 夢促 : 꿈을 재촉한다는 말이다.

5) 無緒 : 아무런 감정(마음)이 없다. 심사가 좋지 않다는 뜻이다.

6) 翠消紅減 : 푸른 잎이 사라지고 붉은 꽃은 시들었다는 뜻이다. 꽃
모양이 점점 메마르고 시들어간다는 말이다. '翠消'는 여인, 미인,
기녀를 가리킨다.

7) 雙帶長拋擲 : 두 가지 특성을 가진 요대(허리띠)를 멀리 던져버렸
다는 말이다. '쌍대雙帶'는 요대는 두가지 특성이 있다. 즉 끌어당기
면 신축성 있게 길게 늘어나고, 신축성이 없으면 둘레가 작게 쪼그
라든다.

8) 看朱成碧 : 붉은 꽃 잎 봐도 푸르게 보인다는 뜻이다.

9) 雨意雲情 : 남녀가 서로 사랑하는 감정을 말한다. 즉 운우지정雲雨
之情을 뜻한다. 춘추시대 초나라 회왕懷王이 고당에 노닐다가 꿈속
에 신녀神女를 만나 동침을 하였는데, 신녀가 떠나면서 "첩은 무산
巫山 남쪽 높은 봉우리에 사는데, 아침에는 구름이 되고 저녁에는
비가 되어 매일 아침저녁 양대陽臺 아래에 있습니다." 하였다.《文
選·高唐賦》

10) 高陽客 : 무산신녀巫山神女의 전고에서 나온 말이다. 여기서는 마음
속으로 사랑으로 기녀를 가리킨다. 초회왕楚懷王이 일찍이 고당高
唐에서 놀다가 낮잠을 자는데, 꿈에 한 여자가 와서 "저는 무산의
여자로서 고당의 나그네가 되었는데 임금님이 여기 계시다는 말을
듣고 왔으니, 침석枕席을 같이 해 주시기 바랍니다." 하므로 임금은
하룻밤을 같이 잤는데, 아침에 여자가 떠나면서 "저는 매일 아침이
면 구름이 되고 저녁에는 비가 됩니다." 라고 하였다.

11) 夢難極 : 꿈에서도 또한 만나기 어렵다는 뜻이다. '극極'은 이르다 (도달하다)는 뜻이다.

12) 和夢也、多時間隔 : 심지어 꿈조차도 아주 오랫동안 막혀서 이제야 비로소 한 번 꿈을 꾸었다는 뜻이다.

199 〈祭天神〉 憶繡衾相向輕輕語(원앙금침 덮고 서로 속삭 이던 말 생각나네)

憶繡衾相向輕輕語。屏山掩、紅蠟長明, 金獸盛燻蘭炷。何期到此, 酒態花情頓孤負。 柔腸斷、還是黃昏, 那更滿庭風雨。 聽空階和漏, 碎聲斗滴愁眉聚。算伊還共誰人, 爭知此冤苦。念千裡煙波, 迢迢前約, 舊歡慵省, 一向無心緒。

원앙금침 덮고 서로 속삭이던 말 생각나네. 산 같은 병풍 가리고 붉은 촛불 오랫동안 밝히니, 금수향로에 담긴 난초 심지 살랐네. 여기에 이르기를 어찌 기약할까, 술 마시고 꽃 구경하기로 한 약속 갑자기 어겼네. 연약한 애간장 끊어지니 도로 황혼이 되어, 어찌 다시 정원 가득 비바람 몰아치네. 빈 섬돌에 조화로운 빗소리 들리고, 물방울 떨어지는 서리에 근심어린 미간 찌푸리네. 이렇게 생각하니 다시 누구와 함께, 어떻게 이 원한과 고통 알아줄까. 천리 이어진 안개 속에, 아득히 멀어지는 예전 약속 생각하니, 옛 즐거움 살피기 귀찮고, 한결같이 아무 감정 없어지네.

| 주석 |

1) 繡衾 : 수놓은 금침을 말한다.

2) 屏山 : 산과 같은 병풍을 말한다.

3) 金獸盛燻 : 금수향로金獸香爐로, 짐승 모양으로 만든 향로를 말한다.

4) 孤負 : 혼자 저버리다.

5) 迢迢 : 아득하다.

6) 前約 : 예전 약속을 말한다.

7) 心緒 : 심란하다. 마음이 착잡하다. 마음이 어지럽다.

200 〈鷓鴣天〉 吹破殘煙入夜風(밤 바람이 남아 있는 안개
        불어 없애 버리니)

吹破殘煙入夜風。一軒明月上簾櫳。因驚路遠人還遠, 縱得心
同寢未同。　　　情脈脈, 意忡忡。碧雲歸去認無蹤。只應曾向前
生裡, 愛把鴛鴦兩處籠。

밤 바람이 남아 있는 안개 불어 없애 버리니, 둥근 달이 환하게 창가에
떠오르네. 불현듯 생각나네 길이 멀고 사람도 멀리 떨어져 있으니, 마
음은 함께 있더라도 잠자리는 같이 하지 못하네.　　　정은 계속되고
마음은 불안한데, 푸른 구름 가버리니 종적을 찾을 수 없네. 아마도
이 몸은 전생에서 원앙을 갈라놓은 것을 좋아했나보다.

| 주석 |

1) 簾櫳 : 주렴(발)과 격자창(들창)을 말한다.

2) 忡忡 : 마음이 떨리다. 마음이 두근거리다는 뜻이다.

3) 碧雲 : 푸른 구름을 말한다. 강엄江淹의 시에 "해 저물자 푸른 구름
    합쳐지는데, 고운사람 아직도 아니 오네.(日暮碧雲合, 佳人殊未
    來.)"라고 한 데서 나온 말로, 멀리 헤어져 있는 정겨운 사람을 그
    리워하며 지은 시문을 뜻한다. 《江文通集·休上人怨別詩》

4) 應 : 응당(마땅히) 증험하다는 말이다.

201 〈歸去來〉 一夜狂風雨(온 밤 거센 비바람 불어)

一夜狂風雨。花英墜、碎紅無數。垂楊漫結黃金縷。盡春殘、縈不佳。 　　蝶稀蜂散知何處。殢尊酒、轉添愁緒。多情不慣相思苦。休惆悵、好歸去。

온 밤 거센 비바람 불어, 꽃봉우리 떨어졌다. 무수히도 붉은 꽃 부숴졌네. 수양버들에 황금실 흐드러지게 맺었네. 봄이 다하자, 얽매여서 아름답지 않구나. 　　나비와 벌은 흩어졌는데 어디에 있는지 알까? 술에 빠지고, 더욱 근심을 더하네. 다정하여 서로 그리워하는 고통에 익숙하지 않네. 그만 슬퍼하고 잘 돌아가시오.

| 주석 |

1) 黃金縷 : '황금실'은 버들가지로, 기원妓院인 유항柳巷을 상징하는 말이다. 장대章臺는 중국 장안長安의 도로 이름으로, 이곳에 술집들이 모여 있었다. 당唐나라 최국보崔國輔의 <장안소년행長安少年行>에 "산호로 만든 채찍 잃어버리니, 백마가 교만하여 가지를 않네. 장대에서 버들가지 꺾어서 주니, 봄날에 길가의 정 애틋하여라.(遺却珊瑚鞭, 白馬驕不行. 章臺折楊柳, 春日路傍情.)"라고 하였다.

2) 縈不佳 : 얽매여서 아름답지 않다는 뜻이다.

3) 殢尊酒 : 술독에 흠뻑 빠지다는 뜻이다.

202 〈梁州令〉 夢覺紗窗曉(꿈에서 깨보니 깁 창문 너머 새벽 오고)

夢覺紗窗曉。殘燈掩然空照。因思人事苦縈牽, 離愁別恨, 無限何時了。 　　憐深定是心腸小。往往成煩惱。一生惆悵情多少。

月不長圓, 春色易爲老。

꿈에서 깨보니 깁 창문 너머 새벽 오고, 남은 등불은 껌뻑껌뻑 허공 비추네. 사람 그리워하는 일이란 고통으로 얽히고 설킨 일, 이별의 근심과 헤어진 한스러움, 언제 끝날런지!   깊히 가련하도다! 참으로 심장은 작아서, 이따금 번뇌가 되네. 한평생 서글픈 감정이 얼마던가. 달은 항상 둥글지 않고, 봄색은 쉽게 쇠한다네.

| 주석 |

1) 殘燈 : 희미한 등잔. 가물거리는 등잔불을 말한다.

2) 空照 : 허공을 비춘다는 뜻이다.

3) 心腸小 : 심장이 작다. 즉 마음이 여리고 간이 작다는 뜻이다.

203 〈燕歸梁〉 輕躡羅鞋掩絳綃(가벼운 비단 신발을 신어 붉은 비단치마 가리고)

輕躡羅鞋掩絳綃。傳音耗, 苦相招。語聲猶顫不成嬌。乍得見、兩魂消。   匆匆草草難留戀、還歸去、又無聊。若諧雨夕與雲朝。得似個、有囂囂。

가벼운 비단 신발을 신어 붉은 비단치마 가리고, 소식 전해 받으니 괴로움 부르네. 말 소리는 오히려 떨려서 아름답지 않네. 언뜻 보니 두 혼이 사라졌네. 급하고 경황이 없어 그리움을 붙잡아 두기 어려워 다시 돌아가니, 또 무료하다네. 마치 우리 님과 애정이 맞으니, 각자자 득한 듯 행동하겠지.

| 주석 |

1) 掩絳綃 : 붉은색 비단치마로 가리다는 뜻이다.

2) 雨夕與雲朝: 흔히 미인이나 기녀를 가리키는 말로 쓰인다. 옛날 송 양왕宋襄王이 고당高唐에서 낮잠을 자다가 꿈에 무산巫山의 신녀神女와 정사情事를 가졌는데, 그가 떠나면서 "저는 아침에는 조운朝雲이 되고 저녁에는 행우行雨가 됩니다."고 했던 데서 온 말이다.

3) 囂囂: 스스로 만족하여 욕심이 없는 모양을 말한다. 《맹자》 <진심상盡心上>에 어떻게 해야 효효할 수 있느냐는 송구천宋句踐의 질문에 맹자께서 말씀하기를 "덕을 높이고 의를 즐거워하면 효효할 수 있다.(尊德樂義, 則可以囂囂矣.)"라고 하였다. 이에 대한 조기趙岐의 주에 "효효는 스스로 만족하여 욕심이 없는 모양이다.(囂囂, 自得無欲之貌.)"라고 하였다.

204 〈夜半樂〉 艷陽天氣(햇살 따사로운 날씨에)

艷陽天氣, 煙細風暖, 芳郊澄朗閒凝佇。漸妝點亭台, 參差佳樹。舞腰困力, 垂楊綠映, 淺桃濃李天天, 嫩紅無數。度綺燕、流鶯斗雙語。　　翠娥南陌簇簇, 躡影紅陰, 緩移嬌步。抬粉面、韶容花光相妒。絳綃袖擧。雲鬟風顫, 半遮檀口含羞, 背人偸顧。競斗草、金釵笑爭賭。對此嘉景, 頓覺消凝, 惹成愁緒。　　念解佩、輕盈在何處。忍良時、孤負少年等閒度。　空望極、回首斜陽暮。嘆浪萍風梗知何去。

햇살 따사로운 날씨에, 안개 옅어지고 바람 포근해, 향긋한 교외가 맑고 선명해 한동안 우두커니 있었다오 살포시 단장한 누대에서, 아름다운 나무 삐죽빼죽 솟았네. 간들간들 춤추는 허리 힘들어, 수양버들 푸른빛 비추고, 옅은 복사꽃 짙은 오얏꽃 흐드러지게 피어, 새싹과 붉은 꽃 무수하다오 고운 제비와 유창한 꾀꼬리 쌍쌍이 지저귀는 소리 얼마나 지나갔나.　　　푸른 눈썹 같던 남쪽 밭두둑 빼곡하고, 꽃 그림자 밟아, 사뿐사뿐 어여쁜 걸음걸이. 얼굴에 분칠해 화려한 꽃빛 질투하네. 붉은 명주 소매 들어, 구름 같던 머릿결 바람에 흔들리고, 진미 머금은 듯 입술 반쯤 오므려, 사람들이 훔쳐가지 못하게 하는구나. 두 초놀이하다 금비녀 꽃은 미인의 미소 다투네. 이러한 아름다운 경치 대하자, 갑자기 응어리가 풀어지고, 서글픈 감정을 불러일으키네.

　허리장식 풀어 가냘픈 너는 어디에 있더냐. 차마 좋은 시절 찾아왔는데 젊은 시절 한가히 보내던 날 홀로 저버리랴. 공연히 끝까지 바라보니 머리 돌려 사양이 저무네. 물결에 흘러가는 부평초와 바람에 나부끼는 느릅나무가 어디로 갈지 한탄스럽네.

| 주석 |

1) 凝佇 : 우두커니 서 있다. 우두커니 생각에 잠기다.

2) 妝點亭台 : 단장한 누대(정자)를 말한다.

3) 參差 : 들쭉날쭉하다. 고르지 않다. 《시경詩經》<주남周南 관저關雎>에 "들쭉날쭉한 마름 나물을 좌우로 취하여 가리도다. 요조한 숙녀를 거문고와 비파로 친애하도다. 들쭉날쭉한 마름 나물을 좌우로 삶아 올리도다. 요조한 숙녀를 종과 북으로 즐겁게 하도다.(參差荇菜, 左右采之. 窈窕淑女, 琴瑟友之. 參差荇菜, 左右芼之. 窈窕淑女, 鍾鼓樂之.)"라고 되어있다.

4) 舞腰困力 : 춤추는데 허리가 힘들다(피곤하다)는 뜻이다.

5) 夭夭 : 꽃이 활짝 피다. 야들야들하다. 곱디 고운 이라는 뜻이 있다. 《시경詩經》 국풍 주남周南의 <도요桃夭>편에 "아름다운 복사꽃, 그 꽃잎 활짝 피었네. 저 아가씨 시집가니, 집안이 화락하구나.(桃之夭夭, 灼灼其華. 之子于歸, 宜其室家.)"라고 되어있다.

6) 綺燕 : 고운(예쁜) 제비를 말한다.

7) 流鶯 : 꾀꼬리 우는 소리를 말한다.

8) 斗雙語 : 쌍쌍이 지저귀는 소리를 말한다.

9) 翠娥 : 푸른 눈썹. 아름답게 화장하다는 뜻이다.

10) 躡影 : 그림자를 밟다는 뜻이다.

11) 韶容 : 고운 얼굴. 꽃같은 얼굴을 말한다.

12) 檀口 : 예쁜 입술을 오므리다는 뜻이다.

13) 斗草 : 풀놀이란 뜻이다. 중국에서 5월 5일에 행해지는 여자들의 유희遊戲인데 풀줄기의 결을 서로 걸어 잡아당겨서 끊어지지 않는 사람이 이기게 되어 있는 아이들의 놀이이다.

14) 金釵 : 금비녀를 말한다. 백거이白居易의 <장한가長恨歌>라는 장편 서사시에 "오래 지니던 물건으로 깊은 정을 표하려, 자개 상자와 금비녀를 드립니다. 비녀 한 쪽씩, 상자 한 장씩. 황금 비녀 쪼개고 자개 상자 나눴습니다. 우리 두 사람의 마음 금과 자개처럼 굳게 변치 않는다면, 천상에서든 세상에서든 다시 만나겠지요.(鈿合金釵寄將去, 釵留一股合一扇. 釵擘黃金合分鈿. 但教心似金鈿堅, 天上人間會相見.)" 라고 되어있다.

15) 消凝 : 응어리가 풀어지다는 뜻이다.

16) 解佩 : 허리띠의 장식을 풀다는 뜻이다.

17) 浪萍 : 흘러가는 부평초. 흔히 떠도는 신세를 비유하는 말이다.

18) 風梗 : 바람에 부대끼는 느릅나무를 말한다.

205 〈淸平樂〉 繁華錦爛(화려한 비단 문드러지게 빛나고)

繁華錦爛。已恨歸期晚。翠減紅稀鶯似懶。特地柔腸欲斷。不堪尊酒頻傾。惱人轉轉愁生。□□□□□□，多情爭似無情。

화려한 비단 문드러지게 빛나고, 돌아올 기약 늦어져 한하였지. 푸른 잎 붉은 꽃 줄어들어 꾀꼬리 피곤한듯, 이 곳만이 약한 내 애간장 끊으려 하니, 술잔 자주 기울이지도 못하네. 님 때문에 괴로워 뒤척이다 근심 생기네. □□□□□, 다정한 님 어찌 무정한 듯 구실까?

| 주석 |
 1) 錦爛 : 아름답고 화려한 비단을 말한다.
 2) 頻傾 : 술잔을 기울이다는 뜻이다.

206 〈迷神引〉 紅板橋頭秋光暮(붉은 나무다리 끝에 가을빛 저물고)

紅板橋頭秋光暮。淡月映煙方煦。寒溪蘸碧, 繞垂楊路。重分飛, 攜纖手、淚如雨。波急隋堤遠, 片帆舉。倏忽年華改, 向期阻。　　　時覺春殘, 漸漸飄花絮。好夕良天長孤負。洞房閒掩, 小屏空、無心。指歸雲, 仙鄉杳、在何處。遙夜香衾暖, 算誰與。知他深深約, 記得否。

붉은 나무다리 끝에 가을빛 저물고, 맑은 달빛 안개에 반사되어 숨쉬네. 찬 시내에 풀빛 푸르고, 수양버들 둘러진 길 걷네. 다시 날아갈까 봐, 섬섬옥수 붙잡으니 비처럼 눈물 흐르네. 급한 물결 수나라 제방 멀리 밀려가고, 돛단배 지나가네. 갑자기 해가 바뀌고 돌아갈 기약 막혔네.　　　때때로 봄이 저물어, 점점 꽃가루 바람에 날리네. 좋은 밤 좋은 날씨를 오랫동안 홀로 저버렸네. 깊은 규방에 숨어서, 작은 병풍 텅비어도 무심히 지나치네. 돌아가는 구름 가리키자, 신선의 고장 아득하게 어디에 있느뇨. 기나긴 밤 향긋한 이불 따스한데, 누구와 함께 하랴. 달리 깊게 맺은 약속 알고 있는데, 그대여 기억나십니까?

1) 蘸碧 : 푸른 못을 말한다.

2) 隋堤 : 강물을 따라 둑을 쌓고 버들나무를 심은 것을 수제隋堤라고
   했다.

3) 倏忽 : 어느덧. 삽시간

5) 孤負 : 혼자 저버리다는 뜻이다.

6) 仙鄕 : 원래는 신선이 사는 선계仙界를 뜻한다.

7) 深深約 : 깊고 깊은 언약을 말한다.

207 〈失調名〉 多情到了多病(다정해서 병이 많아졌다오)

多情到了多病。

다정해서 병이 많아졌다오!

208 〈爪茉莉〉 秋夜(가을 저녁)

**每到秋來添, 轉添甚況味。金風動、冷清清地。殘蟬噪晚, 甚聒
得、人心欲碎, 更休道、宋玉多悲, 石人、也須下淚。　　衾寒枕
冷, 夜迢迢、更無寐。深院靜、月明風細。巴巴望曉, 怎生捱、更
迢遞。料我兒、只在枕頭根底, 等人來、睡夢裡。**

가을이 올 때 마다 어떤 상황과 정취가 더해질까? 가을바람이 일어난
다. 밝고 차갑게, 가을 매미 늦도록 울어 어찌나 시끄러운지 가슴이
부서지려 한다. 말하지 말게나. 송옥의 많은 슬픔을, 석상도 눈물을
흘리네.　　이불과 베개는 차갑고, 밤은 아득하여 더욱 잠 못 이룬다.
깊숙한 정원 고요한데, 달빛 밝고 바람 잔잔하여, 간절히 새벽이 오기

를 기다리건만 어찌 견딜까? 밤은 끝이 없구나. 생각해보면 그저 베갯
머리에서 그 사람 오기를 꿈속에서 기다려야지.

|주석|

1) 況味 : 상황과 정취를 말한다.

2) 金風 : 가을바람을 뜻한다. 가을은 서방에 속하고 음양 오행중 금金
에 해당하므로 가을바람을 서풍 또는 금풍이라고 부른다.

3) 殘蟬 : 가을 매미를 뜻한다.

4) 迢迢 : 길이 먼 모양 혹은 시간이 오래되어 아득한 모양을 가리킨다.

5) 巴巴 : 간절히 기대하는 모양. 절실하게 바라는 모양을 가리킨다.

6) 怎生捱 : 어찌 견딜까? 라는 뜻이다.

209 〈女冠子〉 夏景(여름 경치)

火雲初布。遲遲永日炎暑。濃陰高樹。黃鸝葉底, 羽毛學整, 方
調嬌語。薰風時漸動, 峻閣池塘, 芰荷爭吐。畫梁紫燕, 對對銜
泥, 飛來又去。　　　想佳期、容易成辜負。共人人, 同上畫樓斟
香醑。恨花無主。臥象床犀枕, 成何情緒。有時魂夢斷, 半窗殘
月, 透簾穿戶。去年今夜, 扇兒扇我, 情人何處。

뜨거운 구름 비로소 퍼지고, 더디게 지나가는 불꽃더위 태양이여. 늦
은 그늘 드리운 높은 나무. 나뭇잎 아래 꾀꼬리는, 깃털 정리하고, 아름
다운 목소리 가다듬네. 훈풍이 때때로 점점 밀려오면, 높은 누각에 자
리한 연못에, 연꽃이 다투어 꽃 피우네. 화려한 대들보에 자주빛 제비
가, 지지배배 진흙 물고, 날아왔다가 또 가버리네.　　　　아름다운
기약 생각하니 쉽사리 죄를 짓는구나. 사람들과 함께 화려한 누각에
올라 향긋한 술 따르네. 꽃에 주인 없는게 한스러워. 훌륭한 침대에

누우니, 무슨 감정을 이룰까. 때때로 꿈 깨어, 반쯤 닫힌 창가에 반달 떠오르면, 주렴과 창호로 달빛 스며드네. 지난해 오늘밤, 아이와 나를 부채질 하던, 정인은 어디에 있는가.

| 주석 |

1) 女冠子 : 이 사에 대해서 어떤이는 康與之의 사라고 하였다. 沈際飛의 《本草堂詩余》正集卷六에 보인다.

2) 永日 : 새벽부터 밤까지 하루를 길게 보낸다는 뜻이다. 《시경》 <당 풍唐風 산유추山有樞>에 "기뻐하고 즐거워하며 또 날을 길게 보낸다.(且以喜樂, 且以永日.)"라는 구절이 보인다.

3) 薰風 : 훈훈한 남쪽 바람이라는 뜻으로 여름철의 바람을 가리킨다. 또한 성군聖君의 덕정德政을 비유하는 말로도 쓰인다. 순舜 임금이 오현금五絃琴을 만들어 <남풍가南風歌>를 지어 부르면서 "훈훈한 남쪽 바람이여, 우리 백성의 수심을 풀어 주기를. 제때에 부는 남풍이여, 우리 백성의 재산을 늘려 주기를.(南風之薰兮 可以解吾民之慍兮 南風之時兮 可以阜吾民之財兮)"이라고 했다는 고사를 인용한 것이다. 《禮記·樂記》

4) 峻閣 : 높은 누각을 말한다.

5) 荇荷 : 연잎을 엮어서 만든 옷으로, 은자隱者의 복식이다. 《초사楚辭》 <이소離騷>에 "연잎으로 저고리 해 입고 부용으로 바지 만들어 입네.(製荇荷以爲衣兮, 集芙蓉以爲裳.)"라고 되어있다.

6) 醥 : 좋은 술. 거른 술을 말한다.

7) 花 : 미인을 가리킨다.

8) 象床 : 사치를 극도로 누린 것을 비유한 것인 듯하다. 공손은 복성複姓이고 상상은 상아로 꾸민 침상으로, 상고 때 어느 공손씨가 사치를 누려 상아 침상을 지녔던 것으로 보인다.

210 〈十二時〉 秋夜(가을밤)

晚晴初, 淡煙籠月, 風透蟾光如洗ｗ西風滿院, 睡不成還起。更漏咽、滴破憂心, 萬感並生, 都在離人愁耳。　　天怎知、當時一句, 做得十分縈系。夜永有時, 分明枕上, 著孜孜地。燭暗時酒醒, 元來又是夢裡。　　睡覺來, 披衣獨坐, 萬種無憀情意。怎得伊來, 重諧雲雨, 再整餘香被。祝告天發願, 從今永無拋棄。

초저녁에 비 개이자, 옅은 안개는 달빛 감싸고, 바람은 씻어내듯 달빛에 스며드네. 푸른 휘장에 깨어나, 시원해서 가을 생각나오. 점점 서늘해지는 날씨로 들어서네. 시든 낙엽은 창문 두드리고, 가을 바람은 뜰에 가득하니, 잠 이루지 못해 도로 일어나 앉소. 물시계 울리자, 물소리에 근심이 사라지고, 만감이 교차하는데, 온통 떠난 사람 그리운 마음뿐이라오.　　하늘이 어찌 알랴, 당시 노래한 시 한 구절에, 온전히 내 마음 얽어매는 것을. 기나긴 밤에 이따금씩, 머리맡에 정신은 말똥말똥, 정성 기울일 곳이로다. 촛불 꺼져갈 때 술 깨지만, 원래 이 역시 꿈속이었나 하오.　　잠에서 깨어, 옷 여미고 홀로 앉아있노라면, 온갖 무료한 감정이 사무치네. 어쩌다가 만난 이래로, 운우지정 너무 잘 맞아, 향기 남은 이불 다시 개어놓네. 하늘에 빌고 빌며 발원하노니 지금부터 영원히 포기란 없으리라.

211 〈紅窗迥〉 小園東(작은 정원 동쪽에는)

小園東, 花共柳。紅紫又一齊開了。引將蜂蝶燕和鶯, 成陣價、忙忙走。　　花心偏向蜂兒有。鶯共燕、契他拖逗。蜂兒卻入、花裡藏身, 胡蝶兒、你且退後。

작은 정원 동쪽에는, 꽃과 버드나무가 같이 자라났는데, 붉고 자주빛
꽃이 또 일제히 피었네. 벌, 나비, 제비, 꾀꼬리 끌어들이자, 떼를 지어
한 무리 한 무리, 급히 왔다갔다 하네.　　　　꽃술은 오직 벌의 차지로,
꾀꼬리와 제비가 그 꽃에 유인당했네. 벌은 도리어 꽃속에 뚫고 들어
가 몸을 숨기고, 나비들은 꽃가지 뒤로 물려나네.

| 주석 |

1) 紅窗迴 : 羅燁의 《醉翁談錄》丙集 권2에 보인다.

2) 成陣價 : 군진을 이루다. 한 무리를 이룬 땅을 말한다. '價'은 북방
   방언으로 어조사이다.

3) 拖逗 : 끌어당겨 머무르게 하다. 유인하다는 뜻이다.

212 〈西江月〉 師師生得艶冶(이사사 기생은 어여쁜 얼굴이라)

師師生得艶冶, 香香於我情多。安安那更久比和。四個打成一
個。　　　　幸自蒼皇未款, 新詞寫處多磨。幾回扯了又重挪。
奸字中心著我。

이사사 기생은 어여쁜 얼굴이라, 하도 향긋해 나에게 다정하여라. 자
연스러워 어찌 더욱 오랫동안 운수에 맞을 수 있으랴, 사주를 온전한
하나로 만들었구나.　　　　다행히 푸른 하늘이 내린 재주가 너그럽지
않아, 새로운 시사 베끼던 곳에서 자주 연마하였네. 몇 번이나 찢어버
리고 또 다시 바꾸었나, '간사하다奸' 글자가 마음속에 나를 붙잡았네.

| 주석 |

1) 西江月 : 唐敎坊曲(당교방곡)의 악곡명으로, 李白(이백)의 《蘇臺

覽古詩≫에서 "只今唯有西江月, 曾照吳王宮裏人(지금은 그저 서강에 떠 있는 저 달은, 그 옛날엔 오왕의 서시를 비추었겠지)"의 구절에서 따온 것이다. 歐陽炯(구양형)의 사에는 "兩岸苹香暗起白(양 언덕의 풀 향기는 맑고 은은하게 퍼지는구나)"이라는 구절이 있어서 "白苹香(백평향)"이라고도 부른다. 程珌(정필)의 사는 ≪步虛詞(보허사)≫라고 하며, 王行(왕행)의 사는 ≪江月令(강월령)≫ 혹은 ≪壺天曉(호천효)≫, ≪醉高歌(취고가)≫라고도 한다. 任半塘(임반당)은 "敦煌曲(돈황곡)에는 세 수의 辭(사)가 있는데 平仄(평측) 간에 叶韻(협운)을 했으며, '慢曲子(만곡자)'라는 제목의 악보는 二段(이단)이 있다."라고 하였다. 쌍조, 50자이다. 앞단락 네 구절은 양평운, 一仄韻(일측운)으로 같은 부분에서 換押(환압)하여 25자이다. 뒷단락도 동일하다. 沈義父(심의부)의 ≪樂府指迷(악부지미)≫에는 "西江月(서강월)의 첫머리는 平聲(평성)으로 압운하였고 4구, 8구는 평성이 아니라 仄聲(측성)으로 압운하였다. 평성을 東자로 압운하는 것처럼 측성은 반드시 董자, 東자로 압운해야한다"고 하였다. 또한 앞뒤 단락의 起句(기구)는 모두 측운으로 압운하거나, 뒷단락에서 압운했지만 이를 따라 짓는 사람은 적었다. 앞뒤 단락의 첫 두 구절은 일반적으로 대우를 사용하였다. ≪張子野詞(장자야사)≫에는 "道調宮(도주궁)"이라고 풀이하였다. ≪樂章集(악장집)≫에서는 "中呂宮(중여궁)"이라고 풀이하였다.

2) 師師 : 당시의 이름난 기생 이사사李師師의 이름이다. 당시 송 휘종이 그녀의 집에 놀러 다닌 일이 있었다.

3) 安安 : 일부러 힘쓰지 않아도 그 덕성德性의 아름다움이 다 자연스러운 속에서 나오는 것. ≪書經≫ 제요帝堯에 "제요의 덕을 찬양하면서 '공경하고 밝고 빛나고 사려가 깊은 것이 자연스럽게 우러나왔다.(欽明文思安安)'"라고 하였다.

4) 久比和 : 비화궁比和宮이라고도 하는데, 같은 오행끼리 만난 것이

다. 운이 비궁에 닿으면 복록이 이르고 재앙이 사라지며, 군자는
현달하고 소인은 재물이 불어난다.

5) 多磨 : 몇 번이나, 얼마나.

6) 中心著我 : 마음속에 나를 붙잡는다는 말이다.

213 〈鳳凰閣〉 匆匆相見懊惱恩情太薄(갑자기 만나니 괴로
움과 감정이 너무 박하여)

**匆匆相見懊惱恩情太薄。霎時雲雨人抛卻。教我行思坐想, 肌
膚如削。恨只恨、相違舊約。　　　相思成病, 那更瀟瀟雨落。
斷腸人在闌干角。山遠水遠人遠, 音信難托。這滋味、黃昏又
惡。**

갑자기 만나니 괴로움과 감정이 너무 얄팍하여, 삽시간에 운우의 정
나눈 연인을 물리치네. 나로 하여금 가면서도 그립고 앉아서도 생각하
게 하는, 얼음을 깎아놓은 듯한 하얀 피부여. 한스럽고 한스럽네 옛
약속 어긋나버렸네.　　　그리워하다 병이 되었는데, 어찌 다시 부슬
부슬 비 내리나. 애간장 끊어진 난 난간 귀퉁이에 있네. 산 멀고 강
멀고 님마저 멀리 있어, 소식도 부탁할 수 없네. 이 그리운 맛이란 황
혼마저 또 모질게 다가오네.

| 주석 |

1) 鳳凰閣 : ≪花草粹編≫卷七≪天機餘錦≫에 들어가 있다.

2) 雲雨 : 전국 시대 초楚나라 회왕懷王이 일찍이 고당高唐에서 낮잠을
자는데, 꿈에 한 여인이 나타나 말하기를, "첩은 무산의 여자로서
고당의 나그네가 되었습니다. 임금께서 고당을 유람하신다는 소문
을 듣고 왔으니, 침석을 받들게 해주십시오.(妾巫山之女也, 爲高唐

之客. 聞君遊高唐, 願薦枕席.)"라고 하였다. 이에 그와 같이 하룻밤을 잤더니, 이튿날 아침에 그 여인이 떠나면서 말하기를, "첩은 무산의 남쪽 높은 구릉의 험준한 곳에 사는데, 매일 아침이면 아침 구름이 되고 저녁이면 내리는 비가 되어 아침마다 저녁마다 양대 아래에 있습니다.(妾在巫山之陽, 高丘之岨, 旦爲朝雲, 暮爲行雨, 朝朝暮暮, 陽臺之下.)"라고 하였다는 고사가 전한다. 후에 이를 '조운모우朝雲暮雨' 또는 '무산운우巫山雲雨'라고 하여 남녀 간의 정사情事를 의미하게 되었는데, 여기에서 온 말이다. ≪文選·高唐賦)≫

3) 肌膚如削 : 신선神仙을 말한다. ≪장자≫<소요유逍遙遊>에 "막고야藐姑射의 산에 신인神人이 거주하는데, 살결이 빙설처럼 깨끗하고 부드럽기가 처녀와 같으며, 오곡을 먹지 않고 바람을 호흡하며 이슬을 마신다.(藐姑射之山, 有神人居焉, 肌膚若冰雪, 若處子, 不食五穀, 吸風飮露.)"라고 보인다. 여인의 희고 아름다운 자태를 신선에 비유한 것이다.

4) 黃昏又惡 : 황혼마저 또 모질게 다가온다는 말이다.

〈부록1〉 유영 연보

유영柳永 자는 기경耆卿, 애초의 이름은 삼변三變, 숭안崇安(지금의 福建省에 있음) 사람이다. 그는 북송대 대사인이면서도 전기 자료가 남아 있지 않아 생졸년에 대해서 정확히 알 수가 없다. 현재 그의 전기를 연구하는 많은 학자들간에 의견이 분분하다. 어떤 학자는 유영의 생년이 971년이라고 하고, 어떤 학자는 990년이라고도 한다. 거의 20년 정도 간극이 있다. 때문에 그의 행적에 대해서도 구체적인 기록이 남아 있지 않아서 정확한 연보를 만들 수는 없는 상황이다. 여기서는 편의상 그가 980년에 태어났다고 추정하여 연표를 작성했음을 밝혀둔다.

980년 복건성 崇安縣 오부리五夫里에서 유의의 셋째 아들로 태어났다.
1009년 武夷山을 유람하고 <巫山一段雲>사 5수를 지었다.
1017년 과거시험에 응시하기 위해 북송의 수도 汴京(지금의 하남성 開封市)로 갔다.
1018년 변경에서 나라의 흥성과 서울의 번화함을 찬미하는 <玉樓春> 5수를 지었다.
1019년 과거시험에 응시했지만 뜻을 이루지 못했다.
1024년 수차례 과거시험에 응시했지만 역시 뜻을 이루지 못했다.
1027년 세번째로 과거시험에 응시하고 나서 민간의 가기에서 과거시험장의 광경을 묘사한 <長壽樂>(尤紅殢翠)를 써 주었고, 또한 그가 아끼는 가기 충충을 위해 <征剖樂>(雅歡幽會)를 썼다. 시험 결과는 역시 낙방이었다.
1030년경 50세 전후 비로소 간신히 관직을 얻었다. 목주睦州 단련추

관團練推官, 여항餘杭 현령縣令, 정해定海 요봉감장감찰관曉峰鹽場監察官, 사주泗州 판관判官 등의 말단 관직을 차례로 역임하였고 둔전원외랑屯田員外郎으로 관직을 마쳤다.

1038년 인종仁宗 원원년宝元元年 서경능태西京陵台로 임명됨

1041년 경력원년慶歷元年(1941) 저작랑著作郎 역임

1053년 인종仁宗 황우皇祐 5년(1053)에 죽었다.

〈부록2〉 유영의 시와 산문

1 贈內臣孫可久(내신 손가구孫可久에게 드리다.)

故侯幽隱直城東	草樹扶疏一畝宮
曾珥貂璫爲近侍	却紆絛褐作閒翁
高吟擁鼻詩懷壯	雅論持衡道氣充
厭盡繁華天上樂	始將踪迹學冥鴻

동릉후는 직성 동편에 조용히 은거하여
초목 우거진 한 마지기 땅과 집 뿐이네
예전에 초당 장식 귀걸이 한 근시였는데
결국에 거친 갈옷 입은 한가한 노인이구려
코를 가리고 크게 읊조리니 시는 비장하고
고상한 논의로 전형을 맡아 도기 충만하네
화려하기 그지없는 천상의 음악 실컷 즐기니
이제야 종적 따라 까마득한 기러기 배우리

| 주석 |

1) 내신內臣 : 궁내에서 임금을 가까이 모시고 임금의 명을 전하거나 신하의 계품啓稟을 전달하는 등의 일을 맡아보는 신하를 말한다. 조선에서는 승정원의 승지承旨 등을 가리키는 반면, 중국 역대왕조에서는 환관 즉, 내시를 가리킨다. 여기서는 환관을 가리킨다.

2) 손가구孫可久 : 북송 인종仁宗 때 환관으로 성품이 낙천적이고 순수하였다. 50세가 넘어가자 치사致仕하고 도성에 거처를 마련하여 당실 북쪽에 작은 동산을 만들고 도성 남쪽에 별장을 지어서 날씨가 좋은 날이면 작은 수레에 술을 실고 다니며 유유자적하며 생을 보

냈다. 석만경石曼卿과 유영柳永이 지은 시가 남았다. 손가구는 시 읊조리기를 좋아하였는데 백거이白居易의 시격을 본받아서 섬서성陝西省에 주둔했을 때 백거이의 사당을 짓고서 백거이의 화상을 안치해 두고 평생 시를 노래하였다. 만년에 《귀휴집歸休集》을 저술하여 세상에 유행하였다. 향년 70세 남짓이다.

3) 동릉후 : 진秦나라 때 일찍이 동릉후東陵侯에 봉해졌던 소평召平이 진나라가 멸망하고 한漢나라가 일어난 뒤에는 평민이 되어 장안성 동쪽 청문 밖에다 오색과五色瓜를 심어 가꾸면서 숨어 살았던 고사에서 온 말이다.

4) 직성 : 중국 전한의 수도 장안성 서쪽에 자리한 직성문直城門을 가리킨다.

5) 우거진 : 원문의 '부소扶疎'는 부어扶於·부소扶蘇와 같은 말로, 나무가 우거지다는 뜻이다. 도잠陶潛의 <독산해경讀山海經> 시에 이르기를, "초여름에 초목이 길어지고, 집을 에워싸고 나무가 우거졌네.(孟夏草木長 遶屋樹扶疎)"라고 하였음.

6) 초당貂璫 : 금초金貂·금당金璫을 합칭한 것으로 담비 꼬리와 황금으로 장신한 환자宦者의 관식冠飾이다. 《후한서》 주목전朱穆傳에, "한나라 고사를 살펴본즉 중상시中常侍가 사인士人을 고선考選하였는데, 건무建武시대 이후로는 전부 환자를 쓰기 시작하여 연평延平시대 이래로 더욱 귀성貴盛하였다. 그래서 초당貂璫의 위엄을 가식하여 상백常伯의 소임에 처하였다."라 하였다.

7) 코를 가리고 : 옹비음擁鼻吟이라고도 하며 코를 가리고 읊조린다는 뜻으로, 전하여 고상한 성조를 뜻한다. 옛날 낙양洛陽 서생들의 음영吟詠하는 성조는 그 음색이 본디 무겁고 탁했는데, 동진東晉 때 사안謝安은 본래 비질鼻疾로 인해 음성이 탁해져서 낙양 서생들의 성조에 능했다. 그래서 당시 명사들이 대부분 그 성조를 좋아하면서도 미칠 수가 없어, 혹자는 손으로 코를 가리고 읊조려서 그 성

조를 본받기도 했던 데서 온 말이다.《晉書 卷79 謝安列傳》

8) 전형 : 원문의 '지형持衡'은 저울대를 잡는다는 말로 고위관리가 되어 조정의 인사행정을 담당한다는 의미이다. 여기서는 은퇴한 이후에 시인들의 시를 품평하여 시단詩壇의 종장宗匠이 되었다는 뜻으로 쓰였다.

9) 도기 : 원문의 '도기道氣'는 도가道家의 신선이 품고 있는 기품을 말한다. 한가롭게 은거하며 유유자적의 여생을 보내는 손가구에게서 신선의 기품이 물씬 난다는 의미이다.

10) 까마득한 기러기 : 원문의 '명홍冥鴻'은 사람의 눈에 보이지 않을 만큼 하늘 높이 나는 기러기를 말한 것으로, 흔히 은사隱士를 비유한다.

2 煮海歌

煮海之民何所營, 婦無蠶織夫無耕. 衣食之源太寥落, 牢盆煮就汝輪征. 年年春夏潮盈浦, 潮退刮泥成島嶼. 風於日曝鹹味加, 始灌潮波增成 鹵. 鹵濃城淡未得閑, 采樵深入無窮山. 豹蹤虎跡不敢避, 朝陽山去夕陽還. 　　　船載肩擎未遑歇, 投入巨灶炎炎熱. 晨燒暮爍堆積高, 才得波濤變成雪. 自從瀋鹵至飛霜, 無非假貸充餱糧. 秤入官中得微直, 一緡往往十緡償. 周而複始無休息, 官租未了私租逼. 驅妻逐子課工程, 雖作人形俱菜色.

　　　鬻海之民何苦門, 安得母富子不貧. 本朝一物不失所, 願廣皇仁到海濱. 甲兵淨洗征輪報, 君有餘財罷鹽鐵. 太平相業爾惟鹽, 化作夏商周時節

바닷물 달이는 백성들은 무엇으로 살아갈까? 아내에겐 누에와 베틀이 없고 남편에겐 밭이 없다. 의식衣食의 원천이 너무나도 보잘 것 없는데, 소금을 달여서 그대들은 세금을 내야한다. 해마다 봄 여름에 조수가 개펄을 뒤덮으면, 조수가 물러난 뒤 개펄 흙 쌓은 것이 섬처럼 되었다. 바람에 마르고 햇볕에 쪼이면서 염분이 증가하면, 비로소 바닷물을 다시 끌어들여 간수를 만든다. 간수는 탁하고 염분은 묽어서 쉴 새도 없이, 땔감을 찾아 끝없이 산 깊숙이 들어간다. 표범과 호랑이의 자취를 보아도 피하지 못하고, 아침 해와 함께 나서서 해질 무렵에야 돌아온다.   배에 싣고 어깨에 메고 와 조금도 쉬지 못하고, 거대한 부뚜막에 집어넣고 뜨겁게 불을 지핀다. 높이 쌓아 놓고 아침저녁으로 계속 불을 때야, 끓어오르는 간수가 백설 같은 소금으로 변한다. 고인 물 같았던 간수가 흩날리는 서리가 되면, 이를 몽땅 담보로 하여 말린 양식을 꾼다. 무게 달아 관가에 납품하지만 대금은 형편없고, 한 꿰미의 빚을 왕왕 열 꿰미로 갚아야 한다. 생산을 끝내면 휴식도 없이 다시 시작해야 하니, 세금도 다 바치지 못했는데 상인들은 빚 독촉한다. 처자를 몰고 쫓으며 소금 만드는 일을 부과하니, 사람 모습은 갖추었으되 누렇게 뜨고 야위었다.   바닷물을 달이는 백성들은 얼마나 고달픈가! 어찌하면 어버이 부유하고 자식들 빈궁하지 않을까? 우리 왕조는 어느 하나 잘못한 거 없으니, 황제의 은덕이 바닷가에서 뻗치기를 바란다. 전쟁이 완전히 끝나 세금 납부가 멈추어지고, 임금님 재물에 여유가 있어 염세와 철세가 폐지되었으면. 태평성세를 이룩하는 재상의 일이 소금과 같으니, 하, 상, 주 삼대 시절을 회복할 수 있기를 바라네.

| 주석 |

1) 寥落 : 보잘것 없다. 희소하다.
2) 牢盆 : 소금을 달구는 기구를 말한다.

3) 輪征 : 납세하다. 소금을 달이는 곳을 정장이라고 하고 그곳의 주민
   을 정호 또는 조호라고 하는데 호마다 염정이 있다. 달여서 만든
   소금은 관가에 바치고 환산하여 세금으로 충당해야만 했다.

4) 泥成島嶼 : 해마다 음력 8월에 소금 달이기가 시작되어 그 준비로
   소금을 함유한 개펄 흙을 모아 쌓아 두었는데 그 크기가 엄청나서
   마치 섬처럼 보인다는 뜻이다.

5) 瑠 : '溜'와 통하고, 흘러 움직인다는 뜻이다.

6) 飛霜 : 여기서는 하얀 소금을 가리킨다. 육조의 장융은 바닷물을
   달여 소금을 만드는 것을 형용하여 "모래를 걸러서 흰 것을 만들
   고, 물결을 달여서 흰 것을 낸다. 쌓인 눈의 봄의 가운데 있고, 흩날
   리는 서리가 길을 찐다.(록사구백, 살파출색. 적설중춘, 비상서로)"
   라고 했다.

7) 一緡往往十緡償 : 소금을 담보로 하여 빌린 식량을 갚을 땐 왕왕
   열 배로 갚아야 한다는 말이다. '緡'은 돈꿰미로 사용되는 실 줄을
   말한다. 매번 천개의 문으로 꿰어진다.

8) 俱菜色 : 굶어서 얼굴빛이 누렇게 뜨고 야윈 모습을 가리킨다.

9) 甲兵淨洗 : 갑옷과 병기를 깨끗이 씻다. 즉 전쟁이 완전히 끝났다는
   뜻이다.

10) 罷鹽鐵 : 염세와 철세를 폐지하다. 송대에는 염세와 철세를 관장하
    는 염철사鹽鐵使라는 관직이 있었다.

11) 相業爾惟鹽 : ≪尙書·說命≫편에 "내가 국을 끓일 때, 너는 소금이
    나 매실 같은 양념이 되어 다오.(若作和羹, 爾惟鹽海)"라는 구절이
    있다. 이것은 장차 나라를 다스리는 것을 국에 간을 맞추는 것으로
    비유한 것이고, 재상의 역활은 조미료 간을 조절하는 재료로 사용
    되는 것을 비유했다.

3 題建寧中峰寺

攀夢躡石落崔嵬, 千萬峰中梵室開. 僧向半空爲世界, 眼看平
地起風雷. 猿偸曉果升松去, 竹逗淸流入鑒來. 旬月經游殊不
厭, 欲歸回首更遲回.

꿈속에서 매달렸는데 돌을 밟고 높은 산에서 떨어졌고,
수 만 개의 봉우리가운데 사묘는 열려있다.
중은 공중을 향하여 세계로 삼았고,
눈으로 평지를 바라보니 바람과 천둥이 친다.
원숭이는 새벽에 과일을 훔쳐서 푸른 소나무로 올라가고,
대나무는 푸르게 흐르는 물에 머물고 거울로 들어왔다.
만 한 달 지나 노닐었는데 이상하게도 질리지가 않고,
돌아오고 싶었으나 더욱 지체되어 돌아왔다네.

| 주석 |

1) 題建寧中峰寺 : 원문 출전은 《嘉靖建寧府志》권17에서 나왔다.

2) 梵室 : 승려의 방. 사묘寺廟를 가리킨다.

3) 遲回 : 지체되어 돌아오다는 뜻이다.

4 勸學文

父母養其子而不敎, 是不愛其子也. 雖敎而不嚴, 是亦不愛其
子也. 父母敎而不學, 是子不愛其身也. 雖學而不勤, 是亦不愛
其身也. 是故養子必敎, 敎則必嚴, 嚴則必勤, 勤則必成. 學, 則
庶人之子爲公卿; 不學, 則公卿之子爲庶人.

부모는 아들을 기르면 반드시 가르쳐야 하고 가르치면 반드시 부지런

히 배우게 해야 하 니, 배우면 서인이 공경이 되고 가르치지 않으면 주자胄子가 서인이 된다. 부모가 자식 기르기만 하고 가르치지 않는다면 이는 그 자식 사랑하지 않는 것이다. 비록 가르치더라도 엄하게 하지 않는다면 이는 또한 그 자식 사랑하지 않는 것이다. 부모가 가르치는데도 배우지 않는다면 이는 자식이 그 몸 사랑하지 않는 것이다. 비록 배우더라도 부지런히 하지 않는다면 이는 또한 그 몸 사랑하지 않는 것이네. 그러므로 자식 기르면 반드시 가르쳐야 하고 가르치면 반드시 엄하고, 엄하면 반드시 부지런하고, 부지런하면 반드시 성공하니, 배우면 서인의 자식이 공경公卿이 되고, 배우지 않으면 공경의 자식이 서인이 된다네.

| 주석 |
  1) 원문 출전은 《고문관지古文眞寶》에서 나왔다.

〈부록3〉 유영사에 대한 평가

먼저 유영에 관한 역대 사학가들의 평가는 다음과 같다.

* 宋 葉夢得《避暑錄話》: "永为举子时, 多游狭邪, 善为歌辞。
教坊乐工, 每得新腔, 必求永为辞, 始行于世。凡有井水处, 皆
能歌柳词。

유영이 거자였을 때 자주 화류계의 골목에서 놀았고 가사를 잘 지었
다. 교방의 악공들이 새로운 곡을 얻을 때마다 반드시 유영에게 가사
를 구했고 비로소 세상에 유행하게 되었다. 우물물을 마시는 곳에서는
모두 유영의 사를 노래할 수 있었다.

* 宋 羅燁《醉翁淡錄》丙集 卷2: "耆卿居京华, 暇日遍游妓馆。
所至妓者爱其有词名, 能移宫换羽, 一经品题, 声价十倍。妓者
多以金物资给之。

유영은 동경에 머물면서 쉬는 날에는 기관을 편력하였다. 이르는 곳마
다 기생들은 그가 사로써 명성이 높고 궁조를 바꿀 수 있음을 좋아하
였는데, 일단 그의 품평을 거치면 聲價가 10배로 뛰었다. 기생들은 대
부분 그에게 금품과 물자를 주었다.

유영의 만사에 대한 역대 평가는 다음과 같다.

* 清 宋翔鳳《樂府餘論》: "慢词盖起宋仁宗朝。中原息兵, 汴京
繁庶, 歌臺舞席, 竞赌新声。耆卿失意無俚, 流连坊曲, 遂尽收

俚俗语言, 编入词中, 以便伎人传习。一时动听, 散播四方。其
後东坡、少游、山谷辈, 相继有作, 慢词遂盛。

만사는 송 인종 때 흥기하였다. 중원에 전쟁이 그치고 변경이 번영하
게 되자 가무의 자리에서는 다투어 신성을 내놓았다. 유영이 실의하여
무료하자 거리를 떠돌면서 마침내 통속적인 언어를 다 모아 사 속에
짜 넣으니, 악공들이 이를 익혀 연주한 즉 매우 들음직하여 일시에
사방으로 퍼지게 되었다. 그 후 소식·진관·황정견 등이 잇달아 작품
을 내놓게 되니 만사가 드디어 성행하였다.

* 施議對《詞與音樂關係研究》: "柳永傳詞二百餘, 其中慢詞占
三分之二强。 柳永創製慢詞的辦法, 或者將正在興起的市井
'新聲', 加工提煉爲慢詞, 如〈夜半樂〉〈傳花枝〉〈十二時〉等;或
者衍小令爲慢詞, 如〈木蘭花慢〉〈長相思慢〉〈浪淘沙慢〉〈定風
波慢〉以及〈玉蝴蝶〉等;或者增衍引、近, 如〈臨江仙引〉〈訴衷
情近〉等。詞調中, 有些小令, 一經改創, 容量明顯增大。例如
〈浪淘沙〉, 唐五代所傳, 或爲二十八字(皇甫松詞), 或爲五十
四字(李煜詞), 至柳永則衍之爲一百三十五字之長篇巨制, 比
原調增大一至四倍。又例如〈木蘭花〉, 唐五代所傳共四體, 即
五十二字(毛熙震詞)、五十四字(魏承班詞)、五十五字(韋莊
詞)、五十六字(溫庭筠、歐陽炯詞), 柳永〈木蘭花慢〉三首, 一百
零二字, 比原調增大一倍或一倍以上。又例如〈玉蝴蝶〉, 唐五
代所傳, 或爲四十字(溫庭筠詞), 或爲四十二字(孫光憲詞), 柳
永所作爲九十九字, 增大一倍以上。……《樂章集》中不少詞調
爲柳集始見調。 其中,〈秋蕊香引〉是柳永的自度腔;〈歸去來〉
〈惜春郎〉〈還京樂〉〈佳人醉〉〈雪梅香〉等, 可能是柳永採摘社

會上流行新聲入詞, 也可能是柳永自創調。

유영의 200여 수 중 만사는 2/3 정도를 차지할 정도로 많다. 유영이 만사를 창제한 방법은 여러 가지인데, 첫 번째로는 시정에서 당시 유행하던 "新聲"에 가사를 넣은 것으로 <夜半樂>, <傳花枝>, <十二時> 등이 그 예이고, 두 번째로는 이미 유행하던 소령을 만조로 바꾼 것으로 <木蘭花慢>, <長相思慢>, <浪淘沙慢>, <定風波慢>과 <玉蝴蝶> 등이 있다. 세 번째로는 이미 유행하던 사패에 引·近의 방법을 쓴 것인데 <臨江仙引>, <訴衷情近> 등이 그것이다. 사조 중에서 어떠한 소령은 편폭을 대량 늘렸는데, 그 예로는 唐五代에 전하는 <浪淘沙>는 皇甫松詞의 28자, 李煜詞의 54자였는데, 유영에 이르러 135자의 장편으로 바뀌어 원래 편폭의 5배 가까이 되었다. 또 <木蘭花>는 唐五代에 4개의 구식이 있었는데, 52자毛熙震詞, 54자魏承班詞, 55자韋莊詞, 56자溫庭筠, 歐陽炯詞 였는데 유영의 <木蘭花慢> 3수는 102자로 2배 가까이 되었다. 또 <玉蝴蝶>은 唐五代에 전하던 사패인데 40자溫庭筠詞, 42자孫光憲詞, 유영에 이르러서는 99자로 편폭이 2배가 넘게 되었다. ....
《악장집》에는 유영에게서 처음 보이는 사패가 적지 않은데 <秋蕊香引>은 유영이 스스로 지은 것이다. 그 외에 <歸去來>, <惜春郎>, <還京樂>, <佳人醉>, <雪梅香> 등이 있다. 이는 아마도 유영이 당시 사회에 유행하던 신성에 가사를 전사한 것이거나, 유영이 스스로 지은 사패일 것이다.

유영사의 통속적인 풍격에 대한 역대 평가는 다음과 같다.

* 宋 陳師道 《後山詩話》: "柳词骫骳从俗, 天下咏之."
(유영의 사는 정도에서 벗어나 속됨을 따르니 천하가 그것을 읊조린다.)"

* 宋 王灼《碧鸡漫志》卷二: "今少年妄谓东坡移诗律作长短句, 十有八九不学柳耆卿, 则学曹元宠."
(지금 젊은이들이 동파가 시율을 가져다 장단구를 짓는다고 함부로 말하며 십중팔구는 유영을 배우거나 조조曹组를 배운다.)

* 宋 胡仔《苕溪渔隐丛话》後集 卷39: "俗子易悦故也."
(세속인들이 쉽게 좋아했기 때문이다.)

* 清 刘熙载《艺概》: "细密而妥溜, 明白而家常."
(세밀하면서도 주도하게 미끄러지고, 명백하면서 일상적이다.)

* 清 蔡嵩雲《柯亭词论》: "周词渊源, 全自柳出, 其写情用赋笔纯是屯田法."
(주방언 사의 연원은 전부 유영에게서 나왔으니 그가 정의 묘사에 부賦의 필법을 사용한 것은 순전히 유영의 기법이다.)"

* 冯煦《宋六十一家词选》: "曲处能直, 密处能疏, 羁处能平."
(굽은 곳을 바르게 할 수 있고, 빽빽한 곳을 성기게 할 수 있고, 오만한 곳을 평이하게 할 수 있다.)

* 孫康宜 著, 李奭學 譯《晚唐迄北宋詞體續進與詞人風格》(臺北, 1979年): "柳永處理〈愛情〉的方式, 亦有別於前人。他的風格近乎通俗。他問情道情幾近直言無隱."
(유영은 애정을 표현하는 방식은 전대의 사람들과 달랐다. 그의 사풍은 통속에 가까웠다. 그는 정을 물음과 정을 말함에 직설적이고 숨김

이 없다.)"

　유영사의 후대에 끼친 영향은 다음과 같다. 유영의 뒤를 이은 사인
들에 대한 평가나, 이후 금·원대 문학에 끼친 영향 등을 다루고 있다.

* 宋　王灼《碧雞漫志》卷二 : "沈公述、李景元、孔方平、處度叔
侄、晁次膺、万俟雅言, 皆有佳句, 就中雅言又絶出。然六人者,
源流从柳氏来, 病於无韵."
(심당沈唐·이갑李甲·공이孔夷·공구孔榘 숙부와 조카·조단례晁端禮·
만사영萬俟詠은 모두 아름다운 시구를 지었고, 그 중에서도 만사영이
더 출중했다. 그러나 6명은 원류가 유영柳永으로부터 나왔는데, 맞는
운율이 없다는 병폐가 있다.)

* 宋　王灼《碧雞漫志》卷二 : "柳耆卿《樂章集》, 世多愛賞, 其實
該洽, 序事閑暇, 有首有尾, 亦間出佳語, 又能擇聲律諧美者用
之。惟是淺近卑俗, 自成一體, 不知書者尤好之。予嘗以比都下
富兒, 雖脫村野, 而聲態可憎。前輩云 :「《離騷》寂寞千年後,《戚
氏》淒涼一曲終。」《戚氏》, 柳所作也, 柳何敢知世間有《離騷》? 惟
賀方回、周美成時時得之。賀《六州歌頭》、《望湘人》、《吳音子》諸
曲, 周《大酺》、《蘭陵王》諸曲最奇崛。或謂深勁乏韻, 此遭柳氏
野狐涎吐不出者也。歌曲自唐虞三代以前, 秦漢以後皆有, 造
語險易, 則無定法。今必以「斜陽芳草」、「淡煙細雨」繩墨後來
作者, 愚甚矣。故曰 : 不知書者, 尤好耆卿。
(유영柳永의《악장집樂章集》은 세상 사람들이 사랑하여 감상하였는데,
그 사실이 적절하고 서사한 부분이 한가로웠으며 처음과 끝이 호응했

다. 또한 간혹가다 아름다운 사어가 나오고 또 성률 중에 조화롭고 아름다운 것을 가려서 사용할 줄 알았다. 다만 깊이가 얄팍하고 비속해서 저절로 하나의 사체詞體를 이루어서 글을 모르는 사람이 특히 좋아했다. 내가 일찍이 이것을 도회지에 사는 부유층 자제에다 비유하곤 하였는데, 비록 촌스러움을 벗어났다 하더라도 소리의 형태가 역겨웠다. 앞시대 동년배들이 말하기를, "《이소경離騷經》 이후 천년토록 적막한지가 <척씨戚氏>의 처량한 한 곡으로 매듭이 지어졌다."라고 했다. <척씨>는 유영이 지었는데, 유영이 어찌 감히 세상에 <이소경>이 있는지 알았겠는가? 하주賀鑄와 주방언周邦彦만이 때때로 시격에 합당했을 뿐이다. 하주의 <육주가두六州歌頭>, <망상인望湘人>, <오음자吳音子> 등 여러 가곡과 주방언의 <대포大酺>와 <난릉왕蘭陵王> 등 여러 사詞가 가장 빼어났다. 어떤 사람은 아주 깊고 강해서 운율감이 떨어진다고 말하는데, 이것은 유영柳永이 야호野狐의 독침을 맞고 뱉어내지 못한 것이다. 가곡은 요순堯舜과 하은주夏殷周 삼대三代 이전부터 진·한秦漢 이후에 모두 있었는데, 시어를 만드는데 난삽하고 평이한 차이는 따로 정해진 법칙은 없다. 지금은 반드시 '향긋한 풀에 햇살이 비껴오네斜陽芳草', '가랑비와 옅은 안개 피어나다淡煙細雨'라는 시구를 규범으로 삼았던 후대의 작가들은 매우 어리석었다. 때문에 '글을 모르는 무지랭이들이 유영의 사를 더욱 좋아했다'고 말한 것이다.)

* 宋 黃昇《花庵词选》卷2 : "坡遽云 : '不意别后公却学柳七作词.' 秦答 : '某虽无识, 亦不至是. 先生之言, 無乃过乎?'坡云 : "'销魂當此际', 非柳词句法乎?' 秦慚服然."
(소식이 갑자기 "뜻밖에도 헤어진 후 公은 柳永의 作詞技法을 배웠더군요"라고 하자 秦觀이 "제가 비록 무식하기는 해도 그 정도에 이른 것은 아닙니다. 선생의 말씀은 지나침이 없습니까?"라고 대답하였다.

이에 동파가 "'鎖魂當此際'가 유영사의 구법이 아닙니까?"라고 하니
진관은 부끄러워하며 그렇다고 인정했다.)

* 清 邹祗谟 《远志斋词衷》: "僻调之多, 以柳屯田为最。此外则
周清真、史梅溪、姜白石、蒋竹山、吴梦窗、冯艾子集中, 率多自
制新调。
유영이 독특한 사패를 가장 많이 썼다. 그 외에 周清真、史梅溪、姜白
石、蒋竹山、吴梦窗、冯艾子 등이 비교적 새로운 사패를 많이 창제한 사
인이다.

* 清 陈锐 《褒碧斋词话》: "屯田词在院本中如《琵琶记》, 美成词
如《会真记》; 屯田词在小说中如《金瓶梅》, 清真词如《红楼梦》。
유영의 사는 院本중의 ≪琵琶记≫같고 주방언의 사는 ≪会真记≫와 같
다. 유영의 사는 소설 중의 ≪金瓶梅≫와 같고 주방언의 사는 ≪红楼梦≫
과 같다.

* 清 刘熙载 《艺概》卷四 : "南宋词近耆卿者多, 近少游者少, 少
游疏而耆卿密也。
남송사는 유영에 가까운 것이 많고 진관에 가까운 것은 적었는데, 진
관은 성글고 유영은 세밀하였기 때문이다.

清 刘熙载 《艺概》제14칙. 柳詞不能比杜詩.
(유영의 사는 두보 시에 비할 수가 없다.)

"柳耆卿詞, 昔人比之杜詩, 爲其實說, 無表德也。余謂此論其
體則然, 若論其旨, 少陵恐不許之。

349

유영의 사를 옛날 사람들은 두보의 시에 견주면 비유했는데, 사실만 이야기했지 덕을 표현하지 않았기 때문이다. 내가 일컫길 이것은 그 사체가 그렇다고 논할 수 있으나, 만일 그 뜻을 논한다면 두보는 아마 그것을 허용하지 않았을 것이다.

清 刘熙载《艺概》제15칙. 柳詞風期未上.
(유영사의 기풍은 아직 높은 경지에 이르지 못했다.)

"耆卿詞細密而妥溜, 明白而家常, 善於敘事, 有過前人。惟綺羅香澤之態, 所在多有, 故覺風期未上耳。
유영의 사는 세밀하지만 따분하고 분명하면서도 평범한데, 서사를 잘 하여 앞시대 사람보다 뛰어남이 있다. 유독 아름다운 비단과 같은 향기와 부드러운 자태는 많은 곳에서 볼 수 있다. 많다. 때문에 풍격이 최상의 경계에 아직 도달하지 못했다고 느낄 따름이다.

* 清 况周颐《蕙风词话》: "柳屯田《乐章集》为词家正體之一, 又为金元以还乐语所自出。
유영의 《樂章集》은 사가들의 正體중의 하나로 금원 시대 곡·잡극 등을 이끌어내었다.

* 孫康宜 著, 李爽學 譯《晚唐迄北宋詞體繶進與詞人風格》: "柳詞必然深受其時日趨流行的白話文學的影響。宋人好用俚語俗字, 形成文壇衆流之一。
유영의 사는 분명히 그 당시 나날이 유행하였던 백화 문학의 영향을 받았을 것이다. 宋人들은 이속한 언어를 쓰기를 좋아하여, 문단에 유파를 만들었다.

*孫康宜 著, 李爽學 譯 《晚唐迄北宋詞體繪進與詞人風格》:
"柳永〈定風波〉, 這首詞却變成白話文學的經典之作。元代戲
曲名家關漢卿有一出戲, 幾乎就以前引柳詞爲架構基磐。
유영의 <정풍파>는 백화 문학의 경전이 된 작품이다. 원대의 유명한
희곡 작가인 관한경의 희곡 중 한 단락은 유영의 사를 앞부분에 인용
하여 전체적인 줄거리를 짜고 있다.

*孫康宜 著, 李爽學 譯 《晚唐迄北宋詞體繪進與詞人風格》:
"〈木蘭花〉這首聯章從之者衆, 像羅燁的《醉翁談錄》, 洪楩的《淸
平山堂話本》, 以及馮夢龍的《喻世明言》之中, 都有筆記, 小說
脫胎於此。
유영의 <목란화>와 같은 연장체 문장은 이후 나엽의 《취옹담록》, 홍
편의 《청평산당화본》, 풍몽룡의 《유세명언》등의 필기, 소설 등으로 형
태가 바뀌게 되었다.

　이상의 역대 평가들의 통하여 유영의 사는 널리 애창되었음을 알
수 있고, 유영사의 풍격은 통속적이라 일반 시민들도 좋아하였으며
유영을 저속하다고 비웃었던 문인들의 사에도 영향을 끼쳤음을 알
수 있다. 또한 이후 금·원대 문학, 특히 곡·잡극 등의 속문학에 많은
영향을 주었음도 찾아볼 수 있다.

| 저자 소개 |

유영(柳永)

북송 번영기에 활약한 대표적인 완약파(婉約派) 사(詞) 작가로 송사(宋詞)에 혁신을 불러일으킨 문인으로 후대에 큰 영향을 미쳤다. 생졸년(987?~1053?)이고, 복건(福建) 숭안(崇安) 사람으로 본래 이름은 삼변(三變)이다. 자는 경장(景莊), 기경(耆卿)이고, 호는 유칠(柳七), 둔전(柳屯田)이다. 관료집안 출신으로 젊었을 때에 항주(杭州), 소주(蘇州) 등지를 유랑하며 낭만적인 생활을 했다. 경우(景祐) 元年(1034)에 과거에 급제하여 벼슬은 사주판관(泗州判官), 둔전원외랑(屯田員外郞) 등을 역임했다. 대표저서로는 《악장집(樂章集)》이 있고, 여기에 200여 수의 사가 실려 있는데 송대 문단에 시민문학의 새로운 기운과 작풍을 가져왔다고 평가받는다.

| 역주자 소개 |

이태형

한국외국어대학교 중어중문학과에서 사곡(詞曲) 전공으로 박사학위를 받았다. 현재 한국고전번역원 선임급 직원으로 재직 중이다. 〈돈황곡자사집〉, 〈신기질 사집〉, 〈구염의 논사절구〉, 〈유영평전〉, 〈우리말로 읽는 송사삼백수〉 등의 저역서가 있다.

김민정

서울대학교 대학원에서 한국음악학으로 박사학위를 받았다. 국가무형문화재 제30호 가곡 이수자이고, 현재 월하문화재단 이사이며 대학에서 강의를 하고 있다. 박사학위 논문은 〈한성권번과 조선권번의 여창가곡 전승: 최정희와 지금정을 중심으로〉이고, 저서로는 〈내포제시조(아랫내포제·윗내포제)〉(공저)가 있다.

악장집樂章集 역주

초판 인쇄   2020년 11월 2일
초판 발행   2020년 11월 10일

저   자 | 유영(柳永)
역 주 자 | 이태형 · 김민정
펴 낸 이 | 하운근
펴 낸 곳 | 學古房

주   소 | 경기도 고양시 덕양구 통일로 140 삼송테크노밸리 A동 B224
전   화 | (02)353-9908 편집부(02)356-9903
팩   스 | (02)6959-8234
홈페이지 | http ://hakgobang.co.kr/
전자우편 | hakgobang@naver.com, hakgobang@chol.com
등록번호 | 제311-1994-000001호

ISBN 979-11-6586-110-0 93820

값 : 20,000원

이 도서의 국립중앙도서관 출판예정도서목록(CIP)은 서지정보유통지원시스템 홈페이지
(http ://seoji.nl.go.kr)와 국가자료공동목록시스템(http://www.nl.go.kr/kolisnet)에서 이용
하실 수 있습니다. (CIP제어번호 : CIP2020042843)

■ 파본은 교환해 드립니다.